吉

W. G. Sebald
AUSTERLITZ

Roman

Büchergilde Gutenberg

In der zweiten Hälfte der sechziger Jahre bin ich, teilweise zu Studienzwecken, teilweise aus anderen, mir selber nicht recht erfindlichen Gründen, von England aus wiederholt nach Belgien gefahren, manchmal bloß für ein, zwei Tage, manchmal für mehrere Wochen. Auf einer dieser belgischen Exkursionen, die mich immer, wie es mir schien, sehr weit in die Fremde führten, kam ich auch, an einem strahlenden Frühsommertag, in die mir bis dahin nur dem Namen nach bekannte Stadt Antwerpen. Gleich bei der Ankunft, als der Zug über das zu beiden Seiten mit sonderbaren Spitztürmchen bestückte Viadukt langsam in die dunkle Bahnhofshalle hineinrollte, war ich ergriffen worden von einem Gefühl des Unwohlseins, das sich dann während der gesamten damals von mir in Belgien zugebrachten Zeit nicht mehr legte. Ich entsinne mich noch, mit welch unsicheren Schritten ich kreuz und quer durch den inneren Bezirk gegangen bin, durch die Jeruzalemstraat, die Nachtegaalstraat, die Pelikaanstraat, die Paradijsstraat, die Immerseelstraat und durch viele andere Straßen und Gassen, und wie ich mich schließlich, von

Kopfschmerzen und unguten Gedanken geplagt, in den am Astridplein, unmittelbar neben dem Zentralbahnhof gelegenen Tiergarten gerettet habe. Dort bin ich, bis es mir ein wenig besser wurde, auf einer Bank im Halbschatten bei einer Vogelvoliere gesessen, in der zahlreiche buntgefiederte Finken und Zeisige herumschwirrten. Als der Nachmittag sich schon neigte, spazierte ich durch den Park und schaute zuletzt noch hinein in das erst vor ein paar Monaten neu eröffnete Nocturama. Es dauerte eine ganze Weile, bis die Augen sich an das künstliche Halbdunkel gewöhnt hatten und ich die verschiedenen Tiere erkennen konnte, die hinter der Verglasung ihr von einem fahlen Mond beschienenes Dämmerleben führten. Ich weiß nicht mehr genau, was für Tiere ich seinerzeit in dem Antwerpener Nocturama gesehen habe. Wahrscheinlich waren es Fleder- und Springmäuse aus Ägypten oder aus der Wüste Gobi, heimische Igel, Uhus und Eulen, australische Beutelratten, Baummarder, Siebenschläfer und Halbaffen, die da von einem Ast zum anderen sprangen, auf dem graugelben Sandboden hin und her huschten oder gerade in einem Bambusdickicht verschwanden. Wirklich gegenwärtig geblieben ist mir eigentlich nur der Waschbär, den ich lange beobachtete, wie er mit ernstem Gesicht bei einem Bächlein saß und immer wieder denselben Apfelschnitz wusch, als hoffe er, durch dieses, weit über jede vernünftige Gründlichkeit hinausgehende Waschen entkommen zu können aus der falschen Welt, in die er gewissermaßen ohne sein eigenes Zutun geraten war. Von den in dem Nocturama behausten Tieren ist mir sonst nur in Erinnerung geblieben, daß etliche von ihnen auffallend große Augen hatten und jenen unverwandt

forschenden Blick, wie man ihn findet bei bestimmten Malern und Philosophen, die vermittels der rei-

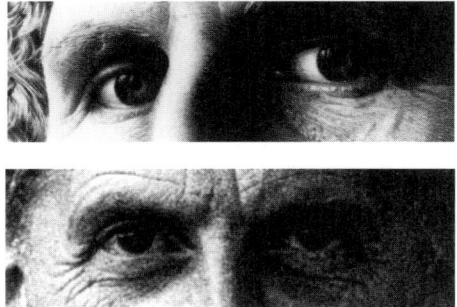

nen Anschauung und des reinen Denkens versuchen, das Dunkel zu durchdringen, das uns umgibt. Im übrigen ging mir, glaube ich, damals die Frage im Kopf herum, ob man den Bewohnern des Nocturamas bei Einbruch der wirklichen Nacht, wenn der Zoo für das Publikum geschlossen wird, das elektrische Licht andreht, damit sie beim Aufgehen des Tages über ihrem verkehrten Miniaturuniversum einigermaßen beruhigt in den Schlaf sinken können. – Die Bilder aus dem Inneren des Nocturamas sind in meinem Gedächtnis im Laufe der Jahre durcheinandergeraten mit denjenigen, die ich bewahrt habe von der sogenannten *Salle des pas perdus* in der Antwerpener Centraal Station. Versuche ich diesen Wartesaal heute mir vorzustellen, sehe ich sogleich das Nocturama, und denke ich an das Nocturama, dann kommt mir der Wartesaal in den Sinn, wahrscheinlich weil ich an jenem Nachmittag aus dem Tiergarten direkt in den Bahnhof hineingegangen beziehungsweise eine Zeitlang zunächst auf dem Platz vor dem Bahnhof gestanden bin und hinaufgeblickt habe an der Vorderfront dieses phantastischen Gebäudes, das ich am Morgen bei meiner Ankunft nur undeutlich wahrgenommen hatte. Jetzt aber sah ich, wie weit der unter dem Patronat des Königs Leopold errichtete Bau über das bloß Zweckmäßige hinausreichte, und verwunderte mich über den völlig mit Grünspan überzogenen Negerknaben, der mit seinem Dromedar als ein Denkmal der afrikanischen Tier- und Eingeborenenwelt hoch droben auf einem Erkerturm zur Linken der Bahnhofsfassade seit einem Jahrhundert allein gegen den flandrischen Himmel steht. Als ich die von einer sechzig Meter hohen Kuppel überwölbte Halle der Centraal Station betrat, war mein erster, vielleicht durch den Tiergartenbesuch und den Anblick des Dromedars in mir ausgelöster Gedanke, daß es hier, in diesem prunkvollen, damals allerdings stark heruntergekommenen Foyer, in die marmornen Nischen eingelassene Käfige für Löwen und Leoparden und Aquarien für Haifische, Kraken und Krokodile geben müßte, gerade so wie man umgekehrt in manchen zoologischen Gärten mit einer kleinen Eisenbahn durch die fernsten Erdteile fahren kann. Aufgrund von dergleichen, in Antwerpen sozusagen von selbst sich einstellenden Ideen ist es wohl gewesen, daß mir der heute meines Wissens als Personalkantine dienende Wartesaal wie ein zweites Nocturama vorgekommen ist, eine Überblendung, die natürlich auch daher rühren mochte, daß die Sonne sich hinter die Dächer der Stadt senkte, gerade als ich den Wartesaal betrat. Noch war der Gold- und Silberglanz auf den riesigen halbblinden Wandspiegeln gegenüber der Fensterfront nicht vollends erloschen, da erfüllte ein unterweltliches Dämmer den Saal, in dem weit auseinander, reglos und stumm, ein paar Reisende saßen. Ähnlich wie die Tiere in dem Nocturama, unter denen es auffällig viele Zwergrassen gegeben hatte, winzige Fennekfüchse, Springhasen und Hamster, schienen auch diese Reisenden mir irgendwie verkleinert, sei es wegen der außergewöhnlichen Höhe der Saaldecke, sei es wegen der dichter werdenden Düsternis, und ich nehme an, daß ich darum gestreift worden bin von dem an sich unsinnigen Gedanken, es handle sich bei ihnen um die letzten Angehörigen eines reduzierten, aus seiner Heimat ausgewiesenen oder untergegangenen Volks, um solche, die, weil nur sie von allen noch überlebten, die gleichen gramvollen Mienen trugen wie die Tiere im Zoo. – Eine der in der *Salle des pas perdus* wartenden Personen war Austerlitz, ein damals, im siebenundsechziger Jahr, beinahe jugendlich wirkender Mann mit blondem, seltsam gewelltem Haar, wie ich es sonst nur gesehen habe an dem deutschen Helden Siegfried in Langs Nibelungenfilm. Nicht anders als bei all unseren späteren Begegnungen trug Austerlitz damals in Antwerpen schwere Wanderstiefel, eine Art Arbeitshose aus verschossenem blauem Kattun, sowie ein maßgeschneidertes, aber längst aus der Mode gekommenes Anzugsjackett, und er unterschied sich auch, abgesehen von diesem Äußeren, von den übrigen Reisenden dadurch, daß er als einziger nicht teilnahmslos vor sich hin starrte, sondern beschäftigt war mit dem Anfertigen von Aufzeichnungen und

Skizzen, die offenbar in einem Bezug standen zu dem prunkvollen, meines Erachtens eher für einen Staatsakt als zum Warten auf die nächste Zugverbindung nach Paris oder Ostende gedachten Saal, in welchem wir beide saßen, denn wenn er nicht gerade etwas niederschrieb, war sein Augenmerk oft lang auf die Fensterflucht, die kannelierten Pilaster oder andere Teile und Einzelheiten der Raumkonstruktion gerichtet. Einmal holte Austerlitz aus seinem Rucksack einen Photoapparat heraus, eine alte Ensign mit ausfahrbarem Balg, und machte mehrere Aufnahmen von den inzwischen ganz verdunkelten Spiegeln, die ich jedoch unter den vielen Hunderten mir von ihm bald nach unserer Wiederbegegnung im Winter 1996 überantworteten und größtenteils unsortierten Bildern bisher noch nicht habe auffinden können. Als ich schließlich an Austerlitz herangetreten bin mit einer auf sein offenkundiges Interesse an dem Wartesaal sich beziehenden Frage, ist er auf sie, in keiner Weise verwundert über meine Direktheit, sogleich ohne das geringste Zögern eingegangen, wie ich ja oft seither erfahren habe, daß Alleinreisende in der Regel dankbar sind, wenn sie, nach manchmal tagelang nicht unterbrochenem Schweigen, eine Ansprache finden. Verschiedentlich hat es sich bei solchen Gelegenheiten sogar gezeigt, daß sie dann bereit sind, sich einem fremden Menschen rückhaltlos zu öffnen. So allerdings ist es bei Austerlitz, der mir auch in der Folge kaum etwas von seiner Herkunft und seinem Lebensweg anvertraute, damals in der *Salle des pas perdus* nicht gewesen. Unsere Antwerpener Konversationen, wie er sie später bisweilen genannt hat, drehten sich, seinem erstaunlichen Fachwissen entsprechend, in erster Linie um baugeschichtliche Dinge, auch schon an jenem Abend, an dem wir miteinander bis gegen Mitternacht in der dem Wartesaal auf der anderen Seite der großen Kuppelhalle genau gegenübergelegenen Restauration gesessen sind. Die wenigen Gäste, die sich zu später Stunde dort aufhielten, verliefen sich nach und nach, bis wir in dem Buffetraum, der dem Wartesaal in seiner ganzen Anlage wie ein Spiegelbild glich, allein waren mit einem einsamen Fernet-Trinker und mit der Buffetdame, die mit übereinandergeschlagenen Beinen auf einem Barhocker hinter dem Ausschank thronte und sich mit vollkommener Hingebung und Konzentration die Fingernägel feilte. Von dieser Dame, deren wasserstoffblondes Haar zu einem vogelnestartigen Gebilde aufgetürmt war, behauptete Austerlitz beiläufig, sie sei die Göttin der vergangenen Zeit. Tatsächlich befand sich an der Wand hinter ihr, unter dem Löwenwappen des Belgischen Königreichs, als Hauptstück des Buffetsaals eine mächtige Uhr, an deren einst vergoldetem, jetzt aber von Eisenbahnruß und Tabaksqualm eingeschwärztem Zifferblatt der zirka sechs Fuß messende Zeiger in seiner Runde ging. Während der beim Reden eintretenden Pausen merkten wir beide, wie unendlich lang es dauerte, bis wieder eine Minute verstrichen war, und wie schrecklich uns jedesmal, obgleich wir es doch erwarteten, das Vorrücken dieses, einem Richtschwert gleichenden Zeigers schien, wenn er das nächste Sechzigstel einer Stunde von der Zukunft abtrennte mit einem derart bedrohlichen Nachzittern, daß einem beinahe das Herz aussetzte dabei. – Gegen Ausgang des 19. Jahrhunderts, so hatte Austerlitz auf meine Fragen nach der Entstehungsgeschichte des Antwerpener Bahnhofs begonnen, als Belgien, dieses auf der Weltkarte kaum zu erkennende graugelbe Fleckchen, mit seinen kolonialen Unternehmungen sich auf dem afrikanischen Kontinent ausbreitete, als an den Kapitalmärkten und Rohstoffbörsen von Brüssel die schwindelerregendsten Geschäfte gemacht wurden und die belgischen Bürger, von grenzenlosem Optimismus beflügelt, glaubten, ihr so lange unter der Fremdherrschaft erniedrigtes, zerteiltes und in sich uneiniges Land stehe nun im Begriff, als eine neue Wirtschaftsgroßmacht sich zu erheben, in jener jetzt weit schon zurückliegenden und doch unser Leben bis heute bestimmenden Zeit, war es der persönliche Wunsch des Königs Leopold, unter dessen Patronat sich der anscheinend unaufhaltsame Fortschritt vollzog, die nun auf einmal im Überfluß zur Verfügung stehenden Gelder an die Errichtung öffentlicher Bauwerke zu wenden, die seinem aufstrebenden Staat ein weltweites Renommee verschaffen sollten. Eines der solchermaßen von höchster Instanz in die Wege geleiteten Projekte war der von Louis Delacenserie entworfene, im Sommer 1905 nach zehnjähriger Planungs- und Bauzeit in Anwesenheit des Monarchen in Betrieb genommene Zentralbahnhof der flämischen Metropole, in dem wir jetzt sitzen, sagte Austerlitz. Das Vorbild, das Leopold seinem Architekten empfahl, war der neue Bahnhof von Luzern, an dem ihn besonders das über die sonst übliche Niedrigkeit der Eisenbahnbauten dramatisch hinausgehende Kuppelkonzept bestach*, ein Konzept, das von Delacenserie in seiner vom römischen Pantheon inspirierten Kon-

---

* Bei der Durchsicht dieser Aufzeichnungen entsinne ich mich jetzt wieder, daß ich im Februar 1971, während eines kurzen Aufenthalts in der Schweiz, unter anderem auch in Luzern gewesen und dort, nach einem Besuch im Gletschermuseum, auf dem Rückweg zum Bahnhof längere Zeit auf der Seebrücke stehengeblieben bin, weil ich beim Anblick der Kuppel des Bahnhofsgebäudes und des schneeweiß hinter ihr in den klaren Winterhimmel aufragenden Pilatusmassivs an die viereinhalb Jahre zuvor in der Antwerpener Centraal Station von Austerlitz gemachten Bemerkungen habe denken müssen. Ein paar Stunden später, in der Nacht auf

den 5. Februar, als ich längst wieder in tiefstem Schlaf in meinem Züricher Hotelzimmer lag, ist dann in dem Luzerner Bahnhof ein mit großer Geschwindigkeit sich ausbreitendes und den Kuppelbau gänzlich zerstörendes Feuer ausgebrochen. Von den Bildern, die ich am nachfolgenden Tag davon in den Zeitungen und am Fernsehen gesehen habe und die ich während

struktion auf eine derart eindrucksvolle Weise verwirklicht wurde, daß selbst wir Heutigen, sagte Austerlitz, ganz so, wie es in der Absicht des Erbauers lag, beim Betreten der Eingangshalle von dem Gefühl erfaßt werden, als befänden wir uns, jenseits aller Profanität, in einer dem Welthandel und Weltverkehr geweihten Kathedrale. Die Hauptelemente seines monumentalen Bauwerks habe Delacenserie den Palästen der italienischen Renaissance entlehnt, sagte Austerlitz, doch gäbe es auch byzantinische und maurische Anklänge, und vielleicht hätte ich selber bei meiner Ankunft die aus weißen und grauen Granitsteinen gemauerten Rundtürmchen gesehen, deren einziger Zweck es sei, in den Reisenden mittelalterliche Assoziationen zu erwecken. Der an sich lachhafte Eklektizismus Delacenseries, der in der Centraal Station, in ihrem marmornen Treppenfoyer und der Stahl- und Glasüberdachung der Perrons Vergangenheit und Zukunft miteinander verbinde, sei in Wahr-

mehrerer Wochen nicht aus dem Kopf bringen konnte, ist für mich etwas Beunruhigendes und Beängstigendes ausgegangen, das sich in der Vorstellung verdichtete, daß ich der Schuldige oder zumindest einer der Mitschuldigen sei an dem Luzerner Brand. Noch viele Jahre später habe ich manchmal in meinen Träumen gesehen, wie die Flammen aus dem Kuppeldach schlugen und das gesamte Panorama der Schneealpen illuminierten.

heit das konsequente Stilmittel der neuen Epoche, sagte Austerlitz, und dazu, fuhr er fort, passe es auch, daß uns an den erhobenen Plätzen, von denen im römischen Pantheon die Götter auf den Besucher herabblicken, im Bahnhof von Antwerpen in hierarchischer Anordnung die Gottheiten des 19. Jahrhunderts vorgeführt werden – der Bergbau, die Industrie, der Verkehr, der Handel und das Kapital. Ringsum in der Eingangshalle seien, wie ich gesehen haben müsse, auf halber Höhe steinerne Schildwerke mit Symbolen wie Korngarben, gekreuzten Hämmern, geflügelten Rädern und ähnlichem angebracht, wobei das heraldische Motiv des Bienenkorbs übrigens nicht, wie man zunächst meinen möchte, die dem Menschen dienstbar gemachte Natur versinnbildlicht, auch nicht etwa den Fleiß als eine gemeinschaftliche Tugend, sondern das Prinzip der Kapitalakkumulation. Und unter all diesen Symbolbildern, sagte Austerlitz, stehe an höchster Stelle die durch Zeiger und Zifferblatt vertretene Zeit. An die zwanzig Meter oberhalb der kreuzförmigen, das Foyer mit den Bahnsteigen verbindenden Treppe, dem einzigen barocken Element in dem gesamten Ensemble, befinde sich genau dort, wo im Pantheon in direkter Verlängerung des Portals das Bildnis des Kaisers zu sehen war, die Uhr; als Statthalterin der neuen Omnipotenz rangiere sie noch über dem Wappen des Königs und dem Wahlspruch *endracht maakt macht*. Von dem Zentralpunkt, den das Uhrwerk im Antwerpener Bahnhof einnehme, ließen sich die Bewegungen sämtlicher Reisender überwachen, und umgekehrt müßten die Reisenden alle zu der Uhr aufblicken und seien gezwungen, ihre Handlungsweise auszurichten nach ihr. Tatsächlich, sagte Austerlitz, gingen ja bis zur Synchronisierung der Eisenbahnfahrpläne die Uhren in Lille oder Lüttich anders als die in Gent oder Antwerpen, und erst seit der um die Mitte des 19. Jahrhunderts erfolgten Gleichschaltung beherrsche die Zeit unbestrittenermaßen die Welt. Nur indem wir uns an den von ihr vorgeschriebenen Ablauf hielten, vermochten wir die riesigen Räume zu durcheilen, die uns voneinander trennten. Freilich, sagte Austerlitz nach einer Weile, hat das Verhältnis von Raum und Zeit, so wie man es beim Reisen erfährt, bis auf den heutigen Tag etwas Illusionistisches und Illusionäres, weshalb wir auch, jedesmal wenn wir von auswärts zurückkehren, nie mit Sicherheit wissen, ob wir wirklich fortgewesen sind. – Es war für mich von Anfang an erstaunlich, wie Austerlitz seine Gedanken beim Reden verfertigte, wie er sozusagen aus der Zerstreutheit heraus die ausgewogensten Sätze entwickeln konnte, und wie für ihn die erzählerische Vermittlung seiner Sachkenntnisse die schrittweise Annäherung an eine

Art Metaphysik der Geschichte gewesen ist, in der das Erinnerte noch einmal lebendig wurde. So ist mir unvergeßlich geblieben, daß er seine Erläuterungen des bei der Fabrikation der hohen Wartesaalspiegel angewendeten Verfahrens beschloß, indem er, im Gehen noch einmal an den mattschimmernden Flächen emporblickend, sich selber die Frage stellte, combien des ouvriers perirent, lors de la manufacture de tels miroirs, de malignes et funestes affectations à la suite de l'inhalation des vapeurs de mercure et de cyanide. Und so wie er an jenem ersten Abend geendet hatte, so fuhr Austerlitz am nächsten Tag, für den wir uns auf der Wandelterrasse an der Schelde verabredet hatten, in seinen Betrachtungen fort. Er deutete auf das breite, in der Morgensonne blinkende Wasser hinaus und sprach davon, daß auf einem um die Mitte des 16. Jahrhunderts, während der sogenannten kleinen Eiszeit, von Lucas von Valckenborch gemalten Bild die zugefrorene Schelde vom jenseitigen Ufer aus zu sehen sei und hinter ihr, sehr dunkel, die Stadt Antwerpen und ein Streifen des flachen, gegen die Meeresküste hinausgehenden Lands. Aus dem dusteren Himmel über dem Turm der Kathedrale *Zu Unserer Lieben Frau* geht gerade ein Schneeschauer nieder, und dort draußen auf dem Strom, auf den wir jetzt dreihundert Jahre später hinausblicken, sagte Austerlitz, vergnügen sich die Antwerpener auf dem Eis, gemeines Volk in erdfarbenen Kitteln und vornehmere Personen mit schwarzen Umhängen und weißen Spitzenkrausen um den Hals. Im Vordergrund, gegen den rechten Bildrand zu, ist eine Dame zu Fall gekommen. Sie trägt ein kanariengelbes Kleid; der Kavalier, der sich besorgt über sie beugt, eine rote, in dem fahlen Licht sehr auffällige Hose. Wenn ich nun dort hinausschaue und an dieses Gemälde und seine winzigen Figuren denke, dann kommt es mir vor, als sei der von Lucas van Valckenborch dargestellte Augenblick niemals vergangen, als sei die kanariengelbe Dame gerade jetzt erst gestürzt oder in Ohnmacht gesunken, die schwarze Samthaube eben erst seitwärts von ihrem Kopf weggerollt, als geschähe das kleine, von den meisten Betrachtern gewiß übersehene Unglück immer wieder von neuem, als höre es nie mehr auf und als sei es durch nichts und von niemandem mehr gutzumachen. Austerlitz sprach an diesem Tag, nachdem wir unseren Aussichtsposten auf der Wandelterrasse verlassen hatten, um durch die Innenstadt zu spazieren, lange noch von den Schmerzensspuren, die sich, wie er zu wissen behauptete, in unzähligen feinen Linien durch die Geschichte ziehen. Bei seinen Studien über die Architektur der Bahnhöfe, sagte er, als wir am späteren Nachmittag müde vom vielen Herumgehen vor einem Bistro auf dem Handschuhmarkt saßen, bringe er nie den Gedanken an die Qual des Abschiednehmens und die Angst vor der Fremde aus dem Kopf, obwohl dergleichen ja nicht zur Baugeschichte gehöre. Freilich verrieten gerade unsere gewaltigsten Pläne nicht selten am deutlichsten den Grad unserer Verunsicherung. So ließe sich etwa am Festungsbau, für den Antwerpen eines der hervorragendsten Beispiele liefere, gut zeigen, wie wir, um gegen jeden Einbruch der Feindesmächte Vorkehrungen zu treffen, gezwungen seien, in sukzessiven Phasen uns stets weiter mit Schutzwerken zu umgeben, so lange, bis die Idee der nach außen sich verschiebenden konzentrischen Ringe an ihre natürlichen Grenzen stoße. Studiere man die Entwicklung des Festungsbaus von Floriani, da Capri und San Micheli über Rusenstein, Burgsdorff, Coehorn und Klengel bis zu Montalembert und Vauban, so sei es erstaunlich, sagte Austerlitz, mit welcher Beharrlichkeit Generationen von Kriegsbaumeistern, trotz ihrer zweifellos überragenden Begabung, an dem, wie man heute leicht sehen könne, von Grund auf verkehrten Gedanken festgehalten hätten, daß man durch die Ausarbeitung eines idealen Tracé mit stumpfen Bollwerken und weit vorspringenden Ravelins, die eine Bestreichung des gesamten vor den Mauern gelegenen Aufmarschgebiets durch die Kanonen der Festung erlaubte, eine Stadt so sichern könne, wie überhaupt auf der Welt etwas zu sichern sei. Niemand, sagte Austerlitz, habe heute auch nur einen annähernden Begriff von der Uferlosigkeit der Literatur zum Festungsbau, von der Phantastik der in ihr niedergelegten geometrischen, trigonometrischen und logistischen Kalkulation, von den hypertrophischen Auswüchsen der Fachsprache der Fortifikations- und Belagerungskunst oder verstünde die einfachsten Bezeichnungen wie *escarpe* und *courtine, faussebraie, reduit* oder *glacis*, doch sei selbst von unserem jetzigen Standpunkt aus zu erkennen, daß sich gegen Ende des 17. Jahrhunderts aus den verschiedenen Systemen schließlich das stern-

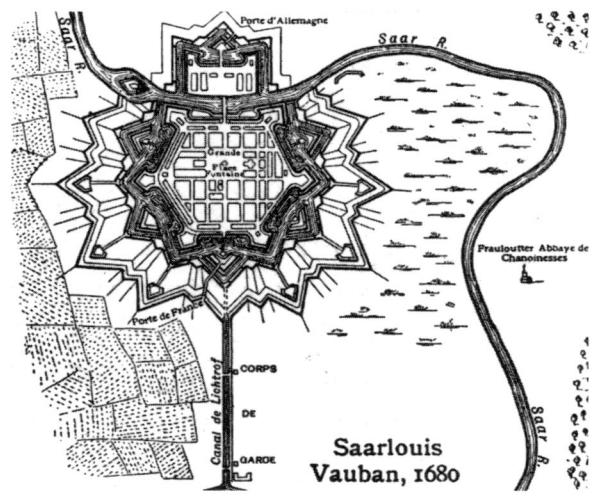

artige Zwölfeck mit Vorgraben als der bevorzugte Grundriß herauskristallisierte, ein sozusagen aus dem

Goldenen Schnitt abgeleitetes idealtypisches Muster, das tatsächlich, wie man bei der Betrachtung der intrikaten Planskizzen von Festungsanlagen wie denen von Coevorden, Neuf-Brisach oder Saarlouis gut nachvollziehen könne, sogar dem Verstand eines Laien ohne weiteres einleuchte als ein Emblem der absoluten Gewalt sowohl als des Ingeniums der in ihrem Dienst stehenden Ingenieure. In der Praxis der Kriegsführung allerdings hätten auch die Sternfestungen, die im Lauf des 18. Jahrhunderts überall gebaut und vervollkommnet wurden, ihren Zweck nicht erfüllt, denn fixiert, wie man auf dieses Schema war, habe man außer acht gelassen, daß die größten Festungen naturgemäß auch die größte Feindesmacht anziehen, daß man sich, in eben dem Maß, in dem man sich verschanzt, tiefer und tiefer in die Defensive begibt und daher letztendlich gezwungen sein konnte, hilflos von einem mit allen Mitteln befestigten Platz aus mit ansehen zu müssen, wie die gegnerischen Truppen, indem sie anderwärts ein von *ihnen* gewähltes Terrain auftaten, die zu regelrechten Waffenarsenalen gemachten, vor Kanonenrohren starrenden und mit Mannschaften überbesetzten Festungen einfach seitab liegenließen. Wiederholt sei es darum vorgekommen, daß man sich gerade durch das Ergreifen von Befestigungsmaßnahmen, die ja, sagte Austerlitz, grundsätzlich geprägt seien von einer Tendenz zu paranoider Elaboration, die entscheidende, dem Feind Tür und Tor öffnende Blöße gegeben habe, ganz zu schweigen von der Tatsache, daß mit den immer komplizierter werdenden Bauplänen auch die Zeit ihrer Realisierung und somit die Wahrscheinlichkeit zunahm, daß die Festungen bereits bei ihrer Fertigstellung, wenn nicht schon zuvor, überholt waren durch die inzwischen erfolgte Weiterentwicklung der Artillerie und der strategischen Konzepte, die der wachsenden Einsicht Rechnung trugen, daß alles sich in der Bewegung entschied und nicht im Stillstand. Und wenn wirklich einmal die Widerstandskraft einer Festung auf die Probe gestellt wurde, so ging die Sache in der Regel, nach einer ungeheuren Verschwendung von Kriegsmaterial, mehr oder weniger ergebnislos aus. Nirgends habe sich das deutlicher gezeigt, sagte Austerlitz, als hier in Antwerpen, wo im Jahr 1832, im Zuge der auch nach der Etablierung des neuen Königreichs sich fortsetzenden Händel um Teile des belgischen Territoriums, die von Pacciolo erbaute, durch den Herzog von Wellington mit einem Ring von Vorwerken weiter gesicherte und zum damaligen Zeitpunkt von den Holländern besetzt gehaltene Zitadelle drei Wochen lang von einem fünfzigtausendköpfigen französischen Heer belagert wurde, ehe es Mitte Dezember gelang, von dem bereits eingenommenen Fort Montebello aus das halb zertrümmerte Außenwerk an der Lunette St. Laurent im Sturm zu nehmen und mit Breschebatterien unmittelbar unter die Mauern vorzurücken. Die Belagerung von Antwerpen stand, durch ihren Aufwand sowohl als durch ihre Vehemenz, auf einige Jahre zumindest einzig da in der Geschichte des Kriegs, sagte Austerlitz; sie habe ihren denkwürdigen Höhepunkt erreicht, als mit den von dem Obristen Pairhans erfundenen Riesenmörsern an die siebzigtausend tausendpfündige Bomben auf die Zitadelle geschleudert wurden, die alles, bis auf ein paar Kasematten, restlos zerstörten. Der holländische General, Baron de Chassé, der greise Feldherr des von der Festung übriggebliebenen Steinhaufens, hatte schon die Mine legen lassen, um sich mit dem Denkmal seiner Treue und seines Heldenmuts in die Luft zu sprengen, als ihm durch eine Nachricht seines Königs gerade rechtzeitig noch die Erlaubnis zur Kapitulation übermittelt wurde. Obzwar an der Einnahme von Antwerpen der ganze Wahnsinn –, so sagte Austerlitz, des Befestigungs- und Belagerungswesens offenkundig wurde, zog man aus ihr unbegreiflicherweise nur die einzige Lehre, daß man nämlich die Ringanlagen um die Stadt um vieles mächtiger wieder aufbauen und weiter noch nach draußen verschieben mußte. Dementsprechend wurde 1859 die alte Zitadelle sowie die Mehrzahl der

Außenforts geschliffen und die Konstruktion einer neuen, zehn Meilen langen *enceinte* und von acht, mehr als eine halbe Wegstunde vor dieser *enceinte* gelegenen Forts in Angriff genommen, ein Vorhaben, das sich jedoch, nach Ablauf von nicht einmal zwanzig Jahren, in Anbetracht der inzwischen größer gewordenen Reichweite der Geschütze und der zunehmenden Zerstörungskraft der Sprengstoffe als unzulänglich erwies, so daß man nunmehr, immer derselben Logik gehorchend, sechs bis neun Meilen vor der *enceinte* einen neuen Gürtel von fünfzehn schwer befestigten Außenwerken anzulegen begann. Hieraus wiederum ergab sich während der gut dreißigjährigen Bauzeit, wie es anders gar nicht sein konnte, sagte Austerlitz, die Frage, ob nicht das durch die rapide industrielle und kommerzielle Entwicklung eingeleitete Wachstum Antwerpens über das alte Stadtgebiet hinaus es erfordere, die Linie der Forts um drei Meilen weiter noch hinauszulegen, wodurch sie freilich mehr als dreißig Meilen lang geworden und bis in das Weichbild von Mechelen geraten wäre, mit der Folge, daß die gesamte belgische Armee nicht ausgereicht hätte, um eine adäquate Besatzung für diese Anlage zu stellen. Also, sagte Austerlitz, arbeitete man einfach weiter an der Komplettierung des schon im Bau befindlichen und, wie man wußte, den tatsächlichen Erfordernissen längst nicht mehr genügenden Systems. Das letzte Glied in der Kette war das Fort Breendonk, sagte Austerlitz, dessen Bau beendigt wurde knapp vor dem Ausbruch des Ersten Weltkriegs, in welchem es sich innerhalb weniger Monate zur Verteidigung der Stadt und des Landes als vollkommen nutzlos erwies. Am Beispiel derartiger Befestigungsanlagen, so ungefähr führte Austerlitz, indem er vom Tisch aufstand und den Rucksack über die Schulter hängte, seine damals auf dem Handschuhmarkt in Antwerpen gemachten Bemerkungen zu Ende, könne man gut sehen, wie wir, im Gegensatz etwa zu den Vögeln, die Jahrtausende hindurch immer dasselbe Nest bauen, dazu neigten, unsere Unternehmungen voranzutreiben weit über jede Vernunftgrenze hinaus. Man müßte einmal, sagte er noch, einen Katalog unserer Bauwerke erstellen, in dem sie ihrer Größe nach verzeichnet wären, dann würde man sogleich begreifen, daß die *unter* dem Normalmaß der domestischen Architektur rangierenden Bauten es sind – die Feldhütte, die Eremitage, das Häuschen des Schleusenwärters, der Aussichtspavillon, die Kindervilla im Garten –, die wenigstens einen Abglanz des Friedens uns versprechen, wohingegen von einem Riesengebäude wie beispielsweise dem Brüsseler Justizpalast auf dem ehemaligen Galgenberg niemand, der bei rechten Sinnen sei, behaupten könne, daß er ihm gefalle. Man staune ihn bestenfalls an, und dieses Staunen sei bereits eine Vorform des Entsetzens, denn irgendwo wüßten wir natürlich, daß die ins Überdimensionale hinausgewachsenen Bauwerke schon den Schatten ihrer Zerstörung vorauswerfen und konzipiert sind von Anfang an im Hinblick auf ihr nachmaliges Dasein als Ruinen. – Diese von Austerlitz halb im Fortgehen gesprochenen Sätze waren mir noch im Sinn, als ich am nächsten Morgen, in der Hoffnung, er möchte vielleicht wieder auftauchen, bei einem Kaffee in demselben Bistro am Handschuhmarkt saß, wo er am Vorabend so ohne weiteres sich verabschiedet hatte. Und wie ich beim Zuwarten in den Zeitungen herumblätterte, da stieß ich, ich weiß nicht mehr, war es in der *Gazet van Antwerpen* oder in *La Libre Belgique*, auf eine Notiz über die Festung Breendonk, aus welcher hervorging, daß die Deutschen dort im Jahr 1940, gleich nachdem man das Fort zum zweitenmal in seiner Geschichte an sie hatte übergeben müssen, ein Auffang- und Straflager einrichteten, das bis zum August 1944 bestand und das seit 1947, soweit als möglich unverändert, als nationale Gedenkstätte und als Museum des belgischen Widerstands dient. Wäre nicht tags zuvor im Gespräch mit Austerlitz der Name Breendonk gefallen, so würde mich dieser Hinweis, vorausgesetzt, ich hätte ihn überhaupt bemerkt, kaum veranlaßt haben, die Festung an demselben Tag noch zu besuchen. – Der Personenzug, mit dem ich fuhr, brauchte eine gute halbe Stunde für die kurze Strecke nach Mechelen, wo vom Bahnhofsplatz ein Bus hinausgeht in die Ortschaft Willebroek, an deren Rand, umgeben von einem Erdwall, einem Stacheldrahtzaun und einem breiten Wassergraben, das an die zehn Hektar umfassende Festungsareal inmitten der Felder liegt, fast wie eine Insel im Meer. Es war für die Jahreszeit ungewöhnlich heiß, und große Quellwolken kamen über den südwestlichen Horizont herauf, als ich mit dem Eintrittsbillett in der Hand die Brücke überquerte. In meinem Kopf hatte ich von dem gestrigen Gespräch noch das Bild einer sternförmigen Bastion mit hoch über einem exakten geometrischen Grundriß aufragenden Mauern, aber was ich jetzt vor mir hatte, das war eine niedrige, an den Außenflanken überall abgerundete, auf eine grauenvolle Weise bucklig und verbacken wirkende Masse Beton, der breite Rücken, so dachte ich mir, eines Ungetüms, das sich hier, wie ein Walfisch aus den Wellen, herausgehoben hatte aus dem flandrischen Boden. Ich scheute mich, durch das schwarze Tor in die Festung selber zu treten und bin statt dessen zunächst außen um sie herumgegangen durch das unnatürlich tiefgrüne, fast blaufarbene Gras, das auf der Insel wuchs. Von welchem Gesichtspunkt ich dabei die Anlage auch ins Auge zu fassen versuchte, sie ließ keinen Bauplan erkennen, verschob andauernd ihre Ausbuchtungen und Kehlen und wuchs so weit über meine Begriffe hinaus, daß ich sie zuletzt mit keiner mir bekannten Ausformung der menschlichen Zivilisation, nicht einmal mit den stummen Relikten unserer Vor- und Frühgeschichte in irgendeinen Zusammenhang bringen konnte. Und

je länger ich meinen Blick auf sie gerichtet hielt und je öfter sie mich, wie ich spürte, zwang, ihn vor ihr zu senken, desto unbegreiflicher wurde sie mir. Stellenweise von offenen Schwären überzogen, aus denen der rohe Schotter hervorbrach, und verkrustet von guanoartigen Tropfspuren und kalkigen Schlieren,

war die Festung eine einzige monolithische Ausgeburt der Häßlichkeit und der blinden Gewalt. Auch als ich später den symmetrischen Grundriß des Forts studierte, mit den Auswüchsen seiner Glieder und

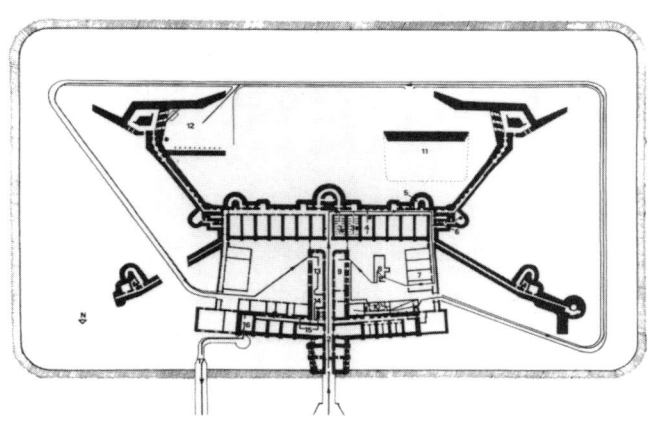

Scheren, mit den an der Stirnseite des Haupttrakts gleich Augen hervortretenden halbrunden Bollwerken und dem Stummelfortsatz am Hinterleib, da konnte ich in ihm, trotz seiner nun offenbaren rationalen Struktur, allenfalls das Schema irgendeines krebsartigen Wesens, nicht aber dasjenige eines vom menschlichen Verstand entworfenen Bauwerks erkennen. Der Weg um die Festung herum führte an den schwarzgeteerten Pfählen der Hinrichtungsstätte vorbei und an dem Arbeitsgelände, auf dem die Häftlinge die Aufschüttungen um das Mauerwerk abtragen mußten, mehr als eine Viertelmillion Tonnen Geröll und Erde, zu deren Bewegung sie nichts zur Verfügung hatten als Schaufeln und Schubkarren. Diese Karren, von denen noch einer in dem Vorraum der Festung zu sehen ist, waren von einer gewiß auch in der damaligen Zeit furchterregenden Primitivität. Sie bestanden aus einer Art Tragbahre mit zwei groben Handgriffen am einen Ende und einem eisenbeschlagenen Holzrad am anderen. Auf die Quersparren der Bahre aufgesetzt ist eine aus ungehobelten Brettern gezimmerte Kiste mit schrägen Seitenteilen – die ganze ungeschlachte Konstruktion dieselbe wie die der sogenannten Scheibdrucken, mit denen bei uns die Bauern den Mist aus dem Stall führten, nur daß die Karren in Breendonk doppelt so groß waren und unbeladen schon heranreichen mußten an ein Zentnergewicht. Es war mir undenkbar, wie die Häftlinge, die wohl in den seltensten Fällen nur vor ihrer Verhaftung und Internierung je eine körperliche Arbeit geleistet hatten, diesen Karren, angefüllt mit dem schweren Abraum, über den von der Sonne verbrannten, von steinharten Furchen durchzogenen Lehmboden schieben konnten oder durch den nach einem Regentag bereits sich bildenden Morast, undenkbar, wie sie gegen die Last sich stemmten, bis ihnen beinah das Herz zersprang, oder wie ihnen, wenn sie nicht vorankamen, der Schaufelstiel über den Kopf geschlagen wurde von einem der Aufseher. Was ich aber im Gegensatz zu dieser in Breendonk ebenso wie in all den anderen Haupt- und Nebenlagern Tag für Tag und jahrelang fortgesetzten Schinderei durchaus mir vorstellen konnte, als ich schließlich die Festung selber betrat und gleich rechterhand durch die Glasscheibe einer Tür hineinschaute in das sogenannte Kasino der SS-Leute, auf die Tische und Bänke, den dicken Bullerofen und die in gotischen Buchstaben sauber gemalten Sinnsprüche an der Wand, das waren die Familienväter und die guten Söhne aus Vilsbiburg und aus Fuhlsbüttel, aus dem Schwarzwald und aus dem Münsterland, wie sie hier nach getanem Dienst beim Kartenspiel beieinander saßen oder Briefe schrieben an ihre Lieben daheim, denn unter ihnen hatte ich ja gelebt bis in mein zwanzigstes Jahr. Die Erinnerung an die vierzehn Stationen, die der Besucher in Breendonk zwischen Portal und Ausgang passiert, hat sich in mir verdunkelt im Laufe der Zeit, oder vielmehr verdunkelte sie sich, wenn man so sagen kann, schon an dem Tag, an welchem ich in der Festung war, sei es, weil ich nicht wirklich sehen wollte, was man dort sah, sei es, weil

in dieser nur vom schwachen Schein weniger Lampen erhellten und für immer vom Licht der Natur getrennten Welt die Konturen der Dinge zu zerfließen schienen. Selbst jetzt, wo ich mich mühe, mich zu erinnern, wo ich den Krebsplan von Breendonk mir wieder vorgenommen habe und in der Legende die Wörter *ehemaliges Büro, Druckerei, Baracken, Saal Jacques Ochs, Einzelhaftzelle, Leichenhalle, Reliquienkammer* und *Museum* lese, löst sich das Dunkel nicht auf, sondern verdichtet sich bei dem Gedanken, wie wenig wir festhalten können, was alles und wieviel ständig in Vergessenheit gerät, mit jedem ausgelöschten Leben, wie die Welt sich sozusagen von selber ausleert, indem die Geschichten, die an den ungezählten Orten und Gegenständen haften, welche selbst keine Fähigkeit zur Erinnerung haben, von niemandem je gehört, aufgezeichnet oder weitererzählt werden, Geschichten zum Beispiel, das kommt mir jetzt beim Schreiben zum erstenmal seit jener Zeit wieder in den Sinn, wie die von den Strohsäcken, die schattenhaft auf den übereinandergestockten Holzpritschen lagen und die, weil die Spreu in ihnen über die Jahre zerfiel, schmäler und kürzer geworden waren, zusammengeschrumpft, als seien sie die sterblichen Hüllen derjenigen, so erinnere ich mich jetzt, dachte ich damals, die hier einst gelegen hatten in dieser Finsternis. Und ich erinnere mich nun auch wieder, wie ich mich, beim weiteren Hineingehen in den Tunnel, der gewissermaßen das Rückgrat der Festung bildet, wehren mußte gegen das in mir sich festsetzende und bis heute oft an unguten Plätzen mich überkommende Gefühl, daß mit jedem Schritt, den ich mache, die Atemluft weniger und das Gewicht über mir größer wird. Damals jedenfalls, in jener lautlosen Mittagsstunde im Frühsommer 1967, die ich, ohne einem anderen Besucher zu begegnen, im Inneren der Festung Breendonk verbrachte, wagte ich kaum weiterzugehen an dem Punkt, wo am Ende eines zweiten langen Tunnels ein nicht viel mehr als mannshoher und, wie ich mich zu erinnern glaube, abschüssiger Gang hinabführt in eine der Ka-

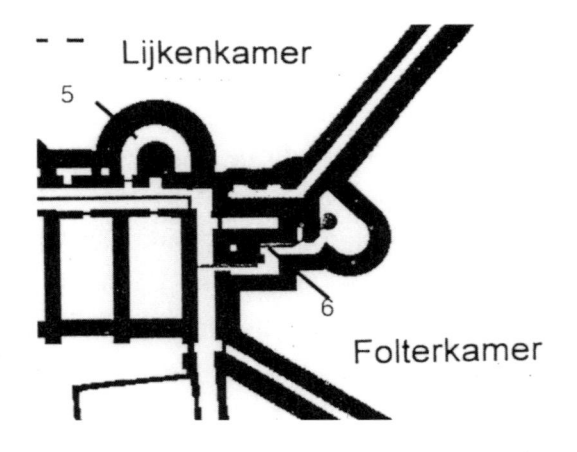

```
        - -    Lijkenkamer
        5

                              6
                    Folterkamer
```

sematten. Diese Kasematte, in der man sogleich spürt, daß man in ihr überwölbt ist von einer mehrere Meter starken Schicht Beton, ist ein enger, an der einen Seite spitz zulaufender, an der anderen abgerundeter Raum, dessen Boden um gut einen Fuß tiefer liegt als der Gang, durch den man ihn betritt, und darum weniger einem Verlies gleicht als einer

Grube. Indem ich in diese Grube hinabstarrte, auf ihren, wie es mir schien, immer weiter versinkenden Grund, auf den glattgrauen Steinboden, das Abflußgitter in seiner Mitte und den Blechkübel, der daneben stand, hob sich aus der Untiefe das Bild unseres Waschhauses in W. empor und zugleich, hervorgerufen von dem eisernen Haken, der an einem Strick von der Decke hing, das der Metzgerei, an der ich immer vorbeimußte auf dem Weg in die Schule und wo man am Mittag oft den Benedikt sah in einem Gummischurz, wie er die Kacheln abspritzte mit einem dicken Schlauch. Genau kann niemand erklären, was in uns geschieht, wenn die Türe aufgerissen wird, hinter der die Schrecken der Kindheit verborgen sind. Aber ich weiß noch, daß mir damals in der Kasematte von Breendonk ein ekelhafter Schmierseifengeruch in die Nase stieg, daß dieser Geruch sich, an einer irren Stelle in meinem Kopf, mit dem mir immer zuwider gewesenen und vom Vater mit Vorliebe gebrauchten Wort »Wurzelbürste« verband, daß ein schwarzes Gestrichel mir vor den Augen zu zittern begann und ich gezwungen war, mit der Stirn mich anzulehnen an die von bläulichen Flecken unterlaufene, griesige und, wie mir vorkam, von kalten Schweißperlen überzogene Wand. Es war nicht so, daß mit der Übelkeit eine Ahnung in mir aufstieg von der Art der sogenannten verschärften Verhöre, die um die Zeit meiner Geburt an diesem Ort durchgeführt wurden, denn erst ein paar Jahre später las ich bei Jean Améry von der furchtbaren Körpernähe zwischen den Peinigern und den Gepeinigten, von der von ihm in Breendonk ausgestandenen Folter, in welcher man ihn, an seinen auf den Rücken gefesselten Händen, in die Höhe gezogen hatte, so daß ihm mit einem, wie er sagt, bis zu dieser Stunde des Aufschreibens nicht vergessenen Krachen und Splittern die Kugeln aus den Pfannen der Schultergelenke sprangen und er mit ausgerenkten, von hinten in die Höhe gerissenen und über den Kopf verdreht geschlossenen Armen in der Leere hing: *la pendaison par les mains liées dans le dos jusqu'à évanouissement* – so heißt es in dem Buch *Le Jardin des Plantes*, in dem Claude Simon von neuem in das Magazin seiner Erinnerungen hinabsteigt und wo er, auf der zweihundertfünfunddreißigsten Seite, die fragmentarische Lebensgeschichte zu erzählen beginnt eines gewissen Gastone Novelli, der wie Améry dieser besonderen Form der Tortur unterzogen wurde. Dem Bericht voran steht eine Eintragung vom 26. Oktober 1943 aus dem Tagebuch des Generals Rommel, dahingehend, daß man, aufgrund der völligen Machtlosigkeit der Polizei in Italien, jetzt selber dort das Heft in die Hand nehmen müsse. Im Zuge der daraufhin von den Deutschen eingeleiteten Maßnahmen wurde

Novelli, so Simon, festgenommen und nach Dachau verbracht. Auf das, was ihm dort widerfuhr, sei Novelli ihm gegenüber, so Simon weiter, nie zu sprechen gekommen, außer dem einzigen Mal, da er ihm sagte, daß er nach seiner Befreiung aus dem Lager den Anblick eines Deutschen, ja den eines jeden sogenannten zivilisierten Wesens, gleich ob männlichen oder weiblichen Geschlechts, so wenig zu ertragen vermochte, daß er, kaum halbwegs wieder hergestellt, mit dem erstbesten Schiff nach Südamerika gegangen sei, um sich dort als Diamanten- und Goldsucher durchzubringen. Eine Zeitlang lebte Novelli in der grünen Wildnis bei einem Stamm kleiner, kupfrig glänzender Leute, die eines Tages, ohne daß auch nur ein Blatt sich gerührt hätte, neben ihm aufgetaucht waren wie aus dem Nichts. Er nahm ihre Gewohnheiten an und stellte, so gut es ging, ein Lexikon ihrer fast nur aus Vokalen und vor allem aus dem in unendlichen Variationen betonten und akzentuierten Laut A bestehenden Sprache zusammen, von der, wie Simon schreibt, an dem Institut für Sprachwissenschaft in São Paulo nicht ein einziges Wort verzeichnet ist. Später, in sein Heimatland zurückgekehrt, begann Novelli mit dem Malen von Bildern. Das Hauptmotiv, dessen er sich dabei in immer neuen Ausprägungen und Zusammensetzungen bediente – *filiform, gras, soudain plus épais ou plus grand, puis de nou-*

veau mince, boiteux –, war das des Buchstabens A, den er in die von ihm aufgetragene Farbfläche hineinkratzte, einmal mit dem Bleistift, dann mit dem Pinselstiel oder einem noch gröberen Instrument, in eng in- und übereinander gedrängten Reihen, immer gleich und doch sich nie wiederholend, aufsteigend und abfallend in Wellen wie ein lang anhaltender Schrei.

AAAAAAAAAAAAAAAAAAAAAAAAAAAAAAA
AAAAAAAAAAAAAAAAAAAAAAAAAAAAAAA
AAAAAAAAAAAAAAAAAAAAAAAAAAAAAA

Wenn auch Austerlitz an jenem Junimorgen des Jahres 1967, an dem ich schließlich nach Breendonk hinausgefahren bin, auf dem Antwerpener Handschuhmarkt nicht mehr sich eingefunden hat, so überkreuzten sich unsere Wege doch auf eine mir bis heute unbegreifliche Weise fast auf einer jeden meiner damaligen, ganz und gar planlosen belgischen Exkursionen. Bereits wenige Tage nachdem wir uns in der *Salle des pas perdus* des Zentralbahnhofs kennengelernt hatten, bin ich ihm zum zweitenmal begegnet in einem Industriequartier am Südwestrand der Stadt Lüttich, das ich, zu Fuß von St. Georges-sur-Meuse und Flemalle herkommend, gegen Abend erreichte. Die Sonne durchbrach noch einmal die tintenblaue

Wolkenwand eines heraufziehenden Gewitters, und die Fabrikhallen und -höfe, die langen Reihen der Arbeiterhäuser, die Ziegelmauern, die Schieferdächer und Fensterscheiben leuchteten wie von der Glut eines inwendigen Feuers. Als der Regen in die Straßen zu rauschen begann, flüchtete ich mich in eine winzige Schankstube, die, glaube ich, *Café des Espérances* hieß und wo ich, zu meiner nicht geringen Verwunderung, Austerlitz an einem der Resopaltischchen über seine Notizen gebeugt fand. Wie von da an immer fuhren wir bei dieser ersten Wiederbegegnung in unserem Gespräch fort, ohne auch nur ein Wort zu verlieren über die Unwahrscheinlichkeit unseres erneuten Zusammentreffens an einem solchen, von keinem vernünftigen Menschen sonst aufgesuchten Ort. Von dem Platz, an dem wir damals in dem *Café des Espérances* bis weit in den Abend hinein gesessen sind, sah man durch ein rückwärtiges Fenster hinunter in ein vor Zeiten vielleicht von Flußauen durchzogenes Tal, in dem der Widerschein der Hochöfen einer gigantischen Eisengießerei gegen den dunklen Himmel hinauflohte, und deutlich entsinne ich mich noch, wie Austerlitz mir, indem wir beide so gut wie unverwandt auf dieses Schauspiel starrten, in einem mehr als zweistündigen Diskurs auseinandersetzte, wie im Verlauf des 19. Jahrhunderts die in den Köpfen philanthropischer Unternehmer entstandene

Vision einer idealen Arbeiterstadt unversehens übergegangen war in die Praxis der Kasernierung, wie ja immer, so, erinnere ich mich, sagte Austerlitz, unsere besten Pläne im Zuge ihrer Verwirklichung sich verkehrten in ihr genaues Gegenteil. Es war mehrere Monate nach diesem Zusammentreffen in Lüttich, daß ich Austerlitz auf dem ehemaligen Brüsseler Galgenberg wiederum rein zufälligerweise in die Hände gelaufen bin, und zwar auf den Stufen des Justizpalasts, der, wie er mir sogleich sagte, die größte Anhäufung von Steinquadern in ganz Europa darstellte.

Der Bau dieser singulären architektonischen Monstrosität, über die Austerlitz zu jener Zeit eine Studie zu verfassen gedachte, ist, wie er mir erzählte, in den achtziger Jahren des letzten Jahrhunderts auf das Drängen der Brüsseler Bourgeoisie überstürzt in Angriff genommen worden, ehe noch die grandiosen, von einem gewissen Joseph Poelaert vorgelegten Pläne im einzelnen ausgearbeitet waren, was zur Folge hatte, daß es, so sagte Austerlitz, in diesem mehr als siebenhunderttausend Kubikmeter umfassenden Gebäude Korridore und Treppen gäbe, die nirgendwo hinführten, und türlose Räume und Hallen, die von niemandem je zu betreten seien und deren ummauerte Leere das innerste Geheimnis sei aller sanktionierten Gewalt. Austerlitz erzählte weiter, daß er, auf der Suche nach einem Initiationslabyrinth der Freimaurer, von dem er gehört habe, daß es sich entweder im Kellergeschoß oder auf den Dachböden des Palastes befinde, viele Stunden schon durch dieses steinerne Gebirge geirrt sei, durch Säulenwälder, an kolossalen Statuen vorbei, treppauf und treppab, ohne daß ihn je ein Mensch nach seinem Begehren gefragt hätte. Bisweilen habe er auf seinen Wegen, ermüdet oder um sich nach der Himmelsrichtung zu orientieren, bei den tief in das Gemäuer eingelassenen Fenstern hinausgeschaut über die wie Packeis ineinander verschobenen bleigrauen Dächer des Palais oder hinunter in Schluchten und schachtartige Innenhöfe, in die nie noch ein Lichtstrahl gedrungen sei. Immer weiter, sagte Austerlitz, sei er durch die Gänge geschritten, einmal links- und dann wieder rechtsherum, und endlos geradeaus, unter vielen hohen Türstöcken hindurch, und ein paarmal sei er auch über knarrende, provisorisch wirkende Holzstiegen, die hie und da von den Hauptgängen abzweigten und um einen Halbstock hinauf- oder hinunterführten, in dunkle Sackgassen geraten, an deren Ende Rolladenschränke, Stehpulte, Schreibtische, Bürosessel und sonstige Einrichtungsgegenstände übereinandergetürmt gewesen seien, als habe hinter ihnen jemand in einer Art Belagerungszustand ausharren müssen. Ja, so behauptete Austerlitz, er habe sogar sagen hören, daß sich in dem Justizpalast, aufgrund seiner tatsächlich jedes Vorstellungsvermögen übersteigenden inneren Verwinkelung, im Verlaufe der Jahre immer wieder einmal in irgendwelchen leerstehenden Kammern und abgelegenen Korridoren kleine Geschäfte, etwa ein Tabakhandel, ein Wettbüro oder ein Getränkeausschank, hätten einrichten können, und einmal soll sogar eine Herrentoilette im Souterrain von einem Menschen namens Achterbos, der sich eines Tages mit einem Tischchen und einem Zahlteller in ihrem Vorraum installierte, in eine öffentliche Bedürfnisanstalt mit

Laufkundschaft von der Straße und, in der Folge, durch Einstellung eines Assistenten, der das Hantieren mit Kamm und Schere verstand, zeitweilig in einen Friseurladen umgewandelt worden sein. Dergleichen apokryphe Geschichten, die in sonderbarem Kontrast standen zu seiner sonstigen, rigorosen Sachlichkeit, erzählte mir Austerlitz auch bei unseren noch folgenden Begegnungen nicht selten, etwa als wir einen stillen Novembernachmittag lang in einem Billardcafé in Terneuzen saßen – ich erinnere mich noch an die Wirtin, eine Frau mit dicken Brillengläsern, die an einem grasgrünen Strumpf strickte, an die glühenden Eierkohlen in dem Kaminfeuer, an das feuchte Sägemehl auf dem Fußboden, den bitteren Zichoriengeruch – und durch das von einem Gummibaum umrankte Panoramafenster hinausblickten auf die ungeheuer weite, nebelgraue Mündung der Schelde. Einmal, in der Vorweihnachtszeit, kam Austerlitz mir auf der Promenade von Zeebrugge entgegen, als es Abend wurde und nirgends eine lebende Seele zu sehen war. Es stellte sich heraus, daß wir beide auf derselben Fähre gebucht hatten, und so sind wir langsam miteinander zum Hafen zurückgegangen, zur Linken die leere Nordsee und rechterhand die hohen Fassaden der in die Dünen gesetzten Wohnburgen, in denen das bläuliche Licht der Fernseher zitterte, sonderbar unstet und gespensterhaft. Als unser Schiff auslief, war es schon Nacht geworden. Wir standen zusammen auf dem hinteren Deck. Die weiße Fahrspur verlor sich in der Dunkelheit, und ich weiß noch, daß wir einmal meinten, wir sähen ein paar Schneeflocken sich drehen im Lampenschein. Erst bei dieser nächtlichen Überquerung des Ärmelkanals erfuhr ich übrigens durch eine von Austerlitz beiläufig gemachte Bemerkung, daß er eine Dozentur innehatte an einem Londoner kunsthistorischen Institut. Da es mit Austerlitz so gut wie unmöglich war, von sich selber beziehungsweise über seine Person zu reden, und da also keiner vom anderen wußte, woher er stammte, hatten wir uns seit unserem ersten Antwerpener Gespräch stets nur der französischen Sprache bedient, ich mit schandbarer Unbeholfenheit, Austerlitz hingegen auf eine so formvollendete Weise, daß ich ihn lang für einen Franzosen hielt. Es berührte mich damals sehr seltsam, als wir in das für mich praktikablere Englisch überwechselten, daß nun an ihm eine mir bis dahin ganz verborgen gebliebene Unsicherheit zum Vorschein kam, die sich in einem leichten Sprachfehler äußerte und in gelegentlichen Stotteranfällen, bei denen er das abgewetzte Brillenfutteral, das er stets in seiner linken Hand hielt, so fest umklammerte, daß man das Weiße sehen konnte unter der Haut seiner Knöchel.

*

In den nachfolgenden Jahren habe ich Austerlitz fast jedesmal, wenn ich in London war, an seinem Arbeitsplatz in Bloomsbury unweit des British Museum besucht. Ein, zwei Stunden bin ich dann meist bei ihm gesessen in seinem engen Büro, das einem Bücher- und Papiermagazin glich und in dem zwischen den

am Fußboden und vor den überfrachteten Regalen sich stapelnden Konvoluten kaum Platz gewesen ist für ihn selber, geschweige denn für seinen Schüler. Austerlitz ist ja für mich, der ich zu Beginn meines Studiums in Deutschland von den seinerzeit dort amtierenden, größtenteils in den dreißiger und vierziger Jahren in ihrer akademischen Laufbahn vorangerückten und immer noch in ihren Machtphantasien befangenen Geisteswissenschaftlern so gut wie gar nichts gelernt hatte, seit meiner Volksschulzeit der erste Lehrer überhaupt gewesen, dem ich zuhören konnte. Es ist mir bis heute gegenwärtig, mit welcher Leichtigkeit seine von ihm sogenannten Denkversuche mir eingingen, wenn er über den ihn seit seiner Studienzeit beschäftigenden Baustil der kapitalistischen Ära sich ausbreitete, insbesondere über den Ordnungszwang und den Zug ins Monumentale, der sich manifestierte in Gerichtshöfen und Strafanstalten, in Bahnhofs- und Börsengebäuden, in Opern- und Irrenhäusern und den nach rechtwinkligen Rastern angelegten Siedlungen für die Arbeiterschaft. Seine Recherchen, so sagte mir Austerlitz einmal, hätten ihren ursprünglichen Zweck, der der eines Dissertationsvorhabens gewesen sei, längst hinter sich gelassen und seien ihm unter der Hand ausgeufert in endlose Vorarbeiten zu einer ganz auf seine eigenen Anschauungen sich stützenden Studie über die Familienähnlichkeiten, die zwischen all diesen Gebäuden bestünden. Weshalb er auf ein derart weites Feld sich begeben habe, sagte Austerlitz, wisse er nicht. Wahrscheinlich sei er bei der Aufnahme seiner ersten Forschungsarbeiten schlecht beraten gewesen. Richtig sei jedoch auch, daß er bis heute einem ihm selber nicht recht verständlichen Antrieb gehorche, der irgendwie mit einer früh schon in ihm sich bemerkbar machenden Faszination mit der Idee eines Netzwerks, beispielsweise mit dem gesamten System der Eisenbahnen, verbunden sei. Schon zu Beginn seines Studiums, sagte Austerlitz, und später während seiner ersten Pariser Zeit habe er beinahe täglich, vor allem in den Morgen- und Abendstunden, einen der großen Bahnhöfe aufgesucht, meistens die Gare du Nord oder die Gare de l'Est, um das Einfahren der Dampflokomotiven in die rußschwarzen Glashallen sich anzuschauen oder das leise Davongleiten der hellerleuchteten, geheimnisvollen Pullmanzüge, die in die Nacht hinausfuhren wie Schiffe auf die unendliche Weite des Meers. Nicht selten sei er auf den Pariser Bahnhöfen, die er, wie er sagte, als Glücks- und Unglücksorte zugleich empfand, in die gefährlichsten, ihm ganz und gar unbegreiflichen Gefühlsströmungen geraten. Ich sehe Austerlitz noch, wie er, eines Nachmittags in dem Londoner Institut, diese Bemerkung über seine später einmal von ihm so genannte Bahnhofsmanie gemacht hat, weniger zu mir als zu sich selber, und sie war auch die einzige Andeutung seines Seelenlebens geblieben, die er sich mir gegenüber erlaubte, bis ich Ende 1975 nach Deutschland zurückging mit der Absicht, dort, in der mir nach einer neunjährigen Abwesenheit fremd gewordenen Heimat, auf die Dauer mich niederzulassen. Soviel ich weiß, habe ich von München aus noch ein paarmal an Austerlitz geschrieben, eine Antwort auf diese

Briefe jedoch nie erhalten, entweder, so dachte ich damals, weil Austerlitz irgendwo unterwegs war, oder, so denke ich heute, weil er es vermied, nach Deutschland zu schreiben. Was immer der Grund für sein Schweigen gewesen sein mag, die Verbindung zwischen uns war abgerissen, und ich habe sie auch nicht erneuert, als ich mich kaum ein Jahr später entschloß, ein zweitesmal auszuwandern und wieder zurückzukehren auf die Insel. Freilich wäre es nun an mir gewesen, Austerlitz die unvorhergesehene Änderung meiner Pläne anzuzeigen. Wenn ich es unterließ, so mag das daran gelegen haben, daß bald nach meiner Rückkehr eine böse Zeit über mich hereingebrochen ist, die mir den Sinn für das Leben anderer trübte und aus der ich nur ganz allmählich, durch das Wiederaufnehmen meiner lange vernachlässigten Schreibarbeiten, herausgekommen bin. Jedenfalls habe ich in all jenen Jahren nicht oft an Austerlitz gedacht, und wenn ich einmal an ihn gedacht habe, dann habe ich ihn stets im Handumdrehen wieder vergessen, so daß es zu einer Wiederaufnahme unserer vordem gleichermaßen engen wie distanzierten Beziehung tatsächlich erst zwei Jahrzehnte später, im Dezember 1996, durch eine eigenartige Verkettung von Umständen gekommen ist. Ich befand mich damals gerade in einiger Unruhe, weil ich beim Heraussuchen einer Anschrift aus dem Telephonbuch bemerkt hatte, daß, sozusagen über Nacht, die Sehkraft meines rechten Auges fast gänzlich geschwunden war. Auch wenn ich den Blick von der vor mir aufgeschlagenen Seite abhob und auf die gerahmten Photographien an der Wand richtete, sah ich mit dem rechten Auge nur eine Reihe dunkler, nach oben und unten seltsam verzerrter Formen – die mir bis ins einzelne vertrauten Figuren und Landschaften hatten sich aufgelöst, unterschiedslos, in eine bedrohliche schwarze Schraffur. Dabei war es mir ständig, als sähe ich am Rand des Gesichtsfeldes mit unverminderter Deutlichkeit, als müßte ich mein Augenmerk nur ins Abseits lenken, um die, wie ich zunächst meinte, hysterische Sehschwäche zum Verschwinden zu bringen. Gelungen ist mir dies allerdings nicht, trotzdem ich es mehrfach probierte. Vielmehr schienen die grauen Felder sich auszudehnen, und bisweilen, wenn ich die Augen abwechslungsweise auf- und zumachte, um den Grad der Sehschärfe vergleichen zu können, kam es mir vor, als sei auch linksseitig eine gewisse Beeinträchtigung des Blicks eingetreten. Schon ziemlich aus der Fassung gebracht von der, wie ich fürchtete, progressiven Verminderung meines Sehvermögens, erinnerte ich mich, einmal gelesen zu haben, daß man, bis weit in das 19. Jahrhundert hinein, den Opernsängerinnen, vor sie sich auf der Bühne produzierten, ebenso wie den jungen Frauen, wenn man sie einem Freier vorführte, ein paar Tropfen einer aus dem Nachtschattengewächs Belladonna destillierten Flüssigkeit auf die Netzhaut gab, wodurch ihre Augen erstrahlten in einem hingebungsvollen, quasi übernatürlichen Glanz, sie selber aber so gut wie gar nichts mehr wahrnehmen konnten. Ich weiß jetzt nicht mehr, wie ich diese Reminiszenz an jenem dunklen Dezembermorgen auf meinen eigenen Zustand bezog, außer daß sie in meinen Gedanken etwas zu tun hatte mit der Falschheit des schönen Scheins und der Gefahr des vorzeitigen Erlöschens, und daß ich darum mich ängstigte um die Fortführung meiner Arbeit, zugleich aber erfüllt war, wenn ich das so sagen kann, von einer Vision der Erlösung, in der ich mich, befreit von dem ewigen Schreiben- und Lesenmüssen, in einem Korbsessel in einem Garten sitzen sah, umgeben von einer konturlosen, nur an ihren schwachen Farben noch zu erkennenden Welt. Da in den folgenden Tagen keinerlei Besserung eintrat in meinem Befinden, bin ich kurz vor Weihnachten nach London gefahren zu einem mir empfohlenen tschechischen Ophthalmologen, und wie jedesmal, wenn ich allein hinunterfahre nach London, rührte sich auch an diesem Dezembertag in mir eine Art dumpfer Verzweiflung. Ich schaute in die flache, fast baumlose Landschaft hinaus, über die riesigen braunen Äcker, auf die Bahnstationen, an denen ich niemals aussteigen würde, die Möwenschar, die sich wie immer versammelt hatte auf dem Fußballfeld am Stadtrand von Ipswich, auf die Schrebergartenkolonien, das kahle, von abgestorbenen Waldreben überzogene Krüppelholz, das an den Böschungen wächst, auf die quecksilbrigen Watten und Priele bei Manningtree, die zur Seite gesunkenen Boote, auf den Wasserturm von Colchester, die Marconifabrik in Chelmsford, die leere Windhundrennbahn von Romford, die häßlichen Rückseiten der Reihenhäuser, an denen die Bahntrasse in den Außenbezirken der Metropole vorbeiführt, auf das Gräberfeld von Manor Park und die Wohntürme von Hackney, auf all diese immergleichen, immer, wenn ich nach London fahre, an mir sich vorbeidrehenden und mir dennoch nicht vertrauten, sondern – trotz der vielen seit meiner Ankunft in England vergangenen Jahre – fremd und unheimlich gebliebenen Ansichten. Besonders bang wird es mir jedesmal auf dem letzten Stück der Strecke, wo der Zug sich, kurz vor der Einfahrt in die Liverpool Street Station, über mehrere Weichen hinweg durch einen Engpaß winden muß und wo die zu beiden Seiten der Geleise aufragenden, von Ruß und Dieselöl geschwärzten Ziegelmauern mit ihren Rundbögen, Säulen und Nischen mich auch an diesem Morgen erinnerten an ein unterirdisches Kolumbarium. Es war schon um drei Uhr nachmittags, als ich in der Harley Street, in einem der fast ausschließlich von Orthopäden, Dermatologen, Urologen, Gynäkologen, Neurologen, Psychiatern und Hals-, Nasen-, Ohren- und Augenärzten belegten mauvefarbenen Ziegelhäuser in dem von einem milden Lampenschein erfüllten, ein wenig überheizten Wartezimmer Zdenek Gregors am Fenster gestanden bin. Aus dem grauen Himmel, der tief über der Stadt hing, schwebten einzelne Schneeflocken herab und verschwanden in den dunklen Abgründen der rückwärtigen Höfe. Ich dachte an den Winteranfang in den Bergen, an die vollkommene Lautlosigkeit und an den Wunsch, den ich als Kind immer gehabt hatte, daß alles zuschneien möge, das ganze Dorf und das Tal bis zu den obersten Höhen hinauf, und daran, daß ich mir vorstellte damals, wie es wäre, wenn wir im Frühjahr wieder auftauten und hervorkämen aus dem Eis. Und während ich in dem Wartezimmer mich erinnerte an den Schnee auf den Alpen, an die verwehten Scheiben der Schlafkammer, die Wächten vor dem Vorhaus, die weißen Hauben auf den Isolatoren der Telegraphenstangen und an den manchmal monatelang zugefrorenen Brunnentrog, da gingen durch meinen Kopf die Anfangszeilen eines meiner liebsten Gedichte ... And so I long for snow to sweep across the low heights of London ... Ich bildete mir ein, ich sähe dort draußen in der zunehmenden Dunkelheit die von ungezählten Straßen und

Bahnwegen durchfurchten Areale der Stadt, wie sie sich ostwärts und nordwärts übereinanderschoben, ein Häuserriff über das nächste und übernächste und so fort, weit über Holloway und Highbury hinaus, und daß nun auf diesen riesigen steinernen Auswuchs der Schnee fallen würde, langsam und gleichmäßig, bis alles begraben und zugedeckt wäre ... London a lichen mapped on mild clays and its rough circle without purpose ... Einen ebensolchen, an seinem Rand ins Ungefähre übergehenden Kreis zeichnete Zdenek Gregor auf ein Blatt Papier, als er mir nach der von ihm vorgenommenen Untersuchung die Ausdehnung der grauen Zone in meinem rechten Auge zu veranschaulichen suchte. Es handle sich, sagte er, um einen meist nur zeitweiligen Defekt, bei dem sich an der Makula, etwa wie unter einer Tapete, eine Blase bilde, die von einer klaren Flüssigkeit unterlaufen sei. Über die Ursachen dieser in der einschlägigen Literatur als zentralseröse Chorioretinopathie beschriebenen Störung herrsche weitgehend Unklarheit, sagte Zdenek Gregor. Man wisse eigentlich nur, daß sie fast ausschließlich auftrete bei Männern mittleren Alters, die zuviel mit Schreiben und Lesen beschäftigt seien. Im Anschluß an diese Konsultation mußte zur genaueren Bestimmung der schadhaften Stelle in der Retina noch eine sogenannte Fluoreszinangiographie gemacht werden, also eine Reihe photographischer

Aufnahmen meiner Augen oder vielmehr, wenn ich es recht verstanden habe, des Augenhintergrunds durch die Iris, die Pupille und den Glaskörper hindurch. Der technische Assistent, der mich in dem für eine solche Prozedur eigens eingerichteten engen Raum bereits erwartete, war ein ungemein nobler Mann, der einen weißen Turban trug, beinahe, so dachte ich dummerweise, wie der Prophet Muhammed. Behutsam rollte er meinen Hemdsärmel auf und schob die Spitze der Nadel, ohne daß ich das geringste gespürt hätte, in die unterhalb der Armbeuge hervortretende Ader hinein. Während er das Kontrastmittel in mein Blut einfließen ließ, meinte er, es könne sein, daß ich in einer Weile ein leichtes Unwohlsein empfände. Jedenfalls würde sich meine Haut auf ein paar Stunden gelblich verfärben. Nachdem wir wortlos noch etwas zugewartet hatten, jeder an seinem Platz in der wie ein Schlafwagenabteil nur von einem schwachen Lämpchen erleuchteten Kammer, bat er mich, näher zu rücken und den Kopf in das in einer Art Ständer auf dem Tisch befestigte Gestell zu geben, das Kinn in die flache Mulde und die Stirn gegen das eiserne Band. Und jetzt, indem ich dies niederschreibe, sehe ich auch wieder die kleinen Lichtpunkte, die bei jedem Druck auf den Auslöser in meinen weit aufgerissenen Augen zersprangen. – Eine halbe Stunde später saß ich in der Salon Bar des

Great Eastern Hotel in der Liverpool Street und wartete auf den nächsten Zug nach Haus. Ich hatte mir eine dunkle Ecke ausgesucht, denn es war mir inzwischen tatsächlich zweierlei geworden in meiner gelben Haut. Schon bei der Herfahrt im Taxi hatte ich gedacht, es ginge in weiten Schleifen durch einen Lunapark, so drehten sich in der Windschutzscheibe die Lichter der Stadt, und auch jetzt kreisten die schummrigen Ballonleuchter, die Spiegelflächen hinter der Bar und die bunten Batterien der Spirituosenflaschen mir vor den Augen, als säße ich auf einem Karussell. Den Kopf gegen die Wand gelehnt und ab und zu langsam durchatmend, wenn die Übelkeit in mir aufstieg, hatte ich einige Zeit schon die Arbeiter aus den Goldminen der City beobachtet, die sich zu dieser frühen Abendstunde hier, an ihrem gewohnten Trinkplatz, einfanden, alle einander ähnlich, in ihren nachtblauen Anzügen, gestreiften Hemdbrüsten und grellfarbenen Krawatten, und indem ich versuchte, die rätselhaften Gewohnheiten dieser in keinem Bestiarium beschriebenen Tierart zu begreifen, ihr enges Beieinanderstehen, ihr halb geselliges, halb aggressives Gehabe, das Freigeben der Gurgel beim Leeren der Gläser, das immer aufgeregter werdende Stimmengewirr, das plötzliche Davonstürzen des einen oder anderen, da bemerkte ich auf einmal, am Rand der schon schwankenden Horde, einen vereinzelten Menschen, der niemand anders sein konnte als der seit bald zwanzig Jahren, wie mir in diesem Augenblick zum Bewußtsein kam, von mir vermißte Austerlitz. Er war in seinem ganzen Aussehen unverändert geblieben, in der Körperhaltung sowohl als in der Kleidung, und sogar den Rucksack hatte er noch über der Schulter. Bloß sein blondes, gewelltes Haupthaar, das ihm wie ehedem in seltsamer Fasson abstand von seinem Kopf, war fahler geworden. Demungeachtet aber schien er, den ich früher immer für zirka zehn Jahre älter gehalten hatte, mir nun um zehn Jahre jünger als ich, sei es aufgrund meiner eigenen schlechten Verfassung, sei es, daß er zu jenem Typus des Junggesellen gehörte, an dem etwas von einem Knaben bleibt bis zuletzt. Ich war, soviel ich noch weiß, eine geraume Zeit vollkommen befangen in meinem Erstaunen über die unverhoffte Wiederkehr von Austerlitz; jedenfalls ist mir erinnerlich, daß ich, ehe ich hinübergegangen bin zu ihm, mir länger Gedanken machte über die mir jetzt zum erstenmal aufgefallene Ähnlichkeit seiner Person mit der Ludwig Wittgensteins, über den entsetzten Ausdruck, den sie beide trugen in ihrem Gesicht. Ich glaube, es war vor allem der Rucksack, von dem Austerlitz mir später erzählte, daß er ihn kurz vor Aufnahme seines Studiums in einem Surplus-Store in der Charing Cross Road für zehn Shilling aus ehemaligen schwedischen Heeresbeständen gekauft hatte und von dem er behauptete, daß er das einzige wahrhaft Zuverlässige in seinem Leben gewesen sei, dieser Rucksack,

glaube ich, war es, der mich auf die an sich eher abwegige Idee einer gewissermaßen körperlichen Verwandtschaft zwischen ihm, Austerlitz, und dem 1951 in Cambridge an der Krebskrankheit gestorbenen Philosophen brachte. Auch Wittgenstein hat ja ständig seinen Rucksack dabeigehabt, in Puchberg und Otterthal geradeso wie wenn er nach Norwegen fuhr oder nach Irland oder nach Kasachstan oder zu den Schwestern nach Hause, um das Weihnachtsfest in der Alleegasse zu feiern. Immer und überall ist der Rucksack, von dem Margarete ihrem Bruder einmal schreibt, daß er ihr beinahe so lieb sei wie er selber, mit ihm gereist, ich glaube, sogar über den Atlantischen Ozean, auf dem Liniendampfer Queen Mary, und dann von New York bis nach Ithaka hinauf. Mehr und mehr dünkt es mich darum jetzt, sobald ich irgendwo auf eine Photographie von Wittgenstein stoße, als blicke mir Austerlitz aus ihr entgegen, oder, wenn ich Austerlitz anschaue, als sehe ich in ihm den unglücklichen, in der Klarheit seiner logischen Überlegungen ebenso wie in der Verwirrung seiner Gefühle eingesperrten Denker, dermaßen auffällig sind die Ähnlichkeiten zwischen den beiden, in der Statur, in der Art, wie sie einen über eine unsichtbare Grenze hinweg studieren, in ihrem nur provisorisch eingerichteten Leben, in dem Wunsch, mit möglichst wenig auslangen zu können, und in der für Austerlitz nicht anders als für Wittgenstein bezeichnenden Unfähigkeit, mit irgendwelchen Präliminarien sich aufzuhalten. So hat Austerlitz auch an diesem Abend in der Bar des Great Eastern Hotel, ohne auch nur ein Wort zu verlieren über unser nach solch langer Zeit rein zufällig erfolgtes Zusammentreffen, das Gespräch mehr oder weniger dort wieder aufgenommen, wo es einst abgebrochen war. Er habe den

Nachmittag, sagte er, damit verbracht, sich in dem Great Eastern, das nächstens von Grund auf renoviert werden solle, ein wenig umzusehen, hauptsächlich in dem Freimaurertempel, der um die Jahrhundertwende von den Direktoren der Eisenbahngesellschaft in das damals gerade erst fertiggestellte und auf das luxuriöseste ausgestattete Hotel hineingebaut worden ist. Eigentlich, sagte er, habe ich längst meine architektonischen Studien aufgegeben, aber manchmal falle ich doch in die alten Gewohnheiten zurück, auch wenn ich jetzt keine Aufzeichnungen und Skizzen mehr mache, sondern nur in Verwunderung auf die seltsamen, von uns konstruierten Dinge noch schaue. Nicht anders sei es auch heute gewesen, als sein Weg ihn an dem Great Eastern vorbeigeführt habe und er, einer plötzlichen Eingebung folgend, in das Foyer hineingegangen und dort, wie es sich erwies, von dem Geschäftsführer, einem Portugiesen namens Pereira, auf das zuvorkommendste empfangen worden sei, trotz meines gewiß nicht alltäglichen Anliegens, sagte Austerlitz, und meiner eigenartigen Erscheinung. Pereira, fuhr Austerlitz fort, geleitete mich über eine breite Treppe in das erste Stockwerk hinauf und sperrte mir mit einem großen Schlüssel das Portal auf, durch das man den Tempel betritt, einen mit sandfarbenen Marmorplatten und rotem marokkanischem Onyx ausgekleideten Saal mit schwarzweiß quadriertem Fußboden und einer gewölbten Decke, in deren Zentrum ein einzelner goldener Himmelsstern seine Strahlen aussendet in das dunkle Gewölk, das ihn auf allen Seiten umgibt. Anschließend bin ich mit Pereira durch das ganze, größtenteils bereits stillgelegte Hotel gegangen, durch den mehr als dreihundert Gäste fassenden Dining-room unter der

hohen gläsernen Kuppel, durch die Rauch- und Billardsalons, durch Zimmerfluchten und Stiegenhäuser bis in das vierte Stockwerk hinauf, wo früher die Garküchen waren, und bis hinab in das erste und zweite Untergeschoß, ein vordem kühles Labyrinth zur Lagerung von Rheinwein, Bordeaux und Champagner, zur Vorbereitung der nach Tausenden zählenden Backwaren, zum Herrichten des Gemüses, des roten Fleisches und des blassen Geflügels. Allein der Fischkeller, wo Barsche, Zander, Schollen, Seezungen und Aale zuhauf auf den aus schwarzem Schiefer geschnittenen, unablässig von frischem Wasser überflossenen Tischflächen lagen, war, wie Pereira mir sagte, ein kleines Totenreich für sich, sagte Austerlitz, und wenn es nicht schon zu spät wäre, so würde er mit mir den Rundgang noch einmal machen. Vor allem den Tempel würde er mir gerne zeigen und in diesem das in Goldfarben gemalte ornamentale Bildnis der unter einem Regenbogen schwimmenden dreistöckigen Arche, zu der gerade die Taube zurückkehrt, in ihrem Schnabel den grünen Zweig.

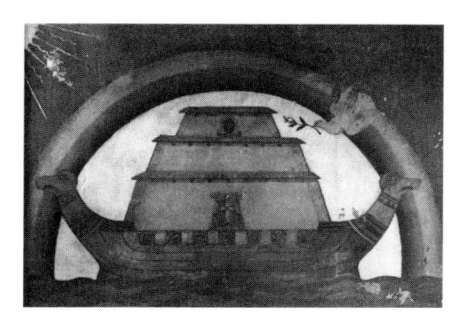

Sonderbarerweise, sagte Austerlitz, habe er heute nachmittag, als er mit Pereira gestanden sei vor diesem schönen Motiv, an unsere so weit schon zurückliegenden belgischen Begegnungen gedacht und daran, daß er bald für seine Geschichte, hinter die er erst in den letzten Jahren gekommen sei, einen Zuhörer finden müsse, ähnlich wie ich es seinerzeit gewesen sei in Antwerpen, Liège und Zeebrugge. Und wenn er mich nun hier angetroffen habe in der Bar des Great Eastern Hotel, die er zuvor noch nie betreten hatte in seinem Leben, so sei das, entgegen jeder statistischen Wahrscheinlichkeit, von einer erstaunlichen, geradezu zwingenden inneren Logik. Austerlitz verstummte, als er dies gesagt hatte, und schaute eine Weile, wie es mir schien, in die weiteste Ferne. Seit meiner Kindheit und Jugend, so hob er schließlich an, indem er wieder herblickte zu mir, habe ich nicht gewußt, wer ich in Wahrheit bin. Von meinem heutigen Standpunkt aus sehe ich natürlich, daß allein mein Name und die Tatsache, daß mir dieser Name bis in mein fünfzehntes Jahr vorenthalten geblieben war, mich auf die Spur meiner Herkunft hätten bringen müssen, doch ist mir in der letztvergangenen Zeit auch klargeworden, weshalb eine meiner Denkfähigkeit vor- oder übergeordnete und offenbar irgendwo in meinem Gehirn mit der größten Umsicht waltende Instanz mich immer vor meinem eigenen Geheimnis bewahrt und systematisch davon abgehalten hat, die naheliegendsten Schlüsse zu ziehen und die diesen Schlüssen entsprechenden Nachforschungen anzustellen. Es ist nicht einfach gewesen, aus der Befangenheit mir selbst gegenüber herauszufinden, noch wird es einfach sein, die Dinge jetzt in eine halbwegs ordentliche Reihenfolge zu bringen. Ich bin aufgewachsen, so begann Austerlitz an jenem Abend in der Bar des Great Eastern Hotel, in dem Landstädtchen Bala in Wales, im Hause eines calvinistischen Predigers und ehemaligen Missionars, der Emyr Elias hieß und verehelicht war mit einer furchtsamen, aus einer englischen Familie stammenden Frau. Es ist mir immer unmöglich gewesen, zurückzudenken an dieses unglückliche Haus, das für sich allein etwas außerhalb des Orts auf einer Anhöhe stand und viel zu groß war für zwei Leute und ein einzelnes Kind. Im oberen Stock gab es mehrere Zimmer, die abgesperrt waren jahraus und jahrein. Noch heute träumt es mir manchmal, daß eine der verschlossenen Türen sich auftut und ich über die Schwelle trete in eine freundlichere, weniger fremde Welt. Auch von den nicht abgesperrten Zimmern waren einige außer Gebrauch. Nur spärlich mit einem Bett oder einem Kasten möbliert, die Vorhänge selbst untertags zugezogen, dämmerten sie in einem Halbdunkel dahin, das bald schon jedes Selbstgefühl auslöschte in mir. So ist mir aus meiner frühesten Zeit in Bala fast nichts mehr erinnerlich, außer wie sehr es mich schmerzte, auf einmal mit einem anderen Namen angeredet zu werden, und wie schrecklich es war, nach dem Verschwinden meiner eigenen Sachen, herumgehen zu müssen in diesen kurzen englischen Hosen, mit den ewig herunterrutschenden Kniesocken, einem fischnetzartigen Leibchen und einem mausgrauen, viel zu leichten Hemd. Und ich weiß, daß ich in meiner schmalen Bettstatt in dem Predigerhaus oft stundenlang wachgelegen bin, weil ich versuchte, die Gesichter derjenigen mir vorzustellen, die ich, so fürchtete ich, verlassen hatte aus eigener Schuld; aber erst wenn die Müdigkeit mich lähmte und in der Finsternis meine Lider sich senkten, sah ich, für einen unfaßbaren Augenblick, die Mutter, wie sie sich herabneigt zu mir, oder den Vater, wie er sich lächelnd gerade den Hut aufsetzt. Um so schlimmer war nach solchem Trost das Erwachen am frühen Morgen, das Jeden-Tag-von-neuem-Begreifenmüssen, daß ich nicht mehr zu Hause war, sondern sehr weit auswärts, in einer Art von Gefangenschaft. Erst neulich entsann ich mich wieder, wie sehr es mich bedrückte, daß in der ganzen Zeit, die ich bei dem Ehepaar Elias verbrachte, nie ein Fenster aufgemacht worden ist, und vielleicht habe ich deshalb, Jahre später an einem Sommertag, als ich, irgendwo unterwegs, an einem Haus vorbeikam, dessen sämtliche Fenster offenstanden, mich auf eine so unbegreifliche Weise aus mir herausgehoben gefühlt. Beim Nachdenken über dieses Befreiungserlebnis entsann ich mich vor ein paar Tagen erst wieder, daß eines der beiden Fenster meines Schlafzimmers von innen zugemauert gewesen ist, während es von außen unverändert erhalten war, ein Umstand, hinter den ich, da man sich niemals zugleich innen und außen befindet, erst im Alter von dreizehn oder vierzehn Jahren gekommen bin, trotzdem er mich beunruhigt haben muß meine ganze Kindheit in Bala hindurch. Es hat mich immer gefroren in dem Predigerhaus, fuhr Austerlitz fort, nicht bloß im Winter, wenn oft nur der Herd in der Küche geschürt wurde und nicht selten der steinerne Boden des Eingangs von Reif überzogen war, sondern auch schon im Herbst und bis weit in das Frühjahr und die unfehlbar verregneten Sommer hinein. Und so wie in dem Haus in Bala die Kälte herrschte, so herrschte in ihm auch das Schweigen. Die Frau des Predigers war ständig mit ihrem Haushalt beschäftigt, mit Abstauben und dem Aufwischen der Fliesen, mit der Kochwäsche, dem Polieren der Messingbeschläge an den Türen oder der Zubereitung der mageren Mahlzeiten, die wir dann wortlos meist einnahmen. Bisweilen ging sie auch nur im Haus herum und sah nach, daß alles – unverrückt, wie es bei ihr stets sein mußte – noch an seinem Platz war. Einmal habe ich sie in einem der halbleeren Zimmer im oberen Stock auf einem Stuhl sitzen gefunden, mit Tränen in den Augen und dem nassen, zerknüllten Taschentuch in der Hand. Als sie mich unter der Türe stehen sah, erhob sie sich, sagte, es sei nichts, nur eine Erkältung, die sie sich geholt habe, und fuhr mir im Hinausgehen mit den Fingern durchs Haar, das einzige Mal, soviel ich weiß, daß dies geschehen ist. Der Prediger saß indessen, wie das seine unabänderliche Gewohnheit war, in seinem Studierzimmer, das auf ein finsteres Eck des Gartens hinausging, und dachte sich seine am nächsten Sonntag zu haltende Predigt aus. Keine dieser Predigten hat er je niedergeschrieben, vielmehr erarbeitete er sie nur in seinem Kopf, indem er sich selber damit peinigte, wenigstens vier Tage lang. Völlig niedergeschlagen kam er jeweils am Abend aus seiner Kammer hervor, nur um am folgenden Morgen wieder in ihr zu verschwinden. Am Sonntag, wenn er vor die im Bethaus versammelte Gemeinde hintrat und ihr oft eine Stunde lang mit einer, wie ich noch zu hören glaube, sagte Austerlitz, tatsächlich erschütternden Wortgewalt das allen bevorstehende Strafgericht, die Farben des Fegefeuers, die Qualen der Verdammnis sowie, in den wundervollsten Stern- und Himmelsbildern, das Eingehen der Gerechten in die ewige Seligkeit vor Augen führte, war er ein verwandelter Mann. Immer gelang es ihm, anscheinend mühelos, so als erfände er noch die entsetzlichsten Dinge aus dem Stegreif heraus, die Herzen seiner Zuhörerschaft mit einem solchen Gefühl der Zerknirschung zu erfüllen, daß nicht wenige von ihnen am Ende des Gottesdienstes mit einem kalkweißen Gesicht nach Hause gingen. Er, der Prediger, hingegen, war den restlichen Sonntag in verhältnismäßig aufgeräumter Stimmung. Beim Mittagessen, das stets mit einer Sagosuppe begann, machte er in halb scherzhafter Form einige lehrreiche Bemerkungen gegen seine vom Kochen erschöpfte Gattin, erkundigte sich, in der Regel mit der Frage »And how is the boy?«, nach meinem Ergehen und versuchte mich ein wenig aus meiner Einsilbigkeit herauszulocken. Zum Beschluß des Mahls kam immer der Reispudding an die Reihe, der die Lieblingsspeise des Predigers war und über dessen Genuß er zumeist verstummte. Sowie das Essen vorüber war, legte er sich für eine Stunde auf dem Kanapee zur Ruhe oder setzte sich, bei schönem Wetter, im Vorgarten unter den Apfelbaum und schaute ins Tal hinab, zufrieden mit dem geleisteten Wochenwerk nicht anders als der Herr Zebaoth nach der Erschaffung der Welt. Vor er am Abend in die Betstunde ging, entnahm er seinem Rolladenpult die blecherne Kassette, in welcher er das von der Kirche der calvinistischen Methodisten in Wales herausgegebene Kalendarium verwahrte, ein graues, ziemlich fadenscheinig schon gewordenes Büchlein, das die Sonn- und Feiertage der Jahre 1928 bis 1948 verzeichnete, und wo er, Woche für Woche, gegen jedes Datum fortlaufend seine Eintragungen gemacht hatte, indem er den dünnen Tintenblei aus dem Buchrücken zog, die Spitze mit der Zunge befeuchtete und sehr langsam und säuberlich, wie ein unter Aufsicht stehender Schüler, das Bethaus vermerkte, wo er an diesem Tag gepredigt hatte, und die Stelle in der Bibel, von der er ausgegangen war, also beispielsweise unter dem 20. Juli 1939: at the Tabernacle, Llandrillo – Psalms CXXVII/4 »He telleth the number of the stars and calleth them all by their names«, oder unter dem 3. August 1941: Chapel Uchaf, Gilboa – Zephanaiah III/6 »I have cut off the nations: their towers are desolate; I made their streets waste, that none passeth by«, oder unter dem 21. Mai 1944: Chapel Bethesda, Corwen – Isaiah XLVIII/18 »O that thou hadst hearkened to my commandments! then had thy peace been as a river and thy righteousness as the waves of the sea!« Die letzte Eintragung in diesem Büchlein, das zu dem wenigen gehört, was aus dem Besitz des Predigers nach seinem Tod auf mich übergegangen ist und das ich in der letzten Zeit oftmals durchblättert habe, sagte Austerlitz, wurde auf einem der zusätzlich eingelegten Blätter gemacht. Sie datiert vom 7. März 1952 und lautet: Bala Chapel – Psalms CII/6 »I am like a pelican in the wilderness. I am like an owl in the desert.« Natürlich sind die sonntäglichen Predigten, von denen ich mehr als fünfhundert angehört haben muß, mir als Kind größtenteils über den Kopf hinweggegangen, aber auch wenn die Bedeutung der einzelnen Wörter und Sätze mir lange verschlossen blieb, so begriff ich doch, gleich ob Elias sich des Englischen oder des Walisischen bediente, daß von der Sündhaftigkeit und der Bestrafung der Menschen die Rede war, von Feuer und Asche und dem drohenden Ende der Welt. Es sind allerdings nicht die biblischen Zerstörungsbilder, die sich in meiner Erinnerung heute mit der calvinistischen Eschatologie verbinden, sagte Austerlitz, sondern es ist das, was ich mit meinen eigenen Augen gesehen habe, wenn ich mit Elias auswärts gewesen bin. Viele seiner jüngeren Amtsbrüder waren bald nach Kriegsbeginn zum Heeresdienst verpflichtet worden, und Elias mußte darum seine Predigten jeden zweiten Sonntag wenigstens in einer anderen, oft ziemlich weit entfernten Gemeinde halten. Wir machten die Fahrten über das Land anfangs in einem zweisitzigen, von einem fast schneeweißen Pony gezogenen Wägelchen, in welchem Elias, seiner Gewohnheit entsprechend, auf dem Hinweg immer in der allerdunkelsten Geistesverfassung hockte. Auf dem Rückweg aber erhellte sich sein Gemüt, wie zu Hause auch an den Sonntagnachmittagen; ja, es kam sogar vor, daß er vor sich hinsummte und ab und zu die Geißel ein wenig schnalzen ließ über den Ohren des Pferdchens. Und diese hellen und dunklen Seiten des Predigers Elias hatten ihre Entsprechung in der gebirgigen Landschaft um uns herum. Ich erinnere mich, sagte Austerlitz, wie wir einmal durch das endlose Tanat-Tal hinauffuhren, rechts und links an den Abhängen nichts als krummes Holz, Farne und rostfarbenes Kraut, und dann, das letzte Stück zu dem Joch hinauf, nur noch graues Felsengestein und treibende Nebel, so daß ich fürchtete, wir näherten uns dem äußersten Rand der Erde. Umgekehrt habe ich einmal erlebt, als wir gerade die Paßhöhe von Pennant erreicht hatten, daß in einer im Westen sich auftürmenden Wolkenwand eine Lücke sich auftat und die Strahlen der Sonne niedergingen in einer schmalen Bahn bis auf den weit drunten in schwindelerregender Tiefe vor uns liegenden Grund des Tals. Wo eben noch nichts als eine bodenlose Düsternis gewesen war, von dort leuchtete nun, umgeben von schwarzen Schatten ringsum, eine kleine Ortschaft herauf, mit ein paar Obstgärten, Wiesen und Feldern, grün funkelnd gleich der Insel der Seligen, und indem wir über die Paßstraße hinabschritten neben dem Pferd und dem Wagen her, wurde alles lichter und lichter, die Bergseiten traten hervor hell aus der Dunkelheit, das feine, vom Wind gebeugte Gras schimmerte auf, drunten am Ufer des Baches erglänzten die silbernen Weiden, und bald kamen wir aus den leeren Höhen wieder unter die Büsche und Bäume hinein, unter die leise raschelnden Eichen, die Ahorne und die Ebereschen, die schon überall voll waren mit roten Beeren. Einmal, ich glaube in meinem neunten Jahr, bin ich mit Elias eine Zeitlang drunten im Süden von Wales gewesen, in einer Gegend, in der die Flanken der Berge zu beiden Seiten der Straße aufgerissen waren und die Wälder zerfetzt und niedergemacht. Ich weiß nicht mehr, wie der Ort geheißen hat, in dem wir bei Einbruch der Nacht anlangten. Er war von Kohlenhalden umgeben, deren Ausläufer stellenweise bis in die Gassen hineinreichten. Als Quartier hatte man uns im Haus eines der Kirchenvorsteher ein Zimmer gerichtet, von dem aus man einen Förderturm sehen konnte mit einem riesigen Rad, das sich manchmal so und manchmal andersherum drehte in dem dichter werdenden Dunkel, und weiter talabwärts sah man in regelmäßigen Abständen von jeweils vielleicht drei oder vier Minuten hohe Feuer- und Funkengarben aus den Schmelzöfen eines Hüttenwerks stieben bis hoch in den Himmel hinauf. Als ich schon im Bett lag, saß Elias lang noch auf einem Schemel am Fenster und schaute stillschweigend hinaus. Ich glaube, daß es der Anblick des einmal ums andere im Feuerschein aufleuchtenden und gleich darauf wieder in der Finsternis versinkenden Tales gewesen ist, der Elias die von ihm am nächsten Morgen gehaltene Offenbarungspredigt eingab, eine Predigt über die Rache des Herrn, über den Krieg und die Verheerung der Wohnstätten der Menschen, mit der er, wie der Vorsteher zu ihm beim Abschied sagte, sich selbst übertroffen hatte bei weitem. War die Zuhörerschaft während der Predigt vor Schrekken beinah versteinert gewesen, so hätte mir die von Elias beschworene Gottesgewalt wohl kaum nachhaltiger eingeprägt werden können als durch die Tatsache, daß in dem am Ausgang des Tales gelegenen Städtchen, in dem Elias am selben Abend noch den Vorsitz bei der Betstunde übernehmen sollte, am hellichten Nachmittag eine Bombe in das Kinotheater eingeschlagen war. Die Trümmer rauchten noch, als wir die Ortsmitte erreichten. Die Leute standen in kleinen Gruppen auf der Straße, manche noch vor Entsetzen die Hand vor dem Mund. Die Feuerwehr war quer über das Blumenrondell gefahren, und auf dem Rasenplatz lagen in ihren Sonntagskleidern die Leichen derjenigen, die sich, wie Elias mir nicht erst zu sagen brauchte, versündigt hatten gegen das heilige Sabbat-Gebot. Nach und nach ist so in meinem Kopf eine Art von alttestamentarischer Vergeltungsmythologie entstanden, deren Hauptstück für mich übrigens immer der Untergang der Gemeinde Llanwddyn in den Wassern des Stausees von Vyrnwy gewesen ist. Soweit ich mich entsinne, war es auf der Rückfahrt von einer seiner auswärtigen Verpflichtungen, entweder in Abertridwr oder in Pont Llogel, daß Elias den Wagen an dem Seeufer angehalten hat und mich hinausführte bis auf die Mitte der Staumauer, wo er mir dann erzählte von seinem Vaterhaus, das dort drunten in einer Tiefe von vielleicht hundert Fuß unter dem dunklen Wasser stünde, und nicht bloß sein Vaterhaus allein, sondern noch mindestens vierzig andere Häuser und Höfe und die Kirche zum heiligen Johann von Jerusalem und drei Kapellen und drei Bierschenken, die samt und sonders ab dem Herbst 1888, nachdem der Damm fertiggestellt war, überschwemmt worden seien. Besonders bekannt, so, sagte Austerlitz, habe ihm Elias erzählt, sei Llanwddyn in den Jahren vor seinem Untergang vor allem dadurch gewesen, daß auf dem Anger des Dorfes, wenn im Sommer der Vollmond schien, oft die ganze Nacht hindurch Fußball gespielt wurde, und zwar von mehr als zehn Dutzend teilweise aus den Nachbarorten herübergekommenen Burschen und Männern beinahe jeden Alters zugleich. Die Fußballgeschichte von Llanwddyn hat mich lange Zeit in der Phantasie beschäftigt, sagte Austerlitz, in erster Linie sicher, weil Elias mir gegenüber weder je zuvor noch je später irgendeine Bemerkung machte über sein eigenes Leben. In diesem einen Augenblick auf der

Staumauer von Vyrnwy, in dem er, aus Vorsatz oder aus Unachtsamkeit, mich hineinsehen ließ in das Innere seiner Predigerbrust, fühlte ich so sehr mit ihm, daß er, der Gerechte, mir wie der einzige Überlebende der Flutkatastrophe von Llanwddyn erschien, während ich die anderen alle, seine Eltern, seine Geschwister, seine Anverwandten, die Nachbarsleute und die übrigen Dorfbewohner, drunten in der Tiefe noch wähnte, wo sie weiterhin in ihren Häusern saßen und auf der Gasse herumgingen, aber ohne sprechen zu können und mit viel zu weit offenen Augen. Diese Vorstellung, die in mir entstand von der subaquatischen Existenz der Bevölkerung von Llanwddyn hatte auch etwas mit dem Album zu tun, das Elias am Abend unserer Heimkehr mir zum erstenmal zeigte und das diverse Ansichten von seinem in den Wellen versunkenen Geburtsort

enthielt. Da es sonst keinerlei Bilder gab in dem Predigerhaus, habe ich diese paar wenigen Photographien, die später zusammen mit dem calvinistischen Kalender in meinen Besitz gekommen sind, immer wieder von neuem angeschaut, bis die Personen, die mir aus ihnen entgegensahen, der Schmied mit dem Lederschurz, der Posthalter, der der Vater von Elias gewesen ist, der Hirt, der mit den Schafen durch die Dorfstraße zieht, und vor allem das Mädchen, das mit seinem kleinen Hund auf dem Schoß auf einem Sessel im Garten sitzt, so vertraut wurden, als lebte ich bei

ihnen auf dem Grund des Sees. Nachts vor dem Einschlafen in meinem kalten Zimmer war es mir oft, als sei auch ich untergegangen in dem dunklen Wasser, als müßte ich, nicht anders als die armen Seelen von Vyrnwy, die Augen weit offen halten, um hoch über mir einen schwachen Lichtschein zu sehen und das von den Wellen gebrochene Spiegelbild des steinernen Turms, der so furchterregend für sich allein an dem bewaldeten Ufer steht. Bisweilen bildete ich mir sogar ein, die eine oder andere der Photofiguren aus dem Album gesehen zu haben auf der Straße in Bala oder draußen auf dem Feld, besonders an heißen Sommertagen um die Mittagszeit, wenn niemand sonst um die Wege war und die Luft etwas flimmerte. Elias untersagte mir, von derlei Dingen zu reden. Dafür bin ich dann jede freie Stunde bei Evan, dem Schuster, gesessen, der nicht weit von dem Predigerhaus seine Werkstatt hatte und in dem Ruf stand, ein Geisterseher zu sein. Von Evan habe ich auch, förmlich im Flug, das Walisische gelernt, weil mir seine Geschichten viel besser eingingen als die endlosen Psalmen und Bibelsprüche, die ich für die Sonntagsschule auswendig lernen mußte. Im Gegensatz zu Elias, der Krankheit und Tod immer in einen Zusammenhang brachte mit Prüfung, gerechter Strafe und Schuld, erzählte Evan von Verstorbenen, die das Los zur Unzeit getroffen hatte, die sich um ihr Teil betrogen wußten und danach trachteten, wieder ins Leben zurückzukehren. Wer ein Auge für sie habe, sagte Evan, der könne sie nicht selten bemerken. Auf den ersten Blick sähen sie aus wie normale Leute, aber wenn man sie genauer anschaute, verwischten sich ihre Gesichter oder flackerten ein wenig an den Rändern. Auch seien sie meist um eine Spanne kleiner, als sie zu ihren Lebzeiten waren, denn die Erfahrung des Todes, behauptete Evan, verkürzt uns, gerade so wie ein Stück Leinwand eingeht, wenn man es zum erstenmal wäscht. Fast immer gingen die Toten alleine, doch zögen sie manchmal auch in kleinen Schwadronen herum; in bunten Uniformröcken oder in graue Umhänge gehüllt habe man sie schon gesehen, wie sie zwischen den Feldmauern, die sie nur knapp überragten, mit leisem Rühren der Trommel hinaufmarschierten in die Hügel über dem Ort. Von seinem Großvater erzählte Evan, daß er einmal auf dem Weg von Frongastell nach Pyrsau habe zur Seite treten müssen, um so einen Gespensterzug vorbeizulassen, der ihn eingeholt hatte und aus lauter zwergwüchsigen Wesen bestand. Hastig schritten sie dahin, leicht vornübergebeugt und mit ihren Fistelstimmen untereinander redend. An der Wand über der niedrigen Werkbank Evans, sagte Austerlitz, hing von einem Haken der schwarze Schleier, den der Großvater von der Bahre abgenommen hatte, als die kleinen vermummten Gestalten sie vorübertrugen an ihm, und gewiß ist es Evan gewesen, sagte Austerlitz, der mir einmal sagte, mehr als ein solches Seidentuch trenne uns nicht von der nächsten Welt. Tatsächlich bin ich während all der von mir in dem Predigerhaus in Bala verbrachten Jahre nie das Gefühl losgeworden, etwas sehr Naheliegendes, an sich Offenbares sei mir verborgen. Manchmal war es, als versuchte ich aus einem Traum heraus die Wirklichkeit zu erkennen; dann wieder meinte ich, ein unsichtbarer Zwillingsbruder ginge neben mir her, sozusagen das Gegenteil eines Schattens. Auch hinter den biblischen Geschichten, die ich ab meinem sechsten Jahr in der Sonntagsschule zu lesen bekam, vermutete ich einen auf mich selber sich beziehenden Sinn, einen Sinn, der sich vollkommen von dem unterschied, der sich aus der Schrift ergab, wenn ich mit dem Zeigefinger die Zeilen entlangfuhr. Ich sehe noch, sagte Austerlitz, wie ich, beschwörerisch vor mich hinmurmelnd, immer wieder von neuem die Geschichte von Moses herausbuchstabierte aus der eigens für den Kindergebrauch gedachten, großgedruckten Ausgabe, die mir Miss Parry geschenkt hatte, als es mir zum erstenmal gelungen war, das mir zum Auswendiglernen aufgegebene Kapitel von der Verwirrung der Zungen fehlerfrei und mit schöner Betonung herzusagen. Ich brauche nur ein paar Blätter umzuwenden in diesem

Buch, sagte Austerlitz, und ich weiß wieder, wie sehr ich mich damals ängstigte bei der Stelle, an der davon die Rede war, daß die Tochter Levi ein Kästlein machte aus Rohr, daß sie es verklebte mit Erdharz und Pech, und daß sie das Kind sodann in dieses Kästlein hineinlegte und es aussetzte in dem Schilf am Ufer des Wassers – yn yr hesg ar fin yr afon, so war, glaube ich, der Wortlaut. Weiter in der Geschichte Moses, sagte Austerlitz, hat besonders der Abschnitt mich angezogen, in dem berichtet wird, wie die Kinder Israel eine furchtbare Einöde durchqueren, viele Tagreisen lang und breit, in welcher das Auge, soweit es auch sehen mag, nichts anderes erblickt als Himmel und Sand. Ich habe versucht, die Wolkensäule mir vorzustellen, die dem wandernden Volk, wie es in einer seltsamen Wendung hieß, voran des Weges ging, und versenkte mich, alles um mich her vergessend, in eine ganzseitige Illustration, in der die Wüste Sinai mit ihren kahlen, ineinander verschobenen Bergrücken und dem grau gestrichelten Hintergrund, den ich manchmal für das Meer und manchmal für den Luftraum gehalten habe, ganz der Gegend glich, in der ich aufgewachsen bin. Tatsächlich, sagte Austerlitz bei einer späteren Gelegenheit, als er die walisische Kinderbibel vor mir aufschlug, wußte ich mich unter den winzigen Figuren, die das Lager bevölkern, an meinem richtigen Ort. Jeden Quadratzoll der mir

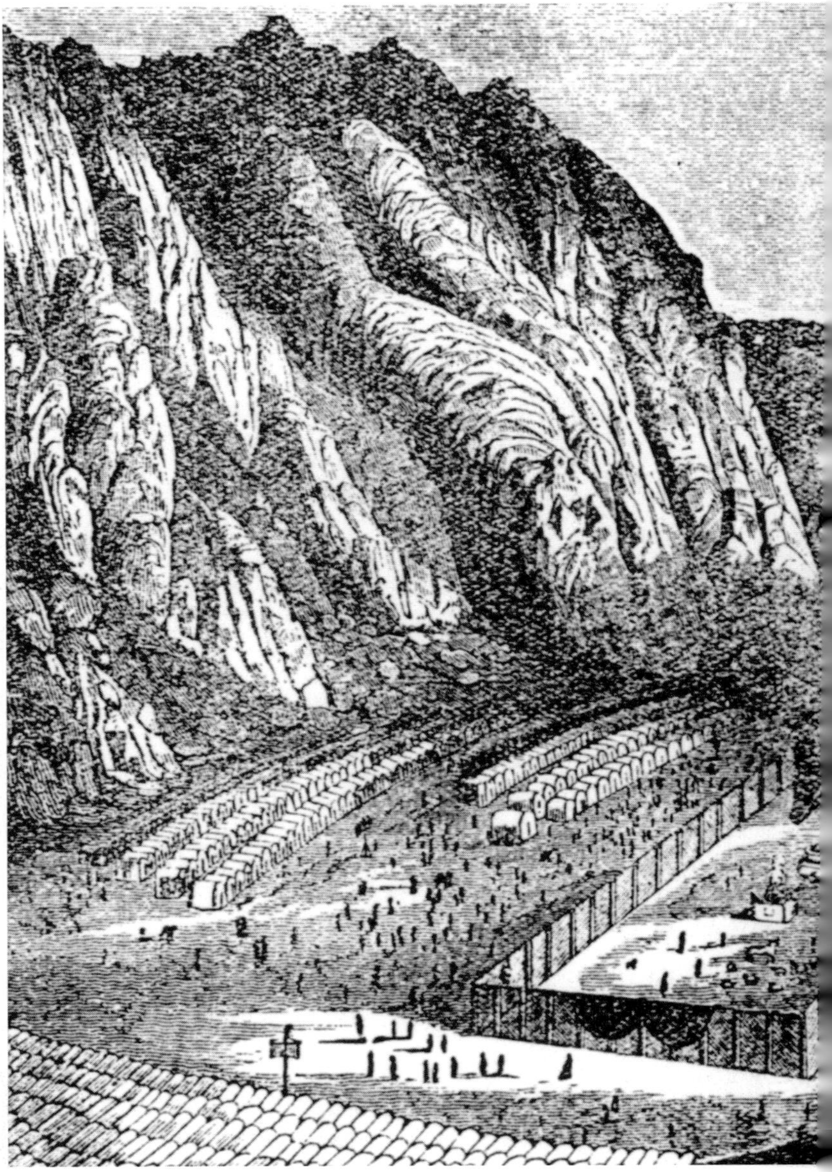

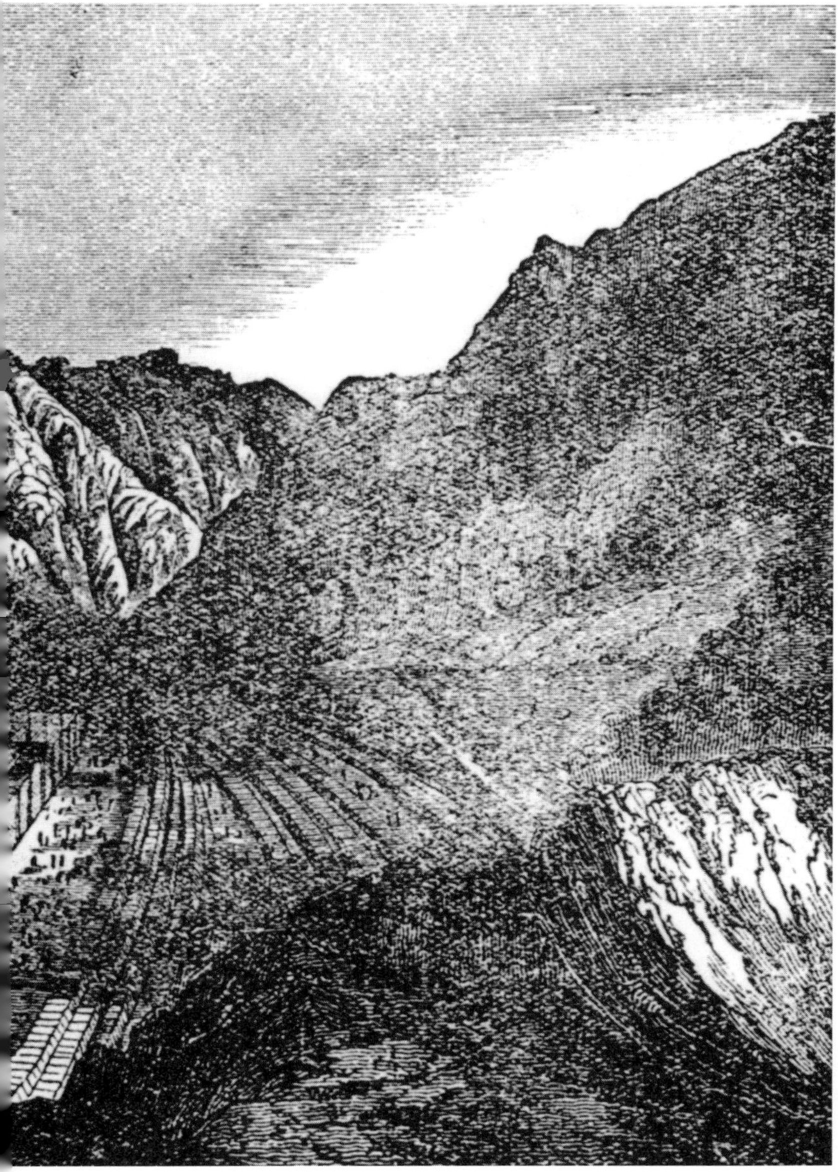

gerade in ihrer Vertrautheit unheimlich erscheinenden Abbildung habe ich durchforscht. In einer etwas helleren Fläche an der steil abstürzenden Bergseite zur Rechten glaubte ich, einen Steinbruch zu erkennen und in den gleichmäßig geschwungenen Linien darunter die Geleise einer Bahn. Am meisten aber gab mir der umzäunte Platz in der Mitte zu denken und der zeltartige Bau am hinteren Ende, über dem sich eine weiße Rauchwolke erhebt. Was damals auch in mir vorgegangen sein mag, das Lager der Hebräer in dem Wüstengebirge war mir näher als das mir mit jedem Tag unbegreiflicher werdende Leben in Bala, so wenigstens, sagte Austerlitz, dünkt es mich heute. An jenem Abend in der Bar des Great Eastern Hotel hatte er noch davon gesprochen, daß es in dem Predigerhaus in Bala weder einen Radioapparat noch eine Zeitung gab. Ich wüßte nicht, sagte er, daß Elias und seine Frau Gwendolyn je die Kampfhandlungen auf dem europäischen Festland erwähnt hätten. Eine Welt außerhalb von Wales konnte ich mir nicht denken. Erst ab dem Ende des Krieges änderte sich das allmählich. Mit den Siegesfeiern, zu denen auch in Bala in den mit bunten Fähnchen geschmückten Straßen getanzt wurde, schien eine neue Epoche anzubrechen. Sie begann für mich damit, daß ich, verbotenerweise, zum erstenmal ins Kino ging und von da an jeden Sonntagvormittag aus dem Gehäuse des

Filmvorführers Owen, der einer der drei Söhne des Geistersehers Evan war, die sogenannte tönende Wochenschau mir anschaute. Um dieselbe Zeit herum verschlechterte sich der Gesundheitszustand Gwendolyns, zunächst kaum merklich, bald aber mit zunehmender Geschwindigkeit. Sie, die doch stets auf die peinlichste Ordnung gehalten hatte, fing nun an, zuerst das Haus und darauf sich selber zu vernachlässigen. In der Küche stand sie nurmehr ratlos herum, und wenn Elias, so gut er es vermochte, eine Mahlzeit zubereitete, nahm sie fast gar nichts zu sich. Aufgrund dieser Umstände ist es sicher gewesen, daß ich zum Herbsttrimester 1946, im Alter von zwölf Jahren, auf eine Privatschule in der Nähe von Oswestry geschickt wurde. Wie die meisten derartigen Erziehungsanstalten war Stower Grange der für einen Heranwachsenden denkbar ungeeignetste Ort. Der Direktor, ein gewisser Penrith-Smith, der in seinem verstaubten Talar ohne Unterlaß, vom Morgen früh bis spät in die Nacht ziellos in den Schulgebäuden herumwanderte, war ein hoffnungslos zerstreuter, vollkommen geistesabwesender Mensch, und auch die übrige Lehrerschaft setzte sich, in dieser unmittelbaren Nachkriegszeit, zusammen aus den absonderlichsten Existenzen, die größtenteils über sechzig waren oder an irgendeinem Gebrechen litten. Das Schulleben hielt sich mehr oder weniger von selber in seinem Gang, eher trotz als dank der in Stower Grange wirkenden Pädagogen. Es wurde bestimmt nicht durch ein wie immer geartetes Ethos, sondern durch die viele Schülergenerationen zurückreichenden Sitten und Gebräuche, von denen manche einen geradezu orientalischen Charakter hatten. Es gab die verschiedensten Formen der Großtyrannei und des Kleindespotismus, der erzwungenen Dienstleistung, der Versklavung, der Hörigkeit, der Begünstigung und des Zurückgesetztwerdens, der Heldenverehrung, des Ostrazismus, des Strafvollzugs und der Begnadigung, vermittels deren die Zöglinge, ohne jede Oberaufsicht, sich selber, ja man kann sagen, die gesamte Anstalt, die Lehrer nicht ausgenommen, regierten. Sogar wenn Penrith-Smith, der bemerkenswert gutmütig gewesen ist, aufgrund irgendeiner Sache, die ihm zur Kenntnis gebracht worden war, einen von uns in seinem Direktorzimmer verprügeln mußte, gewann man leicht den Eindruck, als räumte das Opfer dem Vollstrecker der Strafe zeitweise ein eigentlich nur ihm, dem zur Bestrafung Angetretenen, zustehendes Vorrecht ein. Bisweilen, insbesondere an den Wochenenden, schien es, als hätten die Lehrer sich sämtlich davongemacht und die ihnen Anvertrauten in der zwei Meilen wenigstens vor der Stadt gelegenen Anstalt ihrem Los überlassen. Ohne jede Aufsicht spazierten dann einige von uns herum, während andere Intrigen spannen zum Ausbau ihrer Machtstellungen oder in dem nur mit ein paar wackligen Bänken und Stühlen versehenen Laboratorium am Ende des finsteren Kellergangs, der aus einem unerfindlichen Grund das Rote Meer genannt wurde, an den Flammen eines alten, einen süßlichen Geruch verströmenden Gasherdes, Brotscheiben rösteten und eine Rühreierspeise kochten aus einem schwefelgelben Ersatzpulver, von dem, neben anderen, für den Chemieunterricht bestimmten Substanzen, in einem der Wandschränke ein großer Vorrat vorhanden war. Natürlich hat es unter den in Stower Grange herrschenden Verhältnissen nicht wenige gegeben, die ihre ganze Schulzeit hindurch nicht aus dem Unglück herausgekommen sind. Ich erinnere mich beispielsweise, sagte Austerlitz, an einen Knaben namens Robinson, der sich offenbar so wenig in die Härten und Absonderlichkeiten des Schullebens schicken konnte, daß er, im Alter von etwa neun oder zehn Jahren, mehrmals auszubrechen versuchte, indem er mitten in der Nacht an dem Abflußrohr einer Dachrinne hinabgeklettert und über die Felder davongelaufen ist. Am nächsten Morgen wurde er dann jeweils, in dem karierten Schlafrock, den er seltsamerweise eigens für die Flucht angelegt haben mußte, von einem Polizisten zurückgebracht und dem Direktor überantwortet wie ein gemeiner Verbrecher. Für mich selber aber, sagte Austerlitz, sind die Jahre in

Stower Grange, anders als für den armen Robinson, nicht eine Zeit der Gefangenschaft, sondern der Befreiung gewesen. Während die meisten von uns, selbst diejenigen, die ihre Altersgenossen plagten, im Kalender die Tage durchstrichen, bis sie wieder nach Hause durften, wäre ich am liebsten nie mehr nach Bala zurückgekehrt. Von der ersten Woche an verstand ich, daß diese Schule, ungeachtet der mit ihr verbundenen Widrigkeiten, mein einziger Ausweg war, und darum habe ich sogleich alles darangesetzt, mich zurechtzufinden in dem seltsamen Durcheinander aus zahllosen ungeschriebenen Regeln und einer oft ans Karnevalistische grenzenden Gesetzlosigkeit. Sehr zustatten gekommen ist mir die Tatsache, daß ich mich bald schon auf dem Rugbyfeld auszuzeichnen begann, weil ich, vielleicht wegen einem dumpf in mir rumorenden, mir aber damals noch gar nicht bewußten Schmerz, mit gesenktem Kopf die Reihen der Gegner durchquerte wie keiner meiner Mitschüler sonst. Die Furchtlosigkeit, die ich in den in meiner Erinnerung immer unter einem kalten Winterhimmel oder im strömenden Regen sich abspielenden Schlachten bewies, verschaffte mir in kürzester Frist eine besondere Stellung, ohne daß ich mich anderweitig, etwa durch das Anwerben von Vasallen und die Unterwerfung schwächerer Knaben, um sie hätte bemühen müssen. Entscheidend für mein gutes Fortkommen in der Schule war darüberhinaus, daß ich das Studieren und Lesen nie als eine Last empfand. Ganz im Gegenteil, eingesperrt, wie ich bis dahin gewesen war, in die walisische Bibel und Homiletik, schien es mir nun, als öffnete sich mit jeder umgewendeten Seite eine weitere Tür. Ich las alles, was die vollkommen willkürlich zusammengestellte Schulbibliothek hergab und was ich von meinen Lehrern leihweise erhielt, Geographie- und Geschichtsbücher, Reisebeschreibungen, Romane und Lebensschilderungen, und saß bis in die Abende hinein über Nachschlagewerken und Atlanten. Nach und nach entstand so in meinem Kopf eine Art idealer Landschaft, in der die arabische Wüste, das Reich der Azteken, der antarktische Kontinent, die Schneealpen, die Nordwestpassage, der Kongostrom und die Halbinsel Krim in einem einzigen Panorama beieinander waren, bevölkert mit sämtlichen dazugehörigen Gestalten. Da ich mich zu jedem beliebigen Zeitpunkt, in der Lateinstunde ebenso wie während des Gottesdienstes oder an den uferlosen Wochenenden, in diese Welt hineinversetzen konnte, bin ich nie in die Niedergeschlagenheit verfallen, an der so viele in Stower Grange litten. Mich erfaßte das Elend erst, wenn ich in den Ferien wieder nach Hause mußte. Bereits bei der ersten Heimkehr nach Bala an Allerseelen war es mir, als stünde mein Leben wieder unter dem Unstern, der mich, soweit ich zurückdenken konnte, begleitet hatte. Mit Gwendolyn war es im Verlauf meiner zweimonatigen Abwesenheit weiter noch abwärts gegangen. Sie lag jetzt den ganzen Tag auf ihrem Bett und blickte starr an die Decke hinauf. Elias kam jeden Morgen und jeden Abend eine Zeitlang zu ihr, aber weder er noch Gwendolyn sprach ein einziges Wort. Es war, so scheint es mir, wenn ich daran zurückdenke, sagte Austerlitz, als würden sie von der Kälte in ihren Herzen langsam ums Leben gebracht. Ich weiß nicht, an was für einer Krankheit Gwendolyn zugrunde ging, und glaube, daß sie es selbst nicht hätte sagen können. Ihr entgegenzusetzen hatte sie jedenfalls nichts als das eigentümliche Bedürfnis, das sie mehrmals am Tag und vielleicht auch während der Nacht überkam, sich einzupudern mit einer Sorte billigen Talkums, von der eine große Streudose auf dem Tischchen neben der Bettseite stand. In solchen Mengen verwendete Gwendolyn diese staubfeine, etwas fettige Substanz, daß der Linoleumboden um ihr Lager herum und bald das ganze Zimmer und die Korridore im oberen Stock überzogen waren von einer weißen, durch die Feuchtigkeit der Luft leicht schmierig gewordenen Schicht. Mir ist dieses Einweißen des Predigerhauses erst neulich wieder in den Sinn gekommen, sagte Austerlitz, als ich bei einem russischen Schriftsteller in seiner Kindheits- und Jugendbeschreibung von einer ähnlichen Pudermanie las, die seine Großmutter gehabt hatte, eine Dame, die sich allerdings, trotzdem sie die meiste Zeit auf dem Kanapee lag und sich fast ausschließlich von Weingummis und Mandelmilch ernährte, einer eisernen Konstitution erfreute und immer bei sperrangelweit offenem Fenster schlief, weshalb es auch einmal geschah, daß sie eines Morgens, nachdem es draußen die ganze Nacht gestürmt hatte, unter einer Schneedecke erwachte, ohne dadurch auch nur den geringsten Schaden zu nehmen. So freilich ist es in dem Predigerhaus nicht gewesen. Die Fenster des Krankenzimmers blieben ständig geschlossen, und der weiße Puder, der sich Gran für Gran überall abgelagert hatte und durch den sich schon richtige Wegspuren zogen, hatte nichts von glitzerndem Schnee. Eher erinnerte er schon an das Ektoplasma, von dem Evan mir einmal erzählt hatte, daß Hellseherinnen es aus ihrem Mund hervorbringen können in großen Blasen, die dann zu Boden sinken, wo sie schnell austrocknen und zerfallen zu Staub. Nein, es war kein frischgefallener Schnee, der in das Predigerhaus hineinwehte; was es erfüllte, war etwas Ungutes, von dem ich nicht wußte, woher es kam, und für das ich erst viel später in einem anderen Buch die zwar völlig unverständliche, mir aber doch, so sagte Austerlitz, sofort einleuchtende Bezeichnung »das arsanische Grauen« gefunden habe. Es war im kältesten Winter seit Menschengedenken, daß ich zum zweitenmal von der Schule in Oswestry nach Hause kam und Gwendolyn kaum noch am Leben fand. Im Kamin des Krankenzimmers schwelte ein Kohlenfeuer. Der gelbliche Qualm, der von den glosenden Brocken aufstieg und nicht recht abziehen wollte, vermengte sich mit dem im ganzen Haus hängenden Karbolgeruch. Ich stand Stunden am Fenster und studierte die wunderbaren Formationen der zwei bis drei Zoll hohen Eisgebirge, die sich über den Querleisten gebildet hatten durch das an den Scheiben herabrinnende Wasser. Aus der Schneelandschaft draußen tauchten ab und zu einzelne Figuren auf. In dunkle Schultertücher und Decken gehüllt, das Regendach gegen das Flockengestöber aufgespannt, schwankten sie den Hügel herauf. Ich hörte sie drunten im Eingang ihre Stiefel abstoßen, ehe sie, begleitet von der Nachbarstochter, die nun für den Prediger das Hauswesen führte, langsam die Stiege erklommen. Mit einem gewissen Zögern und so, als ob sie sich unter etwas bücken müßten, traten sie über die Schwelle und stellten das, was sie mitgebracht hatten – ein Glas eingewecktes Blaukraut, eine Dose Corned beef oder eine Flasche Rhabarberwein –, auf der Kommode ab. Gwendolyn bemerkte diese Besucher nicht mehr, und die Besucher ihrerseits wagten nicht, sie anzuschauen. Meistens standen sie eine Weile bei mir am Fenster, sahen wie ich hinaus und räusperten sich manchmal ein wenig. Wenn sie sich wieder entfernt hatten, war es so still wie zuvor, bis auf die flachen Atemzüge, die ich hinter mir hörte und zwischen denen jedesmal eine Ewigkeit zu vergehen schien. Am Weihnachtstag richtete sich Gwendolyn mit äußerster Anstrengung noch einmal auf. Elias hatte ihr eine Tasse gezuckerten Tee gebracht, aber sie netzte damit nur ihre Lippen. Dann sagte sie, so leise, daß man es fast nicht hören konnte: What was it that so darkened our world? Und Elias antwortete ihr: I don't know, dear, I don't know. Bis in das neue Jahr dämmerte Gwendolyn noch dahin. Am Tag Epiphanias aber war sie angelangt auf der letzten Stufe. Draußen die Kälte war immer schwerer geworden, und immer lautloser wurde es auch. Das gesamte Land, erfuhr ich später, war in diesem Winter zum Stillstand gekommen. Sogar den Bala-See, den ich bei meiner Ankunft in Wales für das Weltmeer gehalten hatte, bedeckte eine dicke Schicht Eis. Ich dachte an die Rotaugen und Aale in seiner Tiefe und an die Vögel, von denen mir die Besucher gesagt hatten, daß sie steifgefroren von den Zweigen der Bäume fielen. All diese Tage über war es nie richtig hell geworden, und wie zuletzt, in einer ungeheuren Entfernung, die Sonne ein wenig aus dem nebligen Blau hervorkam, da machte die Sterbende die Augen weit auf und wollte ihren Blick nicht mehr von dem schwachen Licht wenden, das durch die Scheiben des Fensters drang. Erst beim Dunkelwerden senkte sie ihre Lider, und nicht lange danach kam mit jedem Atemzug ein gurgelndes Geräusch aus ihrem Rachen herauf. Ich saß die ganze Nacht hindurch mit dem Prediger zu ihrer Seite. Im Morgengrauen hörte das Röcheln auf. Dann wölbte sich Gwendolyn ein wenig nach oben, ehe sie wieder in sich zusammensank. Es war eine Art von Sich-Strecken, gerade so, wie ich es einmal gespürt hatte an einem verletzten Hasen, dem, als ich ihn vom Feldrain aufhob, vor Angst das Herz aussetzte in meiner Hand. Gleich nach der Todesanspannung aber war es, als verkürzte sich der Körper Gwendolyns um ein Stückchen, so daß ich denken mußte an das, was Evan erzählt hatte. Ich sah die Augen in ihre Höhlen zurücktreten und die Reihe der schief ineinander gewachsenen unteren Zähne, die zur Hälfte entblößt worden waren von den dünnen, nun straff nach hinten gespannten Lippen, während draußen, zum erstenmal seit langem, das Morgenrot über die Dächer von Bala streifte. Wie der auf die Stunde des Todes folgende Tag verging, das weiß ich nicht mehr genau, sagte Austerlitz. Ich glaube, ich habe aus Erschöpfung mich niedergelegt und sehr tief und sehr lange geschlafen. Als ich mich wieder erhob, lag Gwendolyn bereits in dem

Sarg, der im vorderen Zimmer auf den vier Mahagonistühlen stand. Sie hatte ihr Hochzeitskleid an, das all die Jahre in einer Truhe im oberen Stock aufbewahrt war, und ein Paar weiße Handschuhe mit vielen kleinen Perlmuttknöpfen, das ich noch nie gesehen hatte und bei deren Anblick mir, zum erstenmal in dem Predigerhaus überhaupt, die Tränen gekommen sind. Elias saß neben dem Sarg und hielt Wacht bei der Toten, während draußen, in der leeren, vor Frost ächzenden Scheune, ein junger Hilfsprediger, der aus Corwen auf einem Pony herübergekommen war, ganz für sich allein die Leichenrede probierte, die er am Tag der Beisetzung halten sollte. Elias hat den Tod seiner Frau nie verwunden. Trauer ist nicht das richtige Wort für den Zustand, in den er geraten war, seit sie im Sterben lag, sagte Austerlitz. Obzwar ich es damals als Dreizehnjähriger nicht begriff, sehe ich heute, daß das in ihm aufgestaute Unglück seinen Glauben genau in der Zeit, da er ihn am meisten brauchte, zerstört hatte. Als ich im Sommer wieder nach Hause kam, war es ihm seit Wochen schon nicht mehr möglich, sein Predigeramt zu versehen. Einmal ist er noch auf die Kanzel gestiegen. Er schlug die Bibel auf und las, mit gebrochener Stimme, und so, als läse er nur für sich, aus den Klageliedern den Spruch: He has made me dwell in darkness as those who have been long dead. Die Predigt dazu hat Elias nicht mehr gehalten. Er stand bloß eine Zeitlang da und schaute über die Köpfe seiner vor Schrecken gelähmten Gemeinde hinweg, mit den unbeweglichen Augen eines Erblindeten wie mir schien. Dann stieg er langsam von der Kanzel wieder herunter und ging aus dem Bethaus hinaus. Noch vor Ende des Sommers überführte man ihn nach Denbigh. Ich habe ihn dort nur ein einziges Mal besucht, in der Vorweihnachtszeit, zusammen mit einem Vorsteher der Gemeinde. Die Kranken waren untergebracht in einem großen steinernen Haus. Ich erinnere mich, sagte Austerlitz, daß wir warten mußten in einem grüngestrichenen Raum. Nach einer Viertelstunde vielleicht kam ein Wärter und führte uns zu Elias hinauf. Er lag in einem Gitterbett, mit dem Gesicht gegen die Wand. Der Wärter sagte: Your son's here to see you, parech, aber Elias war auch durch eine zweite und dritte Anrede zu keiner Antwort zu bringen. Als wir das Zimmer wieder verließen, zupfte einer der anderen Insassen, ein struppiges, eisgraues Männlein, mich am Ärmel und flüsterte mir hinter vorgehaltener Hand zu: he's not a full shilling, you know, was ich seltsamerweise damals, sagte Austerlitz, als eine beruhigende, die ganze trostlose Lage für mich erträglich machende Diagnose empfand. – Mehr als ein Jahr nach dem Besuch in der Anstalt in Denbigh, zu Beginn des Sommertrimesters 1949, als wir gerade mitten in den Vorbereitungen auf die unseren weiteren Weg entscheidenden Prüfungen standen, so nahm Austerlitz nach einer gewissen Zeit seine Erzählung wieder auf, ließ mich der Schuldirektor Penrith-Smith eines Morgens zu sich rufen. Ich sehe ihn jetzt vor mir in seinem ausgefransten Talar, wie er, umwölkt vom blauen Qualm seiner Tabakspfeife, in dem durch das Gitterwerk der bleiverglasten Fenster schräg hereinfallenden Sonnenlicht stand und in der für ihn bezeichnenden wirren Art mehrmals, vorwärts und rückwärts, wiederholte, ich hätte mich vorbildlich gehalten, unter den Umständen, ganz vorbildlich, in Anbetracht der Geschehnisse in den vergangenen zwei Jahren, und wenn ich in den nächsten Wochen die von meinen Lehrern zweifellos zurecht in mich gesetzten Hoffnungen erfüllte, so stünde mir für die Absolvierung der Oberstufe ein Stipendium der Stower Grange Trustees zur Verfügung. Vorderhand allerdings sei er verpflichtet, mir zu eröffnen, daß ich auf meine Examenspapiere nicht Dafydd Elias, sondern Jacques Austerlitz schreiben müsse. It appears, sagte Penrith-Smith, that this is your real name. Meine Zieheltern, mit denen er bei meinem Schuleintritt des längeren gesprochen habe, hätten die Absicht gehabt, mich rechtzeitig vor Beginn der Prüfungen über meine Herkunft aufzuklären und, womöglich, zu adoptieren, aber so wie die Dinge nun liegen, sagte Penrith-Smith, sagte Austerlitz, sei das ja ausgeschlossen, bedauerlicherweise. Er selber wisse nur, daß das Ehepaar Elias in seinem Haus mich aufgenommen habe zu Beginn des Krieges, als ich noch ein kleiner Knabe gewesen sei, und könne mir deshalb nichts Näheres sagen. Sowie der Zustand von Elias sich bessere, werde sich gewiß alles Weitere regeln lassen. As far as the other boys are concerned, you remain Dafydd Elias for the time being. There's no need to let anyone know. It is just that you will have to put Jacques Austerlitz on your examination papers or else your work may be considered invalid. Penrith-Smith hatte den Namen auf einen Zettel geschrieben, und als er diesen Zettel mir aushändigte, da wußte ich nichts anderes zu ihm zu sagen als »Thank you, Sir«, sagte Austerlitz. Am meisten verunsicherte mich zunächst, daß ich mir unter dem Wort Austerlitz nicht das geringste vorstellen konnte. Wäre mein neuer Name Morgan gewesen oder Jones, dann hätte ich das beziehen können auf die Wirklichkeit. Sogar der Name Jacques war mir aus einem französischen Liedchen bekannt. Aber Austerlitz hatte ich nie zuvor noch gehört, und ich war deshalb von Anfang an überzeugt, daß außer mir niemand so heißt, weder in Wales noch auf den Britischen Inseln, noch sonst irgendwo auf der Welt. Tatsächlich bin ich, seit ich vor einigen Jahren begann, meiner Geschichte nachzugehen, einem anderen Austerlitz nirgends begegnet, nicht in den Telephonbüchern von London und nicht denen von Paris, Amsterdam und Antwerpen. Letzthin jedoch, als ich aus bloßer Gedankenlosigkeit das Radio einschaltete, hörte ich den Sprecher im selben Moment sagen, daß Fred Astaire, von dem ich bis dahin überhaupt gar nichts wußte, mit seinem bürgerlichen Namen Austerlitz geheißen hat. Der Vater Astaires, der dieser verwunderlichen Sendung zufolge aus Wien stammte, hatte eine Anstellung als Brauereifachmann in Omaha, Nebraska. Dort wurde Astaire auch geboren. Von der Veranda des Hauses, in dem die Familie Austerlitz lebte, konnte man hören, wie Güterzüge hin- und hergeschoben wurden auf dem Rangierbahnhof der Stadt. Dieses auch in den Nächten ununterbrochen anhaltende Rangiergeräusch und die damit verbundene Vorstellung, weit fort mit der Eisenbahn zu verreisen, sei seine einzige Erinnerung an die frühe Kindheit, soll Astaire später einmal gesagt haben. Und nur ein paar Tage nachdem ich so auf eine mir völlig unbekannte Lebensgeschichte gestoßen bin, setzte Austerlitz hinzu, erfuhr ich von einer Nachbarin, die sich selber als eine leidenschaftliche Leserin bezeichnet, daß sie in den Tagebüchern Kafkas einem kleinen krummbeinigen Mann meines Namens begegnet sei, der den Neffen des Schriftstellers beschneidet. Daß diese Spuren noch irgendwo hinführen, glaube ich ebenso wenig, wie ich Hoffnung habe auf eine Aktennotiz, die ich vor einiger Zeit in einer Dokumentation zur Praxis der Euthanasie gefunden habe und aus der hervorgeht, daß eine Laura Austerlitz am 28. Juni 1966 vor einem italienischen Untersuchungsrichter eine Aussage gemacht hat über die 1944 in einer Reismühle auf der Halbinsel San Saba bei Triest verübten Verbrechen. Jedenfalls, sagte Austerlitz, ist es mir bisher nicht gelungen, diese Namensschwester von mir ausfindig zu machen. Ich weiß nicht einmal, ob sie sich heute, dreißig Jahre nachdem sie ihr Zeugnis abgelegt hat, noch am Leben befindet. Was meine eigene Geschichte betrifft, so hatte ich, wie gesagt, bis zu jenem Apriltag des Jahres 1949, an dem Penrith-Smith mir den von ihm beschriebenen Zettel überreichte, den Namen Austerlitz noch nie gehört. Ich konnte mir nicht denken, wie er zu buchstabieren sei, und habe das seltsame, wie mir schien, einer geheimen Losung gleichende Wort drei- oder viermal silbenweise gelesen, ehe ich aufschaute und sagte: excuse me, Sir, but what does it mean?, worauf Penrith-Smith mir erwiderte: I think you will find it is a small place in Moravia, site of a famous battle, you know. Und wahrhaftig ist dann im Verlauf des nächsten Schuljahres von dem mährischen Dorf Austerlitz auf das ausführlichste die Rede gewesen. In dem Lehrplan für die vorletzte Klasse war nämlich europäische Geschichte vorgesehen, die allgemein als ein komplizierter und nicht ungefährlicher Gegenstand galt, weshalb man sich auch in der Regel auf die mit einer englischen Großtat abschließende Zeit von 1789 bis 1814 beschränkte. Der Lehrer, der uns diese, wie er oft betonte, zugleich glorreiche und schreckensvolle Epoche nahebringen sollte, war ein gewisser André Hilary, der seinen Posten in Stower Grange nach der Entlassung aus dem Heeresdienst eben erst angetreten hatte und, wie es sich bald zeigte, mit der Napoleonischen Ära bis in das einzelnste vertraut war. André Hilary hatte am Oriel College studiert, war aber von kleinauf umgeben gewesen von einer in seiner Familie mehrere Generationen zurückgehenden Napoleonbegeisterung. Auf den Vornamen André, so sagte er mir einmal, sagte Austerlitz, habe sein Vater ihn taufen lassen in Erinnerung an den Marschall Masséna, der Herzog von Rivoli. Tatsächlich konnte Hilary die Bahn, die der von ihm so genannte korsische Komet über den Himmel gezogen hatte, von ihrem Anbeginn bis zu ihrem Erlöschen im Südatlantischen Ozean mit sämtlichen der von ihr durchquerten Konstellationen und von ihr illuminierten Ereignisse und Personen an jedem beliebigen Punkt der Aszendenz oder des Niedergangs ohne die geringste Vorbereitung sich vergegenwärtigen, nicht anders, als sei er selber dabeigewesen. Die Kindheit des Kaisers in Ajaccio, die Lehrzeit in der Militärakademie von Brienne, die Belagerung von Toulon, die Strapazen der ägyptischen Expedition, die Rückkehr über ein Meer voller feindlicher Schiffe, die Überquerung des Großen St. Bernhard, die Schlachten von Marengo, von Jena und Auerstedt, von Eylau und Friedland, von Wagram, Leipzig und Waterloo, das alles beschwor Hilary auf das lebendigste vor uns herauf, teils indem er erzählte – wobei er aus dem Erzählen oft in dramatische Schilderungen und aus diesen in eine Art Theaterspiel überging mit verteilten Rollen, zwischen denen er mit erstaunlicher Virtuosität hin- und herwechselte –, teils indem er die Schachzüge Napoleons und seiner Gegner mit der kalten Intelligenz eines unparteiischen Strategen untersuchte, die gesamte Szenerie jener Jahre aus der Höhe überblickend, mit dem Auge des Adlers, wie er einmal nicht ohne Stolz angemerkt hat. Den meisten von uns haben sich die von Hilary gehaltenen Geschichtsstunden nicht zuletzt deshalb tief eingeprägt, sagte Austerlitz, weil er des öfteren, wahrscheinlich wegen eines Bandscheibenleidens, an dem er laborierte, auf dem Rücken am Fußboden liegend seinen Stoff uns vortrug, was wir in keiner Weise als komisch empfanden, denn Hilary sprach gerade dann mit besonderer Deutlichkeit und Autorität. Hilarys Glanzstück ist zweifellos die Schlacht von Austerlitz gewesen. Weit ausholend beschrieb er uns das Terrain, die Chaussee, die von Brünn ostwärts nach Olmütz führt, das mährische Hügelland zu ihrer Linken, die Pratzener Anhöhen zur Rechten, den seltsamen Kegelberg, der die altgedienten unter den napoleonischen Soldaten an die ägyptischen Pyramiden erinnerte, die Dörfer Bellwitz, Skolnitz und Kobelnitz, den Wildpark und das Fasanengehege, die in dem Gelände lagen, den Lauf des Goldbachs und die Teiche und Seen im Süden, das Feldlager der Franzosen und das der neunzigtausend Alliierten, das sich über neun Meilen erstreckte. Um sieben Uhr morgens, so Hilary, sagte Austerlitz, seien die Spitzen der höchsten Erhebungen aus dem Nebel aufgetaucht wie Inseln aus einem Meer, und während sich nach und nach die Helligkeit über den Kuppen vermehrte, habe der milchige Dunst drunten in den Tälern zusehends sich verdichtet. Gleich einer langsamen Lawine seien die russischen und österreichischen Truppen von den Bergseiten heruntergekommen und bald, in zunehmender Unsicherheit über das Ziel ihrer Bewegung, an den Abhängen und in den Wiesengründen herumgeirrt, während die Franzosen in einem einzigen Ansturm die halb schon verlassenen Ausgangspositionen auf den Pratzener Höhen gewannen, von wo sie dann dem Feind in den Rücken fielen.

Hilary malte uns ein Bild aus von der Anordnung der Regimenter in ihren weißen und roten, grünen und blauen Uniformen, die sich im Verlauf der Schlacht zu immer neuen Mustern vermischten wie die Glaskristalle in einem Kaleidoskop. Wiederholt hörten wir die Namen Kolowrat und Bragation, Kutusow, Bernadotte, Miloradovich, Soult, Murat, Vandamme und Kellermann, sahen die schwarzen Rauchschwaden über den Geschützen hängen, die Kanonenkugeln hinwegsausen über die Köpfe der Kämpfenden, das Aufblinken der Bajonette, als die ersten Sonnenstrahlen den Nebel durchdrangen; vernahmen wahrhaftig, wie wir glaubten, das Aufeinanderkrachen der schweren Reiterei und spürten als eine Schwäche im eigenen Leib das Insichzusammensinken ganzer Reihen unter den an ihnen auflaufenden Wogen der Gegner. Hilary habe Stunden über den 2. Dezember 1805 reden können, sei aber demungeachtet der Auffassung gewesen, daß er in seinen Darstellungen alles viel zu sehr verkürze, denn sollte man wirklich, so habe er mehrfach gesagt, in irgendeiner gar nicht denkbaren systematischen Form, berichten, was an so einem Tag geschehen war, wer genau wo und wie zugrunde ging oder mit dem Leben davonkam, oder auch nur wie es auf dem Schlachtfeld aussah bei Einbruch der Nacht, wie die Verwundeten und die Sterbenden schrien und stöhnten, so brauchte es dazu eine endlose Zeit. Zuletzt bleibe einem nie etwas anderes übrig, als das, wovon man nichts wisse, zusammenzufassen in dem lachhaften Satz »Die Schlacht wogte hin und her« oder einer ähnlich hilf- und nutzlosen Äußerung. Wir alle, auch diejenigen, die meinen, selbst auf das Geringfügigste geachtet zu haben, behelfen uns nur mit Versatzstücken, die von anderen schon oft genug auf der Bühne herumgeschoben worden sind. Wir versuchen, die Wirklichkeit wiederzugeben, aber je angestrengter wir es versuchen, desto mehr drängt sich uns das auf, was auf dem historischen Theater von jeher zu sehen war: der gefallene Trommler, der Infanterist, der gerade einen anderen niedersticht, das brechende Auge eines Pferdes, der unverwundbare Kaiser, umgeben von seinen Generalen, mitten in dem erstarrten Kampfgewühl. Unsere Beschäftigung mit der Geschichte, so habe Hilarys These gelautet, sei eine Beschäftigung mit immer schon vorgefertigten, in das Innere unserer Köpfe gravierten Bildern, auf die wir andauernd starrten, während die Wahrheit irgendwoanders, in einem von keinem Menschen noch entdeckten Abseits liegt. Auch mir, setzte Austerlitz hinzu, ist von der Dreikaiserschlacht, trotz der zahlreichen Beschreibungen, die ich von ihr gelesen habe, nur das Bild vom Untergang der Alliierten in Erinnerung geblieben. Jeder Versuch, den Ablauf des sogenannten Kampfgeschehens zu begreifen, geht unweigerlich über in diese eine Szene, in welcher die Scharen der russischen und österreichischen Soldaten zu Fuß und zu Pferde auf den gefrorenen Satschener Weiher fliehen. Ich sehe die Kanonenkugeln eine Ewigkeit lang stillstehen in der Luft, sehe andere einschlagen in das Eis, sehe die Unglücklichen mit hochgerissenen Armen von den kippenden Schollen gleiten, und sehe sie, seltsamerweise, nicht mit meinen eigenen Augen, sondern mit denen des kurzsichtigen Marschalls Davout, der mit seinen Regimentern in einem Gewaltmarsch von Wien heraufgekommen ist und der mit seiner hinten am Kopf mit zwei Bendeln festgebundenen Brille mitten in dieser Schlacht ausschaut wie einer der ersten Automobilisten oder Aviateure. Denke ich heute an die Ausführungen André Hilarys zurück, sagte Austerlitz, dann erinnere ich mich auch wieder der damals in mir aufsteigenden Idee, auf eine geheimnisvolle Weise verbunden zu sein mit der ruhmreichen Vergangenheit des französischen Volks. Je öfter Hilary das Wort Austerlitz vor der Klasse aussprach, desto mehr wurde es mir zu meinem Namen, desto deutlicher glaubte ich zu erkennen, daß das, was ich zuerst als einen Schandfleck an mir empfunden hatte, sich verwandelte in einen Leuchtpunkt, der mir ständig vorschwebte, so vielversprechend wie die über dem Dezembernebel sich erhebende Sonne von Austerlitz selber. Das ganze Schuljahr hindurch war es mir, als sei ich auserwählt worden, und an dieser Vorstellung, die ja in keiner Weise meinem, wie ich zugleich wußte, zweifelhaften Status entsprach, habe ich festgehalten, fast mein ganzes Leben lang. Von meinen Mitschülern im Stower Grange hat, glaube ich, keiner meinen neuen Namen erfahren, und auch die von Penrith-Smith über meine zweifache Identität ins Bild gesetzten Lehrer nannten mich weiter Elias. André Hilary ist der einzige gewesen, dem ich selbst gesagt habe, wie ich in Wahrheit heiße. Es war kurz nachdem wir einen Aufsatz hatten einreichen müssen über die Begriffe Imperium und Nation, daß Hilary, außerhalb der regulären Stunden, mich zu sich auf sein Zimmer rief, um mir meine Arbeit, die er mit einem A und drei Sternen bewertet hatte, persönlich und nicht, wie er sich ausdrückte, zusammen mit all den anderen Elaboraten zurückzugeben. Er selber, der doch dies und jenes in historischen Fachblättern veröffentlichte, hätte eine derart scharfsinnige Untersuchung in so einer vergleichsweise knappen Frist unmöglich verfassen können, sagte er und wollte wissen, ob ich vielleicht von Haus aus, durch meinen Vater oder einen älteren Bruder, mit der Geschichtswissenschaft vertraut sei. Als ich Hilarys Frage verneinte, hatte ich Mühe, meine Beherrschung nicht zu verlieren, und in dieser für mich, wie es mir schien, nicht mehr haltbaren Lage ist es gewesen, daß ich ihm das Geheimnis meines richtigen Namens gestand, worüber er sich dann lang nicht beruhigte. Einmal ums andere faßte er sich an die Stirn und brach in Rufe des Erstaunens aus, so als habe die Vorsehung ihm endlich den Schüler geschickt, den er sich von jeher gewünscht hatte. Hilary hat mich während der mir in Stower Grange noch verbleibenden Zeit auf jede nur erdenkliche Art unterstützt und gefördert. In erster Linie ihm verdanke ich es, sagte Austerlitz, daß ich in den Abschlußprüfungen in den Fächern Geschichte, Latein, Deutsch und Französisch den Rest meines Jahrgangs weiter hinter mir ließ und mit einem großzügigen Stipendium versehen meinen eigenen Weg gehen konnte ins Freie, wie ich damals zuversichtlich noch meinte. Zum Abschied überreichte mir André Hilary aus seiner napoleonischen Memorabiliensammlung einen goldgerahmten dunklen Karton, auf welchem hinter dem blinkenden Glas drei etwas brüchige Weidenblätter befestigt waren von einem Baum auf der Insel St. Helena und eine Steinflechte, die einem blassen Korallenzweiglein glich und die einer der Vorfahren Hilarys, wie aus der winzigen Unterschrift hervorging, am 31. Juli 1830 abgelöst hatte von der schweren Granitplatte über dem Grab des Marschalls Ney. Dieses an sich wohl wertlose Memento befindet sich bis heute in meinem Besitz, sagte Austerlitz. Es bedeutet mir mehr als beinahe jedes andere Bild, einmal, weil die in ihm aufgehobenen Relikte, die Steinflechte und die verdorrten, lanzettförmigen Baumblätter trotz ihrer Zerbrechlichkeit unversehrt geblieben waren über mehr als ein Jahrhundert hinweg, und zum anderen, weil es mich jeden Tag an Hilary erinnert, ohne den ich gewiß nicht hätte heraustreten können aus dem Schatten des Predigerhauses von Bala. Hilary war es ja auch, der nach dem Anfang 1954 in der Heilanstalt von Denbigh erfolgten Tod meines Ziehvaters die Auflösung des spärlichen Nachlasses übernahm und anschließend den in Anbetracht der Tatsache, daß Elias jeden Hinweis auf meine Herkunft getilgt hatte, mit nicht wenigen Schwierigkeiten verbundenen Prozeß meiner Einbürgerung in die Wege leitete. Er hat mich zu jener Zeit, zu der ich, wie er selber vor mir, bereits am Oriel College studierte, regelmäßig besucht, und wir haben miteinander, so oft es ging, Exkursionen gemacht zu den verlassenen und verfallenden Landhäusern, die es in den Nachkriegsjahren auch in der Umgegend von Oxford überall gab. So lange ich noch an der Schule war, sagte Austerlitz, hat mir, abgesehen von dem Beistand Hilarys, besonders die Freundschaft mit Gerald Fitzpatrick über die gelegentlich mich bedrückenden Selbstzweifel hinweggeholfen. Gerald ist mir bei meinem Eintritt in die Oberstufe nach dem an den Internatsschulen allgemein üblichen Brauch als Faktotum zugeteilt worden. Seine Aufgabe war es, mein Zimmer in Ordnung zu halten, meine Stiefel zu putzen und das Tablett mit den Teesachen zu bringen. Vom ersten Tag an, als er mich um eine der neuen Photographien der Rugby-Mannschaft bat, auf der ich in der vorderen Reihe ganz rechts außen zu sehen war, merkte ich, daß Gerald sich genauso allein fühlte wie ich, sagte Austerlitz, der mir dann, kaum eine Woche nach unserer Wiederbegegnung im Great Eastern Hotel, eine Kopie der von ihm erwähnten Aufnahme ohne weiteren Kommentar zugeschickt hat. An jenem Dezember-

abend aber, in der schon still gewordenen Hotelbar, erzählte mir Austerlitz weiter von Gerald, daß er seit seiner Ankunft in Stower Grange an einem schlimmen, ganz gegen seinen natürlichen Frohsinn gehenden Heimweh gelitten habe. Immerzu, sagte Austerlitz, in jeder freien Minute, ordnete er in seiner Tuckbox die Sachen, die er von zu Hause mitgebracht hatte, und einmal, nicht lange nachdem er in meine Dienste getreten war, beobachtete ich ihn an einem trostlosen Samstagnachmittag, als draußen der Herbstregen herunterströmte, wie er am Ende eines Korridors Feuer zu legen versuchte an einen Stapel Zeitungen, der dort aufgeschichtet war auf dem Steinboden neben der offenen, in einen Hinterhof hinausführenden Tür. In dem grauen Gegenlicht sah ich seine kleine, zusammengekauerte Gestalt und die Flämmchen, die an den Rändern der Zeitungen züngelten, ohne daß es recht brennen wollte. Als ich ihn zur Rede stellte, sagte er, am liebsten wäre ihm ein riesiges Feuer und an Stelle des Schulgebäudes ein Haufen Trümmer und Asche. Von da an habe ich mich um Gerald gekümmert, habe ihm das Aufräumen und Stiefelputzen erlassen und den Tee selber gekocht und mit ihm getrunken, eine Durchbrechung des Reglements, die von den meisten meiner Mitschüler und auch von meinem Housemaster mißbilligt wurde, so etwa, als wäre sie der natürlichen Ordnung zuwider. In den Abendstunden ist Gerald oft mit mir in die Dunkelkammer gegangen, in der ich zu jener Zeit meine ersten photographischen Versuche anstellte. Der hinter dem Chemielabor gelegene kabuffartige

Raum war Jahre hindurch nicht in Gebrauch gewesen, aber in den Wandschränken und Schubladen fanden sich noch mehrere Schachteln mit Rollfilmen, ein großer Vorrat an Photopapier und ein Sammelsurium verschiedener Apparate, darunter eine Ensign, wie ich sie später selber besaß. In der Hauptsache hat mich von Anfang an die Form und Verschlossenheit der Dinge beschäftigt, der Schwung eines Stiegengeländers, die Kehlung an einem steinernen Torbogen, die unbegreiflich genaue Verwirrung der Halme in einem verdorrten Büschel Gras. Hunderte solcher Aufnahmen habe ich in Stower Grange meist in quadratischen

Formaten abgezogen, wohingegen es mir immer unstatthaft schien, den Sucher der Kamera auf einzelne Personen zu richten. Besonders in den Bann gezogen hat mich bei der photographischen Arbeit stets der Augenblick, in dem man auf dem belichteten Papier die Schatten der Wirklichkeit sozusagen aus dem Nichts hervorkommen sieht, genau wie Erinnerungen, sagte Austerlitz, die ja auch inmitten der Nacht in uns auftauchen und die sich dem, der sie festhalten will, so schnell wieder verdunkeln, nicht anders als ein photographischer Abzug, den man zu lang im Entwicklungsbad liegenläßt. Gerald ging mir in der Dunkelkammer gerne zur Hand, und ich sehe ihn noch, einen Kopf kleiner als ich, wie er neben mir in der nur von dem rötlichen Lämpchen schwach erleuchteten Kammer steht und mit der Pinzette die Bilder hin- und herbewegt in dem mit Wasser gefüllten Ausguß. Er erzählte mir bei diesen Gelegenheiten oftmals von seinem Zuhause, am liebsten aber von den drei Brieftauben, die dort, so meinte er, nicht weniger sehnlich seine Rückkehr erwarteten als er sonst die ihre. Vor gut einem Jahr, zu seinem zehnten Geburtstag, sagte mir Gerald, sagte Austerlitz, habe der Onkel Alphonso ihm zwei schieferblaue Tauben und eine schneeweiße geschenkt. So oft als möglich, wenn jemand aus dem Ort landauf oder landab fahre mit einem Wagen, lasse er die drei Tauben in der Ferne aussetzen, und unfehlbar fänden sie sich jedesmal wieder in ihrem Kogel ein. Nur die Tilly, die weiße, sei einmal, gegen Ende vergangenen Sommers, weit über die Zeit hinaus ausgeblieben, nachdem man sie von dem nur ein paar Meilen talaufwärts gelegenen Dolgellau aus auf einen Probeflug geschickt hatte, und erst am folgenden Tag, als er die Hoffnung bereits aufgeben wollte, sei sie endlich zurückgekommen – zu Fuß über die Kiesbahn der Einfahrt herauf, mit einem angebrochenen Flügel. Ich habe später oft über diese Geschichte von dem allein über eine lange Wegstrecke heimkehrenden Vogel nachdenken müssen, darüber, wie er quer durch das steile Gelände und um die vielen Hindernisse herum richtig an seinem Ziel anlangen konnte, und diese Frage, sagte Austerlitz, die mich noch heute bewegt, wenn ich irgendwo eine Taube fliegen sehe, war für mich auf eine eher unlogische Weise immer verbunden mit dem Gedanken daran, wie Gerald zuletzt ums Leben kam. – Ich glaube, so fuhr Austerlitz nach einer geraumen Zeit fort, es ist am zweiten oder dritten Elternbesuchstag gewesen, daß Gerald mich voller Stolz über das privilegierte Verhältnis, in dem er zu mir stand, seiner Mutter Adela vorstellte, die damals kaum mehr als dreißig Jahre gewesen sein durfte und sehr glücklich darüber war, daß ihr junger Sohn, nach den anfänglichen Schwierigkeiten, in mir einen Beschützer gefunden hatte. Gerald hatte mir bereits erzählt von seinem Vater Aldous, der im letzten Kriegswinter über dem Ardennerwald abgestürzt war, und ich wußte auch von seiner Mutter und daß sie seither allein mit einem alten Onkel und einem noch älteren Großonkel etwas außerhalb des Seestädtchens Barmouth in einem Landhaus lebte, an dem schönsten Platz, behauptete Gerald, an der gesamten walisischen Küste. In diesem Landhaus bin ich, nachdem Adela von Gerald erfahren hatte, daß ich ganz ohne Eltern und Anverwandte war, wiederholt, ja eigentlich ständig eingeladen gewesen, sogar während meiner Militär- und Studienzeit noch, und ich wünsche mir heute, sagte Austerlitz, daß ich in dem Frieden, der dort ununterbrochen herrschte, spurlos hätte vergehen können. Schon zu Beginn der Schulferien, wenn wir mit der kleinen Dampfbahn von Wrexham aus westwärts das Dee-Tal hinauffuhren, merkte ich, wie mir das Herz aufzugehen begann. Schleife um Schleife folgte unser Zug den Windungen des Flußlaufs, durch das offene Waggonfenster schauten die grünen Wiesen herein, die steingrauen und die geweißelten Häuser, die glänzenden Schieferdächer, die silbrig wogenden Weiden, die dunkleren Erlengehölze, die dahinter aufsteigenden Schafweiden und die höheren, manchmal ganz blauen Berge und der Himmel darüber mit den immer von

Westen nach Osten ziehenden Wolken. Dampffetzen flogen draußen vorbei, man hörte die Lokomotive pfeifen und spürte den Fahrtwind kühl an der Stirn. Besser als damals, auf dieser höchstens siebzig Meilen langen Strecke, zu der wir an die dreieinhalb Stunden brauchten, bin ich später nie mehr gereist, sagte Austerlitz. Natürlich habe ich, wenn wir in der Halbwegstation Bala haltmachten, an das Predigerhaus zurückdenken müssen, das man droben auf seiner Anhöhe stehen sah, doch ist es mir stets dabei unvorstellbar gewesen, daß ich zu seinen unglücklichen Insassen gehört hatte beinahe mein ganzes bisheriges Leben lang. Jedesmal beim Anblick des Bala-Sees, besonders im Winter, wenn er aufgerührt war vom Sturm, ist mir auch die Geschichte wieder eingefallen, die der Schuster Evan erzählt hatte von den beiden Quellflüssen Dwy Fawr und Dwy Fach, von denen es heißt, daß sie den See, weit drunten in seiner finsteren Tiefe, der Länge nach durchströmen, ohne sich zu vermengen mit seinen Wassern. Ihre Namen trügen die beiden Flüsse, so, sagte Austerlitz, habe Evan gesagt, nach den einzigen Menschenwesen, die dereinst nicht untergegangen waren, sondern gerettet wurden aus der biblischen Flut. Am oberen Ende des Bala-Sees führte die Bahn über einen niedrigen Sattel in das Tal des Afon Mawddach. Die Berge wurden nun höher und schoben sich näher und näher an die Geleise heran, bis hinab nach Dolgellau, wo sie wieder zurücktraten und sanftere Abhänge sich niedersenkten an die fjordartig weit landeinwärts reichende Mündung des Mawddach. Zuletzt, wenn wir im Schrittempo vom südlichen Ufer aus über die fast eine Meile lange, auf mächtigen Eichenpfosten ruhende Brücke auf die andere Seite hinüberrollten, rechterhand, zur Flutzeit einem Bergsee gleichend, das vom Meer überschwemmte Flußbett und zur Linken bis an den hellen Horizont die Bucht von Barmouth, dann wußte ich oft vor Freude kaum, wo ich hinsehen sollte. Am Bahnhof von Barmouth holte Adela uns ab, meistens mit dem schwarzlackierten Pferdewägelchen, und dann dauerte es bloß noch eine halbe Stunde, bis der Kies der Einfahrt von Andromeda Lodge unter den Rädern knirschte, das fuchsfarbene Pony stehenblieb und wir absteigen konnten in unserem Ferienasyl. Das doppelstöckige, aus hellgrauen Ziegeln gemauerte Haus war gegen Norden und Nordosten geschützt durch die an dieser Stelle steil abfallende Hügelkette von Llawr Llech; nach Südwesten zu war das Gelände in einem Halbrund weit offen, so daß vom Vorplatz aus der Blick über die Flußmündung in ihrer ganzen Länge von Dolgellau bis nach Barmouth hinunterging, während diese Orte selber, auf der einen Seite durch einen felsigen Vorsprung und auf der anderen durch eine Lorbeerböschung, ausgeschlossen waren aus dem kaum eine menschliche Behausung zeigenden Panorama. Nur jenseits des Flusses – unter bestimmten atmosphärischen Bedingungen, sagte Austerlitz, konnte man denken, eine Ewigkeit entfernt – sah man winzig klein das Dörfchen Arthog liegen, hinter dem sich bis beinahe dreitausend Fuß über dem weiter draußen schimmernden Meer die Schattenseite des Cader Idris erhebt. War das Klima in der ganzen Umgegend überaus mild, so lagen die Temperaturen an diesem besonders begünstigten Platz um ein paar Grad noch über dem für Barmouth geltenden Mittel. In dem während der Kriegsjahre vollkommen verwilderten Garten, der rückwärts des Hauses den Hang hinaufging, wuchsen Pflanzen und Stauden, die ich nirgends in Wales gesehen hatte zuvor, Riesenrhabarber und mehr als mannshohe neuseeländische Farne, Wasserkohl und Kamelien, Bambusdickicht und Palmen, und über eine Felswand stürzte ein Bach zu Tal, dessen weißer Staub immer das gefleckte Dämmer unter dem Blätterdach der hohen Bäume durchwehte. Doch nicht nur die in wärmeren Zonen beheimateten Gewächse gaben einem das Gefühl, man sei jetzt in einer anderen Welt; das Exotische von Andromeda Lodge waren in erster Linie die weißgefiederten Kakadus, die bis zu einem Umkreis von zwei, drei Meilen überall um das Haus herumflogen, aus den Gebüschen herausriefen und im Sprühregen des Staubbachs sich bis in die Abendstunden badeten und vergnügten. Der Urgroßvater Geralds hatte etliche Paare von den Molukken nach Hause gebracht und in der Orangerie angesiedelt, wo sie sich bald zu einer zahlreichen Kolonie vermehrten. Sie lebten in kleinen Sherry-Fässern, die man an einer der Seitenwände zu einer Pyramide übereinandergestapelt hatte und die sie, entgegen ihrer heimischen Sitte, sagte Austerlitz, selber ausstaffierten mit Hobelspänen aus einem drunten am Flußufer gelegenen Sägewerk. Sogar den schweren Winter auf das Jahr 1947 haben die meisten von ihnen überstanden, weil Adela die beiden eiskalten Monate Januar und Februar hindurch den alten Orangerieofen für sie geheizt hat. Es sei wunderbar gewesen, zu beobachten, sagte Austerlitz, mit welcher Geschicklichkeit diese Vögel, mit dem Schnabel sich einhaltend, in den Spalieren herumkletterten und beim Herabsteigen zumal vielerlei seiltänzerische Schwenkungen vollführten; wie sie bei den offenen Fenstern aus- und einflogen oder über den Boden dahinhüpften und liefen, immer geschäftig und, so hatte man den Eindruck, immer auf irgend etwas bedacht. Überhaupt glichen sie in vielem den Menschen. Man hörte sie seufzen, lachen, niesen und gähnen. Sie räusperten sich, ehe sie anfingen, in ihrer Kakadusprache zu reden, sie zeigten sich aufmerksam, berechnend, verschmitzt und verschlagen, falsch, boshaft, rach- und händelsüchtig. Bestimmten Personen, allen voran Adela und Gerald, waren sie zugetan, andere, wie zum Beispiel die walisische Haushälterin, die nur selten draußen sich sehen ließ, verfolgten sie mit regelrechtem Haß, ja sie schienen genau zu wissen, zu welchen Zeiten sie, stets mit einem schwarzen Hut auf dem Kopf und dem schwarzen Regendach in der Hand, in das Bethaus ging und lauerten ihr bei diesen regelmäßig wiederkehrenden Gelegenheiten jedesmal auf, um auf das unflätigste hinter ihr herzuschreien. Auch wie sie sich in andauernd wechselnden Gruppen zusammenrotteten und dann wieder paarweise beieinandersaßen, als kennten sie nichts als die Eintracht und seien auf ewig unzertrennlich, war ein Spiegel der menschlichen Sozietät. Auf einer von Erdbeerbäumen umgebenen Lichtung hatten sie sogar ihren eigenen, wenn auch nicht von ihnen selber verwalteten Friedhof mit einer langen Reihe von Gräbern, und in einem der Zimmer im oberen Stock von Andromeda Lodge gab es einen offenbar eigens zu diesem Zweck gebauten Wandschrank, in welchem in dunkelgrünen Kartons eine Anzahl toter Artgenossen der Kakadus verstaut waren, ihre rotbäuchigen und gelbgehäubten Brüder, blaue Aras, Perüschen und Tuinten, Macaos und Rüssel- und Erdpapageien, die sämtlich der Ur- oder Ururgroßvater Geralds von seiner Weltumsegelung mitgebracht oder auch für ein paar Guineen oder Louis d'ors, wie auf den in den Schachteln einliegenden Provenancen vermerkt war, von einem Händler namens Théodore Grace in Le Havre kommissioniert hatte. Der schönste von all diesen Vögeln, unter denen auch einige heimische Spechte, Drehhälse, Milane und Pirole sich befanden, war der sogenannte aschgraue Papagei. Ich sehe noch genau, sagte Austerlitz, die Aufschrift auf seinem grünen Pappdeckelsarkophag: Jaco, Ps. erithacus L. Er stammte aus dem Kongo und hatte in seinem walisischen Exil, wie es auf dem ihm beigegebenen Nachruf hieß, das hohe Alter von sechsundsechzig Jahren erreicht. Er sei, so stand da zu lesen, überaus zahm und zutraulich gewesen, habe leicht gelernt, vielerlei mit sich selbst und anderen gesprochen, ganze Lieder gepfiffen und teilweise auch komponiert, am liebsten aber die Stimmen der Kinder nachgeahmt und von diesen sich unterrichten lassen. Seine einzige Unsitte sei es gewesen, daß wenn man ihm nicht genug Aprikosenkerne und harte Nüsse zu knacken gab, die er mit größter Bequemlichkeit aufbrechen konnte, er mißgelaunt herumging und überall die Möbel zernagte. Diesen besonderen Papagei hat Gerald oft aus seiner Kiste herausgenommen. Er war zirka neun Zoll groß und hatte, seinem Namen entsprechend, ein aschgraues Gefieder, außerdem einen karminroten Schwanz, einen schwarzen Schnabel und ein weißliches, wie man denken konnte, von tiefer Trauer gezeichnetes Gesicht. Im übrigen, fuhr Austerlitz fort, fand sich fast in jedem der Räume von Andromeda Lodge irgendein Naturalienkabinett, Kästen mit zahlreichen, zum Teil verglasten Schubladen, in denen die ziemlich kugeligen Eier der Papageien zu Hunderten aufrangiert waren, Muschel-, Mineralien-, Käfer- und Schmetterlingssammlungen, in Formaldehyd

eingelegte Blindschleichen, Nattern und Echsen, Schneckenhäuser und Seesterne, Krebse und Krabben und große Herbarien mit Baumblättern, Blüten und Gräsern. Adela habe ihm einmal erzählt, sagte

Austerlitz, daß die Verwandlung von Andromeda Lodge in eine Art Naturhistorisches Museum ihren Anfang genommen habe mit der Bekanntschaft, die der Papageienvorfahre Geralds im Jahr 1869 mit Charles Darwin gemacht hatte, als dieser in einem von ihm unweit von Dolgellau gemieteten Haus arbeitete an seiner Studie über die Abstammung des Menschen. Darwin sei damals oft bei den Fitzpatricks in Andromeda Lodge zu Gast gewesen und habe, der Familienüberlieferung zufolge, immer wieder die paradiesische Aussicht gerühmt, die man von hier oben genoß. Aus jener Zeit datiere auch, so, sagte Austerlitz, habe ihm Adela gesagt, das bis auf den heutigen Tag sich fortsetzende Schisma in dem Clan der Fitzpatrick, nach dem in jeder Generation einer der jeweils zwei Söhne dem Katholizismus abtrünnig und Naturforscher geworden sei. So war Aldous, der Vater Geralds, Botaniker gewesen, während sein um mehr als zwanzig Jahre älterer Bruder Evelyn festgehalten hatte an dem überkommenen Glaubensbekenntnis des in Wales als die schlimmste aller Perversionen geltenden Papismus. Tatsächlich war auch die katholische Linie in der Familie immer die der Exzentriker und Verrückten gewesen, wie man deutlich am Fall des Onkels Evelyn noch sehen konnte. Er ist zu der Zeit, während ich als Gast Geralds alljährlich viele Wochen hindurch bei den Fitzpatricks war, sagte

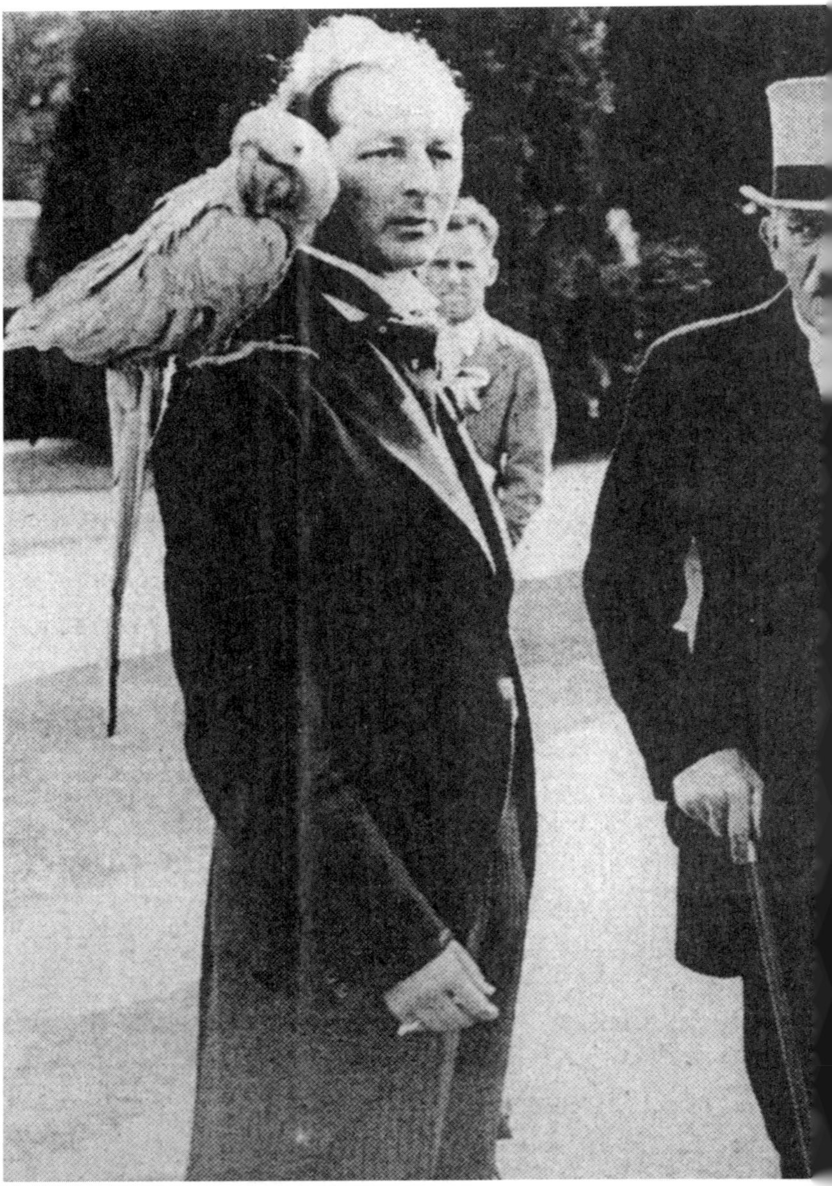

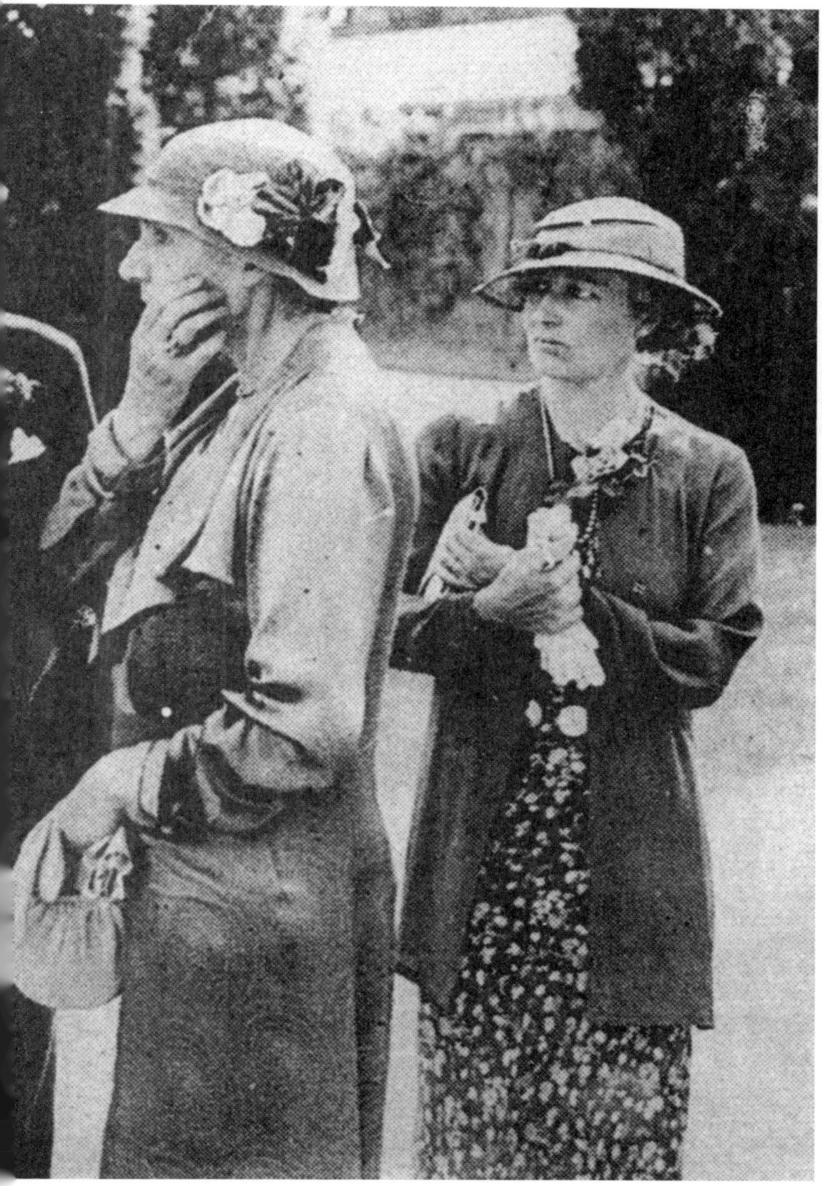

Austerlitz, vielleicht Mitte Fünfzig gewesen, wurde aber dermaßen geplagt von der Bechterewschen Krankheit, daß er das Ansehen eines Greises hatte und sich nur, ganz vornübergebeugt, mit der größten Mühe fortbewegen konnte. Gerade deshalb aber war er, um nicht in den Gelenken vollends einzurosten, ständig auf den Beinen in seiner im oberen Stock gelegenen Wohnung, in der die Wände entlang, wie in einer Tanzschule, eine Art Geländer angebracht war. An diesem Geländer hielt er sich ein, indem er, den Kopf und den abgewinkelten Oberkörper kaum höher als die Hand, leise jammernd Zoll für Zoll voranrückte. Um einmal die Runde zu machen um das Schlafzimmer herum, in das Wohnzimmer hinein, aus dem Wohnzimmer heraus auf den Gang und vom Gang wieder in das Schlafzimmer zurück, benötigte er eine gute Stunde. Gerald, der damals bereits der römischen Religion abgeneigt war, behauptete einmal mir gegenüber, sagte Austerlitz, daß der Onkel Evelyn so krumm geworden sei aus reinem Geiz, den er vor sich selber damit rechtfertigte, daß er allwöchentlich das von ihm nicht ausgegebene Geld, meistens einen Betrag von zwölf oder dreizehn Shilling, an die Kongomission überweisen ließ zur Errettung der dort noch im Unglauben schmachtenden schwarzen Seelen. Es gab in den Zimmern Evelyns weder Vorhänge noch irgend sonstiges Mobiliar, da er nichts unnötig in Gebrauch nehmen wollte, auch wenn es sich um ein schon längst angeschafftes Stück handelte, das nur aus einem anderen Teil des Hauses herbeigeholt werden mußte. Auf die Parkettböden entlang der Wände, wo er immer ging, hatte er vor Jahren zur Schonung einen schmalen Streifen Linoleum legen lassen, der inzwischen von seinen schlurfenden Schritten so weit durchgewetzt war, daß man von seinem ehemaligen Blumenmuster fast nichts mehr erkennen konnte. Nur wenn mehrere Tage hintereinander die Temperatur auf dem Thermometer am Fensterrahmen zur Mittagszeit unter fünfzig Grad Fahrenheit sank, durfte die Haushälterin im Kamin ein winziges Feuerchen anschüren, das von fast gar nichts brannte. Zu Bett ging er stets, um den Strom zu sparen, bei Einbruch der Dunkelheit, im Winter also schon gegen vier Uhr nachmittags, obgleich das Liegen für ihn womöglich eine größere Qual noch bedeutete als das Gehen, weshalb er auch in der Regel, trotz des erschöpften Zustandes, in dem er sich nach seinen unausgesetzten Wanderungen befand, lange den Schlaf nicht finden konnte. Man hörte ihn dann durch das Gitter eines Lüftungsschachts, der sein Schlafzimmer mit einem Wohnzimmer im Erdgeschoß verband und, unbeabsichtigterweise, als eine Art Kommunikationsanlage funktionierte, wie er stundenlang die verschiedensten Heiligen anrief, insbesondere, wenn mich mein Gedächtnis nicht trügt, die auf die grauenvollste Weise zu Tode gebrachten Märtyrerinnen Katharina und Elisabeth, und sie um Fürsprache bat bei seinem, wie er sich ausdrückte, allfälligen Hintritt vor den Richterstuhl seines himmlischen Herrn. – Im Gegensatz zu dem Onkel Evelyn, so nahm Austerlitz seine ihn offenbar sehr bewegenden Erinnerungen an Andromeda Lodge nach einer Weile wieder auf, indem er aus seiner Jackentasche eine Art Klappetui hervorholte, das ein paar postkartengroße Photographien enthielt, im Gegensatz zu dem Onkel Evelyn, sagte Austerlitz also, wirkte der etwa zehn Jahre ältere Großonkel Alphonso, der die Linie der naturkundigen Fitzpatricks fortführte, geradezu jugendlich. Immer in einer abgeklärten Stimmung, hielt er sich die meiste Zeit über im Freien auf, machte weitschweifige Exkursionen sogar bei schlechtestem Wetter oder saß, wenn es schön war, in seinem weißen Kittel und mit dem Strohhut auf dem Kopf, irgendwo in der Umgegend des Hauses auf einem Feldstühlchen und aquarellierte. Dabei trug er stets eine Brille, in welcher an Stelle der Gläser ein graues Seidengewebe eingespannt war, so daß man die Landschaft hinter einem feinen Schleier sah, wodurch die Farben verblaßten und das Gewicht der Welt einem vor den Augen zerging. Die Bilder, die Alphonso zu Papier brachte, sagte Austerlitz, waren

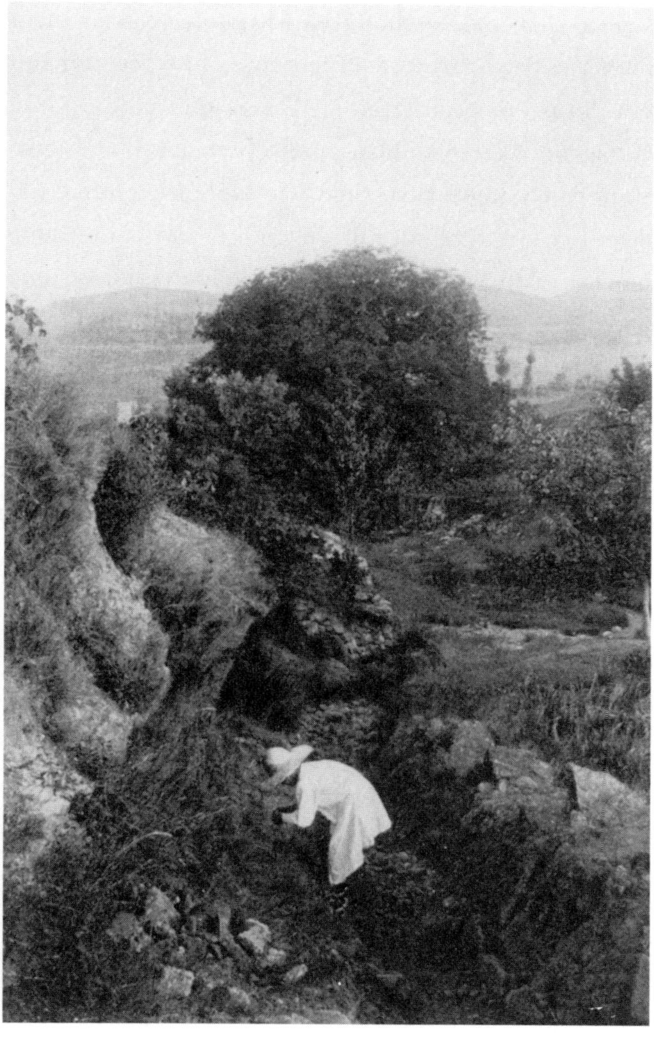

eigentlich nur Andeutungen von Bildern, hier ein Felsenhang, da eine Böschung, eine Kumuluswolke – mehr nicht, nahezu farblose Fragmente, festgehalten mit einer aus ein paar Tropfen Wasser und einem Gran Berggrün oder Aschblau gemischten Lasur. Ich entsinne mich, sagte Austerlitz, wie Alphonso einmal seinem Großneffen und mir gegenüber die Bemerkung machte, daß vor unseren Augen alles verblasse und daß die schönsten Farben zum größten Teil schon verschwunden oder nur dort noch zu finden seien, wo sie keiner sehe, in den submarinen Gärten klaftertief unter der Oberfläche des Meers. In seiner Kindheit, sagte er, habe er drunten in Devonshire und Cornwall an den Kreideklippen, wo aus dem Stein durch die Brandung Höhlungen und Becken gebrochen und geschliffen werden seit Jahrmillionen, die unendliche Vielfalt des zwischen dem Pflanzlichen, Tierischen und Mineralischen oszillierenden Wachstums bewundert, die Zooiden und Korallinen, Seeanemonen, Seefächer und Seefedern, die Blumentierchen und Krustazeen, die in den zweimal an jedem Tag von der Flut überspülten, von langen Tangwedeln umströmten und dann, beim Absinken des Wassers, wieder ganz dem Licht und der Luft preisgegebenen Felsenkelchen in sämtlichen Färbungen des Spektrums – spangrün, scharlach und rauschrot, schwefliggelb und samtschwarz – ihr wunderbar schillerndes Leben entfaltet hatten. Ein bunter, mit den Gezeiten auf- und abwogender Saum habe damals die gesamte südwestliche Küste der Insel umgeben, und jetzt, kaum ein halbes Jahrhundert später, sei diese Pracht durch unsere Sammelleidenschaft und andere, gar nicht wägbare Störungen und Einflüsse nahezu völlig vernichtet. Ein anderes Mal, sagte Austerlitz, sind wir mit dem Großonkel Alphonso in einer windstillen und mondlosen Nacht hinterhalb dem Haus in die Hügel hinaufgestiegen, um ein paar Stunden hineinschauen zu können in die geheimnisvolle Welt der Motten. Die meisten von uns, sagte Austerlitz, wissen ja von den Motten nichts, als daß sie die Teppiche und Kleider zerfressen und darum vertrieben werden müssen mit Kampfer und Naphthalin, während sie doch in Wahrheit eines der ältesten und bewundernswertesten Geschlechter sind in der ganzen Geschichte der Natur. Bald nach dem Einbruch der Dunkelheit saßen wir weit droben über dem Andromeda Lodge auf einem Vorgebirge, hinter uns die höheren Hänge und vor uns die immense Finsternis draußen über dem Meer, und kaum daß Alphonso die Glühstrumpflampe in einer flachen, an den Rändern mit Erikastauden bewachsenen Mulde aufgestellt und entzündet hatte, begannen die Nachtfalter, von denen wir während des Aufstiegs keinen einzigen zu Gesicht bekommen hatten, wie aus dem Nichts heraus einzuschwärmen in tausenderlei Bogen und Schraubenbahnen und Schleifen, bis sie, schneeflockengleich, um das Licht ein stilles Gestöber bildeten, während andere schon flügelschwirrend über das unter der Lampe ausgebreitete Leintuch liefen oder, erschöpft von dem wilden Kreisen, sich niederließen in den grauen Vertiefungen der von Alphonso zu ihrem Schutz in einer Kiste ineinander verschachtelten Eierkartons. Wohl zwar erinnere ich mich, sagte Austerlitz, daß wir beide, Gerald und ich, gar nicht mehr herausgekommen sind aus der Verwunderung über die Mannigfaltigkeit dieser sonst vor unseren Blicken verborgenen wirbellosen Wesen und daß Alphonso uns lange einfach nur schauen und staunen ließ, aber ich weiß heute nicht mehr, welche Sorten von Faltern bei uns gelandet sind, Porzellan- und Pergamentspinner vielleicht und spanische Fahnen und schwarze Ordensbänder, Messing- und Ypsiloneulen, Wolfsmilch- und Fledermausschwärmer, Jungfernkinder und alte Damen, Totenköpfe und Geistermotten; jedenfalls viele Dutzende sind es gewesen, deren so verschiedene Gestalt und Erscheinung weder Gerald noch ich zu fassen vermochten. Manche trugen Halskragen und Umhänge, wie vornehme Herren, so sagte Gerald einmal, auf dem Weg in die Oper; einige waren von einfacher Grundfarbe und zeigten, wenn sie die Flügel rührten, ein phantastisches Unterfutter, Quer- und Wellenlinien sah man, Verschattungen, Sichelflecken und hellere Felder, Sprenkelungen, gezackte Bänder, Fransen und Nervaturen und Farben, wie man sie sich nie hätte ausmalen können, Moosgrün mit bläulichen Einmischungen, Fuchsbraun und Safranrot, Lehmgelb und Atlasweiß, und einen metallischen Glanz wie aus pulvrigem Messing oder aus Gold. Viele von ihnen prangten noch in einem makellosen Kleid, andere wieder, die ihr kurzes Leben schon fast hinter sich hatten, kamen zerschlissen und zerfetzt daher. Alphonso sprach davon, wie jedes dieser extravaganten Geschöpfe seine Eigenart habe, wie manche nur im Erlengrund lebten, manche nur an heißen Steinhängen, auf mageren Triften oder im Moor. Von den Raupen, die ihnen in ihrem Dasein vorausgehen, sagte er, daß sie sich beinahe alle nur von einerlei Futter ernährten, sei es von den Wurzeln des Queckengrases, von Salweidenblättern, Berberitzen oder welkem Brombeerlaub, und zwar fressen sie das jeweilige von ihnen auserwählte Futter, so sagte Alphonso, bis zur Bewußtlosigkeit in sich hinein, wohingegen die Falter zeit ihres Lebens gar nichts mehr zu sich nehmen und einzig darauf bedacht sind, das Fortpflanzungsgeschäft möglichst schleunig zuwege zu bringen. Nur an Durst scheinen sie manchmal zu leiden, weshalb es schon vorgekommen sein soll, daß sie in Perioden der Trockenheit, wenn lange kein Tau gefallen war in der Nacht, als eine Art von Wolke gemeinsam sich aufmachten, den nächsten Fluß oder Bachlauf zu suchen, wo sie dann bei dem Versuch, auf dem fließenden Wasser sich niederzulassen, in großer Zahl sich ertränkten. In Erinnerung geblieben ist mir auch noch die Bemerkung Alphonsos über das ungeheuer empfindliche Gehör der Motten, sagte Austerlitz. Sie seien imstande, die Schreie der Fledermäuse über weite Entfernungen hinweg zu erkennen, und er, Alphonso selber, habe beobachtet, daß sie immer am Abend, wenn die Haushälterin auf den Hof herauskomme, um mit der ihr eigenen kreischenden Stimme nach ihrer Katze Enid zu rufen, aus den Büschen aufstieben und davonfliegen in die dunkleren Bäume hinein. Tagsüber, sagte Alphonso, schlafen sie in der Verborgenheit, unter Steinen, in Felsritzen, zwischen der Bodenstreu oder im Blattwerk. Die meisten sind totenstarr, wenn man sie aufspürt, und müssen sich erst wachzittern oder mit zuckenden Bewegungen der Flügel und Beine an der Erde herumhüpfen, ehe sie ansetzen können zum Flug. Ihre Körpertemperatur beträgt dann sechsunddreißig Grad, wie die der Säugetiere und der Delphine und Thunfische in voller Fahrt. Sechsunddreißig Grad sei ein Pegel, sagte Alphonso, der sich in der Natur immer wieder als der günstigste erwiesen habe, eine Art von magischer Schwelle, und es sei ihm mitunter schon der Gedanke gekommen, so, sagte Austerlitz, habe Alphonso gesagt, daß das ganze Unglück der Menschen zusammenhänge mit ihrem irgendwann einmal erfolgten Abweichen von dieser Norm und dem leicht fiebrig erhitzten Zustand, in dem sie sich ständig befinden. Bis zum Anbruch des Morgens, sagte Austerlitz, sind wir in jener Sommernacht in der Bergmulde hoch droben über der Mündung des Mawddach gesessen und haben zugeschaut, wie die Falter, vielleicht zehntausend an der Zahl, schätzte Alphonso, bei uns eingeflogen sind. Die vor allem von Gerald bewunderten Leuchtstreifen, die sie dabei in verschiedenen Kringeln, Fahrern und Spiralen hinter sich herzuziehen schienen, existierten in Wirklichkeit gar nicht, erklärte Alphonso, sondern seien nur Phantomspuren, die verursacht würden von der Trägheit unseres Auges, das einen gewissen Nachglanz an der Stelle noch zu sehen glaube, von welcher das im Widerschein der Lampe nur einen Sekundenbruchteil aufstrahlende Insekt selber schon wieder verschwunden sei. Es sei an solchen unwirklichen Erscheinungen, sagte Alphonso, am Aufblitzen des Irrealen in der realen Welt, an bestimmten Lichteffekten in der vor uns ausgebreiteten Landschaft oder im Auge einer geliebten Person, daß unsere tiefsten Gefühle sich entzündeten oder jedenfalls das, was wir dafür hielten. Trotzdem ich mich später nicht dem Naturstudium zuwandte, sagte Austerlitz, ist mir vieles aus den botanischen und zoologischen Erörterungen des Großonkels Alphonso im Gedächtnis geblieben. Vor ein paar Tagen erst habe ich wieder die Passage nachgeschlagen bei Darwin, die er mir einmal gezeigt hat, wo ein zehn Meilen vor der südamerikanischen Küste mehrere Stunden lang ohne Unterbrechung dahinziehender Schmetterlingsschwarm beschrieben wird, bei dem es sogar mit dem Fernrohr unmöglich war, irgendwo einen Flecken leere Luft zwischen den taumelnden Faltern zu erkennen. Besonders unvergeßlich aber war mir stets, was Alphonso uns damals über das Leben und Sterben der Motten erzählte, und noch heute bringe ich ihnen unter allen Kreaturen die größte Ehrfurcht entgegen. In den wärmeren Monaten geschieht es nicht selten, daß sich der eine oder andere Nachtflügler aus dem kleinen Stück Garten hinter meinem Haus zu mir herein verirrt. Wenn ich am frühen Morgen dann aufstehe, sehe ich sie still irgendwo an der Wand sitzen. Sie wissen, glaube ich, sagte Austerlitz, daß sie sich verflogen haben, denn wenn man sie nicht vorsichtig wieder nach draußen entläßt, so verharren sie reglos, bis der letzte Hauch aus ihnen gewichen ist, ja sie bleiben, festgehalten durch ihre winzigen, im Todeskrampf erstarrten Krallen, am Ort ihres Unglücks haften

bis über das Lebensende hinaus, bis ein Luftzug sie ablöst und in einen staubigen Winkel verweht. Manchmal beim Anblick einer solchen in meiner Wohnung zugrunde gegangenen Motte frage ich mich, was für eine Art Angst und Schmerz sie in der Zeit ihrer Verirrung wohl verspüren. Wie er von Alphonso wisse, sagte Austerlitz, gebe es eigentlich keinen Grund, den geringeren Kreaturen ein Seelenleben abzusprechen. Nicht nur wir und die mit unseren Gefühlsregungen seit vielen Jahrtausenden verbundenen Hunde und anderen Haustiere träumten in der Nacht, sondern auch die kleineren Säugetiere, die Mäuse und Maulwürfe, halten sich schlafend, wie man an ihren Augenbewegungen erkennen kann, in einer einzig in ihrem Inneren existierenden Welt auf, und wer weiß, sagte Austerlitz, vielleicht träumen auch die Motten oder der Kopfsalat im Garten, wenn er zum Mond hinaufblickt in der Nacht. Mir selber ist es in den Wochen und Monaten, die ich im Haus der Fitzpatricks verbringen durfte, sogar tagsüber nicht selten gewesen, als träumte es mir, sagte Austerlitz. Die Aussicht aus dem Zimmer mit dem blauen Plafond, das Adela stets als mein Zimmer bezeichnete, grenzte wahrhaftig ans Überwirkliche. Ich sah von oben auf die einem grünen Hügelland gleichenden Wipfel der Bäume, Zedern und Schirmpinien zumeist, die von der Straße unterhalb dem Haus gegen das Flußufer abstiegen, ich sah die dunklen Falten in den Gebirgsmassen auf der anderen Seite und schaute Stunden hinaus auf die mit den Tageszeiten und Witterungsverhältnissen in einem fort sich verändernde Irische See. Wie oft bin ich nicht am offenen Fenster gestanden, ohne einen Gedanken fassen zu können vor diesem niemals sich wiederholenden Schauspiel. Am Morgen war dort draußen die Schattenhälfte der Welt, das Grau der Luft schichtweise über das Wasser gelagert. Am Nachmittag kamen oft am südwestlichen Horizont Quellwolken herauf, schneeweiße, ineinander verschobene und übereinander hinauswachsende Halden und Steilwände, die höher und höher hinaufreichten, so hoch, sagte Gerald zu mir einmal, sagte Austerlitz, wie die Gipfel der Anden oder des Kharakorum. Dann wieder hingen in der Ferne Regenschauer herunter und wurden vom Meer her landeinwärts gezogen wie schwere Vorhänge auf einem Theater, und an den Herbstabenden rollten die Nebel gegen den Strand, stauten sich an den Bergseiten und drangen das Tal hinauf. Besonders aber an hellen Sommertagen lag über der ganzen Bucht von Barmouth ein solch gleichmäßiger Glanz, daß die Flächen des Sands und des Wassers, Festland und See, Himmel und Erde nicht mehr zu unterscheiden waren. In einem perlgrauen Dunst lösten sämtliche Formen und Farben sich auf; es gab keine Kontraste, keine Abstufungen mehr, nur noch fließende, vom Licht durchpulste Übergänge, ein einziges Verschwimmen, aus dem nur die allerflüchtigsten Erscheinungen noch auftauchten, und seltsamerweise, daran erinnere ich mich genau, ist es gerade die Flüchtigkeit dieser Erscheinungen gewesen, die mir damals so etwas wie ein Gefühl für die Ewigkeit gab. Eines Abends, nachdem wir in Barmouth etliche Besorgungen gemacht hatten, sind wir, Adela, Gerald, der Hund Toby und ich, auf die lange Fußbrücke hinausgegangen, die, neben der Eisenbahnlinie herlaufend, die an dieser Stelle, wie ich schon gesagt habe, sagte Austerlitz, mehr als eine Meile breite Mündung des Mawddach überquert. Man konnte dort, gegen Entrichtung eines Zolls von einem halben Penny pro Person, auf einer der von drei Seiten gegen Wind und Wetter geschützten kabinenartigen Rastbänke sitzen, mit dem Rücken zum Land und die Augen hinausgerichtet auf das Meer. Es war das Ende eines schönen Nachsommertags, die frische Salzluft umwehte uns und die Flut strömte im Abendlicht gleißend wie ein dichtgedrängter Schwarm von Makrelen unter der Brücke hindurch und flußaufwärts mit solcher Kraft und Geschwindigkeit, daß man, umgekehrt, glauben konnte, man treibe nun in einem Boot hinaus auf die offene See. Still saßen wir alle vier beisammen, bis die Sonne untergegangen war. Nicht einmal der sonst immer unruhige Toby, der denselben seltsamen Haarkranz um sein Gesicht hatte wie das Hündchen des Mädchens von Vyrnwy, rührte sich zu unseren Füßen, sondern blickte andächtig in die noch lichten Höhen hinauf, wo in großer Zahl die Schwalben den Luftraum durchschwebten. Nach einer gewissen Zeit, in der die schwarzen Punkte in ihren Bogenbahnen winziger und winziger geworden waren, fragte uns Gerald, ob wir wüßten, daß diese Segler auf der Erde keine Schlafplätze hätten. Wenn sie einmal ausgeflogen sind, sagte er, indem er Toby zu sich emporhob und ihm das Kinn kraulte, so berührten sie nie mehr den Boden. Darum stiegen sie auch beim Nachtwerden zwei bis drei Meilen weit hinauf und glitten dort droben dann, nur ab und zu einmal die ausgespreiteten Flügel regend, durch ihre Kurven, bis sie zum Anbruch des Tages wieder herabkämen zu uns. – So sehr hatte sich Austerlitz in seiner walisischen Geschichte und ich mich im Zuhören verloren, daß wir nicht merkten, wie spät es geworden war. Die letzten Runden waren längst ausgeschenkt, die letzten Gäste bis auf uns beide verschwunden. Der Barkeeper hatte die Gläser und Aschenbecher eingesammelt, mit einem Fetzen die Tische abgewischt, die Sessel zurechtgerückt und wartete nun mit der Hand am Lichtschalter beim Ausgang, weil er nach uns zusperren wollte. Die Art, in welcher er, dem die Müdigkeit den Blick schon trübte, mit etwas zur Seite geneigtem Kopf *Good night, gentlemen* zu uns sagte, dünkte mich ein außerordentlicher Ehrenerweis, eine Freisprechung beinahe oder ein Segen. Und nicht minder höflich und uns zugetan ist gleich darauf Pereira, der Geschäftsführer des Great Eastern Hotel, gewesen, als wir die Empfangshalle betraten. In weißgestärktem Hemd und grauer Tuchweste, das Haar tadellos gescheitelt, stand er, geradezu erwartungsvoll, hinter der Rezeption, einer jener raren und oft etwas mysteriösen Menschen, dachte ich mir bei seinem Anblick, die unfehlbar auf ihrem Posten sind und von denen man sich nicht vorstellen kann, daß sie je das Bedürfnis haben, sich niederzulegen. Nachdem ich mich mit Austerlitz für den nächsten Tag verabredet hatte, geleitete mich Pereira, indem er sich nach meinen Wünschen erkundigte, über die Treppe in die erste Etage hinauf zu einem mit viel weinrotem Samt, Brokatstoff und dunklen Mahagonimöbeln ausstaffierten Zimmer, wo ich dann bis gegen drei Uhr an einem von den Straßenlampen fahl erleuchteten Sekretär gesessen bin – die gußeiserne Heizung knackte leise und nur selten fuhr draußen in der Liverpool Street noch eines der schwarzen Taxis vorbei –, um in Stichworten und unverbundenen Sätzen soviel als möglich aufzuschreiben von dem, was Austerlitz den Abend hindurch mir erzählt hatte. Den folgenden Morgen bin ich spät erwacht und lang nach dem Frühstück über den Zeitungen gesessen, in denen ich, neben den gewöhnlichen Nachrichten aus dem sogenannten Tages- und Weltgeschehen, auf eine Notiz stieß über einen einfachen Mann, der, nach dem Tod seiner von ihm während einer langen und schweren Krankheit mit der größten Hingabe umsorgten Frau, in eine so tiefe Trauer verfallen war, daß er den Entschluß faßte, sich selber das Leben zu nehmen, und zwar vermittels einer eigenhändig von ihm in das Betongeviert der äußeren Kellerstiege seines Hauses in Halifax hineingebauten Guillotine, die seinem Handwerkersinn, nach gründlicher Erwägung anderer Möglichkeiten, das verläßlichste Instrument zur Ausführung seines Vorhabens schien, und tatsächlich hatte man ihn in einem solchen, wie es in dem kurzen Artikel hieß, ungemein solid gebauten und bis ins kleinste sauber gearbeiteten Dekapitationsapparat, dessen schräges Fallbeil, wie weiter vermerkt war, kaum von zwei kräftigen Personen sich anheben ließ, mit abgetrenntem Haupt schließlich liegen gefunden, die Zange, mit der er den Zugdraht durchschnitten hatte, noch in der erstarrten Hand. Als ich Austerlitz, der mich gegen elf abgeholt hatte, diese Geschichte erzählte, während wir durch Whitechapel und Shoreditch zum Fluß hinabgingen, sagte er lange Zeit nichts, vielleicht weil er, wie ich mir nachher selber zum Vorwurf machte, mein Herausstreichen der absurden Aspekte dieses Falles als eine Geschmacklosigkeit empfand. Erst drunten am Flußufer, wo wir eine Weile stehenblieben und hinabschauten auf das graubraun landeinwärts sich wälzende Wasser, sagte er, indem er mich, wie er das manchmal tat, mit weit aufgerissenen, schreckhaften Augen geradeaus anblickte, daß er den Schreiner von Halifax sehr wohl verstehen könne, denn was gäbe es Schlimmeres, als auch noch das Ende eines unglücklichen Lebens zu verpfuschen. Schweigend haben wir darauf den Rest des Weges zurückgelegt, von Wapping und Shadwell weiter flußabwärts bis zu den stillen Bassins, in denen die Bürotürme der Docklands sich spiegeln, und zu dem unter der Biegung des

Stroms hindurchführenden Fußgängertunnel. Drüben auf der anderen Seite sind wir durch den Park von Greenwich hinaufgestiegen zu dem königlichen Observatorium, in dem sich an jenem kalten Vorweihnachtstag außer uns kaum ein Besucher befand. Jedenfalls wüßte ich nicht, daß wir in den Stunden, die wir dort verbrachten und, jeder für sich, die in den Vitrinen ausgestellten kunstreichen Beobachtungs- und Meßgeräte, Quadranten und Sextanten, Chrono-

meter und Regulatoren studierten, irgend jemandem begegnet wären. Erst in der oberhalb der Wohnung der vormaligen Hofastronomen gelegenen achteckigen Sternkammer, in der Austerlitz und ich unser abgerissenes Gespräch nach und nach neu anknüpften, zeigte sich, wenn mir recht ist, ein einsamer weltreisender Japaner, der, nachdem er lautlos und unversehens auf der Schwelle erschienen war, in dem leeren

Oktagon einmal im Kreis ging und dann, dem grünen Richtungspfeil folgend, gleich wieder verschwand. Ich verwunderte mich in diesem, wie Austerlitz bemerkte, für seine Begriffe idealen Raum, über die einfache Schönheit der verschieden breiten Bodenbretter, die ungewöhnlich hohen, jeweils in einhundertzweiundzwanzig bleiumrandete Glasquadrate unterteilten Fenster, durch die einst die langen Fernrohre gerichtet wurden auf die Verfinsterungen der Sonne und des Mondes, auf die Überschneidungen der Sternenbahnen mit der Linie des Meridians, auf die Lichtschauer der Leoniden und die geschweiften Kometen, die durch den Weltraum fliegen. Austerlitz machte, wie es stets seine Gewohnheit war, ein paar photographische Aufnahmen, teils von den schneeweißen Stukkaturrosen in dem an der Decke entlanglaufenden Blumenfries, teils auch, durch die Bleiglasquadrate hindurch, von dem jenseits des Parkgeländes nach Norden und Nordwesten sich erstreckenden Panorama der Stadt, und begann, noch indem er mit seiner Kamera hantierte, mit einer längeren Disquisition über die Zeit, von der mir viel in deutlicher Erinnerung geblieben ist. Die Zeit, so sagte Austerlitz in der Sternkammer von Greenwich, sei von allen unseren Erfindungen weitaus die künstlichste und, in ihrer Gebundenheit an den um die eigene Achse sich drehenden Planeten, nicht weniger willkürlich als etwa eine Kalkulation es wäre, die ausginge vom Wachstum der Bäume oder von der Dauer, in der ein Kalkstein zerfällt, ganz abgesehen davon, daß der Sonnentag, nach dem wir uns richten, kein genaues Maß abgibt, weshalb wir auch zum Zweck der Zeitrechnung eine imaginäre Durchschnittssonne uns ausdenken mußten, deren Bewegungsgeschwindigkeit nicht variiert und die nicht in ihrer Umlaufbahn gegen den Äquator geneigt ist. Wenn Newton gemeint hat, sagte Austerlitz und deutete durch das Fenster hinab auf den im letzten Widerschein des Tages gleißenden Wasserbogen, der die sogenannte Insel der Hunde umfängt, wenn Newton wirklich gemeint hat, die Zeit sei ein Strom wie die Themse, wo ist dann der Ursprung der Zeit und in welches Meer mündet sie endlich ein? Jeder Strom ist, wie wir wissen, notwendig zu beiden Seiten begrenzt. Was aber wären, so gesehen, die Ufer der Zeit? Was wären ihre spezifischen Eigenschaften, die etwa denen des Wasser entsprächen, das flüssig ist, ziemlich schwer und durchscheinend? In welcher Weise unterschieden sich Dinge, die in die Zeit eingetaucht sind, von solchen, die nie berührt wurden von ihr? Was heißt es, daß die Stunden des Lichts und der Dunkelheit im gleichen Kreis angezeigt werden? Warum steht die Zeit an einem Ort ewig still und verrauscht und überstürzt sich an einem andern? Könnte man nicht sagen, sagte Austerlitz, daß die Zeit durch die Jahrhunderte und Jahrtausende selber ungleichzeitig gewesen ist? Schließlich ist es noch nicht lange her, daß sie sich ausdehnt überall hin. Und wird nicht bis auf den heutigen Tag das Leben der Menschen in manchen Teilen der Erde weniger von der Zeit regiert als von den Witterungsverhältnissen und somit von einer unquantifizierbaren Größe, die das lineare Gleichmaß nicht kennt, nicht stetig fortschreitet, sondern sich in Wirbeln bewegt, von Stauungen und Einbrüchen bestimmt ist, in andauernd sich verändernder Form wiederkehrt und, niemand weiß wohin, sich entwickelt? Das Außer-der-Zeit-Sein, sagte Austerlitz, das für die zurückgebliebenen und vergessenen Gegenden im eigenen Land bis vor kurzem beinahe genauso wie für die unentdeckten überseeischen Kontinente dereinst gegolten habe, gelte nach wie vor, selbst in einer Zeitmetropole wie London. Die Toten seien ja außer der Zeit, die Sterbenden und die vielen bei sich zu Hause oder in den Spitälern liegenden Kranken, und nicht nur diese allein, genüge doch schon ein Quantum persönlichen Unglücks, um uns abzuschneiden von jeder Vergangenheit und jeder Zukunft. Tatsächlich, sagte Austerlitz, habe ich nie eine Uhr besessen, weder einen Regulator, noch einen Wecker, noch eine Taschenuhr, und eine Armbanduhr schon gar nicht. Eine Uhr ist mir immer wie etwas

Lachhaftes vorgekommen, wie etwas von Grund auf Verlogenes, vielleicht weil ich mich, aus einem mir selber nie verständlichen inneren Antrieb heraus, gegen die Macht der Zeit stets gesträubt und von dem sogenannten Zeitgeschehen mich ausgeschlossen habe, in der Hoffnung, wie ich heute denke, sagte Austerlitz, daß die Zeit nicht verginge, nicht vergangen sei, daß ich hinter sie zurücklaufen könne, daß dort alles so wäre wie vordem oder, genauer gesagt, daß sämtliche Zeitmomente gleichzeitig nebeneinander existierten, beziehungsweise daß nichts von dem, was die Geschichte erzählt, wahr wäre, das Geschehene noch gar nicht geschehen ist, sondern eben erst geschieht, in dem Augenblick, in dem wir an es denken, was natürlich andererseits den trostlosen Prospekt eröffne eines immerwährenden Elends und einer niemals zu Ende gehenden Pein. – Es war gegen halb vier Uhr nachmittags und die Dämmerung senkte sich herab, als ich die Sternwarte mit Austerlitz verließ. Eine gewisse Zeitlang standen wir noch auf dem ummauerten Vorplatz. Man hörte in der Ferne das dumpfe Mahlen der Stadt und in der Höhe das Dröhnen der großen Maschinen, die in Abständen von kaum mehr als einer Minute sehr niedrig und unglaublich langsam, wie es mir erschien, aus dem Nordosten über Greenwich hereinschwebten und westwärts nach Heathrow hinaus wieder verschwanden. Wie fremde

Ungetüme, die abends zu ihren Schlafplätzen heimkehren, hingen sie mit starr von ihren Leibern abstehenden Flügeln über uns in der dunkler werdenden Luft. Die kahlen Platanen an den Abhängen des Parks standen schon tief in den aus der Erde wachsenden Schatten; vor uns, am Fuß des Hügels, war der weite, nachtschwarze Rasenplatz, diagonal durchkreuzt von zwei hellen Sandwegen, waren die weißen Fassaden und Kolonnadengänge des Seefahrtsmuseums und erhoben sich, jenseits des Stroms auf der Insel der Hunde, die funkelnden Glastürme in das letzte Licht über der schnell zunehmenden Finsternis. Beim Hinabgehen nach Greenwich erzählte mir Austerlitz, daß der Park in den vergangenen Jahrhunderten oft gemalt worden sei. Man sehe auf diesen Bildern die grünen Grasplätze und Baumkronen, im Vordergrund in der Regel einzelne, sehr kleine Menschenfiguren, meistens Damen in farbigen Krinolinekleidern mit Parasoleils, und außerdem ein paar Stück von dem weißen, halbzahmen Wild, das zu jener Zeit in dem Parkgehege gehalten worden sei. Rückwärts in den Bildern aber, hinter den Bäumen und hinter der Doppelkuppel des Marinekollegs, sehe man die Biegung des Stroms und, als einen schwachen, sozusagen gegen den Weltrand gezogenen Streifen, die Stadt der ungezählten Seelen, etwas Undefinierbares, Geducktes und Graues oder Gipsfarbenes, eine Art von Exkreszenz oder Verschorfung der Oberfläche der Erde, und darüber noch, die Hälfte und mehr der gesamten Darstellung ausmachend, den Himmelsraum, aus dem, weit draußen, vielleicht gerade der Regen herniederhängt. Ich glaube, ich habe ein solches Greenwich-Panorama zum erstenmal in einem der vom Untergang bedrohten Landsitze gesehen, die ich, wie ich gestern schon erwähnte, während meiner Oxforder Studienzeit gemeinsam mit Hilary oft aufsuchte. Ich weiß noch genau, sagte Austerlitz, wie wir auf einer unserer Exkursionen, nach langem Herumwandern in einem mit jungem Ahorn- und Birkengehölz dicht zugewachsenen Park, auf eines dieser verlassenen Häuser gestoßen sind, von denen in den fünfziger Jahren, nach einer Rechnung, die ich damals aufgestellt habe, durchschnittlich alle zwei bis drei Tage eines demoliert worden ist. Wir haben seinerzeit nicht wenige Häuser gesehen, aus denen man praktisch alles herausgerissen hatte, die Bücherschränke, Täfelungen und Treppengeländer, die messingnen Heizungsrohre und die Marmorkamine; Häuser, deren Dächer eingesunken und die knietief angefüllt waren mit Trümmern, Unrat und Schutt, mit Schafmist und Vogeldreck und dem von den Plafonds heruntergebrochenen, zu lehmigen Klumpen zusammengebackenen Gips. Iver Grove aber, sagte Austerlitz, das inmitten der Parkwildnis am Fuß eines leicht nach Süden sich absenkenden Hügels stand, schien, von außen zumindest, weitgehend unversehrt. Nichtsdestoweniger war es uns, als wir auf der breiten, von Hirschzungenfarnen und sonstigem Unkraut kolonisierten Steintreppe einhielten und emporblickten zu den blinden Fenstern, als sei das Haus erfaßt von einem stummen Entsetzen über das ihm bald bevorstehende, schandbare Ende. Drinnen, in einem der großen Empfangsräume zu ebener Erde, fanden wir Korn aufgeschüttet wie auf einer Tenne. In einem zweiten, mit barocken Stukkaturen verzierten Saal lehnten Hunderte von Kartoffelsäcken nebeneinander. Eine ganze Weile verharrten

wir vor diesem Anblick, bis – gerade als ich mich anschickte, einige Aufnahmen zu machen – der Besitzer von Iver Grove, ein gewisser James Mallord Ashman, wie es sich herausstellte, über die nach Westen gehende Terrasse auf das Haus zukam. Von ihm, der für unser Interesse an den überall verfallenden Häusern jedes Verständnis hatte, erfuhren wir im Verlauf eines langen Gesprächs, daß die Kosten für eine auch nur notdürftige Instandsetzung des Familiensitzes, der während der Kriegsjahre als Rekonvaleszentenheim requiriert gewesen war, seine Mittel bei weitem überstiegen hätten, und daß er sich folglich habe entschließen müssen, in die am anderen Ende des Parks gelegene und zu dem Gut gehörige Grove Farm überzusiedeln und diese auch selber zu bewirtschaften. Daher, sagte Ashman, sagte Austerlitz, die Kartoffelsäcke und das aufgeschüttete Korn. Iver Grove war um 1780 erbaut worden von einem Vorfahren Ashmans, sagte Austerlitz, der an Schlaflosigkeit litt und sich in einem von ihm auf das Dach des Hauses aufgesetzten Observatorium verschiedenen astronomischen Studien, insbesondere der sogenannten Selenographie oder Vermessung des Mondes widmete, weshalb er auch, wie Ashman ausführte, in dauernder Verbindung gestanden sei mit dem über die Grenzen Englands hinaus berühmten Miniaturisten und Pastellzeichner John Russell in Guildford, der damals während mehrerer Jahrzehnte an einer auf fünf mal fünf Fuß angelegten, alle früheren Darstellungen des Erdtrabanten, diejenigen Ricciolis und Casinis ebenso wie diejenigen von Tobias Mayer und Helvétius, an Genauigkeit und Schönheit bei weitem übertreffenden Mondkarte gearbeitet habe. In den Nächten, in denen der Mond nicht aufging oder hinter den Wolken verborgen blieb, sagte Ashman, als wir am Ende des Rundgangs, den wir zusammen durch das Haus gemacht hatten, das Billardzimmer betraten, habe sein Vorfahr in diesem von ihm eingerichteten Raum gegen sich selber eine Partie nach der anderen gespielt, bis der Morgen graute. Seit seinem Tod am Silvesterabend von 1813 auf 1814 sei hier von niemandem mehr, so habe Ashman gesagt, ein Queue zur Hand genommen worden, weder von dem Großvater, noch vom Vater, noch von ihm, Ashman, selber, von den Frauen natürlich ganz zu schweigen. Tatsächlich, sagte Austerlitz, war alles genau so, wie es vor hundertfünfzig Jahren gewesen sein muß. Der mächtige Mahagonitisch, beschwert von den in ihn eingebetteten Schieferplatten, stand unverrückt an seinem Platz; der Zählapparat, der goldumrandete Wandspiegel, die Ständer für die Stöcke und die Verlängerungsschäfte, das Kabinett mit den vielen Schubladen, in denen die Elfenbeinkugeln, die Kreiden, Bürsten, Polierlappen und sonstigen für das Billardspiel unentbehrlichen Dinge verwahrt lagen, nichts war je mehr angerührt worden oder in irgendeiner Weise verändert. Über der Kaminbrüstung hing eine nach Turners *View from Greenwich Park* gefertigte Gravur, und auf einem Stehpult aufgeschlagen war noch das Kontokorrentbuch, in welches der Mondforscher die

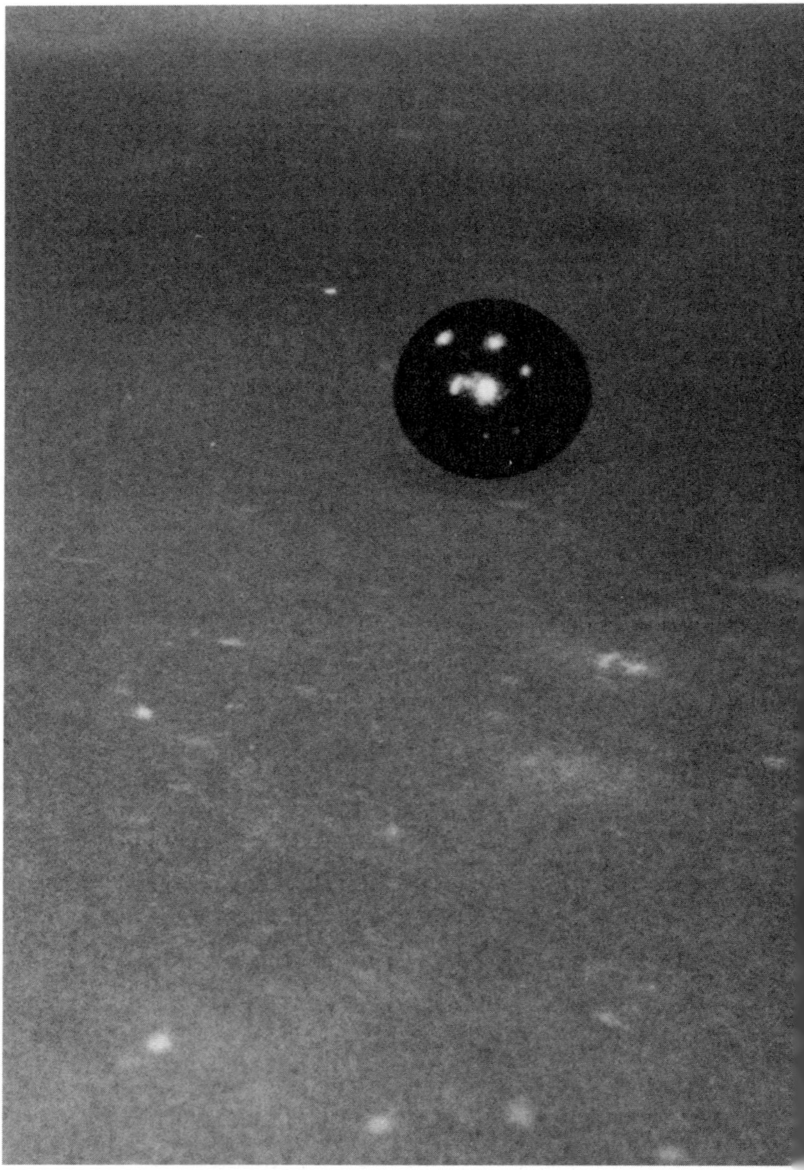

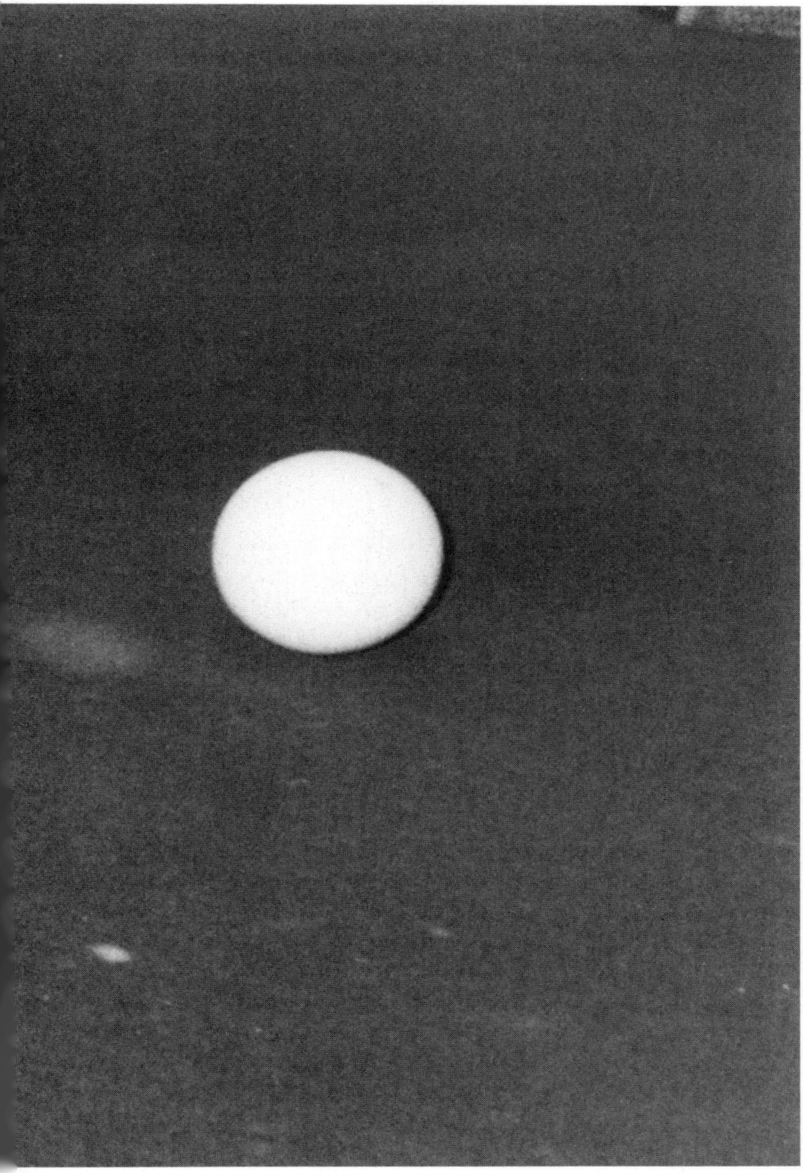

von ihm gegen sich selber gewonnenen oder verlorenen Spiele eingetragen hatte mit seiner schön geschwungenen Schrift. Die Innenläden waren immer verschlossen geblieben, das Licht des Tages nie eingedrungen. So abgesondert, sagte Austerlitz, sei dieser Raum von dem Rest des Hauses offenbar stets gewesen, daß sich im Verlauf von eineinhalb Jahrhunderten kaum eine hauchdünne Staubschicht habe ablagern können auf den Gesimsen, auf den schwarzweißquadrierten Steinfliesen und dem grüngespannten, einem separaten Universum gleichenden Tuch. Es war, als sei hier die Zeit, die sonst doch unwiderruflich verrinnt, stehengeblieben, als lägen die Jahre, die wir hinter uns gebracht haben, noch in der Zukunft, und ich entsinne mich, sagte Austerlitz, daß Hilary, als wir mit Ashman in dem Billardzimmer von Iver Grove gestanden sind, eine Bemerkung machte über die sonderbare Verwirrung der Gefühle, die selbst einen Historiker überkämen in einem solchen, vom Fluß der Stunden und Tage und vom Wechsel der Generationen so lange abgeschlossen gewesenen Raum. Ashman erwiderte darauf, er selber habe 1941, bei der Requirierung des Hauses, die Türe zu dem Billardzimmer wie auch die zu den Kinderstuben im obersten Stock durch das Einziehen einer falschen Wand verborgen, und als man diese Paravents, vor die man große Kleiderkästen geschoben hatte, im Herbst 1951 oder 1952 entfernte und er zum erstenmal seit zehn Jahren das Kinderzimmer wieder betrat, da, sagte Ashman, hätte nicht viel gefehlt, und er wäre um seinen Verstand gekommen. Beim bloßen Anblick des Eisenbahnzugs mit den Waggons der Great Western Railway und der Arche, aus der paarweise die braven, aus der Flut geretteten Tiere herausschauten, sei es ihm gewesen, als öffne sich vor ihm der Abgrund der Zeit, und wie er mit dem Finger die lange Reihe der Kerben entlanggefahren sei, die er im Alter von acht Jahren am Vorabend seiner Verschickung in die Preparatory School in stummer Wut, erinnerte sich Ashman, in den Rand des Beistelltischchens neben seiner Bettstatt geschnitzt hatte, da sei eben dieselbe Wut wieder in ihm aufgestiegen, und ehe er auch nur wußte, was er tat, habe er draußen auf dem hinteren Hof gestanden und mehrmals mit seiner Flinte auf das Uhrtürmchen der Remise geschossen, an dessen Zifferblatt man die Einschläge heute noch sehen könne. Ashman und Hilary, Iver Grove und Andromeda Lodge, woran ich auch denke, sagte Austerlitz, während wir über die dunkler werdenden Grashänge des Parks hinabstiegen zu den in einem weiten Halbrund vor uns aufgegangenen Lichtern der Stadt, alles löst in mir eine Empfindung des Abgetrenntseins und der Bodenlosigkeit aus. Ich glaube, es war Anfang Oktober 1957, fuhr er nach einiger Zeit unvermittelt fort, als ich bereits im Begriff stand, zur Weiterführung meiner im Vorjahr am Courtauld Institute begonnenen baugeschichtlichen Studien nach Paris zu gehen, daß ich das letztemal bei den Fitzpatricks in Barmouth gewesen bin, zu dem Doppelbegräbnis des Onkels Evelyn und des Großonkels Alphonso, die kaum einen Tag nacheinander gestorben waren, Alphonso, vom Schlag getroffen, beim Aufklauben seiner Lieblingsäpfel draußen im Garten, und Evelyn, zusammengekrümmt vor Angst und Pein, in seinem eiskalten Bett. Herbstnebel füllten das ganze Tal an dem Morgen, an dem diese beiden so verschiedenen Männer, der ständig mit sich und der Welt hadernde Evelyn und der von einem glücklichen Gleichmut beseelte Alphonso, beigesetzt wurden. Gerade als sich der Trauerzug auf den Friedhof von Cutiau zubewegte, brach die Sonne durch die Dunstschleier über dem Mawddach, und eine Brise strich das Ufer entlang. Die wenigen dunklen Figuren, die Gruppe der Pappelbäume, die Lichtflut über dem Wasser, das Massiv des Cader Idris auf der anderen Seite, das waren die Elemente einer Abschiedsszene, die ich sonderbarerweise vor ein paar Wochen wiederentdeckte in einer der flüchtigen Aquarellskizzen, in denen Turner oft notierte, was ihm vor Augen kam, sei es vor Ort oder später erst in der Rückschau in die Vergangenheit. Das nahezu substanzlose Bild, das die Bezeichnung *Funeral at Lausanne* trägt, datiert aus dem Jahr 1841 und also aus einer Zeit, in der Turner kaum noch reisen konnte, mehr und mehr umging mit dem Gedanken an seine Sterblichkeit und vielleicht darum, wenn irgend etwas, wie dieser kleine Lausanner Leichenzug, aus dem Gedächtnis auftauchte, geschwind mit einigen Pin-

selstrichen die sogleich wieder zerfließenden Visionen festzuhalten versuchte. Was mich jedoch an dem Aquarell Turners besonders anzog, sagte Austerlitz, das war nicht allein die Ähnlichkeit der Lausanner Szene mit der von Cutiau, sondern die Erinnerung, die sie in mir hervorrief, an den letzten Spaziergang, den ich gemeinsam mit Gerald gemacht habe im Frühsommer 1966 durch die Weinberge oberhalb von Morges an den Ufern des Genfer Sees. Im Verlauf meiner weiteren Beschäftigung mit den Skizzenbüchern und dem Leben Turners bin ich dann auf die an sich völlig bedeutungslose, mich aber nichtsdestoweniger eigenartig berührende Tatsache gestoßen, daß er, Turner, im Jahr 1798, auf einer Landfahrt durch Wales, auch an der Mündung des Mawddach gewesen ist und daß er zu jener Zeit genauso alt war wie ich bei dem Begräbnis von Cutiau. Es kommt mir jetzt beim Erzählen vor, sagte Austerlitz, als sei ich gestern noch unter den Trauergästen in dem südseitigen Drawing-room von Andromeda Lodge gesessen, als hörte ich noch ihr leises Geraune und Adela, wie sie davon spricht, daß sie nicht wisse, was sie nun ganz allein anfangen solle in dem großen Haus. Gerald, der inzwischen im letzten Schuljahr stand und eigens zur Beisetzung aus Oswestry herübergekommen war, berichtete von den unverbesserlichen Verhältnissen in Stower Grange, das er als einen scheußlichen, die Seelen der Zöglinge, wie er sich ausdrückte, für immer verunstaltenden Tintenfleck bezeichnete. Einzig daß er seit seinem Eintritt in die Fliegersektion der Cadet Force einmal in der Woche in einer Chipmunk über die ganze Misere hinwegfliegen konnte, einzig das, sagte Gerald, erhalte ihm seinen ungetrübten Verstand. Je weiter man von der Erde abhebe, sagte er, desto besser, weshalb er auch den Entschluß gefaßt habe, das Studium der Astronomie aufzunehmen. Gegen vier Uhr begleitete ich Gerald zum Bahnhof von

Barmouth hinab. Als ich von dort wieder zurückkam — es dämmerte bereits, sagte Austerlitz, und ein feiner Sprühregen hing, anscheinend ohne niederzusinken, in der Luft —, trat mir aus der nebligen Tiefe des Gartens Adela entgegen, in grünlichbraune Wollsachen gemummt, an deren hauchfein gekräuseltem Rand Millionen winziger Wassertropfen eine Art von silbrigem Glanz um sie bildeten. In ihrer rechten Armbeuge trug sie einen großen Strauß rostfarbener Chrysanthemen, und als wir wortlos nebeneinander über den Hof gegangen waren und auf der Schwelle standen, da hob sie ihre freie Hand und strich mir das Haar aus der Stirn, so als wisse sie, in dieser einen Geste, daß sie die Gabe besaß, erinnert zu werden. Ja, ich sehe Adela noch, sagte Austerlitz; so schön, wie sie damals war, ist sie für mich unverändert geblieben. Nicht selten, am Ende der langen Sommertage, spielten wir Badminton miteinander in dem seit der Kriegszeit ausgeräumten Ballsaal von Andromeda Lodge, während Gerald auf die Nacht seine Tauben versorgte. Schlag für Schlag flog das gefiederte Geschoß hin und her. Die Bahn, die es durchsauste und in der es sich jedesmal umwendete, ohne daß man gewußt hätte, wie, war ein weiß durch die Abendstunde gezogener Streifen, und Adela schwebte, wie ich hätte schwören können, viel länger oft, als es die Schwerkraft erlaubte, ein paar Spannen über dem Parkettboden in der Luft. Nach dem Federballspiel blieben wir meist eine Weile noch in dem Saal und schauten, bis zu ihrem Erlöschen, die Bilder uns an, die von den waagrecht durch das bewegte Gezweig eines Weißdorns dringenden letzten Strahlen der Sonne an die Wand gegenüber dem hohen Spitzbogenfenster geworfen wurden. Die schütteren Muster, die dort in ständiger Folge auf der lichten Fläche erschienen, hatten etwas Huschendes, Verwehtes, das sozusagen nie über den Moment des Entstehens hinauskam, und doch waren hier, in diesem immer neu sich zusammensetzenden Sonnen- und Schattengeflecht, Berglandschaften mit Gletscherflüssen und Eisfeldern zu sehen, Hochebenen, Steppen, Wüsteneien, Blumensaaten, Seeinseln, Korallenriffe, Archipelagos und Atolle, vom Sturm gebeugte Wälder, Zittergras und treibender Rauch. Und einmal, weiß ich noch, sagte Austerlitz, als wir zusammen hineinblickten in die langsam verdämmernde Welt, da fragte mich Adela, indem sie sich herüberbeugte zu mir: Siehst du die Wipfel der Palmen und siehst du die Karawane, die dort durch die Dünen kommt? — Als Austerlitz diese ihm unvergeßlich gebliebene Frage Adelas wiederholte, da waren wir bereits auf dem Weg von Greenwich in die Stadt zurück. Das Taxi rückte nur langsam voran in dem dichten Abendverkehr. Es hatte angefangen zu regnen, die Lichter der Scheinwerfer glänzten auf dem Asphalt und durchschnitten die von silbrigen Perlen überzogenen Scheiben. Bald eine Stunde brauchten wir für die nicht mehr als drei Meilen lange Strecke – Greek Road, Evelyn Street, Lower Road, Jamaica Road – bis zur Tower Bridge. Austerlitz saß zurückgelehnt, die Arme um seinen Rucksack geschlungen, und blickte stumm vor sich hin. Vielleicht hatte er auch die Augen geschlossen, dachte ich, wagte aber nicht, seitwärts ihn anzusehen. Erst am Bahnhof Liverpool Street, wo er mit mir in dem McDonald's-Restaurant wartete bis zur Abfahrt meines Zugs, nahm Austerlitz, nach einer beiläufigen Bemerkung über die grelle, nicht einmal die Andeutung eines Schattens zulassende Beleuchtung – die Schrecksekunde des Blitzlichts, sagte er, sei hier verewigt, und es gäbe nun weder Tag mehr noch Nacht – seine Geschichte wieder auf. Ich habe Adela nach dem Begräbnistag nie mehr gesehen, aus eigener Schuld, so hob er an, weil ich während meiner ganzen Pariser Zeit kein einziges Mal nach England zurückgekommen bin, und als ich dann, fuhr er fort, nach dem Antritt meiner Londoner Stelle, Gerald, der inzwischen sein Studium absolviert und die Forschungsarbeit aufgenommen hatte, in Cambridge besuchte, war Andromeda Lodge verkauft und Adela mit einem Entomologen namens Willoughby nach North Carolina gegangen. Gerald, der damals in der winzigen Ortschaft Quy, unweit des

Flugfelds von Cambridge, ein Cottage gemietet und sich von seinem bei der Auflösung des Besitzes ihm ausbezahlten Erbteil eine Cessna gekauft hatte, kam in allen unseren Gesprächen, gleich worum sie sich drehten, immer wieder auf seine Flugleidenschaft zurück. So erinnere ich mich zum Beispiel, sagte Austerlitz, daß er einmal, als wir von unseren Schultagen in Stower Grange redeten, mir genauestens erläuterte, wie er, nachdem ich nach Oxford gegangen war, einen Großteil der endlosen Studierstunden darauf verwandte, ein ornithologisches System auszuarbeiten, dessen wichtigstes Einteilungskriterium der Grad der Flugtüchtigkeit gewesen sei, und auf welche Weise er dieses System auch modifiziert habe, sagte Gerald, sagte Austerlitz, die Tauben rangierten immer obenan, nicht nur aufgrund der Geschwindigkeit, mit der sie die längsten Strecken zurücklegten, sondern auch aufgrund ihrer vor allen anderen Lebewesen sie auszeichnenden Kunst der Navigation. Man könne ja so eine Taube abfliegen lassen vom Bord eines Schiffes mitten in einem Schneesturm über der Nordsee, und solang nur ihre Kräfte ausreichen, finde sie unfehlbar den Weg nach Hause zurück. Bis heute wisse niemand, wie die in einer solch drohenden Leere auf die Reise geschickten Tiere, denen gewiß in Vorahnung der ungeheuren Entfernungen, die sie überwinden müssen, beinah das Herz vor Angst zerspringt, den Ort ihrer

Herkunft anpeilen. Jedenfalls seien die ihm bekannten wissenschaftlichen Erklärungen, habe Gerald gesagt, denen zufolge die Tauben sich an den Gestirnen, an den Strömungen der Luft oder an magnetischen Feldern orientierten, kaum stichhaltiger als die verschiedenen Theorien, die er sich als zwölfjähriger Knabe ausgedacht habe in der Hoffnung, daß er nach der Lösung dieser Frage in der Lage sein würde, die Tauben auch in umgekehrter Richtung, also beispielsweise von Barmouth an den Platz seiner Verbannung in Oswestry fliegen zu lassen, und immer von neuem habe er sich vorgestellt, wie es wäre, wenn sie auf einmal aus der Höhe herabsegelten zu ihm, das gesiebte Sonnenlicht im Gefieder ihrer reglos ausgestreckten Schwingen, und landeten, mit einem leisen Laut in der Kehle, auf dem Sims des Fensters, an dem er, wie er sagte, oft stundenlang stand. Das Gefühl der Befreiung, das ihn ergriffen habe, als er in einer der Maschinen des Fliegerkorps zum erstenmal die Tragfähigkeit der Luft unter sich spürte, habe Gerald gesagt, sei unbeschreiblich gewesen, und er selber entsinne sich noch, sagte Austerlitz, wie stolz, ja geradezu umstrahlt Gerald gewesen sei, als sie einmal, im Spätsommer 1962 oder 1963, gemeinsam von der Rollbahn des Aerodroms Cambridge zu einem Abendflug abhoben. Die Sonne war eine Zeitlang vor unserem Start schon untergegangen gewesen, aber sobald wir die

Höhen gewannen, umgab uns wieder eine gleißende Helligkeit, die erst abnahm, als wir südwärts dem weißen Streifen der Küste von Suffolk folgten, als die Schatten aus der Tiefe des Meeres emporwuchsen und sich nach und nach über uns neigten, bis der letzte Glanz an den Rändern der westlichen Welt erlosch. Nur schemenhaft waren bald unter uns die Formen des Landes zu erkennen, die Waldungen und die fahlen, abgeernteten Felder, und nie, sagte Austerlitz, werde ich den vor uns wie aus dem Nichts heraufkommenden Mündungsbogen der Themse vergessen, einen Drachenschweif, schwarz wie Wagenschmiere, der sich ringelte durch die einbrechende Nacht und an dem nun die Lichter angingen von Canvey Island, von Sheerness und Southend-on-Sea. Später, als wir in der Finsternis über der Picardie eine Schleife zogen und wieder Kurs nahmen auf England, sahen wir, wenn wir die Augen von den Leuchtziffern und Zeigern abhoben, durch die Verglasung des Cockpits das ganze, anscheinend stillstehende, in Wahrheit aber langsam sich drehende Himmelsgewölbe, so, wie ich es noch nie gesehen hatte zuvor, die Bilder des Schwans, der Cassiopeia, der Pleiaden, der Auriga, der Corona Borealis und wie sie alle heißen, fast verloren in dem überall ausgestreuten flimmernden Staub der Myriaden der namenlosen Sterne. Es war im Herbst 1965, fuhr Austerlitz fort, nachdem er eine

Weile tief in seine Erinnerungen versunken gewesen war, daß Gerald mit der Entwicklung seiner, wie wir heute wissen, bahnbrechenden Thesen über die sogenannten Adler-Nebel in der Konstellation Schlange begann. Er sprach von riesigen Regionen interstellaren Gases, die sich zu gewitterwolkenartigen, mehrere Lichtjahre in den Weltraum hinausragenden Gebilden zusammenballten und in denen, in einem unter dem Einfluß der Schwerkraft ständig sich intensivierenden Verdichtungsprozeß, neue Sterne entstünden. Ich entsinne mich einer Behauptung Geralds, daß es dort draußen wahre Kinderstuben von Sternen gebe, einer Behauptung, die ich unlängst bestätigt fand in einem Zeitungskommentar zu einer der spektakulären photographischen Aufnahmen, die das Hubbleteleskop von seiner Reise zurückgeschickt hat zu uns auf die Erde. Jedenfalls, sagte Austerlitz, ist Gerald damals zur Fortsetzung seiner Arbeit von Cambridge an ein astrophysisches Forschungsinstitut in Genf übergewechselt, wo ich ihn mehrfach besucht habe und Zeuge geworden bin, wenn wir miteinander aus der Stadt hinaus- und am Seeufer entlangwanderten, wie seine Gedanken, gleich den Sternen selber, allmählich aus den sich drehenden Nebeln seiner physikalischen Phantasien hervorkamen. Gerald erzählte mir damals auch von den Ausflügen, die er in seiner Cessna machte über das schneeglänzende Gebirge oder die Vulkangipfel des Puy de Dôme, die schöne Garonne hinab bis nach Bordeaux. Daß er von einem dieser Flüge nicht mehr heimkehrte, das war ihm wohl vorherbestimmt, sagte Austerlitz. Es war ein schlimmer Tag, als ich von dem Absturz in den Savoyer

Alpen erfuhr, und vielleicht der Beginn meines eigenen Niedergangs, meiner im Laufe der Zeit immer krankhafter werdenden Verschließung in mich selber.

*

Ein Vierteljahr war beinah verstrichen, bis ich wieder nach London fuhr und Austerlitz besuchte in seinem Haus in der Alderney Street. Als wir uns voneinander verabschiedet hatten im Dezember, waren wir übereingekommen, daß ich auf eine Nachricht von ihm warten würde. Mehr und mehr hatte ich im Laufe der Wochen gezweifelt, je wieder von ihm zu hören, fürchtete verschiedentlich, eine unbedachte Äußerung ihm gegenüber getan zu haben oder ihm sonst irgendwie unangenehm gewesen zu sein. Auch dachte ich, daß er vielleicht, nach seiner früheren Gewohnheit, einfach verreist sein könnte mit unbekanntem Ziel und auf unabsehbare Zeit. Wäre mir damals schon recht aufgegangen, daß es für Austerlitz Augenblicke gab ohne Anfang und Ende und daß ihm andererseits sein ganzes Leben bisweilen wie ein blinder Punkt ohne jede Dauer erschien, ich hätte wohl besser gewußt zu warten. Jedenfalls war eines Tages dann unter der Post diese Ansichtskarte aus den zwanziger oder dreißiger Jahren, die eine weiße Zeltkolonie zeigte in der ägyptischen Wüste, ein Bild aus einer von niemandem mehr erinnerten Kampagne, auf

dessen Rückseite nichts stand als *Saturday 19 March, Alderney Street*, ein Fragezeichen und ein großes *A* für Austerlitz. Die Alderney Street ist ziemlich weit draußen im East End von London. Unweit der sogenannten Mile-End-Kreuzung, an der immer der Verkehr sich staut und wo auf den Gehsteigen an solchen Samstagen die Kleider- und Stoffhändler ihre Stände aufschlagen und Hunderte von Menschen sich drängen, verläuft sie, eine auffallend stille Gasse, parallel zu der breiten Ausfallstraße. Ich erinnere mich jetzt aus dem Ungefähr an einen niedrigen, festungsartigen Wohnblock gleich an der Ecke, an einen grasgrünen Kiosk, in dem ich, obwohl die Waren offen auslagen, keinen Verkäufer sah, an den von einem gußeisernen Zaun umgebenen und, wie man meinen konnte, von niemandem je betretenen Rasenplatz und an die mannshohe, zirka fünfzig Meter lange Ziegelmauer auf der rechten Seite, an deren Ende ich, als erstes in einer Zeile von sechs oder sieben, das Haus von Austerlitz fand. In dem sehr geräumig wirkenden Inneren gab es nur das Nötigste an Mobiliar und weder Vorhänge noch Teppiche. Die Wände waren in einem hellen, die Dielen in einem dunkleren Mattgrau gestrichen. In dem Vorderzimmer, in das Austerlitz mich zuerst hineinführte, stand, außer einer altmodischen, mir sonderbar verlängert scheinenden Ottomane, einzig ein großer, gleichfalls mattgrau lasierter Tisch, auf dem in geraden Reihen und genauen Abständen voneinander ein paar Dutzend Photographien lagen, die meisten älteren Datums und etwas abgegriffen an den Rändern. Es waren Aufnahmen darunter, die ich, sozusagen, schon kannte, Aufnahmen von leeren belgischen Landstrichen, von Bahnhöfen und Métroviadukten in Paris, vom Palmenhaus im Jardin des Plantes, von verschiedenen Nachtfaltern und Motten, von kunstvoll gebauten Taubenhäusern, von Gerald Fitzpatrick auf dem Flugfeld in der Nähe von Quy und von einer Anzahl schwerer Türen und Tore. Austerlitz sagte mir, daß er hier manchmal stundenlang sitze und diese Photographien, oder andere, die er aus seinen Beständen hervorhole, mit der rückwärtigen Seite nach oben auslege, ähnlich wie bei einer Partie Patience, und daß er sie dann, jedesmal von neuem erstaunt über das, was er sehe, nach und nach umwende, die Bilder hin und her und übereinanderschiebe, in eine aus Familienähnlichkeiten sich ergebende Ordnung, oder auch aus dem Spiel ziehe, bis nichts mehr übrig sei als die graue Fläche des Tischs, oder bis er sich, erschöpft von der Denk- und Erinnerungsarbeit, niederlegen müsse auf der Ottomane. Bis in den Abend hinein liege ich hier nicht selten und spüre, wie die Zeit sich zurückbiegt in mir, sagte Austerlitz beim Hinübergehen in das hintere der beiden ebenerdigen Zimmer, wo er das Gasfeuerchen anzündete und mich Platz zu nehmen bat auf einem der beidseits des Kamins aufgestellten Stühle. Auch in diesem Zimmer waren sonst fast keine Einrichtungsgegenstände, waren nur die grauen Bodenbretter und Wände, über die jetzt, in der allmählich dichter werdenden Dämmerung, der Widerschein der bläulich flackernden Flammen lief. Ich habe noch das leise Rauschen im Ohr, mit dem das Gas verströmte, entsinne mich, wie gebannt ich gewesen bin die ganze Zeit, während Austerlitz in der Küche die Teesachen richtete, von dem Spiegelbild des Feuerchens, das jenseits der verglasten Verandatüre, in einiger Entfernung vom Haus, zu brennen schien zwischen den fast schon nachtschwarzen Büschen im Garten. Als Austerlitz mit dem Teetablett hereingekommen war und angefangen hatte, mit einer sogenannten Toasting-fork Weißbrotscheiben an den blauen Gasflammen zu rösten, machte ich eine Bemerkung über die Unbegreiflichkeit von Spiegelbildern, worauf er erwiderte, daß auch er oft nach dem Einbruch der Nacht hier in diesem Zimmer sitze und hineinstarre in den draußen in der Dunkelheit reflektierten, anscheinend bewegungslosen Lichtpunkt, und daß er dabei unweigerlich daran denken müsse, wie er vor vielen Jahren einmal, in einer Rembrandt-Ausstellung im Rijksmuseum von Amsterdam, wo er sich vor keinem der großformatigen, unzählige Male reproduzierten Meisterwerke habe aufhalten mögen, statt dessen lange vor einem kleinen, etwa zwanzig auf dreißig Zentimeter messenden und, soweit er sich entsinne, aus der Dubliner Sammlung stammenden Gemälde gestanden sei, das, der Beschriftung zufolge, die Flucht nach Ägypten darstellte, auf dem er aber weder das hochheilige Paar noch das Jesuskind, noch das Saumtier habe erkennen können, sondern nur, mitten in dem schwarzglänzenden Firnis der Finsternis, einen winzigen, vor meinen Augen, so sagte Austerlitz, bis heute nicht vergangenen Feuerfleck. – Doch wo, setzte er nach einer Weile hinzu, soll ich weiterfahren in meiner Geschichte? Ich habe dieses Haus, nachdem ich aus Frankreich zurückgekehrt war, für die heute geradezu lachhafte Summe von neunhundertfünfzig Pfund gekauft und dann beinahe dreißig Jahre mein Lehramt versehen, bis ich

1991 vorzeitig in den Ruhestand getreten bin, teils, sagte Austerlitz, wegen der auch an den Hochschulen, wie ich sicher selber wisse, immer weiter um sich greifenden Dummheit, teils, weil ich hoffte, meine bau- und zivilisationsgeschichtlichen Untersuchungen so, wie es mir seit langem vorschwebte, zu Papier bringen zu können. Ich hätte ja, so sagte Austerlitz zu mir, vielleicht seit unseren ersten Antwerpener Gesprächen schon eine Ahnung von der Weitläufigkeit seiner Interessen, von der Richtung seines Denkens und der Art seiner stets aus dem Stegreif gemachten, allenfalls in provisorischer Form festgehaltenen Bemerkungen und Kommentare, die sich zuletzt ausbreiteten über Tausende von Seiten. Bereits in Paris habe ich mich mit dem Gedanken getragen, meine Studien in einem Buch zusammenzufassen, in der Folge allerdings die Niederschrift immer weiter hinausgeschoben. Die verschiedenen Vorstellungen, die ich mir zu verschiedenen Zeiten von diesem von mir zu schreibenden Buch machte, reichten von dem Plan eines mehrbändigen systematisch-deskriptiven Werks bis zu einer Reihe von Versuchen über Themen wie Hygiene und Assanierung, Architektur des Strafvollzugs, profane Tempelbauten, Wasserheilkunst, zoologische Gärten, Abreise und Ankunft, Licht und Schatten, Dampf und Gas und ähnliches mehr. Freilich erwies es sich bereits bei der ersten Durchsicht meiner aus dem Institut hierher in die Alderney Street überführten Papiere, daß es sich bei ihnen größtenteils um Entwürfe handelte, die mir jetzt unbrauchbar, falsch und verzeichnet erschienen. Was einigermaßen standhielt, begann ich neu zuzuschneiden und anzuordnen, um vor meinen eigenen Augen noch einmal, ähnlich wie in einem Album, das Bild der von dem Wanderer durchquerten, beinahe schon in der Vergessenheit versunkenen Landschaft

entstehen zu lassen. Aber je größer die Mühe, die ich über Monate hinweg an dieses Vorhaben wandte, desto kläglicher dünkten mich die Ergebnisse und desto mehr ergriff mich, schon beim bloßen Öffnen der Konvolute und Umwenden der im Laufe der Zeit von mir beschriebenen ungezählten Blätter, ein Gefühl des Widerwillens und des Ekels, sagte Austerlitz. Und doch sei das Lesen und Schreiben immer seine liebste Beschäftigung gewesen. Wie gerne, sagte Austerlitz, bin ich nicht bei einem Buch gesessen bis weit in die Dämmerung hinein, bis ich nichts mehr entziffern konnte und die Gedanken zu kreisen begannen, und wie behütet habe ich mich nicht gefühlt, wenn ich in meinem nachtdunklen Haus am Schreibtisch saß und nur zusehen mußte, wie die Spitze des Bleistifts im Schein der Lampe sozusagen von selber und mit vollkommener Treue ihrem Schattenbild folgte, das gleichmäßig von links nach rechts und Zeile für Zeile über den linierten Bogen glitt. Jetzt aber war mir das Schreiben so schwer geworden, daß ich oft einen ganzen Tag brauchte für einen einzigen Satz, und kaum daß ich einen solchen mit äußerster Anstrengung ausgesonnenen Satz niedergeschrieben hatte, zeigte sich die peinliche Unwahrheit meiner Konstruktionen und die Unangemessenheit sämtlicher von mir verwendeten Wörter. Wenn es mir dennoch durch eine Art Selbsttäuschung bisweilen gelang, mein Tagespensum als erfüllt anzusehen, dann starrten mir jeweils am nächsten Morgen, sowie ich den ersten Blick auf das Blatt warf, die schlimmsten Fehler, Ungereimtheiten und Entgleisungen entgegen. Wieviel oder wie wenig das Geschriebene auch war, stets ist es mir, wenn ich es durchlas, so von Grund auf verkehrt vorgekommen, daß ich es auf der Stelle vernichten und von neuem beginnen mußte. Bald wurde es mir unmöglich, den ersten Schritt zu wagen. Gleich einem Hochseilartisten, der nicht mehr weiß, wie man einen Fuß vor den anderen setzt, spürte ich nur noch die schwankende Plattform unter mir und erkannte mit Schrecken, daß die weit draußen am Rand des Gesichtsfelds blinkenden Enden der Balancierstange nicht mehr wie einst meine Leitlichter waren, sondern böse Verlockungen, mich in die Tiefe zu stürzen. Hie und da geschah es noch, daß sich ein Gedankengang in meinem Kopf abzeichnete in schöner Klarheit, doch wußte ich schon, indem dies geschah, daß ich außerstande war, ihn festzuhalten, denn sowie ich nur den Bleistift ergriff, schrumpften die unendlichen Möglichkeiten der Sprache, der ich mich früher doch getrost überlassen konnte, zu einem Sammelsurium der abgeschmacktesten Phrasen zusammen. Keine Wendung im Satz, die sich dann nicht als eine jämmerliche Krücke erwies, kein Wort, das nicht ausgehöhlt klang und verlogen. Und in dieser schandbaren Geistesverfassung saß ich stunden- und tagelang mit dem Gesicht gegen die Wand, zermarterte mir die Seele und lernte allmählich begreifen, wie furchtbar es ist, daß sogar die geringste Aufgabe oder Verrichtung, wie beispielsweise das Einräumen einer Schublade mit verschiedenen Dingen, unsere Kräfte übersteigen kann. Es war, als drängte eine seit langem in mir bereits fortwirkende Krankheit zum Ausbruch, als habe sich etwas Stumpfsinniges und Verbohrtes in mir festgesetzt, das nach und nach alles lahmlegen würde. Schon spürte ich hinter meiner Stirn die infame Dumpfheit, die dem Persönlichkeitsverfall voraufgeht, ahnte, daß ich in Wahrheit weder Gedächtnis noch Denkvermögen, noch eigentlich eine Existenz besaß, daß ich mein ganzes Leben hindurch mich immer nur ausgelöscht und von der Welt und mir selber abgekehrt hatte. Wäre damals einer gekommen, mich wegzuführen auf eine Hinrichtungsstätte, ich hätte alles ruhig mit mir geschehen lassen, ohne ein Wort zu sagen, ohne die Augen zu öffnen, so wie hochgradig seekranke Leute, wenn sie etwa auf einem Dampfer über das Kaspische Meer fahren, auch nicht den leisesten Widerstand an den Tag legen, falls man ihnen eröffnet, man werde sie jetzt über Bord werfen. Was immer vorgehen mochte in mir, sagte Austerlitz, das Panikgefühl, mit welchem ich vor der Schwelle eines jeden zu schreibenden Satzes stand, ohne zu wissen, wie ich nun diesen Satz oder überhaupt irgendeinen beliebigen Satz anfangen könnte, dehnte sich bald auf das an sich einfachere Geschäft des Lesens aus, bis ich unweigerlich bei dem Versuch, eine ganze Seite zu überblicken, in einen Zustand der größten Verwirrung geriet. Wenn man die Sprache ansehen kann als eine alte Stadt, mit einem Gewinkel von Gassen und Plätzen, mit Quartieren, die weit zurückreichen in die Zeit, mit abgerissenen, assanierten und neuerbauten Vierteln und immer weiter ins Vorfeld hinauswachsenden Außenbezirken, so glich ich selbst einem Menschen, der sich, aufgrund einer langen Abwesenheit, in dieser Agglomeration nicht mehr zurechtfindet, der nicht mehr weiß, wozu eine Haltestelle dient, was ein Hinterhof, eine Straßenkreuzung, ein Boulevard oder eine Brücke ist. Das gesamte Gliederwerk der Sprache, die syntaktische Anordnung der einzelnen Teile, die Zeichensetzung, die Konjunktionen und zuletzt sogar die Namen der gewöhnlichen Dinge, alles war eingehüllt in einen undurchdringlichen Nebel. Auch was ich selber in der Vergangenheit geschrieben hatte, ja insbesondere dieses, verstand ich nicht mehr. Immerzu dachte ich nur, so ein Satz, das ist etwas nur vorgeblich Sinnvolles, in Wahrheit allenfalls Behelfsmäßiges, eine Art Auswuchs unserer Ignoranz, mit dem wir, so wie manche Meerespflanzen und -tiere mit ihren Fangarmen, blindlings das Dunkel durchtasten, das uns umgibt. Gerade das, was sonst den Eindruck einer zielgerichteten Klugheit erwecken mag, die Hervorbringung einer Idee vermittels einer gewissen stilistischen Fertigkeit, schien mir nun nichts als ein völlig beliebiges oder wahnhaftes

Unternehmen. Nirgends sah ich mehr einen Zusammenhang, die Sätze lösten sich auf in lauter einzelne Worte, die Worte in eine willkürliche Folge von Buchstaben, die Buchstaben in zerbrochene Zeichen und diese in eine bleigraue, da und dort silbrig glänzende Spur, die irgendein kriechendes Wesen abgesondert und hinter sich hergezogen hatte und deren Anblick mich in zunehmendem Maße erfüllte mit Gefühlen des Grauens und der Scham. Eines Abends, sagte Austerlitz, habe ich meine sämtlichen gebündelten und losen Papiere, die Notizbücher und Notizhefte, die Aktenordner und Vorlesungsfaszikel, alles, was bedeckt war mit meiner Schrift, aus dem Haus getragen, am unteren Ende des Gartens auf den Komposthaufen geworfen und schichtweise mit verrottetem Laub und ein paar Schaufeln Erde bedeckt. Zwar glaubte ich mich danach einige Wochen, während ich meine Zimmer ausräumte und die Fußböden und Wände neu strich, erleichtert von der Last meines Lebens, merkte aber zugleich schon, wie die Schatten sich über mich legten. Vor allem in den Stunden der Abenddämmerung, die mir sonst immer die liebsten gewesen waren, überkam mich eine zunächst diffuse, dann dichter und dichter werdende Angst, durch die sich das schöne Schauspiel der verblassenden Farben in eine böse, lichtlose Fahlheit verkehrte, das Herz in der Brust mir zusammengepreßt wurde auf ein Viertel seiner natürlichen Größe und nur der eine Gedanke noch in meinem Kopf war, ich müsse mich vom Treppenabsatz im dritten Stockwerk eines bestimmten Hauses in der Great Portland Street, in dem ich vor Jahren nach einem Arztbesuch einmal eine sonderbare Anwandlung gehabt hatte, über das Stiegengeländer hinunterstürzen in die dunkle Tiefe des Schachts. Einen meiner ohnehin nicht zahlreichen Bekannten aufzusuchen oder in irgendeinem normalen Sinn unter die Leute zu gehen, ist mir damals unmöglich geworden. Es hat mir davor gegraust, sagte Austerlitz, jemandem zuzuhören, und mehr noch davor, selber zu reden, und indem das so fortging, begriff ich allmählich, wie vereinzelt ich war und von jeher gewesen bin, unter den Walisern ebenso wie unter den Engländern und den Franzosen. Der Gedanke an meine wahre Herkunft ist mir ja nie gekommen, sagte Austerlitz. Auch habe ich mich nie einer Klasse, einem Berufsstand oder einem Bekenntnis zugehörig gefühlt. Unter Künstlern und Intellektuellen war es mir genauso unwohl wie im bürgerlichen Leben, und eine persönliche Freundschaft anzuknüpfen, das brachte ich schon die längste Zeit nicht mehr über mich. Kaum lernte ich jemanden kennen, dachte ich schon, ich sei ihm zu nahe getreten, kaum wandte sich jemand mir zu, begann ich, mich abzusetzen. Überhaupt banden mich an die Menschen zuletzt nur noch gewisse, von mir geradezu auf die Spitze getriebene Formen der Höflichkeit, die, wie ich heute weiß, sagte Austerlitz, weniger meinem jeweiligen Gegenüber galten, als daß sie es mir erlaubten, mich der Einsicht zu verschließen, daß ich stets, soweit ich zurückdenken kann, auf dem Boden einer unabweisbaren Verzweiflung gestanden bin. Zu jener Zeit, nach dem Zerstörungswerk im Garten und dem Ausräumen des Hauses, war es auch, daß ich mich, um der in zunehmendem Maße mich plagenden Schlaflosigkeit zu entkommen, auf meine Nachtwanderungen durch London machte. Mehr als ein Jahr lang, glaube ich, sagte Austerlitz, bin ich bei Einbruch der Dunkelheit außer Haus gegangen, immer fort und fort, auf der Mile End und Bow Road über Stratford bis nach Chigwell und Romford hinaus, quer durch Bethnal Green und Canonbury, durch Holloway und Kentish Town bis auf die Heide von Hampstead, südwärts über den Fluß nach Peckham und Dulwich oder nach Westen zu bis Richmond Park. Man kann ja tatsächlich zu Fuß in einer einzigen Nacht fast von einem Ende dieser riesigen Stadt ans andere gelangen, sagte Austerlitz, und wenn man einmal gewöhnt ist an das einsame Gehen und auf diesen Wegen nur einzelnen Nachtgespenstern begegnet, dann wundert man sich bald darüber, daß überall in den zahllosen Häusern, in Greenwich geradeso wie in Bayswater oder Kensington, die Londoner jeden Alters, anscheinend aufgrund einer vor langer Zeit getroffenen Vereinbarung, in ihren Betten liegen, zugedeckt und, wie sie glauben müssen, unter sicherem Dach, während sie doch in Wahrheit nur niedergestreckt sind, das Gesicht vor Furcht gegen die Erde gekehrt, wie einst bei der Rast auf dem Weg durch die Wüste. Bis in die entlegensten Bezirke haben mich meine Wanderungen geführt, in Vorhöfe der Metropole, in die ich sonst niemals gekommen wäre, und wenn es Tag wurde, bin ich wieder nach Whitechapel zurückgefahren mit der Untergrundbahn, zusammen mit all den anderen armen Seelen, die um diese Zeit von der Peripherie zurückfluten in die Mitte. Dabei ist es mir in den Bahnhöfen wiederholt passiert, daß ich unter denen, die mir entgegenkamen in den gekachelten Gängen, auf den steil in die Tiefe hinabgehenden Rolltreppen oder die ich erblickte hinter den grauen Scheiben eines eben auslaufenden Zuges, ein mir von viel früher her vertrautes Gesicht zu erkennen vermeinte. Immer hatten diese bekannten Gesichter etwas von allen anderen Verschiedenes, etwas Verwischtes, möchte ich sagen, und sie verfolgten und beunruhigten mich manchmal tagelang. Tatsächlich begann ich damals, meistens bei der Heimkehr von meinen nächtlichen Exkursionen, durch eine Art von treibendem Rauch oder Schleier hindurch Farben und Formen von einer sozusagen verminderten Körperlichkeit zu sehen, Bilder aus einer verblichenen Welt, ein Geschwader von Segelschiffen, das aus der im Abendlicht glitzernden Mündung der Themse hinausfuhr in die Schatten über dem Meer, eine Pferdedroschke in Spitalfields mit einem Kutscher, der einen Zylinder auf dem Kopf hatte, eine Passantin in einem Kostüm der dreißiger Jahre, die ihren Blick niederschlug, als sie an mir vorüberging. Es war in Momenten besonderer Schwäche, wenn ich glaubte, nicht mehr weiterzukönnen, daß mir dergleichen Sinnestäuschungen widerfuhren. Manchmal kam mir dann vor, als ersterbe ringsum das Dröhnen der Stadt, als ströme der Verkehr lautlos über den Fahrdamm dahin oder als hätte mich jemand am Ärmel gezupft. Auch hörte ich, wie hinter meinem Rücken über mich geredet wurde in einer fremden Sprache, Litauisch, Ungarisch oder sonst etwas sehr Ausländisches, dachte ich mir, sagte Austerlitz. In der Liverpool Street Station, zu der es mich auf meinen Wanderungen unwiderstehlich immer wieder hinzog, hatte ich mehrere solche Erlebnisse. Dieser Bahnhof, dessen Haupttrakt fünfzehn bis zwanzig Fuß unter dem Niveau der Straße liegt, war ja vor seinem Ende der achtziger Jahre in Angriff genommenen Umbau einer der finstersten und unheimlichsten Orte von London, eine Art Eingang zur Unterwelt, wie vielfach bemerkt worden ist. Der Schotter zwischen den Geleisen, die rissigen Schwellen, die Ziegelmauern, die Steinsockel, die Gesimse und Scheiben der hohen Seitenfenster, die hölzernen Kioske der Kontrolleure, die hoch aufragenden gußeisernen Säulen mit den palmblättrig verzierten Kapitellen, dies alles war eingeschwärzt von einer schmierigen Schicht, die sich im Verlauf eines Jahrhunderts gebildet hatte aus Koksstaub und Ruß, Wasserdampf, Schwefel und Dieselöl. Selbst an sonnigen Tagen drang durch das gläserne Hallendach nur ein diffuses, vom Schein der Kugellampen kaum erhelltes Grau, und in dieser ewigen Düsternis, die erfüllt war von einem

erstickten Stimmengewirr, einem leisen Gescharre und Getrappel, bewegten sich die aus den Zügen entlassenen oder auf sie zustrebenden ungezählten Menschen in Strömen, die zusammen- und auseinanderliefen und an den Barrieren und Engpässen sich stauten wie Wasser an einem Wehr. Jedesmal, sagte Austerlitz, wenn ich auf dem Rückweg ins East End in der Liverpool Street Station ausgestiegen bin, habe ich mich ein, zwei Stunden zumindest dort aufgehalten, saß mit anderen, am frühen Morgen schon müden Reisenden und Obdachlosen auf einer Bank oder stand irgendwo gegen ein Geländer gelehnt und spürte dabei dieses andauernde Ziehen in mir, eine Art Herzweh, das, wie ich zu ahnen begann, verursacht wurde von dem Sog der verflossenen Zeit. Ich wußte, daß auf dem Gelände, über welchem der Bahnhof sich erhob, dereinst bis an die Mauern der Stadt heran Sumpfwiesen sich ausgedehnt hatten, die während der kalten Winter der sogenannten kleinen Eiszeit monatelang gefroren waren und auf denen die Londoner, beinere Kufen unter die Sohlen geschnallt, Schlittschuh liefen, wie die Antwerpener auf der Schelde, manchmal, im Geflacker der Scheiter, die in den da und dort aufgestellten Feuerbecken brannten, bis Mitternacht. Später wurden in den Sumpfwiesen nach und nach Drainagen gezogen, Ulmenbäume gepflanzt, Krautgärten, Fischweiher und weiße Sandwege angelegt, auf denen die Bürger am Feierabend spazieren konnten, und bald wurden auch Pavillons und Landhäuser gebaut, bis nach Forest Park und Arden hinaus. Auf dem Grund des heutigen Haupttrakts des Bahnhofs und des Great Eastern Hotel, so erzählte Austerlitz weiter, stand bis in das 17. Jahrhundert das Kloster des Ordens der heiligen Maria von Bethlehem, das ein gewisser Simon Fitz-

Mary, nachdem er auf einem Kreuzzug in wundersamer Weise errettet worden war aus den Händen der Sarazenen, gestiftet hatte, damit fortan die frommen Brüder und Schwestern beteten für das Seelenheil des Gründers und das seiner Vorfahren, Nachkommen und Verwandten. Zu dem Kloster außerhalb Bishopsgate gehörte auch das unter dem Namen Bedlam in die Geschichte eingegangene Krankenspital für verstörte oder sonst ins Elend geratene Personen. Beinahe zwanghaft, sagte Austerlitz, habe ich mir, wenn ich in dem Bahnhof mich aufhielt, immer wieder vorzustellen versucht, wo in dem später von anderen Mauern durchzogenen und jetzt abermals sich verändernden Raum die Kammern der Insassen dieses Asyls gewesen sind, und oft habe ich mich gefragt, ob das Leid und die Schmerzen, die sich dort über die Jahrhunderte angesammelt haben, je wirklich vergangen sind, ob wir sie nicht heute noch, wie ich bisweilen an einem kalten Zug um die Stirn zu spüren glaubte, auf unseren Wegen durch die Hallen und über die Treppen durchqueren. Ich bildete mir auch ein, die Bleichfelder sehen zu können, die sich von Bedlam westwärts erstreckten, sah die weißen Leinwandbahnen ausgespannt auf dem grünen Gras und die kleinen Figuren der Weber und Wäscherinnen und sah jenseits der Bleichfelder die Plätze, auf denen man die Toten beisetzte, seit die Kirchhöfe

Londons sie nicht mehr zu fassen vermochten. Geradeso wie die Lebendigen ziehen die Toten, wenn es ihnen zu eng wird, nach draußen in eine weniger dicht besiedelte Gegend, wo sie in gehörigem Abstand voneinander ihre Ruhe finden können. Aber es kommen ja immer neue nach, in unendlicher Folge, zu deren Unterbringung zuletzt, wenn alles belegt ist, Gräber durch Gräber gegraben werden, bis auf dem ganzen Acker die Gebeine kreuz und quer durcheinander liegen. Dort, wo einmal die Bestattungs- und Bleichfelder waren, auf dem Areal der 1865 erbauten Broadstreet Station, kamen 1984 bei den im Zuge der Abbrucharbeiten vorgenommenen Ausgrabungen unter einem Taxistand über vierhundert Skelette zutage. Ich bin damals des öfteren dort gewesen, sagte Austerlitz, teilweise wegen meiner baugeschichtlichen Interessen, teilweise auch aus anderen, mir unverständlichen Gründen, und habe photographische Aufnahmen gemacht von den Überresten der Toten, und ich entsinne mich, wie einer der Archäologen, mit dem ich ins Gespräch gekommen bin, mir gesagt hat, daß in jedem Kubikmeter Abraum, den man aus dieser Grube entfernte, die Gerippe von durchschnittlich acht Menschen gefunden worden sind. Über die solchermaßen mit dem Staub und den Knochen zusammengesunkener Leiber versetzte Erdschicht hinweg war im Verlauf des 17. und 18. Jahrhunderts die Stadt gewachsen in

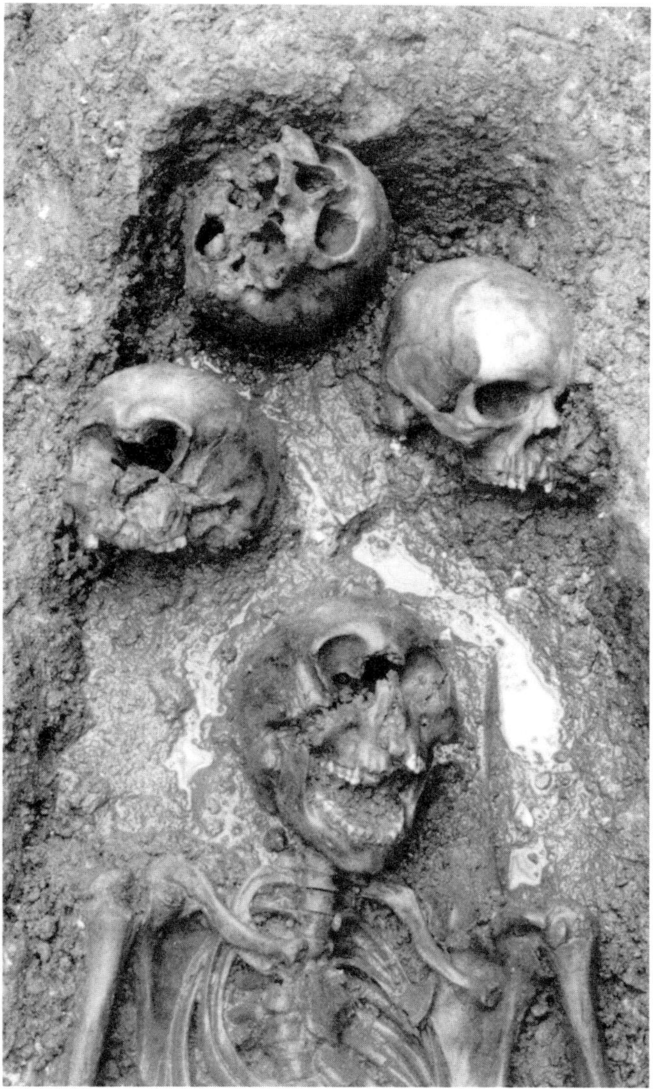

einem immer verwinkelter werdenden Gewirr fauliger Gassen und Häuser, zusammengebacken aus Balken, Lehmklumpen und jedem sonst verfügbaren Material für die niedrigsten Bewohner von London. Um 1860 und 1870 herum, vor Beginn der Bauarbeiten an den beiden nordöstlichen Bahnhöfen, wurden diese Elendsquartiere gewaltsam geräumt und ungeheure Erdmassen, mitsamt den in ihnen Begrabenen, aufgewühlt und verschoben, damit die Eisenbahntrassen, die auf den von den Ingenieuren angefertigten Plänen sich ausnahmen wie Muskel- und Nervenstränge in einem anatomischen Atlas, herangeführt werden konnten bis an den Rand der City. Bald war das Vorfeld von Bishopsgate bloß noch ein einziger graubrauner Morast, ein Niemandsland, in dem sich keine Seele mehr regte. Der Wellbrookbach, die Wassergräben und Teiche, die Sumpfhühner, Schnepfen und Fischreiher, die Ulmen und Maulbeerbäume, der Hirschgarten Paul Pindars, die Kopfkranken von Bedlam und die Hungerleider von Angel Alley, aus der Peter Street, aus dem Sweet Apple Court und dem Swan Yard waren verschwunden, und verschwunden sind jetzt auch die nach Abermillionen zählenden Scharen, die tagein und tagaus, während eines ganzen Jahrhunderts durch die Bahnhöfe von Broadgate und Liverpool Street zogen. Für mich aber, sagte Austerlitz, war es zu jener Zeit, als kehrten die Toten aus ihrer Abwesenheit

BISHOPSGATE WARD WITHOUT
ST. BOTOLPH WITHOUT BISHOPSGATE
Liverpool Street Station
PRIMROSE STREET

zurück und erfüllten das Zwielicht um mich her mit ihrem eigenartig langsamen, ruhlosen Treiben. Ich entsinne mich beispielsweise, daß ich einmal, an einem stillen Sonntagmorgen, auf einer Bank auf dem besonders dusteren Bahnsteig gesessen bin, an dem die Schiffszüge von Harwich einliefen, und daß ich dort lang einem Menschen zuschaute, der zu seiner abgewetzten Eisenbahneruniform einen schneeweißen Turban trug und mit einem Besen einmal hier, einmal da etwas von dem auf dem Pflaster herumliegenden Unrat zusammenfegte. Bei diesem Geschäft, das in seiner Zwecklosigkeit an die ewigen Strafen gemahnte, die wir, sagte Austerlitz, wie es heißt, nach unserem Leben erdulden müssen, bediente sich der in tiefer Selbstvergessenheit immer dieselben Bewegungen vollführende Mann statt einer richtigen Kehrschaufel eines Pappdeckelkartons, aus dem eines der Seitenteile herausgerissen war und den er mit dem Fuß Stück für Stück vor sich herschob, zuerst den Perron hinauf und dann wieder herunter, bis er seinen Ausgangspunkt wieder erreicht hatte, eine niedrige Türe in dem vor der Innenfassade des Bahnhofs bis zum zweiten Stockwerk emporgezogenen Bauzaun, aus welcher er vor einer halben Stunde hervorgekommen war und durch die er, ruckweise, wie es mir schien, nun wieder verschwand. Es ist mir bis heute unerklärlich geblieben, was mich veranlaßt hat, ihm zu folgen, sagte Austerlitz. Wir tun ja fast alle entscheidenden Schritte in unserem Leben aus einer undeutlichen inneren Bewegung heraus. Jedenfalls bin ich an jenem Sonntagmorgen auf einmal selber hinter dem hohen Bauzaun gestanden, und zwar unmittelbar vor dem Eingang zu dem sogenannten Ladies Waiting Room, von dessen Existenz in diesem abseitigen Teil des Bahnhofs ich bis dahin keine Ahnung gehabt hatte. Der Mann mit dem Turban war nirgends mehr zu sehen. Auch auf den Gerüsten regte sich nichts. Ich zögerte, an die Schwingtür heranzutreten, aber kaum hatte ich meine Hand auf den Messinggriff gelegt, da trat ich schon, durch einen im Inneren gegen die Zugluft aufgehängten Filzvorhang, in den offenbar vor Jahren bereits außer Gebrauch geratenen Saal, so wie ein Schauspieler, sagte Austerlitz, der auf die Bühne hinaustritt und im Augenblick des Hinaustretens das von ihm auswendig Gelernte mitsamt der Rolle, die er so oft schon gespielt hat, unwiderruflich und restlos vergißt. Es mögen Minuten oder Stunden vergangen sein, während derer ich, ohne mich von der Stelle rühren zu können, in dem, wie es mir schien, ungeheuer weit hinaufgehenden Saal gestanden bin, das Gesicht angehoben gegen das eisgraue, mondscheinartige Licht, das durch einen unter der Deckenwölbung verlaufenden Gaden drang und einem Netz oder einem schütteren, stellenweise ausgefransten Gewebe gleich über mir hing. Trotzdem dieses Licht in der Höhe sehr hell war, eine Art Staubglitzern, könnte man sagen, hatte es, indem es sich herniedersenkte, den Anschein, als würde es von den Mauerflächen und den niedrigeren Regionen des Raumes aufgesogen, als vermehre es nur das Dunkel und verrinne in schwarzen Striemen, ungefähr so wie Regenwasser auf den glatten Stämmen der Buchen oder an einer Fassade aus Gußbeton. Manchmal, wenn draußen über der Stadt die Wolkendecke aufriß, schossen einzelne gebündelte Strahlen in den Wartesaal herein, die aber meist auf halbem Weg schon erloschen. Andere Strahlen wieder beschrieben merkwürdige, gegen die Gesetze der Physik verstoßende Bahnen, gingen von der geraden Linie ab und drehten sich in Spiralen und Wirbeln um sich selber, ehe sie verschluckt wurden von den schwankenden Schatten. Kaum einen Lidschlag lang sah ich zwischendurch riesige Räume sich auftun, sah Pfeilerreihen und Kolonnaden, die in die äußerste Ferne führten, Gewölbe und gemauerte Bogen, die Stockwerke über Stockwerke trugen, Steintreppen, Holzstiegen und Leitern, die den Blick immer weiter hinaufzogen, Stege und Zugbrücken, die die tiefsten Abgründe überquerten und auf denen winzige Figuren sich drängten, Gefangene, so dachte ich mir, sagte Austerlitz, die einen Ausweg suchten aus diesem Verlies, und je länger ich, den Kopf schmerzhaft zurückgezwungen, in die Höhe hinaufstarrte, desto mehr kam es mir vor, als dehnte sich der Innenraum, in welchem ich mich befand, als setzte er in der unwahrscheinlichsten perspektivischen Verkürzung unendlich sich fort und beugte sich zugleich, wie das nur in einem derartigen falschen Universum möglich war, in sich selber zurück. Einmal glaubte ich, sehr weit droben, eine durchbrochene Kuppel zu sehen, an deren Rändern auf einer Brüstung Farne wuchsen und junge Baumweiden und anderes Gehölz, in das Reiher große, unordentliche Nester gebaut hatten, und ich sah sie ihre Schwingen ausbreiten und davonfliegen durch die blaue Luft. Ich entsinne mich, sagte Austerlitz, daß mitten in dieser Gefängnis- und Befreiungsvision die Frage mich quälte, ob ich in das Innere einer Ruine oder in das eines erst im Entstehen begriffenen Rohbaus geraten war. In gewisser Hinsicht ist ja damals, als in der Liverpool Street der neue Bahnhof förmlich aus dem Bruchwerk des alten herauswuchs, beides richtig gewesen, und das Entscheidende lag auch gar nicht in der im Grunde mich nur ablenkenden Frage, sondern in den Erinnerungsfetzen, die durch die Außenbezirke meines Bewußtseins zu treiben begannen, Bilder wie jenes zum Beispiel von einem Nachmittag spät im November des Jahres 1968, als ich mit Marie de Verneuil, die ich aus meiner Pariser Zeit kannte und von der ich noch mehr werde erzählen müssen, in dem Schiff der wunderbaren, auf weiter Flur allein sich erhebenden Kirche von Salle in Norfolk gestanden bin und die Worte nicht herausbrachte, die ich ihr hätte sagen sollen. Draußen war der weiße Nebel aus den Wiesen gestiegen, und stumm sahen wir beide zu, wie er langsam nun über die Schwelle des Portals kroch, ein niedrig sich fortwälzendes, kräuselndes Gewölk, das nach und nach über den ganzen Steinboden sich ausbreitete, immer dichter und dichter wurde und zusehends höher stieg, bis wir nurmehr zur Hälfte aus ihm herausragten und fürchten mußten, es könnte uns bald den Atem nehmen. Erinnerungen wie diese waren es, die mich ankamen in dem aufgelassenen Ladies Waiting Room des Bahnhofs von Liverpool Street, Erinnerungen, hinter denen und in denen sich viel weiter noch zurückreichende Dinge verbargen, immer das eine im andern verschachtelt, gerade so wie die labyrinthischen Gewölbe, die ich in dem staubgrauen Licht zu erkennen glaubte, sich fortsetzten in unendlicher Folge. Tatsächlich hatte ich das Gefühl, sagte Austerlitz, als enthalte der Wartesaal, in dessen Mitte ich wie ein Geblendeter stand, alle Stunden meiner Vergangenheit, all meine von jeher unterdrückten, ausgelöschten Ängste und Wünsche, als sei das schwarzweiße Rautenmuster der Steinplatten zu meinen Füßen das Feld für das Endspiel meines

Lebens, als erstrecke es sich über die gesamte Ebene der Zeit. Vielleicht sah ich darum auch in dem Halbdämmer des Saals zwei im Stil der dreißiger Jahre gekleidete Personen mittleren Alters, eine Frau in einem leichten Gabardinemantel mit einem schief auf ihrer Haarfrisur sitzenden Hut und neben ihr einen hageren Herrn, der einen dunklen Anzug und einen Priesterkragen um den Hals trug. Ja, und nicht nur den Priester sah ich und seine Frau, sagte Austerlitz, sondern ich sah auch den Knaben, den abzuholen sie gekommen waren. Er saß für sich allein seitab auf einer Bank. Seine Beine, die in weißen Kniesocken steckten, reichten noch nicht bis an den Boden, und wäre das Rucksäckchen, das er auf seinem Schoß umfangen hielt, nicht gewesen, ich glaube, sagte Austerlitz, ich hätte ihn nicht erkannt. So aber erkannte ich ihn, des Rucksäckchens wegen, und erinnerte mich zum erstenmal, soweit ich zurückdenken konnte, an mich selber in dem Augenblick, in dem ich begriff, daß es in diesem Wartesaal gewesen sein mußte, daß ich in England angelangt war vor mehr als einem halben Jahrhundert. Den Zustand, in den ich darüber geriet, sagte Austerlitz, weiß ich, wie so vieles, nicht genau zu beschreiben; es war ein Reißen, das ich in mir verspürte, und Scham und Kummer, oder ganz etwas anderes, worüber man nicht reden kann, weil dafür die Worte fehlen, so wie mir die Worte damals gefehlt haben, als die zwei fremden Leute auf mich zutraten, deren Sprache ich nicht verstand. Ich entsinne mich nur, daß mir, indem ich den Knaben auf der Bank sitzen sah, durch eine dumpfe Benommenheit hindurch die Zerstörung bewußt wurde, die das Verlassensein in mir angerichtet hatte im Verlauf der vielen vergangenen Jahre, und daß mich eine furchtbare Müdigkeit überkam bei dem Gedanken, nie wirklich am Leben gewesen zu sein oder jetzt erst geboren zu werden, gewissermaßen am Vortag meines Todes. Über die Gründe, die den Prediger Elias und seine blasse Ehefrau im Sommer 1939 bewogen haben mögen, mich bei sich aufzunehmen, kann ich nur mutmaßen, sagte Austerlitz. Kinderlos, wie sie waren, hofften sie vielleicht, der ihnen zweifellos mit jedem Tag unerträglicher werdenden Erstarrung ihrer Gefühle entgegenwirken zu können, indem sie gemeinsam sich der Erziehung des damals viereinhalbjährigen Knaben widmeten, oder sie wähnten vor einer höheren Instanz sich verpflichtet zu einem über das Maß der alltäglichen Wohltätigkeit hinausgehenden, mit persönlicher Hingabe und Aufopferung verbundenen Werk. Möglicherweise meinten sie auch, meine vom Christenglauben unberührte Seele vor der ewigen Verdammnis retten zu müssen. Auch kann ich nicht mehr sagen, was mit mir selber in der ersten Zeit in Bala unter der Obhut des Ehepaars Elias geschah. An neue

Kleider, die mich sehr unglücklich machten, erinnere ich mich, auch an das unerklärliche Verschwinden des grünen Rucksäckchens, und letzthin bildete ich mir sogar ein, ich erahnte noch etwas vom Absterben der Muttersprache, von ihrem von Monat zu Monat leiser werdenden Rumoren, von dem ich denke, daß es eine Zeitlang zumindest noch in mir gewesen ist wie eine Art Scharren oder Pochen von etwas Eingesperrtem, das immer, wenn man auf es achthaben will, vor Schrecken stillhält und schweigt. Und gewiß wären die von mir in kurzer Frist ganz vergessenen Wörter mit allem, was zu ihnen gehörte, im Abgrund meines Gedächtnisses verschüttet geblieben, wenn ich nicht aufgrund einer Verknüpfung verschiedener Umstände an jenem Sonntagmorgen den alten Wartesaal in der Liverpool Street Station betreten hätte, ein paar Wochen höchstens ehe er im Zuge der Umbauarbeiten für immer verschwand. Ich habe keinerlei Begriff davon, wie lange ich in dem Wartesaal gestanden bin, sagte Austerlitz, noch weiß ich, auf welche Weise ich wieder nach draußen gelangte und auf welchen Wegen durch Bethnal Green oder Stepney ich gewandert bin, bis ich bei Einbruch der Dunkelheit endlich nach Hause kam, erschöpft, wie ich war, in den durchnäßten Kleidern mich niederlegte und in einen tiefen, qualvollen Schlaf verfiel, aus dem ich, wie ich später durch mehrmaliges Nachrechnen entdeckte, erst mitten in der auf den nächsten Tag folgenden Nacht wieder erwachte. Ich bin in diesem Schlaf, in dem mein Körper sich totstellte, während in meinem Kopf die Fiebergedanken sich drehten, im Innersten einer sternförmigen Festung gewesen, in einer von aller Welt abgeschnittenen Oubliette, aus der ich versuchen mußte, ins Freie zu finden, durch lange, niedrige Gänge, die mich durch sämtliche je von mir besuchten und beschriebenen Bauwerke führten. Es war ein böser, nichtendenwollender Traum, dessen Haupthandlung vielfach unterbrochen war von anderen Episoden, in denen ich aus der Vogelperspektive eine lichtlose Landschaft sah, durch die ein sehr kleiner Eisenbahnzug dahineilte, zwölf erdfarbene Miniaturwaggons und eine kohlschwarze Lokomotive unter einer nach rückwärts gestreckten Rauchfahne, deren Spitze, wie die einer großen Straußenfeder, fortwährend hin und her gerissen wurde bei der geschwinden Fahrt. Dann wieder, aus dem Coupéfenster heraus, sah ich dunkle Tannenwälder, ein tief eingeschnittenes Stromtal, Wolkengebirge am Horizont und Windmühlen, die weit die Dächer der um sie gedrängten Häuser überragten und deren breite Segel, Schlag für Schlag, das Morgengrauen durchteilten. Mitten in diesen Träumen, sagte Austerlitz, habe er hinter seinen Augen gespürt, wie die Bilder, die von einer überwältigenden Unmittelbarkeit gewesen seien, förmlich aus ihm sich hervorschoben, davon aber nach dem Erwachen kaum eines auch nur in Umrissen festhalten können. Ich merkte jetzt, wie wenig Übung ich in der Erinnerung hatte und wie sehr ich, im Gegenteil, immer bemüht gewesen sein mußte, mich an möglichst gar nichts zu erinnern und allem aus dem Weg zu gehen, was sich auf die eine oder andere Weise auf meine mir unbekannte Herkunft bezog. So wußte ich, so unvorstellbar mir dies heute selber ist, nichts von der Eroberung Europas durch die Deutschen, von dem Sklavenstaat, den sie aufgerichtet hatten, und nichts von der Verfolgung, der ich entgangen war, oder wenn ich etwas wußte, so war es nicht mehr, als ein Ladenmädchen weiß beispielsweise von der Pest oder der Cholera. Für mich war die Welt mit dem Ausgang des 19. Jahrhunderts zu Ende. Darüber wagte ich mich nicht hinaus, trotzdem ja eigentlich die ganze Bau- und Zivilisationsgeschichte des bürgerlichen Zeitalters, die ich erforschte, in die Richtung der damals bereits sich abzeichnenden Katastrophe drängte. Ich las keine Zeitungen, weil ich mich, wie ich heute weiß, vor unguten Eröffnungen fürchtete, drehte das Radio nur zu bestimmten Stunden an, verfeinerte mehr und mehr meine Abwehrreaktionen und bildete eine Art von Quarantäne- und Immunsystem aus, durch das ich gefeit war gegen alles, was in irgendeinem, sei es noch so entfernten Zusammenhang stand mit der Vorgeschichte meiner auf immer engerem Raum sich erhaltenden Person. Darüberhinaus war ich ja auch andauernd beschäftigt mit der von mir Jahrzehnte hindurch fortgesetzten Wissensanhäufung, die mir als ein ersatzweises, kompensatorisches Gedächtnis diente, und sollte es dennoch, wie es nicht ausbleiben konnte, einmal dazu gekommen sein, daß eine für mich gefahrvolle Nachricht mich trotz aller Sicherheitsvorkehrungen erreichte, dann war ich offenbar fähig, mich blind zu stellen und taub, und die Sache wie sonst eine Unannehmlichkeit kurzum zu vergessen. Diese Selbstzensur meines Denkens, das ständige Zurückweisen einer jeden in mir sich anbahnenden Erinnerung, erforderte indessen, so Austerlitz weiter, von Mal zu Mal größere Anstrengungen und führte zwangsläufig zuletzt zu der fast vollkommenen Lähmung meines Sprachvermögens, zur Vernichtung meiner sämtlichen Aufzeichnungen und Notizen, zu den endlosen Nachtwanderungen durch London und den immer öfter mich heimsuchenden Halluzinationen, bis auf den Punkt meines im Sommer 1992 erfolgten Zusammenbruchs. Wie ich den Rest des Jahres zubrachte, sagte Austerlitz, darüber weiß ich keine Auskunft zu geben; ich weiß nur noch, daß ich im nächsten Frühling, als eine gewisse Besserung in meinem Befinden eingetreten war, auf einem meiner ersten Gänge in die Stadt in der Nähe des British Museum in ein Antiquariat hineingegangen bin, in dem ich früher regelmäßig nach architektonischen Gravuren gesucht habe. Geistesabwesend durchblätterte ich die verschiedenen Fächer und Laden, starrte Minuten einmal auf ein Sterngewölbe oder auf einen Diamantenfries, auf eine Eremitage, einen Monopteros oder ein Mausoleum, ohne zu wissen auf was und warum. Die Inhaberin des Antiquariats, Penelope Peacefull, eine sehr schöne, von mir seit vielen Jahren bewunderte Dame, saß, wie es stets ihre Gewohnheit gewesen war in den Morgenstunden, leicht seitwärts an ihrem mit Papiersachen und Büchern befrachteten Schreibsekretär und löste linkshändig das Kreuzworträtsel auf der letzten Seite des *Telegraph*. Ab und zu lächelte sie zu mir herüber, dann wieder blickte sie tief in Gedanken auf die Gasse hinaus. Es war still in dem Antiquariat, nur aus dem kleinen Radio, das Penelope wie immer neben sich hatte, drangen leise Stimmen, und diese zunächst kaum vernehmlichen, bald aber für mich geradezu überdeutlich werdenden Stimmen zogen mich derart in ihren Bann, daß ich ganz die vor mir liegenden Blätter vergaß und so reglos verharrte, als dürfte mir nicht eine einzige der aus dem etwas scharrenden Gerät kommenden Silben entgehen. Was ich hörte, das waren die Stimmen von zwei Frauen, die miteinander darüber sprachen, wie sie im Sommer 1939 als Kinder mit einem Sondertransport nach England geschickt worden waren. Sie erwähnten eine ganze Reihe von Städten – Wien, München, Danzig, Bratislava, Berlin –, aber erst als eine der beiden darauf zu sprechen kam, daß ihr Transport, nach einer zwei Tage lang dauernden Reise quer durch das Deutsche Reich und durch Holland, wo sie vom Zug aus die großen Flügel der Windmühlen gesehen habe, schließlich mit dem Fährschiff PRAGUE von Hoek aus über die Nordsee nach Harwich gegangen sei, wußte ich, jenseits jeden Zweifels, daß diese Erinnerungsbruchstücke auch in mein eigenes Leben gehörten. Die Anschriften und Rufnummern am Ende des Programms mir aufzuschreiben, war ich vor Schrecken über die plötzliche Offenbarung außerstand. Ich sah mich nur warten, an einem Kai, in einer langen Zweierreihe von Kindern, von denen die meisten Rucksäcke trugen oder Tornister. Ich sah wieder die mächtigen Quader zu meinen Füßen, den Glimmer im Stein, das graubraune Wasser im Hafenbecken, die schräg aufwärts laufenden Taue und Ankerketten, den mehr als haushohen Bug des Schiffes, die Möwen, die wild kreischend über unseren Köpfen herumflatterten, die durch die Wolken brechenden Sonnenstrahlen und das rothaarige Mädchen mit dem Schottencape und dem Samtbarett, das sich während der Fahrt durch das dunkle Land um die kleineren Kinder gekümmert hatte in unserem Abteil, dieses Mädchen, von dem ich

Jahre später noch, wie ich mich jetzt entsann, wiederholt träumte, daß es für mich in einer von einem bläulichen Nachtlicht erleuchteten Kammer ein lustiges Lied spielte auf einer Art von Bandoneon. Are you allright? – hörte ich auf einmal wie von weit her und brauchte eine Weile, bis ich begriff, wo ich war, und daß Penelope vielleicht meine plötzliche Versteinerung als besorgniserregend empfand. Nur auswärts in Gedanken, entsinne ich mich, ihr erwidert zu haben, in Hoek van Holland, as a matter of fact, worauf Penelope, mit einem leichten Anheben ihres schönen Gesichts, verständnisvoll lächelte, so als müsse auch sie nicht selten sich aufhalten an diesem trostlosen Hafenplatz. One way to live cheaply and without tears, fragte sie dann unvermittelt, indem sie mit der Spitze ihres Kugelschreibers auf das Crossword in der zusammengefalteten Zeitung tippte, doch wie ich ihr gestehen wollte, daß es mir immer unmöglich gewesen sei, auch nur das einfachste dieser verdrehten englischen Rätsel zu lösen, da sagte sie schon: Oh, it's rent free! und kritzelte geschwind die acht Buchstaben in die letzten leeren Kästchen hinein. Nachdem wir uns verabschiedet hatten, saß ich eine Stunde auf einer Bank am Russell Square unter den hohen, noch ganz kahlen Platanen. Es war ein sonniger Tag. Eine Anzahl Stare marschierte auf dem Rasen hin und her in ihrer eigentümlich geschäftigen Weise und zupfte ein wenig an den Krokusblüten. Ich schaute ihnen zu, sah, wie die grüngoldenen Farben in ihrem dunklen Gefieder aufglänzten, je nachdem, wie sie sich wendeten gegen das Licht, und kam darüber zu dem Schluß, daß ich zwar nicht wußte, ob auch ich damals mit der PRAGUE oder ob ich mit einem anderen Schiff nach England gekommen war, daß aber allein die Erwähnung des Namens dieser Stadt in dem jetzt gegebenen Zusammenhang reichte, um mich davon zu überzeugen, daß ich dorthin nun würde zurückkehren müssen. Ich dachte an die Schwierigkeiten, denen Hilary begegnet war, als er während meiner letzten Monate in Stower Grange meine Einbürgerung in die Wege zu leiten begann, und wie er nirgends etwas hatte in Erfahrung bringen können, weder bei den verschiedenen Sozialämtern in Wales, noch im Foreign Office, noch bei den Hilfskomitees, unter deren Regie die Transporte mit den Flüchtlingskindern in England angelangt waren, und die von ihrem Aktenmaterial einiges verloren hatten bei den während der Bombardierung von London mehrfach unter schwierigsten Verhältnissen und fast ausschließlich mit ungelernten Hilfskräften durchgeführten Umzügen und Auslagerungen. Ich erkundigte mich bei der tschechischen Botschaft nach den Adressen der in einem Fall wie dem meinen in Frage kommenden Stellen und bin dann, sofort nach meiner Ankunft auf dem Flughafen

Ruzyně, an einem viel zu hellen, gewissermaßen überbelichteten Tag, an dem die Menschen, so sagte Austerlitz, so krank und grau aussahen, als wären sie sämtlich chronische, nicht mehr weit von ihrem Ende entfernte Raucher, mit einem Taxi in die Karmelitská auf der Kleinseite gefahren, wo das Staatsarchiv untergebracht ist in einem sehr sonderbaren, weit in die Zeit zurückreichenden, wenn nicht gar, wie so vieles in dieser Stadt, außerhalb der Zeit stehenden Bau. Man betritt ihn durch eine enge, in das Hauptportal eingelassene Tür und befindet sich zunächst in einem dämmrigen Tonnengewölbe, durch das früher einmal die Kutschen und Kaleschen hineinrollten in den von einer verglasten Kuppel überwölbten, wenigstens

zwanzig mal fünfzig Meter messenden inneren Hof, der auf drei Stockwerken umgeben ist von einer Galerie, über die man Zugang hat zu den Kanzleikammern, durch deren Fenster der Blick hinabgeht auf die Gasse, so daß also das ganze, von außen am ehesten einem Stadtpalais gleichende Gebäude gebildet wird von vier nicht viel mehr als drei Meter tiefen, um den Hofraum herum in gleichsam illusionistischer Manier aufgeführten Flügeln, in welchen es keine Korridore und Gänge gibt, ähnlich wie man es kennt aus der Gefängnisarchitektur der bürgerlichen Epoche, in der sich das Muster der um einen rechtwinkligen oder runden Hof gebauten, an der Innenseite mit Laufstegen versehenen Zellentrakte als das für den Strafvollzug günstigste durchgesetzt hat. Aber nicht nur an ein Gefängnis erinnerte mich der Innenhof des Archivs in der Karmelitská, sagte Austerlitz, sondern auch an ein Kloster, an eine Reitschule, ein Operntheater und an ein Irrenhaus, und all diese Vorstellungen gingen in mir durcheinander, während ich in das aus der Höhe herabsinkende Zwielicht hineinschaute und durch es hindurch auf den Galerierängen eine dichtgedrängte Menschenmenge zu sehen glaubte, in welcher einige die Hüte schwenkten oder mit dem Taschentuch winkten, so wie einstmals die Passagiere an Bord eines auslaufenden Dampfers. Jedenfalls dauerte es eine gewisse Zeit, bis ich wieder einigermaßen bei mir war und mich zu dem Schalter neben dem Eingang zurückwandte, von dem aus der Portier mich im Auge behalten hatte, seit ich über die Schwelle getreten und, von dem Licht des Innenhofs angezogen, achtlos an ihm vorübergegangen war. Man mußte sich weit hinabbeugen zu dem viel zu niedrigen Schalter, wenn man mit dem Türhüter sprechen wollte, der allem Anschein nach in seinem Verschlag auf dem Fußboden kniete. Obzwar ich meinerseits bald dieselbe Stellung einnahm, gelang es mir auf keine Weise, mich verständlich zu machen, sagte Austerlitz, weshalb auch der Türhüter schließlich mit einer langen Suada, aus der ich nichts als die mehrmals mit besonderem Nachdruck wiederholten Worte *anglický* und *Angličan* heraushörte, aus dem Inneren des Gebäudes eine der Archivangestellten herbeitelephonierte, die tatsächlich gleich darauf, noch während ich auf dem Pult neben der Loge eines der

Besucherformulare ausfüllte, wie aus dem Boden gewachsen, wie man sagt, sagte Austerlitz, neben mir stand. Tereza Ambrosová, so stellte sie sich mir vor, indem sie mich zugleich in ihrem etwas ungelenken aber sonst durchaus korrekten Englisch nach meinem Anliegen fragte, Tereza Ambrosová war eine blasse, beinahe transparente Frau von vielleicht vierzig Jahren. Als wir in dem sehr engen, auf einer Seite gegen den Liftschacht scharrenden Aufzug in das dritte Stockwerk hinauffuhren, stillschweigend und verlegen wegen der unnatürlichen Körpernähe, in die man in so einem Kasten zueinander gezwungen ist, sah ich ein sachtes Klopfen in der Krümmung einer bläulichen Ader unter der Haut ihrer rechten Schläfe, ein Klopfen, fast so hastig wie das am Hals einer Eidechse, wenn sie reglos verharrt auf einem Stein in der Sonne. Wir erreichten das Bureau Frau Ambrosovás entlang einer der rings um den Hof führenden Galerien. Ich wagte kaum, über das Geländer in die Tiefe zu blikken, wo zwei, drei Automobile geparkt waren, die von oben eigenartig verlängert wirkten, viel länger jedenfalls, als sie einem auf der Straße erscheinen. In dem Bureau, das wir direkt von der Galerie aus betraten, waren überall, in den Rolladenschränken, auf den sich biegenden Regalen, auf einem anscheinend eigens für den Aktentransport dienenden Wägelchen, auf einem altertümlichen, gegen die Wand gerückten Ohrensessel und auf den beiden einander gegenüberstehenden Schreibtischen hohe Stapel spagatverschnürter Faszikel, nicht wenige durch die Lichteinstrahlung gedunkelt und brüchig geworden an ihren Rändern. Zwischen diesen Papierbergen hatte ein gutes Dutzend Zimmerpflanzen in einfachen Tonscherben ebenso wie in bunten Majolikatöpfen Platz gefunden, Mimosen und Myrten, dickblättrige Aloen, Gardenien und ein großer, in vielen Windungen um ein Spaliergitter sich rankender Honigstock. Frau Ambrosová, die mir mit ausnehmender Höflichkeit einen Sessel zurechtgerückt hatte neben ihrem Schreibsekretär, hörte mir, ihren Kopf ein wenig zur Seite geneigt, auf das aufmerksamste zu, als ich, zum erstenmal überhaupt jemandem auseinanderzusetzen begann, daß mir aufgrund verschiedener Umstände meine Herkunft verborgen geblieben war, daß ich es aus anderen Gründen stets unterlassen hätte, Nachforschungen über meine Person anzustellen, jetzt aber infolge einer Reihe von bedeutsamen Vorfällen zu der Überzeugung gelangt sei oder zumindest die Vermutung hege, im Alter von viereinhalb Jahren, in den Monaten unmittelbar vor dem Ausbruch des Krieges, die Stadt Prag verlassen zu haben mit einem der damals von hier abgehenden, sogenannten Kindertransporte und deshalb in das Archiv gekommen sei in der Hoffnung, die in der Zeit zwischen 1934 und 1939 in Prag wohnhaften Personen meines Namens, bei denen es gewiß nicht um allzu viele sich handle, mit ihren Anschriften aus den Registern heraussuchen zu können. Über diese nicht nur sehr kursorischen, sondern, wie es mir auf einmal schien, geradezu absurden Erklärungen geriet ich derart in Panik, daß ich zu stottern anfing und kaum noch ein Wort herausbrachte. Ich spürte plötzlich die Hitze, die von dem dicken, vielfach mit schlechter Ölfarbe gestrichenen Heizkörper unter dem sperrangelweit offenen Fenster ausging, hörte nur noch den Lärm, der von der Karmelitská heraufkam, das schwere Rollen der Straßenbahn, das Heulen der Polizeisirenen und Martinshörner irgendwo in der Ferne, und beruhigte mich erst wieder, als Tereza Ambrosová, die mich aus ihren seltsam tiefliegenden, veilchenfarbenen Augen besorgt anschaute, mir ein Glas Wasser reichte und, während ich dieses Glas, das ich mit beiden Händen halten mußte, langsam austrank, sagte, daß die Einwohnerregister aus der fraglichen Zeit vollständig erhalten seien, daß der Name Austerlitz in der Tat zu den ungewöhnlicheren gehöre und es darum keine besonderen Schwierigkeiten bereiten dürfte, die entsprechenden Auszüge für mich bis morgen nachmittag anzufertigen. Sie werde sich selber der Sache annehmen. Ich kann nicht mehr sagen, sagte Austerlitz, mit welchen Worten ich mich von Frau Ambrosová verabschiedet habe, wie ich aus dem Archiv herausgekommen oder wo ich danach herumgegangen bin; ich weiß nur noch, daß ich unweit der Karmelitská, in einem kleinen Hotel auf der Kampa-Insel, ein Zimmer genommen habe, daß ich dort bis zum Dunkelwerden am Fenster saß und hinausschaute auf das graubraune, träge dahinfließende Wasser der

Moldau und auf die, wie ich nun fürchtete, mir völlig unbekannte und mit mir in keiner Weise verbundene Stadt jenseits des Stroms. Mit qualvoller Langsamkeit gingen die Gedanken durch meinen Kopf, einer undeutlicher und unfaßbarer als der andere. Die ganze Nacht hindurch bin ich teils schlaflos gelegen, teils geplagt worden von unguten Träumen, in denen ich treppauf und treppab gehen und vergeblich an Hunderten von Türen läuten mußte, bis in einem der äußersten, schon gar nicht mehr zur Stadt gehörenden Vororte ein Hauswart namens Bartoloměj Smečka, der einen alten, zerdrückten Kaiserrock trug und eine geblümte Phantasieweste mit goldener, quergezogener Uhrkette, aus einer Art Verlies im Souterrain hervorkam und, nachdem er den Zettel, den ich ihm hinreichte, studiert hatte, bedauernd die Schultern anhob und sagte, der Volksstamm der Azteken sei leider vor vielen Jahren schon ausgestorben, höchstens daß hie und da noch ein alter Papagei überlebe, welcher noch etliche Worte ihrer Sprache versteht. Am folgenden Tag, fuhr Austerlitz fort, bin ich wieder in das Staatsarchiv in der Karmelitská gegangen, wo ich zuerst, um mich ein wenig zu sammeln, einige Photoaufnahmen machte von dem großen Innenhof und dem zu den Galerien hinaufführenden Stiegenhaus, das mich in seiner asymmetrischen Gestaltung erinnerte an die keinem bestimmten Zweck dienenden Turmbauten, die so viele englische Adelige für sich aufrichten ließen in ihren Gärten und Parks. Jedenfalls bin ich durch dieses Treppenhaus schließlich nach oben gestiegen, wobei ich auf jedem Absatz durch eine der ungleichen Maueröffnungen eine gewisse Zeitlang hinunterblickte in den leeren, nur ein einziges Mal von einem Archivdiener, der einen weißen Laborantenkittel anhatte und dessen rechtes Bein beim Gehen etwas nach innen knickte, durchquerten Hof. Als ich das Bureau Tereza Ambrosovás betrat, war sie gerade damit beschäftigt, die Geraniensteckinge zu gießen, die in verschiedenen Tontöpfen auf dem Brett zwischen dem inneren und äußeren Fenster standen. Sie gedeihen in dieser überheizten Atmosphäre besser als in der Frühlingskälte zu Hause, sagte Frau Ambrosová. Die Dampfheizung läßt sich schon lang nicht mehr regulieren, und darum ist es hier, besonders um diese Jahreszeit, oft wie in einem Treibhaus. Vielleicht ist es Ihnen, sagte sie, gestern auch deshalb unwohl geworden. Die Adressen der Austerlitz habe ich bereits herausgeschrieben aus dem Register. Wie ich vermutete, waren es nicht mehr als ein halbes Dutzend. Frau Ambrosová stellte das grüne Gießkännchen beiseite und reichte mir ein Blatt von ihrem Schreibtisch herüber. Austerlitz Leopold, Austerlitz Viktor, Austerlitz Tomáš, Austerlitz Jeroným, Austerlitz Edvard und Austerlitz František waren da aufgeführt untereinander und am Ende eine offenbar alleinstehende Austerlitzová Agáta. Nach dem Namen war jeweils der Berufsstand angegeben – Stoffhändler en gros, Rabbiner, Bandagenfabrikant, Bureauvorsteher, Silberschmied, Druckereibesitzer, Sängerin – zusammen mit dem Wohnbezirk und der Anschrift: VII U vozovky, II Betlémská und so fort. Frau Ambrosová meinte, daß ich mit meinen Nachforschungen, bevor ich den Fluß überquerte, auf der Kleinseite beginnen sollte, nicht mehr als zehn Minuten von hier, sagte sie, in der Šporkova, einer kleinen Gasse etwas bergaufwärts vom Schönbornpalais, in der, nach dem Einwohnerregister für das Jahr 1938, Agáta Austerlitzová ihre Wohnung hatte in dem Haus Nr. 12. Und so, sagte Austerlitz, habe ich, kaum daß ich angekommen war in Prag, den Ort meiner ersten Kindheit wiedergefunden, von dem, soweit ich zurückdenken konnte, jede Spur in meinem Gedächtnis ausgelöscht war. Schon beim Herumgehen in dem Gewinkel der Gassen, durch Häuser und Höfe zwischen der Vlašská und der Nerudova, und vollends wie ich, Schritt für Schritt bergan steigend, die unebenen Pflastersteine der Šporkova unter meinen Füßen spürte, war es mir, als sei ich auf diesen Wegen schon einmal gegangen, als eröffnete sich mir, nicht durch die Anstrengung des Nachdenkens, sondern durch meine so lange betäubt gewesenen und jetzt wiedererwachenden Sinne, die Erinnerung. Zwar konnte ich nichts mit Gewißheit erkennen, doch mußte ich gleichwohl Mal für Mal einhalten, weil mein Blick sich verfangen hatte an einem schön geschmiedeten Fenstergitter, am eisernen Griff eines Klingelzugs oder im Geäst eines Mandelbäumchens, das über eine Gartenmauer wuchs. Einmal bin ich eine ganze Zeitlang vor einer Hauseinfahrt gestanden, sagte Austerlitz, und habe hinaufgeschaut zu einem über dem Schlußstein des Torbogens in den glatten Verputz eingearbeiteten und nicht mehr als einen Quadratfuß messenden Halbrelief, das vor einem gestirnten, seegrünen Hintergrund einen blaufarbenen Hund zeigte mit einem Zweig im Maul, den er, wie ich, bis in die Haarwurzeln erschauernd, erahnte, herbeigebracht hatte aus meiner Vergangenheit. Und dann die Kühle beim Betreten des Vorhauses in der Šporkova Nr. 12, der gleich neben dem Eingang in die Mauer eingelassene Blechkasten für das Elektrische mit dem Symbol des herabfahrenden Blitzes, die achtblättrige Mosaikblume, tauben-

grau und schneeweiß, in dem gesprenkelten Kunststeinboden des Entrees, der feuchte Kalkgeruch, die sanft ansteigende Stiege, die haselnußförmigen Eisen-

knöpfe in bestimmten Abständen auf dem Handlauf des Geländers – lauter Buchstaben und Zeichen aus dem Setzkasten der vergessenen Dinge, dachte ich mir und kam darüber in eine so glückhafte und zugleich angstvolle Verwirrung der Gefühle, daß ich auf den Stufen des stillen Treppenhauses mehr als einmal mich niedersetzen und mit dem Kopf gegen die Wand lehnen mußte. Es mochte eine Stunde verstrichen sein, bis ich endlich im obersten Stock an der rechtsseitigen Wohnung läutete, und dann eine halbe Ewigkeit, wie es mir vorkam, bis ich drinnen etwas sich rühren hörte, die Türe aufgemacht wurde und Věra Ryšanová mir gegenüberstand, die in den dreißiger Jahren, als sie – so erzählte sie mir bald schon – an der Prager Universität Romanistik studierte, die Nachbarin meiner Mutter Agáta sowohl als mein Kinderfräulein gewesen war. Daß ich sie, obschon sie trotz ihrer Gebrechlichkeit im Grunde ganz unverändert schien, nicht sofort erkannte, das lag, glaube ich, sagte Austerlitz, an der aufgeregten Verfassung, in welcher ich mich befand und in der ich meinen Augen kaum traute. Also stammelte ich nur den Satz, den ich tags zuvor mühselig einstudiert hatte: Promiňte, prosím, že Vás obtěžuji. Hledám paní Agáta Austerlizovou, která zde možná v roce devatenáct set třicet osm bydlela. Ich suche eine Frau Agáta Austerlitzova, die möglicherweise hier 1938 noch gewohnt hat. Věra bedeckte in einer Schreckensgeste ihr Gesicht mit ihren beiden, wie es mich durchfuhr, unendlich vertrauten Händen, starrte mich über ihre gespreizten

Fingerspitzen hinweg an und sagte nur, sehr leise, aber mit einer für mich wahrhaft wundervollen Deutlichkeit, diese französischen Worte: Jacquot, so sagte sie, est-ce que c'est vraiment toi? Wir umarmten uns, hielten einander bei den Händen, umarmten uns wieder, ich weiß nicht, wie oft, bis Věra mich durch das dunkle Vestibül in das Zimmer führte, in dem alles geradeso war wie vor beinahe sechzig Jahren. Die Möbel, die Věra im Mai 1933 mit der Wohnung von ihrer Großtante übernommen hatte, das Vertiko, auf dem links ein maskierter Meißener Pulcinello stand und rechts seine geliebte Columbine, der verglaste Bücherschrank mit den fünfundfünfzig kleinen karmesinroten Bänden der *Comédie humaine*, der Schreibsekretär, die lange Ottomane, die Kamelhaardecke zusammengelegt an ihrem Fußende, die bläulichen Aquarelle der böhmischen Berge, die Blumenstöcke auf dem Fenstersims, dies alles war während der gesamten Zeit meines Lebens, die sich jetzt in mir überstürzte, an seinem Platz geblieben, weil Věra, wie sie mir sagte, sagte Austerlitz, seit sie mich und meine ihr so gut wie schwesterlich verbundene Mutter verloren hatte, keine Veränderung mehr ertrug. Ich weiß nicht, in welcher Reihenfolge Věra und ich einander unsere Geschichten erzählten an jenem späten Märznachmittag und Abend, sagte Austerlitz, aber ich denke, daß, nachdem ich unter Auslassung all dessen, was mich so niederdrückte im Verlauf der Zeit, in knappen Zügen berichtet hatte von mir, zuerst die Rede gewesen ist von meinen verschollenen Eltern, Agáta und Maximilian. Maximilian Aychenwald, der aus St. Petersburg stammte, wo sein Vater bis zum Revolutionsjahr einen Gewürzhandel betrieben hatte, sei in der tschechoslowakischen sozialdemokratischen Partei einer der aktivsten Funktionäre gewesen, sagte Věra, und habe meine um fünfzehn Jahre jüngere Mutter, die damals am Beginn ihrer schauspielerischen Laufbahn gestanden und in verschiedenen Städten der Provinz aufgetreten sei, in Nikolsburg kennengelernt, auf einer der zahlreichen Reisen, die er als Redner auf öffentlichen Veranstaltungen und Betriebsversammlungen unternahm. Im Mai 1933, kaum daß ich hier in der Šporkova eingezogen war, sagte Věra, haben sie nach der Rückkehr von einem, wie sie nicht müde wurden zu wiederholen, von den schönsten Erlebnissen erfüllten Aufenthalt in Paris in diesem Haus gemeinsam Wohnung genommen, trotzdem sie weiterhin unverheiratet blieben. Agáta und Maximilian, sagte Věra, hätten beide eine besondere Vorliebe für alles Französische gehabt. Maximilian sei von Grund auf Republikaner gewesen und habe davon geträumt, die Tschechoslowakei inmitten der überall in Europa unaufhaltsam sich ausbreitenden faschistischen Flut als eine Art von zweiter Schweiz zu einer Insel der Freiheit zu machen; Agáta ihrerseits habe von der besseren Welt eine eher kunterbunte, von dem von ihr über alles bewunderten Jacques Offenbach inspirierte Vorstellung gehabt, aus welchem Grund ich im übrigen auch, sagte Věra, zu meinem sonst unter den Tschechen nicht gebräuchlichen Vornamen gekommen sei. Es war das Interesse an der französischen Zivilisation in all ihren Ausdrucksformen, das ich als passionierte Romanistin mit Agáta ebenso wie mit Maximilian teilte, aus dem gleich nach unserem ersten Gespräch am Tag ihres Einzugs die Freundschaft zwischen uns zu erwachsen begann, und aus dieser Freundschaft ergab es sich dann sozusagen naturgemäß, so sagte Věra zu mir, sagte Austerlitz, daß sie, Věra, die im Gegensatz zu Agáta und Maximilian weitgehend frei über ihre Zeit verfügen konnte, sich nach meiner Geburt erboten habe, für die paar Jahre bis zu meinem Eintreten in die Vorschule die Aufgaben eines Kinderfräuleins zu übernehmen, eine Offerte, sagte Věra, die sie nicht ein einziges Mal später gereut habe, denn bereits ehe ich selber habe sprechen können, sei es ihr immer gewesen, als verstünde sie niemand besser als ich, und schon im Alter von nicht einmal ganz drei Jahren hätte ich sie mit meiner Konversationskunst auf das angenehmste unterhalten. Wenn wir zwischen den Birn- und Kirschbäumen über die Wiesenhänge des Seminargartens gegangen seien oder, an warmen Tagen, durch die schattigeren Gründe des Parks des Schönbornpalais, sei das Französische, nach einer mit Agáta getroffenen Vereinbarung, unsere Umgangssprache gewesen, und erst wenn wir wieder heimkehrten, am späten Nachmittag, wenn sie das Abendbrot für uns bereitete, hätten wir, über häuslichere und kindlichere Dinge sozusagen, tschechisch geredet. Mitten in dieser Bemerkung war Věra selber, unwillkürlich, wie ich annehme, sagte Austerlitz, aus der einen Sprache in die andere übergewechselt, und ich, der ich weder am Flugplatz, noch im Staatsarchiv, ja nicht einmal beim Auswendiglernen der Frage, die mir, an der falschen Adresse, gewiß nicht viel weitergeholfen hätte, auch im entferntesten nur auf den Gedanken gekommen war, vom Tschechischen je berührt worden zu sein, verstand nun wie ein Tauber, dem durch ein Wunder das Gehör wiederaufging, so gut wie alles, was Věra sagte, und wollte nurmehr die Augen schließen und ihren vielsilbig dahineilenden Wörtern lauschen in einem fort. In der guten Jahreszeit besonders, sagte Věra, habe sie bei der Rückkehr von dem täglichen Spaziergang als erstes immer die Geranienstöcke auf dem Sims beiseite rücken müssen, damit ich von meinem Lieblingsplatz auf der Fensterbank hinabschauen konnte auf den Fliedergarten und das niedrige Haus gegenüber, in welchem der bucklige Schneider Moravec seine Werkstatt gehabt habe, und während sie das Brot aufschnitt und das Teewasser zum Sieden brachte, hätte ich ihr in fortlaufendem Kommentar berichtet, womit Moravec gerade beschäftigt war, ob er etwa den abgewetzten Saum einer Jacke ausbesserte, in seiner Knopfschachtel kramte oder ein Steppfutter einnähte in einen Paletot. Am wichtigsten aber sei es mir gewesen, sagte Věra, sagte Austerlitz, den Augenblick nicht zu versäumen, da Moravec die Nadel und den Faden, die große Schere und sein sonstiges Handwerkszeug weglegte, den mit Filz überzogenen Arbeitstisch abräumte, ein doppeltes Zeitungsblatt auf ihm ausbreitete und auf diesem Zeitungsblatt das Nachtessen, auf das er gewiß die längste Zeit sich schon gefreut hatte und das abwechslungsweise und je nach der Saison aus etwas Weißkäse mit Schnittlauch, einem Rettich, ein paar Tomaten mit Zwiebeln, einem geräucherten Hering oder aus gesottenen Kartoffeln bestand. Jetzt legt er das Ärmelholz auf den Kasten, jetzt geht er in die Küche hinaus, jetzt bringt er das Bier herein, jetzt wetzt er das Messer, säbelt ein Rädchen ab von der harten Wurst, tut einen tiefen Zug aus dem Glas, wischt sich mit dem Handrücken den Schaum vom Mund, so oder so ähnlich, immer gleich und doch immer ein wenig anders hätte ich ihr, sagte Věra, fast jeden Abend das Nachtmahl des Schneiders beschrieben und darüber öfters gemahnt werden müssen, mein eigenes, in Streifen geschnittenes Butterbrot nicht zu vergessen. Věra war, indem sie mir von meiner seltsamen Beobachtungskunst erzählte, aufgestanden und hatte das innere und das äußere Fenster geöffnet, um mich hinabschauen zu lassen in den Nachbargarten, in dem der Flieder gerade blühte, so weiß und dicht, daß es in der einbrechenden Dämmerung aussah, als habe es mitten ins Frühjahr hinein geschneit. Und der süßliche, aus dem ummauerten Garten emporwehende Duft, der zunehmende Mond, der schon über den Dächern stand, das Läuten der Kirchenglocken drunten in der Stadt und die gelbe Fassade des Schneiderhauses mit dem grünen Altan, auf dem Moravec, der, wie Věra sagte, schon längst nicht mehr lebte, seinerzeit nicht selten zu sehen war, wie er sein schweres, mit Kohlenglut gefülltes Bügeleisen durch die Luft schwenkte, diese und andere Bilder mehr, sagte Austerlitz, reihten sich nun eines an das nächste, und so tief versunken und verschlossen sie in mir gewesen sind, so leuchtend kamen sie mir während des Hinausschauens aus dem Fenster nun wieder in den Sinn, auch dann, als Věra, ohne ein Wort, die Türe aufmachte zu dem Zimmer, in welchem neben dem von der Großtante geerbten Baldachinbett mit den gedrehten Säulen und den hoch aufragenden Kopfpolstern das kleine Kanapee noch stand, auf dem ich immer geschlafen habe, wenn die Eltern nicht zu Hause waren. Die Mondsichel schien in das dunkle Zimmer herein, eine weiße Bluse hing (wie auch vordem oft, so erinnerte ich mich, sagte Austerlitz) an der Klinke des halboffenen Fensters; ich sah Věra, wie sie damals gewesen war, als sie bei mir an dem Diwan saß und Geschichten erzählte aus dem Riesengebirge und dem böhmischen Wald, sah ihre selten schönen, gewissermaßen im Dämmer verschwommenen Augen, wenn sie, angelangt am guten Ende, ihre tief geschliffenen Gläser abnahm und sich niederbeugte zu mir. Später, während sie nebenan ihre Bücher studierte, bin ich, so konnte ich mich nun erinnern, gern eine Zeitlang noch wachgelegen, behütet, wie ich mich wußte, von meiner fürsorglichen Wächterin und dem weißlichen Schein des Lichtkreises, in welchem sie bei der Lektüre saß. Ich konnte mir mit der kleinsten Willensbewegung alles vorstellen, den krummen Schneider, der jetzt gewiß auch in seiner Kammer lag, den Mond, der rings um das Haus fuhr, die Muster des Teppichs und der Tapete, sogar den Verlauf der Haarrisse in den Kacheln des hohen Ofens. War ich aber des Spiels müde und wollte einschlafen, so brauchte ich bloß darauf zu horchen, bis Věra drüben umblättern würde, und jetzt noch spüre ich, sagte Austerlitz, oder spüre erst wieder, wie es war, wenn mein Bewußtsein sich auflöste zwischen den in das Milchglas der Türe geätzten

Mohnblüten und Ranken, eh ich das leise Rascheln des nächsten gewendeten Blattes vernahm. Wir seien bei unseren Spaziergängen, so fuhr Věra fort, als wir wieder in dem Wohnzimmer saßen und sie mir mit ihren beiden unsicher gewordenen Händen eine Tasse Pfefferminztee reichte, über den Seminargarten, die Chotekschen Anlagen und die anderen grünen Plätze auf der Kleinseite kaum je hinausgekommen. Nur manchmal, im Sommer, hätten wir mit dem Wägelchen, an dem, wie ich mich vielleicht erinnerte, ein buntes Windrädchen befestigt war, etwas weitere Ausflüge unternommen, bis auf die Sofieninsel, in die Schwimmschule am Moldauufer oder zu der Aussichtsplattform auf dem Petřínberg, von der aus wir wohl eine Stunde und länger die ganze vor uns ausgebreitete Stadt überschauten mit ihren vielen Türmen, die ich sämtlich auswendig gewußt hätte, ebenso wie die Namen der sieben Brücken, die den glänzenden Strom überspannten. Seit ich nicht mehr gut aus dem Haus gehen kann und darum fast nichts Neues mir mehr begegnet, sagte Věra, kehren die Bilder, die uns damals so sehr erfreuten, in zunehmender Deutlichkeit, quasi als Phantasien in mir zurück. Es ist mir dabei oft, sagte Věra, als schaute ich wieder, wie als Kind in Reichenberg einmal, in ein Diorama und sähe in dem von einem seltsamen Fluidum erfüllten Kasten die mitten in der Bewegung reglos verharrenden Figuren, deren

Lebensechtheit sich, unbegreiflicherweise, ihrer extremen Verkleinerung verdankt. Nie habe ich in späteren Jahren etwas Zauberhafteres gesehen als damals in dem Reichenberger Diorama die gelbfarbene syrische Wüste, die leuchtend weiß über die dunklen Tannenwälder emporragenden Gipfel der Zillertaler Alpen oder den verewigten Augenblick, in welchem der Dichter Goethe in Weimar, in ein flatterndes, kaffeebraunes Mäntelchen gekleidet, gerade den Postwagen besteigt, auf dem schon der Reisekoffer festgezurrt liegt. Und nun geht mit solcherlei Reminiszenzen aus meiner Kindheit die Erinnerung zusammen an unsere von der Šporkova aus gemeinsam gemachten kleinseitigen Exkursionen. Wenn einem die Erinnerung kommt, glaubt man mitunter, man sehe durch einen gläsernen Berg in die vergangene Zeit, und wenn ich jetzt, da ich dir dies erzähle, sagte Věra, die Lider senke, so sehe ich uns beide, reduziert auf unsere krankhaft erweiterten Pupillen, von dem Aussichtsturm auf dem Petřínberg hinabschauen auf den grünen Hügel, wo sich soeben der Funiculaire gleich einer dicken Raupe bergaufwärts bewegt, während weiter draußen, auf der drüberen Stadtseite, zwischen den Häusern am Fuß des Vyšehrad der von dir immer sehnlich erwartete Eisenbahnzug hervorkommt und langsam, eine weiße Dampfwolke hinter sich herziehend, die Flußbrücke überquert. Manches

Mal, wenn das Wetter ungünstig gewesen ist, sagte Věra, sind wir meine Tante Otýlie besuchen gegangen in ihrem Handschuhgeschäft an der Šeříková, das sie seit der Zeit vor dem Weltkrieg schon führte und das gleich einem geweihten Haus oder einem Tempel erfüllt war von einer gedämpften, alle profanen Gedanken bannenden Atmosphäre. Die Tante Otýlie ist ein alleinstehendes Fräulein gewesen von einer beängstigend zierlichen Statur. Sie trug stets ein schwarzseidenes plissiertes Überkleid mit einem abnehmbaren Kragen aus weißer Spitze und bewegte sich in einer kleinen Wolke aus Maiglöckchenduft. Wenn sie nicht gerade eine ihrer, wie sie immer sagte, verehrten Kundinnen bediente, war sie ohne Unterlaß damit beschäftigt, in ihrem Sortiment aus Hunderten, wenn nicht Tausenden der verschiedensten Handschuhpaare, zu dem solche aus Baumwollgarn für den Alltagsgebrauch ebenso gehörten wie die vornehmsten Pariser und Mailänder Kreationen aus Samt oder sämischem Leder, die von ihr geschaffene, Jahrzehnte hindurch über alle Wechselfälle der Geschichte hinweg aufrechterhaltene und nur von ihr allein wirklich verstandene Handschuhordnung und Hierarchie aufrechtzuerhalten. Aber wenn wir sie besuchen kamen, sagte Věra, dann hat sie sich nurmehr um dich gekümmert, hat dir dies gezeigt und jenes, hat dich die flachen, ungemein leicht gehenden Schubladen aufziehen und einen Handschuh nach dem anderen nicht bloß herausnehmen, sondern sogar anprobieren lassen, wobei sie dir jedes Modell auf das geduldigste erklärte, ganz so als sähe sie in dir bereits ihren präsumtiven Nachfolger im Geschäft. Und ich entsinne mich, so erzählte mir Věra, sagte Austerlitz, daß es von der Tante Otýlie war, daß du im Alter von dreieinhalb Jahren zählen gelernt hast an einer Reihe kleiner, schwarzglänzender Malachitknöpfchen, die angenäht waren an einen halblangen, samtenen Handschuh, der dir besonders gefiel – jedna, dvě, tři, zählte Věra, und ich, sagte Austerlitz, zählte weiter, čtyři, pět, šest, sedm, und fühlte mich dabei wie einer, der mit unsicheren Schritten hinausgeht aufs Eis. Zutiefst erregt, wie ich bei meinem ersten Besuch in der Šporkova gewesen bin, sind mir heute nicht alle Geschichten Věras genau mehr erinnerlich, sagte Austerlitz, doch meine ich, daß wir von dem Handschuhgeschäft der Tante Otýlie über irgendeine Wendung in unserem Gespräch auf das Ständetheater kamen, in dem Agáta im Herbst 1938 ihren ersten Prager Auftritt hatte in der Rolle der Olympia, von der sie seit Beginn ihrer Laufbahn schon träumte. Mitte Oktober, sagte Věra, als die Operette fertig einstudiert war, gingen wir zusammen in die Generalprobe, und sowie wir das Theater durch den Bühneneingang betraten, sagte sie, sei ich, obwohl ich zuvor auf dem Weg durch die Stadt in einem fort geredet hatte, in ein ehrfürchtiges Schweigen verfallen. Auch während der Aufführung der mehr oder weniger willkürlich aneinandergereihten Szenen und später bei der Heimfahrt in der Elektrischen sei ich außergewöhnlich still und in mich gekehrt gewesen. Es war wegen dieser eher beiläufigen Bemerkung Věras, sagte Austerlitz, daß ich am folgenden Morgen in das Ständetheater hineingegangen und dort lange für mich allein im Parkett genau unter dem Zenit der Kuppel gesessen bin, nachdem ich mit einem nicht unbeträchtlichen Trinkgeld von dem Pförtner die Erlaubnis erwirkt hatte, einige Aufnahmen machen zu dürfen in dem damals gerade renovierten Auditorium. Rings um mich stiegen die Ränge, deren goldener Zierat durch das Dämmer blinkte, in die Höhe hinauf; vor mir das Proszenium, auf dem Agáta einmal gestanden hatte, war wie ein erloschenes Auge. Und je angestrengter ich versuchte, von ihrem Erscheinen wenigstens eine Ahnung noch in mir zu finden, desto mehr dünkte es mich, als verengte sich der Theaterraum, als sei ich selber geschrumpft und säße als Däumling eingesperrt im Inneren eines Futterals oder einer mit Samt ausgepolsterten Schatulle. Erst nach einer gewissen Zeit, als irgend jemand hinter dem zugezogenen Vorhang geschwind über die Bühne gehuscht war und durch sein eiliges Laufen eine Wellenbewegung in den schweren Stoffbahnen ausgelöst hatte, erst dann, sagte Austerlitz, begannen sich die Schatten zu regen und sah ich drunten im Orchestergraben den befrackten, käferartigen Dirigenten und andere schwarze Figuren, die mit allerlei Instrumenten hantierten, hörte ihr Durcheinanderspielen beim Stimmen und glaubte auf einmal, zwischen dem Kopf eines der Musikanten und dem Hals einer Baßgeige hindurch, in dem hellen Lichtstreif zwischen dem Bretterboden und dem Saum des Vorhangs einen himmelblauen, mit Silberflitter bestickten Schuh zu erblicken. Als ich Věra gegen Abend desselben Tages zum zweitenmal in ihrer Wohnung in der Šporkova aufsuchte und sie mir auf meine Frage hin bestätigte, daß Agáta zu ihrem Olympiakostüm in der Tat solche himmelblauen Flitterschuhe getragen hatte, da meinte ich, es zerspringe etwas in meinem Gehirn. Věra sagte, ich sei offenbar von der Generalprobe im Ständetheater zutiefst beeindruckt gewesen, in erster Linie wohl, wie sie vermute, weil ich fürchtete, Agáta hätte sich wahrhaftig verwandelt in eine zwar zauberhafte, aber mir doch vollkommen fremde Gestalt, und ich selber, fuhr Austerlitz fort, entsann mich nun wieder, von einem mir bis dahin unbekannten Kummer erfüllt gewesen zu sein, als ich, weit jenseits meiner Schlafenszeit, die Augen im Dunkeln weit offen, auf dem Diwan am

Fußende von Věras Bett gelegen bin, auf die Viertelstundenschläge der Turmuhren gehorcht und gewartet hatte, bis Agáta nach Hause kam, bis ich den Wagen, der sie aus der anderen Welt zurückbrachte, vor dem Haustor anhalten hörte, sie endlich ins Zimmer trat und zu mir sich niedersetzte, umhüllt von einem seltsamen, aus verwehtem Parfum und Staub gemischten Theatergeruch. Sie trägt ein vorne geschnürtes, aschgraues Seidenmieder, aber ihr Gesicht kann ich nicht erkennen, sondern nur einen irisierenden, niedrig über der Haut schwebenden Schleier von weißlich getrübter Milchfarbe, und dann sehe ich, sagte Austerlitz, wie ihr der Schal von der rechten Schulter gleitet, als sie mir mit der Hand über die Stirne streicht. – An meinem dritten Tag in Prag, so erzählte Austerlitz weiter, nachdem er sich etwas gesammelt hatte, bin ich am frühen Morgen in den Seminargarten hinaufgestiegen. Die Kirsch- und Birnbäume, von denen Věra erzählt hatte, waren abgeholzt und an ihrer Statt neue gepflanzt, deren magere Zweige noch lange nichts tragen würden. Der Weg ging in Schleifen durch die taunassen Wiesen bergan. Auf halber Höhe begegnete mir eine alte Dame mit einem dicken, fuchsfarbenen Dackel, der nicht mehr gut auf den Beinen war und ab und zu stehenblieb, um mit gefurchter Braue vor sich hin in den Erdboden zu starren. Sein Anblick erinnerte mich daran, auf den Spaziergängen mit Věra oft solche alte Damen gesehen zu haben mit griesgrämigen kleinen Hunden, die fast alle einen Maulkorb aus Draht trugen und vielleicht deshalb so verstummt und böse gewesen sind. Bis gegen Mittag bin ich dann auf einer Bank in der Sonne gesessen und habe über die Häuser der Kleinseite und die Moldau hinweg auf das Panorama der Stadt geschaut, das mir, genau wie der Firnis auf einem gemalten Bild, durchzogen schien von den krummen Rissen und Sprüngen der vergangenen Zeit. Ein zweites dieser nach keinem erkennbaren Gesetz entstehenden Muster, sagte Austerlitz, fand ich wenig später in dem verschlungenen Wurzelwerk

einer an einem stark abschüssigen Platz sich einhaltenden Kastanie, in dem ich, wie ich von Věra weiß, sagte Austerlitz, mit Vorliebe herumgeklettert bin als Kind. Auch die schwarzgrünen Eiben, die unter den hohen Bäumen wuchsen, waren mir vertraut, so vertraut wie die kühle Luft, die mich auf dem Grund des Tobels umfing, und wie die jetzt, im April, bereits verblühten, in endloser Zahl den Waldboden bedeckenden Buschwindrosen, und ich begriff nun, warum mir vor Jahren auf einer meiner Landhausexpeditionen mit Hilary die Stimme versagte, als wir in einem dem Schönborngarten in seiner ganzen Anlage sehr ähnlichen Park in Gloucestershire unversehens vor einem nordseitigen Abhang standen, der überzogen war von den feingefiederten Blättern und der

schneeweißen Märzblüte der Anemone nemorosa.

– So, mit dem botanischen Namen der schattenreichen Anemonen, hatte Austerlitz an jenem Spätwinterabend des Jahres 1997, an dem wir von einer, wie mir schien, unauslotbaren Stille umgeben in dem Haus in der Alderney Street saßen, einen weiteren Abschnitt seiner Erzählung zu Ende gebracht. Eine viertel oder halbe Stunde vielleicht verging noch in den blauen, gleichmäßig züngelnden Flammen des Gasfeuerchens, bis Austerlitz sich erhob und sagte, es wäre wohl das beste, wenn ich die Nacht unter seinem Dach verbringen würde, und damit ging er mir schon voraus die Treppe hinauf und führte mich in ein Zimmer, das genau wie die im Erdgeschoß fast gänzlich ausgeräumt war. Nur an der einen Wand stand aufgeschlagen eine Art Feldbett, das Handgriffe hatte an beiden Enden und also einer Tragbahre glich. Neben dem Bett stand ein Versandkistchen des Château Gruaud-Larose mit einem schwarz eingebrannten Wappen, und auf dem Kistchen, im milden Schein einer Schirmlampe, standen ein Trinkglas, eine Wasserkaraffe und ein altertümliches Radio in einem Gehäuse aus dunkelbraunem Bakelit. Austerlitz wünschte mir eine gute Ruhe und zog vorsichtig hinter sich die Türe ins Schloß. Ich trat an das Fenster, blickte auf die verlassene Alderney Street hinaus, wandte mich zurück in das Zimmer, setzte mich auf das Bett, löste die Schuhbänder, dachte nach über Austerlitz, den ich jetzt in dem Zimmer nebenan herumgehen hörte, und sah dann, als ich noch einmal aufschaute, im Halbdunkel auf dem Kaminsims die kleine Sammlung der sieben verschieden geformten, nicht mehr als zwei bis drei Zoll hohen Bakelitdosen, von denen jede, wie es sich zeigte, als ich eine nach der anderen aufmachte und unter das Lampenlicht stellte, den sterblichen Rest einer der hier in diesem Haus – so hatte mir Austerlitz ja erzählt – an das Ende ihres Lebens gekommenen Motten enthielt. Eine davon, ein gewichtloses, elfenbeinfarbenes Wesen mit zusammengefalteten Flügeln aus einem man weiß nicht wie gewobenen Stoff, ließ ich aus ihrem Bakelitbehältnis heraustaumeln auf die nach oben gekehrte Fläche meiner rechten Hand. Ihre Beine, die sie eingekrümmt hatte unter dem von Silberschuppen bedeckten Rumpf, als setzte sie soeben über ein letztes Hindernis hinweg, waren so fein, daß ich sie kaum zu erkennen vermochte. Auch das hoch über den ganzen Leib geschwungene Fühlerhorn zitterte an der Grenze der Sichtbarkeit. Deutlich hingegen war das starrschwarze, ein wenig aus dem Kopf hervortretende Auge, das ich lange studierte, ehe ich den möglicherweise vor Jahren schon verstorbenen, aber von keinem Zeichen der Zerstörung berührten Nachtgeist wieder versenkte in sein enges Grab. Vor ich mich niederlegte, drehte ich den Radioapparat an, der neben dem Bett auf dem

Bordeauxkistchen stand. Auf der runden Leuchtscheibe erschienen die Namen der Städte und Stationen, mit denen ich in meiner Kindheit die ausländischsten Vorstellungen verband – Monte Ceneri, Roma, Ljubljana, Stockholm, Beromünster, Hilversum, Prag und andere mehr. Ich stellte den Ton sehr leise, horchte auf eine in großer Ferne in den Äther gestreute, mir unverständliche Sprache, eine weibliche Stimme, die manchmal unterging zwischen den Wellen, dann wieder auftauchte und sich überkreuzte mit dem Spiel zweier behutsamer Hände, die sich an einem mir unbekannten Ort über die Tastatur eines Bösendorfer oder eines Pleyel bewegten und gewisse, weit in den Schlaf hinein mich begleitende Klangsätze hervorbrachten, ich glaube, aus dem Wohltemperierten Klavier. Wie ich am Morgen erwachte, kam aus dem engmaschigen Messinggitter des Lautsprechers nur noch ein schwaches Rauschen und Scharren. Bald darauf, beim Frühstück, als ich auf das geheimnisvolle Radio zu sprechen kam, sagte Austerlitz, er sei von jeher der Auffassung gewesen, daß die Stimmen, die ab dem Anbruch der Dunkelheit die Luft durchschwärmten und von denen wir nur die wenigsten einfangen könnten, wie die Fledermäuse ihr eigenes, die Taghelle scheuendes Leben hätten. Oft in den langen schlaflosen Nächten der letzten Jahre sah ich sie, wenn ich den Ansagerinnen in Budapest, Helsinki oder La Coruña lauschte, weit draußen ihre zackigen Bahnen ziehen und wünschte mir, ich wäre bereits in ihrer Gesellschaft. Doch um zurückzukommen auf meine Geschichte... Es war nach dem Gang durch den Schönborngarten, daß mir Věra, als wir wieder in ihrer Wohnung beisammen saßen, das erstemal ausführlicher von meinen Eltern erzählte, von ihrer Herkunft, soviel sie davon wußte, von ihrem Lebensweg und von der innerhalb weniger Jahre erfolgten Vernichtung ihrer Existenz. Deine Mutter Agáta, so begann sie, glaube ich, sagte Austerlitz, ist trotz ihrer dunklen, etwas melancholischen Erscheinung eine überaus zuversichtliche, bisweilen sogar zur Leichtherzigkeit neigende Frau gewesen. Sie war darin ganz wie der alte Austerlitz, ihr Vater, der eine noch in der österreichischen Zeit von ihm gegründete Fez- und Pantoffelmanufaktur in Sternberg besaß und es verstand, über jede Widrigkeit sich einfach hinwegzusetzen. Ich hörte ihn einmal, als er zu Besuch hier im Haus war, von dem nicht zu verachtenden Aufschwung reden, den sein Geschäft genommen habe, seit die Mussolinileute diese halb morgenländischen Kopfbedeckungen trugen und er gar nicht mehr genug davon herstellen und nach Italien schicken konnte. Auch Agáta glaubte damals, emporgehoben wie sie sich fühlte durch die Anerkennung, die ihr, viel geschwinder, als sie zu hoffen gewagt hatte, in ihrer Laufbahn als Opern- und Operettensängerin zugewachsen war, daß sich über kurz oder lang alles zum Besseren wenden würde, wohingegen Maximilian, trotz der fröhlichen Natur, die ihm nicht anders als Agáta zu eigen war, seit ich ihn kannte, so sagte Věra, sagte Austerlitz, davon überzeugt war, daß die in Deutschland an die Macht gelangten Parvenus und die unter ihrer Regie ins Unabsehbare sich vermehrenden Körperschaften und Menschenscharen, vor denen es ihm, wie er oft sagte, förmlich grauste, von Anfang an sich ausgeliefert hatten an eine blinde Eroberungs- und Zerstörungssucht, deren Brennpunkt das magische Wort tausend war, das der Reichskanzler, wie man am Rundfunk mitanhören konnte, in seinen Reden fortwährend wiederholte. Tausend, zehntausend, zwanzigtausend, tausend mal tausend und abertausend sei der mit heiserer Stimme hervorgestoßene, den Deutschen eingetrichterte Reim auf ihre eigene Größe und das ihnen schon bevorstehende Ende gewesen. Trotzdem, sagte Věra, fuhr Austerlitz fort, habe Maximilian keineswegs geglaubt, daß das deutsche Volk in sein Unglück getrieben worden sei; vielmehr hatte es sich, seiner Ansicht nach, selber von Grund auf, aus dem Wunschdenken jedes einzelnen und aus den in den Familien gehegten Gefühlen, in dieser perversen Form neu geschaffen und hatte dann die Nazigrößen, die Maximilian ausnahmslos für Wirrköpfe und Faulpelze hielt, als symbolische Exponenten seiner inneren Bewegtheit hervorgebracht. Maximilian erzählte gelegentlich, so erinnerte sich Věra, sagte Austerlitz, wie er einmal, im Frühsommer 1933 nach einer Gewerkschaftsversammlung in Teplitz, ein Stückweit in das Erzgebirge hineingefahren und dort in einem Wirtshausgarten auf einige Ausflügler gestoßen war, die in einem Dorf auf der deutschen Seite allerhand eingekauft hatten, unter anderem eine neue Sorte Bonbons mit einem himbeerfarbenen, in die Zuckermasse eingegossenen und einem also tatsächlich auf der Zunge zergehenden Hakenkreuz. Beim Anblick dieser Nazischleckereien, habe Maximilian gesagt, sei ihm schlagartig klar geworden, daß die Deutschen nun ihr gesamtes Produktionswesen von der Schwerindustrie bis hinunter zu der Erzeugung solcher Geschmacklosigkeiten neu organisierten, und zwar nicht, weil man es ihnen angeschafft hatte, sondern ein jeder an seinem Platz, aus Begeisterung an der nationalen Erhebung heraus. Věra erzählte weiter, sagte Austerlitz, daß Maximilian in den dreißiger Jahren mehrmals, um die allgemeine Entwicklung besser abschätzen zu können, nach Österreich und Deutschland gereist sei, und daß sie sich genau entsinne, wie er, unmittelbar nach seiner Rückkehr aus Nürnberg, den ungeheuren Empfang schilderte, den man dort dem zum Reichsparteitag eintreffenden Führer bereitet hatte. Stunden vor seiner Ankunft bereits seien sämtliche Nürnberger und die von überallher, nicht nur aus Franken und aus dem Bayrischen, sondern auch aus den entlegensten Teilen des Landes, aus Holstein und Pommern ebenso wie aus Schlesien und aus dem Schwarzwald herbeigekommenen Menschen dicht an dicht und in erwartungsvoller Erregung entlang der vorbestimmten Route gestanden, bis endlich, aus dem brausenden Jubel heraus, die Motorkavalkade der schweren Mercedeswagen erschien und im Schrittempo durch die enge Gasse glitt, die das Meer der strahlend emporgewandten Gesichter und sehnsüchtig ausgestreckten Arme durchteilte. Maximilian habe berichtet, sagte Věra, daß er sich in dieser zu einem einzigen Lebewesen zusammengewachsenen und von sonderbaren Kontraktionen durchlaufenen und durchzuckten Menge tatsächlich als Fremdkörper empfunden habe, der nun gleich zermahlen und ausgeschieden werden würde. Er habe von dem Platz vor der Lorenzkirche, wo er gestanden sei, zugesehen, wie die Kavalkade sich langsam durch die wogenden Massen ihren Weg bahnte in die Altstadt hinunter, deren spitz- und krummgiebelige Häuser mit den traubenweise aus den Fenstern heraushängenden Bewohnern einem hoffnungslos überfüllten Ghetto glichen, in das nun, so habe Maximilian gesagt, der Heilsbringer einzog, auf den man so lange geharrt hatte. Übereinstimmend damit, sagte Věra, habe Maximilian später wiederholt von dem spektakulären Reichsparteitagsfilm erzählt, den er in einem Münchner Kino gesehen hatte und der ihn bestätigte in seinem Verdacht, daß die Deutschen, aus ihrer unverwundenen Erniedrigung heraus, nun eine Vorstellung entwickelten von sich als einem zur Messianisierung der Welt auserkorenen Volk. Nicht nur seien die von Ehrfurcht geschlagenen Zuschauer Zeugen geworden, wie sich das Flugzeug des Führers durch die Wolkengebirge allmählich herabsenkt auf die Erde; nicht nur wurde die allen gemeinsame tragische Vorgeschichte beschworen in der Zeremonie der Totenehrung, in der Hitler und Heß und Himmler, wie Maximilian es uns beschrieb, zu den Klängen eines die Seele der ganzen Nation bis in das Innerste aufrührenden Trauermarschs durch die breite Gasse der schnurgerade ausgerichteten, von der Macht des neuen Staats aus lauter unbeweglichen deutschen Leibern gebildeten Kolumnen und Kompanien schritten; nicht nur sah man die dem Tod fürs Vaterland sich weihenden Krieger, die riesigen, geheimnisvoll schwankenden Fahnenwälder, die im Fakkelschein davonzogen in die Nacht – nein, man sah auch, so, sagte Věra, berichtete Maximilian, aus der Vogelschau eine im Morgengrauen bis gegen den Horizont reichende Stadt von weißen Zelten, aus denen, sowie es ein wenig licht wurde, einzeln, paarweise und in kleinen Gruppen die Deutschen hervorkamen und sich in einem schweigsamen, immer enger sich schließenden Zug alle in dieselbe Richtung bewegten, als folgten sie einem höheren Ruf und seien, nach langen Jahren in der Wüste, nun endlich auf dem Weg ins Gelobte Land. Nach diesem Münchner Kinoerlebnis Maximilians hatte es nur noch ein paar Monate gedauert, bis man die auf dem Wiener Heldenplatz zusammengeströmten, nach Hunderttausenden zählenden Österreicher aus dem Radio hörte, ihr einer Flutwelle gleich über uns hereinstürzendes stundenlanges Geschrei, sagte Věra. Der kollektive Paroxysmus der Wiener Massen, sagte sie, markierte nach Ansicht Maximilians den entscheidenden Wendepunkt. Noch war er als ein unheimliches Rauschen in unseren Ohren, da sind, kaum daß der Sommer vorüber war, hier in Prag schon die ersten aus der sogenannten Ostmark vertriebenen und vor ihrer Vertreibung von ihren ehemaligen Mitbürgern bis auf ein paar Schillinge ausgeraubten Flüchtlinge erschienen und haben, in der, wie sie wohl wußten, falschen Hoffnung, sich in der Fremde so über Wasser halten zu können, von Tür zu Tür als fliegende Händler Haarnadeln und Zopfspangen, Bleistifte und Briefpapier, Krawatten und andere Kurzwaren feilgeboten, so wie einst ihre Vorfahren mit ihren Buckelkraxen über Land gezogen sind in

Galizien, in Ungarn und im Tirol. Ich erinnere mich, so sagte Věra, sagte Austerlitz, an einen solchen Hausierer, einen gewissen Saly Bleyberg, der in der Leopoldstadt, unweit vom Praterstern, einen Garagenbetrieb aufgebaut hatte in der schweren Zwischenkriegszeit und der uns, als Agáta ihn auf einen Kaffee hereinbat, die schauderhaftesten Geschichten von der Niedertracht der Wiener erzählte: mit welchen Mitteln man ihn gezwungen habe, an einen Herrn Haselberger sein Geschäft zu überschreiben, auf welche Weise er dann um den ohnehin lachhaften Verkaufspreis geprellt worden sei, wie man ihn um seine Bankeinlagen und Wertpapiere gebracht und sein gesamtes Mobiliar und seinen Steyr-Wagen konfisziert habe, und wie sie zuletzt, er, Saly Bleyberg, und die Seinen, im Foyer auf ihren Koffern sitzend, die Verhandlungen hätten mitanhören müssen zwischen dem angetrunkenen Hauswart und dem jungen, offenbar frisch verheirateten Paar, das gekommen war, die freigewordene Wohnung sich anzusehen. Obgleich dieser Bericht des armen Bleyberg, der in einem fort in ohnmächtiger Rage das Taschentuch in seiner Hand zerknüllte, die schlimmsten Vorstellungen, die man sich gemacht hatte, bei weitem übertraf, und obgleich die Lage nach dem Münchner Abkommen so gut wie aussichtslos geworden war, sagte Věra, ist Maximilian den ganzen Winter hindurch noch in Prag geblieben, sei es wegen der gerade jetzt besonders dringlichen Parteiarbeit, sei es, weil er doch, so lange es irgend ging, den Glauben, daß das Recht einen beschütze, nicht aufgeben wollte. Agáta ihrerseits war nicht bereit, vor Maximilian, trotzdem er es ihr wiederholt geraten hatte, nach Frankreich zu gehen, und so kam es, daß dein damals aufs äußerste gefährdeter Vater, sagte Věra zu mir, sagte Austerlitz, erst am Nachmittag des 14. März, als es schon beinahe zu spät war, von Ruzyně aus allein nach Paris geflogen ist. Ich weiß noch, sagte Věra, daß er, als er sich verabschiedete, einen wunderbaren pflaumenfarbenen Zweireiher trug und einen weitkrempigen schwarzen Filzhut mit grünem Band. Am folgenden Morgen, der Tag war kaum angebrochen, sind dann tatsächlich die Deutschen in Prag eingezogen, mitten in einem dichten Schneegestöber, das sie gewissermaßen aus dem Nichts hervorzubringen schien, und als sie über die Brücke kamen und die Panzerwagen die Narodní hinaufrollten, hat sich ein tiefes Schweigen ausgebreitet über die ganze Stadt. Die Menschen haben sich abgewandt, sind langsamer, wie im Schlaf gegangen von dieser Stunde an, als wüßten sie nicht mehr, wohin. Besonders verstört hat uns, so, sagte Austerlitz, bemerkte Věra, die unverzügliche Umstellung auf den Rechtsverkehr. Es hat mir oft, sagte sie, das Herz einen Schlag ausgesetzt, wenn ich einen Wagen rechtsseitig auf der Fahrbahn dahinsausen sah, weil mir dabei unweigerlich der Gedanke kam, wir müßten fortan leben in einer falschen Welt. Freilich, fuhr Věra fort, war es für Agáta noch weit schwerer als für mich, unter dem neuen Regime sich zurechtzufinden. Seit die Deutschen ihre die jüdische Bevölkerung betreffenden Vorschriften erlassen hatten, durfte sie nur zu bestimmten Stunden ihre Besorgungen machen; sie durfte kein Taxi nehmen, in der Elektrischen nur im letzten Wagen fahren, weder ein Kaffeehaus noch ein Kino, noch ein Konzert oder sonst eine Versammlung besuchen. Auch selber durfte sie jetzt nicht mehr auf der Bühne stehen, und der Zugang zu den Moldauufern, zu den Gärten und Parks, die sie so sehr geliebt hatte, war ihr verwehrt. Nirgends, wo es grün ist, sagte sie einmal, darf ich noch hin, und setzte hinzu, daß sie erst jetzt wirklich verstehe, wie schön es ist, sorglos auf einem Flußdampfer an der Reling zu stehen. Durch die von Tag zu Tag länger werdende Liste der Einschränkungen – ich höre Věra noch sagen, sagte Austerlitz, daß es bald verboten war, auf den parkseitigen Trottoirs zu gehen, eine Wäscherei oder einen Reinigungsbetrieb zu betreten oder ein öffentliches Telephon zu benutzen – wurde Agáta bald bis an den Rand der Verzweiflung gebracht. Ich sehe sie jetzt wieder hier im Zimmer auf und ab gehen, sagte Věra, sehe, wie sie sich an die Stirne schlägt mit der gespreizten Hand und, die Silben einzeln skandierend, ausruft: Ich be grei fe es nicht! Ich be grei fe es nicht! Ich wer de es nie mals be grei fen!! Trotzdem ist sie, so oft es nur möglich war, in die Stadt gegangen und hat vorgesprochen bei ich weiß nicht was für und wie vielen Stellen, hat stundenlang in dem einzigen, den vierzigtausend Prager Juden zugänglichen Postamt gestanden, um ein Telegramm aufzugeben; hat Erkundigungen eingezogen, Beziehungen angeknüpft, Gelder hinterlegt, Bestätigungen und Garantien beigebracht und, wenn sie wieder zurück war, sich den Kopf zermartert bis spät in die Nacht. Aber je länger und je mehr sie sich mühte, desto mehr schwand auch die Hoffnung dahin, daß sie die Ausreisegenehmigung erlangen würde, und so entschloß sie sich zuletzt, im Sommer, als man schon reden hörte von dem bevorstehenden Krieg und von der mit seinem Ausbruch zweifellos eintretenden Verschärfung der Restriktionen, zumindest mich, wie Věra mir sagte, sagte Austerlitz, nach England zu schicken, nachdem es ihr durch die Vermittlung eines ihrer Theaterfreunde gelungen war, meinen Namen für einen der wenigen in jenen Monaten von Prag nach London gehenden Kindertransporte einschreiben zu lassen. Věra erinnerte sich, sagte Austerlitz, daß die freudige Erregung, die Agáta über diesen ersten Erfolg ihrer Bemühungen verspürte, verdunkelt wurde von Besorgnis und Kummer, wenn sie sich vor

Augen führte, wie es mir, einem noch nicht einmal fünfjährigen, immer gut behütet gewesenen Knaben zumute sein würde auf der langen Eisenbahnfahrt und dann unter fremden Leuten in einem fremden Land. Andererseits, sagte Věra, sprach Agáta davon, daß sich jetzt, wo der erste Schritt getan war, gewiß auch für sie bald ein Ausweg eröffnen werde und daß ihr dann alle miteinander leben könntet in Paris. So war sie hin und her gerissen zwischen ihrem Wunschdenken und der Angst, etwas Unverantwortbares und Unverzeihliches zu tun, und wer weiß, sagte Věra zu mir, ob sie dich nicht bei sich behalten hätte, wenn auch nur ein paar Tage mehr uns geblieben wären bis zu deiner Abreise aus Prag. Es ist nur noch ein undeutliches, gewissermaßen verwischtes Bild in mir von der Stunde des Abschieds auf dem Wilson-Bahnhof, sagte Věra und setzte nach einigem Nachsinnen hinzu, ich hätte meine Sachen in einem ledernen Köfferchen gehabt und in einem Rucksack etwas Proviant – un petit sac à dos avec quelques viatiques, sagte Austerlitz, das seien die genauen, sein ganzes späteres Leben, wie er inzwischen denke, zusammenfassenden Worte Věras gewesen. Věra erinnerte sich auch an das zwölfjährige Mädchen mit dem Bandoneon, dem sie mich anvertraut hatten, an ein im letzten Augenblick gekauftes Chaplinheftchen, an das Flattern, gleich dem einer auffliegenden Taubenschar, der weißen Taschentücher, mit denen die zurückbleibenden Eltern ihren Kindern nachwinkten, und an den seltsamen Eindruck, den sie gehabt habe, daß der Zug, nachdem er unendlich langsam angerückt war, nicht eigentlich weggefahren, sondern bloß, in einer Art Täuschungsmanöver, ein Stück aus der überglasten Halle hinausgerollt und dort, noch nicht einmal in halber Ferne, versunken sei. Agáta aber ist ab diesem Tag verwandelt gewesen, fuhr Věra fort, sagte Austerlitz. Was sie von ihrem Frohsinn und ihrer Zuversicht allen Schwierigkeiten zum Trotz bewahrt hatte, war nun verdeckt von einer Schwermut, gegen die sie offenbar nichts mehr vermochte. Einen Versuch, glaube ich, sagte Věra, hat sie noch unternommen, sich freizukaufen, aber danach ging sie so gut wie nie mehr aus dem Haus, scheute sich, die Fenster aufzumachen, saß stundenlang regungslos in dem blauen Samtfauteuil in der dunkelsten Ecke des Salons oder lag auf dem Sofa mit den Händen vor dem Gesicht. Sie wartete nur noch auf das, was nun werden würde, und vor allem wartete sie auf Post aus England und aus Paris. Von Maximilian hatte sie mehrere Anschriften, die eines Hotels am Odéon, die einer kleinen Mietwohnung in der Nähe der Métrostation Glacière und eine dritte, sagte Věra, in einem mir nicht mehr erinnerlichen Bezirk, und sie peinigte sich mit dem Gedanken, die

Adressen in einem alles entscheidenden Moment verwechselt und so das Abreißen der Korrespondenz verschuldet zu haben, wobei sie zugleich befürchtete, daß die von Maximilian an sie gerichteten Briefe vom Sicherheitsdienst einbehalten wurden bei ihrer Ankunft in Prag. Tatsächlich ist der Briefkasten in der Zeit bis zum Winter 1941, während Agáta noch in der Šporkova lebte, immer leer gewesen, so daß es, wie sie mir seltsamerweise einmal sagte, so war, als würden von unseren Botschaften gerade diejenigen, in die wir unsere letzten Hoffnungen setzten, fehlgeleitet oder ausgetrunken von den bösen Geistern, die überall um uns her die Luft durchschwirrten. Wie genau diese Bemerkung Agátas die unsichtbaren Schrecken erfaßte, unter denen die Stadt Prag damals sich duckte, das habe ich, sagte Věra, erst später begriffen, als ich von dem wahren Ausmaß der Pervertierung des Rechts unter den Deutschen und von den tagtäglich von ihnen im Keller des Petschekpalais, im Pankrácgefängnis und auf der Hinrichtungsstätte draußen in Kobylisy verübten Gewaltakten erfuhr. Für ein Vergehen, einen bloßen Verstoß gegen die herrschende Ordnung, konnte man, nachdem man neunzig Sekunden Zeit gehabt hatte, sich zu verteidigen vor einem Richter, zum Tode verurteilt und unverzüglich gehenkt werden in dem gleich an den Gerichtssaal sich anschließenden Exekutionsraum, in welchem eine eiserne Schiene unter der Decke entlanglief, an der man die leblosen Körper, je nachdem es erforderlich war, ein Stück weiterschob. Die Rechnung für diese kursorische Prozedur wurde den Angehörigen des Gehenkten oder Guillotinierten überstellt mit dem Vermerk, daß man sie begleichen könne in monatlichen Raten. Wenn auch zu jener Zeit nicht viel davon nach draußen drang, so breitete doch in der ganzen Stadt die Angst vor den Deutschen wie ein schleichendes Miasma sich aus. Agáta behauptete, sie käme sogar bei den geschlossenen Fenstern und Türen herein und nehme einem den Atem. Wenn ich zurückblicke auf die zwei Jahre, die auf den sogenannten Ausbruch des Krieges folgten, sagte Věra, dann ist es mir, als habe sich damals alles in einem Strudel immer geschwinder abwärts gedreht. Am Radio überstürzten sich die von den Sprechern mit einem eigenartig scharfen, aus dem Kehlkopf gepreßten Ton vorgetragenen Meldungen von den nicht abreißenden Erfolgen der Wehrmacht, die bald den ganzen europäischen Kontinent besetzt hielt und deren Kampagnen Zug für Zug, mit einer anscheinend zwingenden Logik, den Deutschen die Aussicht auf ein Weltreich eröffneten, in welchem sie alle, kraft ihrer Zugehörigkeit zu diesem erwählten Volk, die glanzvollsten Laufbahnen würden antreten können. Ich glaube, sagte Věra zu mir, sagte Austerlitz, daß selbst die letzten Zweifler unter den Deutschen in diesen Jahren der rollenden Siege ergriffen wurden von einer Art Höhenrausch, während wir, die Niedergezwungenen, gewissermaßen unter dem Meeresniveau lebten und zusehen mußten, wie die Wirtschaft des ganzen Landes von der SS durchdrungen und ein Geschäftsbetrieb nach dem anderen an deutsche Treuhänder überschrieben wurde. Sogar die Fez- und Pantoffelfabrik in Sternberg haben sie arisiert. Worüber Agáta noch verfügte, das reichte kaum für das Nötigste aus. Ihre Bankguthaben waren gesperrt, seit sie eine achtseitige Vermögenserklärung mit Dutzenden von Rubriken hatte abgeben müssen. Es war ihr auch strengstens untersagt, irgendwelche realen Werte wie Bilder oder Antiquitäten zu veräußern, und ich entsinne mich, sagte Věra, wie sie mir einmal, in einer dieser Verlautbarungen der Besatzungsmacht, einen Abschnitt gezeigt hat, in dem es hieß, im Falle von Zuwiderhandlungen hätten der betreffende Jude sowohl als der Erwerber mit den strengsten staatspolizeilichen Maßnahmen zu rechnen. Der betreffende Jude! hat Agáta ausgerufen, und dann hat sie gesagt: Wie diese Leute schreiben! Es wird einem schwarz vor den Augen davon. Im Spätherbst 1941 war es, glaube ich, sagte Věra, daß Agáta das Radio, ihr Grammophon samt den von ihr so sehr geliebten Schallplatten, die Fern- und Operngläser, die Musikinstrumente, ihren Schmuck, die Pelze und die von Maximilian zurückgelassene Garderobe auf die sogenannte Pflichtabgabestelle bringen mußte. Wegen irgendeines, ihr dabei unterlaufenen Fehlers ist sie an einem eiskalten Tag — der Winter, sagte Věra, ist in diesem Jahr sehr früh eingebrochen — zum Schneeschaufeln abkommandiert worden auf das Flugfeld Ruzyně hinaus, und am nächsten Morgen um drei Uhr, mitten in der stillsten Nacht, sind dann die beiden von ihr längst schon erwarteten Boten der Kultusgemeinde gekommen mit der Nachricht, daß Agáta sich vorbereiten müsse auf den Abtransport in einer Frist von sechs Tagen. Diese Boten, so schilderte es mir Věra, sagte Austerlitz, die sich auffallend ähnlich waren und irgendwie undeutliche, flackernde Gesichter hatten, trugen mit verschiedenen Falten, Taschen, Knopfleisten und einem Gürtel versehene Jacken, die, ohne daß man sich darüber klar wurde, wozu sie dienen sollten, besonders zweckmäßig erschienen. Mit leiser Stimme redeten sie eine Zeitlang auf Agáta ein und händigten ihr ein Bündel von Drucksachen aus, in denen, wie es sich zeigte, bis ins einzelnste alles bestimmt und festgeschrieben war: wo und wann die Vorgeladene sich einzufinden habe, was an Kleidungsstücken —

Rock, Regenmantel, warme Kopfbedeckung, Ohrenschützer, Fäustlinge, Nachthemd, Leibwäsche etc. – mitzubringen sei, welche Gebrauchsartikel, wie beispielsweise Nähsachen, Lederfett, Spirituskocher und Kerzen, sich empfahlen, daß das Gesamtgewicht des Hauptgepäcks fünfzig Kilo nicht übersteigen dürfe, was an Handgepäck und Mundvorrat mitgeführt werden könne, wie die Koffer mit Namen, Transportziel und der ausgegebenen Nummer zu kennzeichnen seien; daß sämtliche beigeschlossenen Formulare vollständig ausgefüllt und unterfertigt werden müßten, daß es nicht erlaubt sei, Couchpolster und andere Teile von Einrichtungsgegenständen mitzuführen und Rucksäcke und Reisetaschen anzufertigen aus Perserbrücken, Wintermänteln oder sonstigen wertvollen Stoffresten, daß das Mitführen von Feuerzeugen sowie das Rauchen am Verladungsort und überhaupt von da an verboten und jede Anordnung der amtlichen Organe in jedem Fall genauestens zu befolgen sei. Agáta ist außerstande gewesen, sich an diese, wie auch ich jetzt sah, sagte Věra, in einer geradezu ekelerregenden Sprache abgefaßten Anweisungen zu halten; vielmehr hat sie nur wahllos einige vollkommen unpraktische Dinge in einer Tasche zusammengeworfen, wie jemand, der einen Wochenendausflug machen will, so daß ich schließlich, so unmöglich es mir war und so mitschuldig ich mich dadurch zu werden fühlte, das Packen übernahm, während sie abgewandt nur mehr am Fenster lehnte und hinausblickte auf die menschenleere Gasse. Am frühen Morgen des festgesetzten Tages sind wir, im Finstern noch, aufgebrochen, das Gepäck festgezurrt auf dem Rodelschlitten, und haben, ohne ein Wort miteinander zu wechseln, durch den rings um uns herabkreiselnden Schnee den langen Weg das linke Moldauufer hinunter gemacht, am Baumgarten vorbei, bis zum Messepalast nach Holešovice hinaus. Je mehr wir uns diesem Ort näherten, desto öfter tauchten aus der Düsternis kleine Gruppen schwer bepackter Personen auf, die sich mühsam durch das nun dichter gewordene Gestöber demselben Ziel zu bewegten, so daß nach und nach eine weit auseinandergezogene Karawane sich bildete, mit der wir gegen sieben Uhr anlangten an dem nur von einem einzigen elektrischen Licht schwach beleuchteten Eingang. Dort warteten wir in der nur ab und zu von einem angstvollen Gemurmel aufgerührten Schar der Vorgeladenen, unter denen Greise und Kinder, vornehme und einfache Leute gewesen sind, und die alle, wie es ihnen vorgeschrieben war, ihre Transportnummer um den Hals trugen an einem Spagat. Agáta bat mich bald, sie zu verlassen. Beim Abschied umarmte sie mich und sagte, dort drüben ist der Stromovka-Park. Würdest du dort manchmal spazierengehen für mich? Ich hab dieses schöne Gelände so lieb gehabt. Vielleicht wenn du in das dunkle Wasser der Teiche schaust, vielleicht siehst du an einem guten Tag mein Gesicht. Ja und dann, sagte Věra, bin ich nach Hause gegangen. Mehr als zwei Stunden habe ich gebraucht bis in die Šporkova zurück. Ich versuchte, mir auszudenken, wo sich Agáta nun befand, ob sie noch wartete vor dem Einlaßtor oder schon drinnen war in der Mustermesse. Wie es da aussah, das erfuhr ich erst Jahre später von einem, der überlebte. Die zum Abtransport Bestellten wurden in eine ungeheizte Holzbaracke geschleust, in der es eiskalt gewesen ist mitten im Winter. Es war ein verwahrloster Ort, wo unter trübem Lampenschein die größte Verwirrung herrschte. Viele der gerade Eingetroffenen mußten ihr Gepäck durchsuchen lassen, Geld, Uhren und andere Wertsachen abgeben an einen Hauptscharführer namens Fiedler, der wegen seiner Roheit gefürchtet war. Auf einem Tisch lag ein ganzer Berg Tafelsilber neben Fuchspelzen und Persianercapes. Personalien wurden aufgenommen, Fragebogen verteilt und die sogenannte Bürgerlegitimation mit dem Stempel EVAKUIERT oder GHETTOISIERT versehen. Die deutschen Amtswalter und ihre tschechischen und jüdischen Hilfskräfte liefen geschäftig hin und her, es wurde viel gebrüllt, geflucht und auch geschlagen.

Die Abreisenden hatten sich an den ihnen zugewiesenen Plätzen aufzuhalten. Die meisten waren verstummt, manche weinten still vor sich hin, aber auch Verzweiflungsausbrüche, lautes Aufschreien und Tobsuchtsanfälle waren nicht selten. Mehrere Tage dauerte der Aufenthalt in den Baracken beim Messepalast, bis man schließlich, in einer frühen Morgenstunde, wenn kaum jemand um die Wege war, von Wachmannschaften begleitet zu dem nahegelegenen Bahnhof von Holešovice marschierte, wo dann das Einwaggonieren, wie man es nannte, noch einmal nahezu drei Stunden dauerte. Ich habe in späterer Zeit, sagte Věra, den Weg nach Holešovice hinaus, zum Stromovka-Park und zur Mustermesse noch oftmals gemacht und bin dann meistens in das Lapidarium gegangen, das dort eingerichtet worden ist in den sechziger Jahren, habe stundenlang mir die Gesteinsproben angesehen in den Vitrinen, die Pyritkristalle, die tiefgrünen sibirischen Malachite, die böhmischen Glimmer, Granite und Quarze, die pechschwarzen Basalte, den isabellgelben Kalkstein, und habe mich gefragt, auf welcher Grundlage sie sich erhebt, unsere Welt. In der Šporkova, sagte mir Věra, sagte Austerlitz, ist am selben Tag, an dem Agáta ihre Wohnung hatte verlassen müssen, ein Abgesandter der Treuhandstelle für beschlagnahmte Waren erschienen und hat ein Papiersiegel an der Türe angebracht. Zwischen Weihnachten und

Neujahr kam dann ein Trupp äußerst zwielichtiger Gesellen, die die gesamte Hinterlassenschaft, die Möbel, die Lampen und Leuchter, die Teppiche und Vorhänge, die Bücher und Partituren, die Kleider in den Kästen und Schubladen, das Bettzeug, Polster, Plumeaus, Wolldecken, die Wäsche, das Geschirr und die Gerätschaften aus der Küche, die Topfpflanzen und Regenschirme, die nicht aufgebrauchten Lebensmittel, sogar die seit ein paar Jahren schon im Keller vor sich hindämmernden eingeweckten Birnen und Kirschen und die übrig gebliebenen Kartoffeln ausgeräumt und bis auf den letzten Löffel alles in eines der über fünfzig Lagerhäuser geschafft haben, wo diese herrenlosen Sachen Stück für Stück mit der den Deutschen eigenen Gründlichkeit registriert, nach ihrem Wert eingeschätzt, je nachdem gewaschen, gereinigt oder ausgebessert und endlich in Stellagen verstaut wurden. Zuletzt, sagte Věra, tauchte in der Šporkova noch ein Kammerjäger auf. Dieser Kammerjäger war ein mir besonders unheimlicher Mensch mit einem bösen Auge, das mir durch und durch gegangen ist. Er verfolgt mich bis heute manchmal in meinen Träumen, wo ich ihn sehe beim Ausräuchern der Zimmer, von giftweißen Schwaden umwölkt. – Als Věra mit ihrer Erzählung zu Ende war, so fuhr Austerlitz an jenem Morgen in der Alderney Street fort, reichte sie mir, nach einer längeren Pause, in der sich die Stille in der

Šporkova-Wohnung mit jedem unserer Atemzüge zu vermehren schien, zwei kleinformatige, vielleicht neun mal sechs Zentimeter messende Photographien von dem Beistelltischchen, das neben ihrem Sessel stand, Photographien, die sie am Vorabend durch einen Zufall wiederentdeckt hatte in einem der fünfundfünfzig karmesinroten Balzacbände, der ihr, sie wisse gar nicht mehr wie, in die Hand geraten war. Věra sagte, sie entsinne sich nicht, die Glastüre aufgesperrt und das Buch aus der Reihe der anderen herausgenommen zu haben, sondern sehe sich nur hier in diesem Lehnstuhl sitzen und die Seiten umwenden – zum erstenmal seit der damaligen Zeit, so betonte sie eigens – der bekanntlich von einem großen Unrecht handelnden Geschichte des Colonel Chabert. Wie die beiden Bilder zwischen die Blätter gelangt waren, sei ihr ein Rätsel, sagte Věra. Möglicherweise, daß Agáta sich den Band ausgeliehen hatte, als sie noch hier in der Šporkova war, in den letzten Wochen vor dem Einmarsch der Deutschen. Jedenfalls die eine der Photographien zeigt eine Theaterbühne in der Provinz, in Reichenau vielleicht oder in Olmütz oder an einem der anderen Orte, an denen Agáta vor ihrem ersten Prager Engagement gelegentlich aufgetreten ist. Auf den ersten Blick habe sie gedacht, so sagte Věra, sagte Austerlitz, die beiden Personen in der linken unteren Ecke seien Agáta und Maximilian – man könne sie ja in ihrer Winzigkeit nicht gut erkennen –, aber dann habe sie natürlich gemerkt, daß es andere Leute sind, etwa der Impresario oder ein Zauberkünstler und seine Assistentin. Sie habe sich gefragt, sagte Věra, was für ein Schauspiel gegeben worden war seinerzeit vor dieser furchterregenden Kulisse und habe gedacht, wegen des Hochgebirges im Hintergrund und der wüsten Waldlandschaft, entweder der Wilhelm Tell oder die Sonnambula oder das letzte Stück von Ibsen. Der Schweizer Knabe mit dem Apfel auf seinem Haupt ist mir erschienen; ich erlebte den Schreckensmoment, in dem der Steg nachgibt unter dem Fuß der Schlafwandlerin und ahnte, daß sich hoch droben in den Felswänden schon die Lawine löste, die die armen Verirrten (wie waren sie nur in diese öde Gegend gekommen?) gleich mit sich fortreißen würde in die Tiefe. Es vergingen Minuten, sagte Austerlitz, in denen auch ich die zu Tal fahrende

Schneewolke zu sehen glaubte und bis ich Věra weitersprechen hörte von dem Unergründlichen, das solchen aus der Vergessenheit aufgetauchten Photographien zu eigen sei. Man habe den Eindruck, sagte sie, es rühre sich etwas in ihnen, als vernehme man kleine Verzweiflungsseufzer, gémissements de désespoir, so sagte sie, sagte Austerlitz, als hätten die Bilder selbst ein Gedächtnis und erinnerten sich an uns, daran, wie wir, die Überlebenden, und diejenigen, die nicht mehr unter uns weilen, vordem gewesen sind. Ja, und das hier, auf der anderen Photographie, sagte Věra nach einer Weile, das bist du, Jacquot, im Monat Feber 1939, ein halbes Jahr ungefähr vor deiner Abreise aus Prag. Du durftest Agáta auf einen Maskenball begleiten im Haus eines ihrer einflußreichen Verehrer, und eigens zu diesem Anlaß wurde das schneeweiße Kostüm geschneidert für dich. Jacquot Austerlitz, paže růžové královny, steht auf der Rückseite geschrieben in der Hand deines Großvaters, der damals gerade zu Besuch gewesen ist. Das Bild lag vor mir, sagte Austerlitz, doch wagte ich nicht, es anzufassen. Andauernd kreisten die Worte paže růžové královny, paže růžové královny in meinem Kopf, bis mir aus der Ferne ihre Bedeutung entgegenkam und ich das lebende Tableau mit der Rosenkönigin und dem kleinen Schleppenträger zu ihrer Seite wieder sah. An mich selber in dieser Rolle aber erinnerte ich mich nicht, so sehr ich mich an jenem Abend und später auch mühte. Wohl erkannte ich den ungewöhnlichen, schräg über die Stirne verlaufenden Haaransatz, doch sonst war alles in mir ausgelöscht von einem überwältigenden Gefühl der Vergangenheit. Ich habe die Photographie seither noch vielmals studiert, das kahle, ebene Feld, auf dem ich stehe und von dem ich mir nicht denken kann, wo es war; die dunkel verschwommene Stelle über dem Horizont, das an seinem äußeren Rand gespensterhaft helle Kraushaar des Knaben, die Mantille über dem anscheinend angewinkelten oder, wie ich mir einmal gedacht habe, sagte Austerlitz, gebrochenen oder geschienten Arm, die sechs großen Perlmuttknöpfe, den extravaganten Hut mit der Reiherfeder und sogar die Falten der Kniestrümpfe, jede Einzelheit habe ich mit dem Vergrößerungsglas untersucht, ohne je den geringsten Anhalt zu finden. Und immer fühlte ich mich dabei durchdrungen von dem forschenden Blick des Pagen, der gekommen war, sein Teil zurückzufordern und der nun im Morgengrauen auf dem leeren Feld darauf wartete, daß ich den Handschuh aufheben und das ihm bevorstehende Unglück abwenden würde. Ich bin an jenem Abend in der Šporkova, als Věra mir das Bild von dem Kinderkavalier vorlegte, nicht etwa, wie man annehmen müßte, bewegt oder erschüttert gewesen, sagte Austerlitz, sondern nur sprach- und begriffslos und zu keiner Denkbewegung imstande. Auch wenn ich später an den fünfjährigen Pagen dachte, erfüllte mich nur eine blinde Panik. Einmal träumte es mir, ich sei nach langer Abwesenheit zurückgekehrt in die Prager Wohnung. Alle Möbelstücke stehen an ihrem richtigen Platz. Ich weiß, daß die Eltern bald aus den Ferien eintreffen werden und daß ich ihnen etwas Wichtiges geben muß. Davon, daß sie seit langem tot sind, habe ich keine Kenntnis. Ich denke nur, sie sind schon uralt, so um die neunzig oder hundert herum, wie sie es in Wirklichkeit wären, wenn sie noch lebten. Aber als sie dann endlich unter der Türe stehen, sind sie höchstens Mitte

Dreißig. Sie treten ein, gehen in den Zimmern herum, nehmen dies und jenes zur Hand, sitzen eine Weile im Salon und reden miteinander in der rätselhaften Sprache der Taubstummen. Von mir nehmen sie keine Notiz. Ich ahne schon, daß sie gleich wieder abreisen werden an den Ort irgendwo im Gebirge, an dem sie jetzt zu Hause sind. Es scheint mir nicht, sagte Austerlitz, daß wir die Gesetze verstehen, unter denen sich die Wiederkunft der Vergangenheit vollzieht, doch ist es mir immer mehr, als gäbe es überhaupt keine Zeit, sondern nur verschiedene, nach einer höheren Stereometrie ineinander verschachtelte Räume, zwischen denen die Lebendigen und die Toten, je nachdem es ihnen zumute ist, hin und her gehen können, und je länger ich es bedenke, desto mehr kommt mir vor, daß wir, die wir uns noch am Leben befinden, in den Augen der Toten irreale und nur manchmal, unter bestimmten Lichtverhältnissen und atmosphärischen Bedingungen sichtbar werdende Wesen sind. Soweit ich zurückblicken kann, sagte Austerlitz, habe ich mich immer gefühlt, als hätte ich keinen Platz in der Wirklichkeit, als sei ich gar nicht vorhanden, und nie ist dieses Gefühl stärker in mir gewesen als an jenem Abend in der Šporkova , als mich der Blick des Pagen der Rosenkönigin durchdrang. Auch am nächsten Tag, auf der Fahrt nach Terezín, konnte ich mir nicht vorstellen, wer oder was ich war. Ich entsinne mich, daß ich in einer Art Trance auf dem Perron des trostlosen Bahnhofs Holešovice gestanden bin, daß die Geleise zu beiden Seiten ins Unendliche verliefen, daß ich alles nur verschwommen wahrnehmen konnte, und daß ich dann im Zug an einem Gangfenster lehnte und hinausschaute auf die draußen vorbeiziehenden nördlichen Vororte, auf die Moldauauen und die Villen und Gartenhäuser am anderen Ufer. Einmal sah ich jenseits des Stroms einen stillgelegten riesigen Steinbruch, dann viele blühende Kirschbäume, ein paar weit auseinanderliegende Ortschaften und sonst nichts als das leere böhmische Land. Als ich in Lovosice ausgestiegen war nach ungefähr einer Stunde, glaubte ich, wochenlang unterwegs gewesen zu sein, immer weiter ostwärts und immer weiter zurück in

der Zeit. Der Platz vor dem Bahnhof war verlassen, bis auf eine mit mehreren Mänteln bekleidete Bauersfrau, die hinter einem notdürftig zusammengezimmerten Stand darauf wartete, daß es jemandem einfallen möchte, eines der Krauthäupter zu kaufen, die sie vor sich aufgetürmt hatte zu einem mächtigen Bollwerk. Ein Taxi war nirgends zu sehen, und also machte ich mich zu Fuß auf den Weg aus Lovosice hinaus in Richtung Terezín. Sowie man die Stadt, an deren Anblick ich mich nicht mehr erinnern kann, hinter sich läßt, sagte Austerlitz, eröffnet sich nach Norden ein weites Panorama: im Vordergrund ein giftgrünes Feld, dahinter ein vom Rost zur Hälfte schon zerfressenes petrochemisches Kombinat, aus dessen Kühltürmen und Schloten weiße Rauchwol-

ken aufsteigen, wahrscheinlich ohne Unterlaß seit einer langen Reihe von Jahren. Weiter noch in der Ferne sah ich die kegelförmigen böhmischen Berge, die den sogenannten Kessel von Bohušovice in einem Halbrund umgeben und von denen die höchsten Kuppen an diesem kaltgrauen Morgen in dem niedrig herabhängenden Himmel verschwanden. Ich ging am Rand der geraden Straße dahin und spähte immer voraus, ob nicht die Silhouette der Festung, bis zu der es nicht mehr als eineinhalb Wegstunden sein konnte, sich abzeichnete. Die Vorstellung, die ich im Kopf hatte, war die von einer gewaltigen Anlage, die sich hoch über die gesamte Umgegend erhebt, aber Terezín duckt sich, ganz im Gegenteil, so tief in die feuchten Niederungen am Zusammenfluß der Eger mit der Elbe hinein, daß, wie ich später gelesen habe, weder von den Hügeln um Leitmeritz noch aus unmittelbarer Nähe mehr von der Stadt zu sehen ist als der Brauereischornstein und der Kirchturm. Die im 18. Jahrhundert zweifellos in schwerer Fron über einem sternförmigen Grundriß aufgezogenen Ziegelmauern steigen aus einem breiten Graben auf und ragen kaum über das Niveau des Vorfelds hinaus. Auch sind auf dem ehemaligen Glacis und den grasüberwachsenen Wällen im Laufe der Zeit allerhand Büsche und Stauden aufgeschossen, wodurch der Eindruck entsteht, Terezín sei weniger eine befestigte als eine getarnte,

großenteils schon in den sumpfigen Boden des Inundationsgebietes gesunkene Stadt. Jedenfalls ahnte ich,

als ich an jenem naßkalten Morgen auf der Hauptstraße von Lovosice her auf Terezín zuhielt, bis zuletzt nicht, wie nahe ich meinem Ziel bereits war. Noch verstellten mir ein paar regenschwarze Ahorne und Kastanien die Sicht, da stand ich schon zwischen den Fassaden der ehemaligen Garnisonshäuser, und einige Schritte weiter und ich trat hinaus auf den von einer doppelten Baumreihe gesäumten Paradeplatz. Das Auffälligste und mir bis heute Unbegreifliche an diesem Ort, sagte Austerlitz, war für mich von Anfang an seine Leere. Ich wußte von Věra, daß Terezín seit vielen Jahren wieder eine reguläre Kommune ist, und doch dauerte es nahezu eine Viertelstunde, bis ich drüben auf der anderen Seite des Karrees den ersten Menschen erblickte, eine vornübergebeugte Gestalt, die sich unendlich langsam an einem Stock voranbewegte und doch, als ich einen Moment nur mein Auge von ihr abwandte, auf einmal verschwunden war. Sonst begegnete mir den ganzen Morgen niemand in den schnurgeraden, verlassenen Straßen von Terezín, außer einem Geistesgestörten in einem abgerissenen Anzug, der mir zwischen den Linden des Brunnenparks über den Weg lief und in einer Art von gestammeltem Deutsch wild fuchtelnd ich weiß nicht was für eine Geschichte erzählte, ehe auch er, den Hundertkronenschein, den ich ihm gegeben hatte, noch in der Hand, mitten im Davonspringen, wie man sagt, vom

Erdboden verschluckt wurde. War schon die Verlassenheit der gleich dem idealen Sonnenstaatswesen Campanellas nach einem strengen geometrischen Raster angelegten Festungsstadt ungemein niederdrückend, so war es mehr noch das Abweisende der stummen Häuserfronten, hinter deren blinden Fenstern, sooft ich auch an ihnen hinaufblickte, nirgends ein einziger Vorhang sich rührte. Ich konnte mir nicht denken, sagte Austerlitz, wer oder ob überhaupt irgend jemand in diesen öden Gebäuden noch wohnte, trotzdem mir andererseits aufgefallen war, in welch großer Zahl in den Hinterhöfen mit roter Farbe grob numerierte Aschenkübel der Wand entlang aufgereiht waren. Am unheimlichsten aber schienen mir die Türen und Tore von Terezín, die

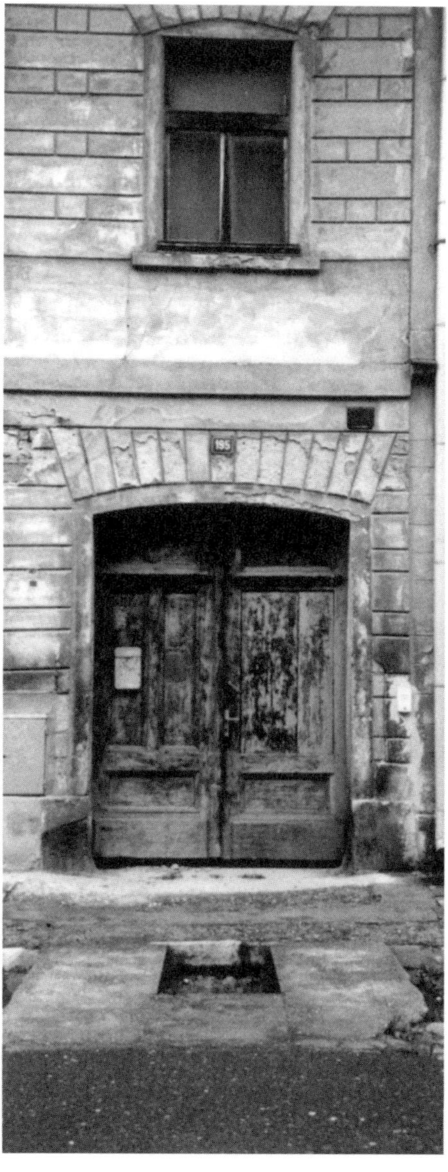
195

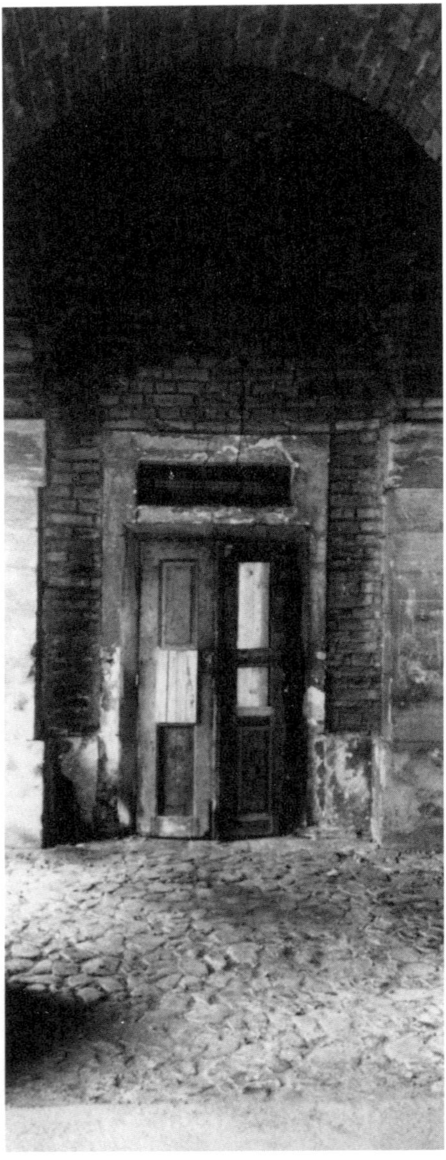

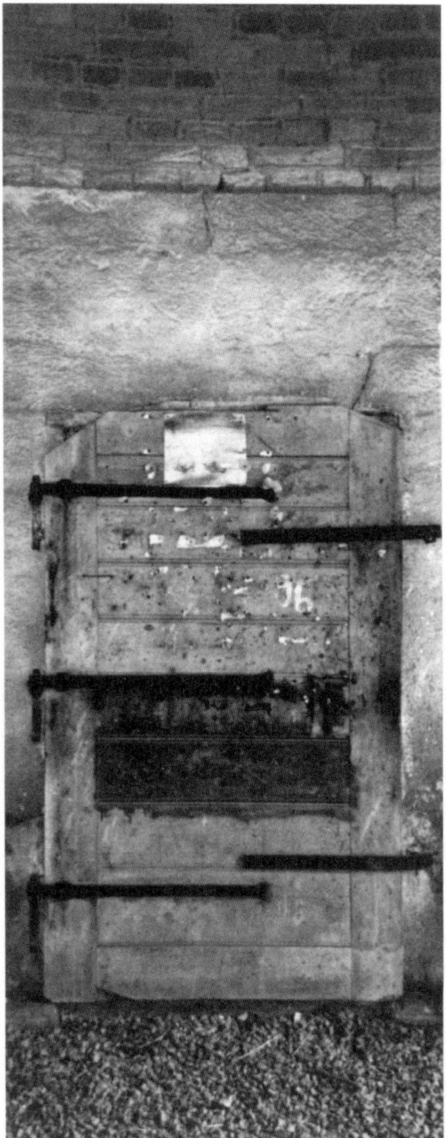

sämtlich, wie ich zu spüren meinte, den Zugang versperrten zu einem nie noch durchdrungenen Dunkel, in welchem, so dachte ich, sagte Austerlitz, nichts mehr sich regte als der von den Wänden abblätternde Kalk und die Spinnen, die ihre Fäden ziehen, mit ihren hastig trippelnden Beinen über die Dielen laufen oder erwartungsvoll in ihren Geweben hängen. Erst unlängst habe ich, an der Schwelle des Erwachens, in das Innere eines solchen Terezíner Kasernenbaus hineingesehen. Er war von den Netzen dieser kunstreichen Tiere Schicht um Schicht ausgefüllt, von den Fußböden bis hinauf an die Decken. Ich weiß noch, wie ich im Halbschlaf versuchte, das pulvergraue, manchmal in einem leisen Luftzug erschauernde Traumbild festzuhalten und zu erkennen, was in ihm verborgen war, aber es löste sich immer mehr auf und wurde überlagert von der zugleich in meinem Bewußtsein aufgehenden Erinnerung an die blinkenden Schaufensterscheiben des ANTIKOS BAZAR an der Westseite des Stadtplatzes, vor denen ich gegen Mittag lange gestanden bin in der, wie es sich erwies, vergeblichen Hoffnung, daß vielleicht jemand kommen und dieses seltsame Magazin aufschließen würde. Der ANTIKOS BAZAR ist außer einem winzigen Lebensmittelladen, soviel ich sehen konnte, sagte Austerlitz, ziemlich das einzige Geschäft in Te-

rezín. Es nimmt die ganze Vorderfront eines der größten Häuser ein und geht, glaube ich, auch weit in die Tiefe. Sehen konnte ich freilich nur, was in den Auslagen zur Schau gestellt war und gewiß nicht mehr als einen geringen Teil des im Inneren des Bazars angehäuften Trödels ausmachte. Aber selbst diese vier, offenbar vollkommen willkürlich zusammengesetzten Stilleben, die auf eine, wie es den Anschein hatte, naturhafte Weise hineingewachsen waren in das schwarze, in den Scheiben sich spiegelnde Astwerk der rings um den Stadtplatz stehenden Linden, hatten für mich eine derartige Anziehungskraft, daß ich mich von ihnen lange nicht losreißen konnte und, die

Stirne gegen die kalte Scheibe gepreßt, die hundert verschiedenen Dinge studierte, als müßte aus irgendeinem von ihnen, oder aus ihrem Bezug zueinander, eine eindeutige Antwort sich ableiten lassen auf die vielen, nicht auszudenkenden Fragen, die mich bewegten. Was bedeutete das Festtagstischtuch aus weißer Spitze, das über der Rückenlehne der Ottomane hing, der Wohnzimmersessel mit seinem verblaßten Brokatbezug? Welches Geheimnis bargen die drei verschieden großen Messingmörser, die etwas von einem Orakelspruch hatten, die kristallenen Schalen, Keramikvasen und irdenen Krüge, das blecherne Reklameschild, das die Aufschrift *Theresienstädter Wasser* trug, das Seemuschelkästchen, die Miniaturdrehorgel, die kugelförmigen Briefbeschwerer, in deren Glassphären wunderbare Meeresblüten schwebten, das Schiffsmodell, eine Art Korvette unter geblähten Segeln, der Trachtenkittel aus einem leichten, hellleinenen Sommerstoff, die Hirschhornknöpfe, die überdimensionale russische Offiziersmütze und die dazugehörige olivgrüne Uniformjacke mit den goldnen Schulterstücken, die Angelrute, die Jagdtasche, der japanische Fächer, die rund um einen Lampenschirm mit feinen Pinselstrichen gemalte endlose Landschaft an einem sei es durch Böhmen, sei es durch Brasilien still dahinziehenden Strom? Und dann war da in einer schuhschachtelgroßen Vitrine auf einem Aststummel hockend dieses ausgestopfte, stellenweise schon vom Mottenfraß verunstaltete Eichhörnchen, das sein gläsernes Knopfauge unerbittlich auf mich gerichtet hielt und dessen tschechischen Namens – veverka – ich nun von weit her wieder erinnerte wie den eines vor langer Zeit in Vergessenheit geratenen Freunds. Was, so fragte ich mich, sagte Austerlitz, mochte es auf sich haben mit dem nirgends entspringenden, nirgends einmündenden, ständig in sich selbst zurückfließenden Strom, mit veverka, dem stets in der gleichen Pose ausharrenden Eichhörnchen, oder mit der elfenbeinfarbenen Porzellankomposition, die einen reitenden

Helden darstellte, der sich auf seinem soeben auf der Hinterhand sich erhebenden Roß nach rückwärts wendet, um mit dem linken Arm ein unschuldiges, von der letzten Hoffnung verlassenes weibliches Wesen zu sich emporzuziehen und aus einem dem Beschauer nicht offenbarten, aber ohne Zweifel grauenvollen Unglück zu retten. So zeitlos wie dieser verewigte, immer gerade jetzt sich ereignende Augenblick der Errettung waren sie alle, die in dem Bazar von Terezín gestrandeten Zierstücke, Gerätschaften und Andenken, die aufgrund unerforschlicher Zusammenhänge ihre ehemaligen Besitzer überlebt und den Prozeß der Zerstörung überdauert hatten, so daß ich nun zwischen ihnen schwach und kaum kenntlich mein eigenes Schattenbild wahrnehmen konnte. Noch während ich vor dem Bazar wartete, hob Austerlitz nach einer Weile wieder an, hatte es leise zu regnen begonnen, und da sich weder der Inhaber des Ladenlokals, der als ein gewisser Augustýn Němeček ausgewiesen war, noch irgend jemand sonst zeigen wollte, bin ich schließlich weitergegangen, ein paar Straßen hinauf und hinunter, bis ich auf einmal, an der nordöstlichen Ecke des Stadtplatzes, vor dem sogenannten, von mir zuvor übersehenen Ghettomuseum stand. Ich stieg die Stufen hinauf und betrat den Vorraum, in dem hinter einer Art Kassentisch eine Dame unbestimmten Alters saß in einer lilafarbenen Bluse und mit einer altmodisch gewellten Frisur. Sie legte die Häkelarbeit, mit der sie beschäftigt war, beiseite und reichte mir, indem sie sich ein wenig verneigte, das Eintrittsbillett. Auf meine Frage, ob ich heute der einzige Besucher sei, erwiderte sie, das Museum sei erst seit kurzem eröffnet und darum kämen von auswärts nur wenige, besonders zu dieser Jahreszeit und bei diesem Wetter. Und die Theresienstädter gehen sowieso nicht herein, sagte sie, und nahm wieder das weiße Taschentuch zur Hand, das sie mit blütenblattähnlichen Schlaufen umsäumte. So bin ich dann allein durch die Ausstellungsräume gegangen, sagte Austerlitz, durch die im Mezzanin und die im oberen Stock, bin vor den Schautafeln gestanden, habe einmal mit größter Hast, einmal buchstabenweise die Legenden gelesen, habe auf die photographischen Reproduktionen gestarrt, habe nicht meinen Augen getraut und habe verschiedentlich mich abwenden und durch eines der Fenster in den rückwärtigen Garten hinabsehen müssen, zum erstenmal mit einer Vorstellung von der Geschichte der Verfolgung, die mein Vermeidungssystem so lange abgehalten hatte von mir und die mich nun, in diesem Haus, auf allen Seiten umgab. Ich studierte die Karten des großdeutschen Reichs und seiner Protektorate, die in meinem sonst hoch entwickelten topographischen Bewußtsein immer nur weiße Flecken gewesen waren, folgte dem Verlauf der Bahnlinien, die sie durchzogen, war wie geblendet von den Dokumenten zur Bevölkerungspolitik der Nationalsozialisten, von der Evidenz ihres mit einem ungeheuren, teils improvisierten, teils bis ins letzte ausgeklügelten Aufwand in die Praxis umgesetzten Ordnungs- und Sauberkeitswahns, erfuhr von der Errichtung einer Sklavenwirtschaft in ganz Mitteleuropa, von der vorsätzlichen Verschleißung der Arbeitskräfte, von der Herkunft und den Todesorten der Opfer, auf welchen Strecken sie wohin gebracht wurden, was sie, zeit ihres Lebens, für Namen trugen und wie sie aussahen und wie ihre Bewacher. Das alles begriff ich nun und begriff es auch nicht, denn jede Einzelheit, die sich mir, dem, wie ich fürchtete, aus eigener Schuld unwissend Gewesenen, eröffnete auf meinem Weg durch das Museum, aus einem Raum in den nächsten und wieder zurück, überstieg bei weitem mein Fassungsvermögen. Ich sah Gepäckstücke, mit denen die Internierten aus Prag und aus Pilsen, Würzburg und Wien, Kufstein und Karlsbad und zahllosen anderen Orten nach Terezín gekommen waren, Gegenstände wie Handtaschen, Gürtelschnallen, Kleiderbürsten und Kämme, die sie gefertigt hatten in den verschiedenen Manufakturen, genauestens ausgearbeitete Produktionspläne und Pläne zur landwirtschaftlichen Nutzung der Grünareale in den Wallgräben und draußen auf dem Glacis, wo in akkurat voneinander getrennten Parzellen Hafer und Hanf angebaut werden sollten und Hopfen und Kürbisse und Mais. Bilanzblätter sah ich, Totenregister, überhaupt Verzeichnisse jeder nur denkbaren Art und endlose Reihen von Zahlen und Ziffern, mit denen die Amtswalter sich darüber beruhigt haben müssen, daß nichts unter ihrer Aufsicht verlorenging. Und jedesmal, wenn ich jetzt an das Museum von Terezín zurückdenke, sagte Austerlitz, sehe ich das gerahmte Grundschema der sternförmigen Festung, aquarelliert für die königlich-kaiserliche Auftraggeberin in Wien in sanften grünbraunen Tönen und eingepaßt in das rings um sie nach außen gefaltete Gelände, das Modell einer von der Vernunft erschlossenen, bis ins geringste geregelten Welt. Sie ist niemals belagert worden, diese uneinnehmbare Festung, nicht einmal 1866 von den Preußen, sondern war, wenn man davon absehen kann, daß in den Kasematten eines ihrer Vorwerke nicht wenige Staatsgefangene des Habsburgerreichs verschmachteten, das ganze 19. Jahrhundert hindurch eine stille Garnison für zwei oder drei Regimenter und zirka zweitausend Zivilisten, eine abseits gelegene Stadt mit gelbgestrichenen Mauern, Innenhöfen, Laubengängen, gestutzten Bäumen, Bäckereien, Bierstuben, Kasinos, Mannschaftsquartieren, Zeughäusern, Standkonzerten, gelegentlichem Ausrücken zum Manöver, mit Offiziersgattinnen, die sich unendlich langweilten, und einem, wie man glaubte, in alle Ewigkeit geltenden Dienstreglement. Zuletzt, sagte Austerlitz, als die

Handarbeiterin neben mich trat und mir bedeutete, daß sie nun gleich würde zuschließen müssen, da habe ich gerade an einer der Schautafeln ich weiß nicht zum wievielten Mal gelesen, daß Mitte Dezember 1942, zu dem Zeitpunkt also, zu dem Agáta nach Terezín gekommen ist, in dem Ghetto, auf einer bebauten Grundfläche von höchstens einem Quadratkilometer, an die sechzigtausend Personen zusammengesperrt gewesen sind, und wenig später, wie ich wieder draußen stand auf dem verlassenen Stadtplatz, schien es mir auf einmal mit der größten Deutlichkeit so, als wären sie nicht fortgebracht worden, sondern lebten, nach wie vor, dichtgedrängt in den Häusern, in den Souterrains und auf den Dachböden, als gingen sie pausenlos die Stiegen auf und ab, schauten bei den Fenstern heraus, bewegten sich in großer Zahl durch die Straßen und Gassen und erfüllten sogar in stummer Versammlung den gesamten, grau von dem feinen Regen schraffierten Raum der Luft. Mit diesem Bild vor Augen bin ich in den altertümlichen Omnibus eingestiegen, der, aus dem Nirgendwo aufgetaucht, unmittelbar vor mir an der Bordkante gehalten hatte, ein paar Schritte nur von dem Eingang des Museums. Es war einer jener Busse, die aus dem Hinterland in die Hauptstadt fahren. Der Fahrer gab mir wortlos auf einen Hundertkronenschein das Wechselgeld heraus, das ich dann, wie ich mich noch entsinne, bis nach

Prag fest in der Hand gehalten habe. Draußen zogen die immer dunkler werdenden böhmischen Felder vorbei, kahles Hopfengestänge, tiefbraune Äcker, weithin eben und leer. Der Bus war stark überheizt. Ich spürte die Schweißperlen hervortreten auf meiner Stirn und daß es mir eng wurde in der Brust. Einmal, als ich mich umwandte, sah ich, daß die Fahrgäste in den Schlaf gesunken waren, ausnahmslos. Mit verrenkten Leibern lehnten und hingen sie in ihren Sitzen. Dem einen war der Kopf nach vorn gesunken, dem anderen seitwärts oder in den Nacken gekippt. Mehrere röchelten leise. Nur der Chauffeur blickte gerade voraus auf das im Regen glänzende Band der Straße. Wie oft, wenn man nach Süden fährt, hatte ich den Eindruck, es ginge stets weiter bergab, vor allem als wir die Vorstädte von Prag erreichten, schien es mir, als rollten wir über eine Art Rampe hinunter in ein Labyrinth, in welchem wir nurmehr sehr langsam vorankamen, einmal so und einmal andersherum, bis ich jegliche Orientierung verlor. Darum habe ich mich auch, als wir angelangt waren an der Prager Autobusstation, die zu dieser frühen Abendstunde ein übervölkerter Umschlagplatz gewesen ist, zwischen den paar tausend der dort wartenden und ein- und aussteigenden Menschen hindurch, in der falschen Richtung auf den Weg gemacht. So viele, sagte Austerlitz, sind es gewesen, die mir draußen auf der Straße entgegenströmten, die meisten mit großen Tragtaschen und mit fahlen, kummervollen Gesichtern, daß ich glaubte, sie könnten nur aus der Stadtmitte kommen. Wie ich aber auf dem Plan später sah, habe ich das Zentrum nicht, wie ich zuerst meinte, in einer mehr oder weniger geraden Linie erreicht, sondern bin in einem weiten Bogen, der mich beinahe bis zum Vyšehrad führte, um es herumgegangen und dann durch die Neustadt und am Moldauufer entlang bis zu meinem Hotel auf der Kampa-Insel. Es war schon spät, als ich mich, erschöpft von dem langen Gehen, niederlegte und versuchte, Schlaf zu finden, indem ich auf das Wasser horchte, das draußen vor meinem Fenster hinabrauschte über das Wehr. Aber gleich, ob ich die Augen weit offen hielt oder geschlossen, die ganze Nacht hindurch sah ich Bilder aus Terezín und aus dem Ghettomuseum, die Ziegel der Festungsmauern, das Schaufenster des Bazars, die endlosen Namenslisten, einen ledernen Reisekoffer mit einem Doppelaufkleber der Hotels Bristol in Salzburg und Wien, die versperrten Tore, die ich photographiert hatte, das Gras, das zwischen den Pflastersteinen wuchs, einen Haufen Briketts vor einem Kellerloch, das gläserne Auge des Eichhörnchens und die Schatten Agátas und Věras, wie sie den bepackten Rodelschlitten durch das Schneetreiben zogen zu dem Messegelände von Holešovice hinaus. Erst gegen Morgen habe ich eine Zeitlang geschlafen, doch selbst dann, in der tiefsten Bewußtlosigkeit, riß die Folge der Bilder nicht ab, sondern sie verdichtete sich vielmehr zu einem Alptraum, in welchem mir, ich weiß nicht woher, sagte Austerlitz, die mitten in einer zerstörten Gegend gelegene nordböhmische Stadt Dux erschien, von der mir bis dahin allenfalls bekannt war, daß Casanova dort in dem Schloß der Grafen Waldstein die letzten Jahre seines Lebens zubrachte mit der Niederschrift seines Memoirenwerks, zahlreicher mathematischer und esoterischer Traktate und des fünfteiligen Zukunftsromans *Icosameron*. Ich sah in meinem Traum den alt gewordenen, auf die Größe eines Knaben geschrumpften Roué, umgeben von den goldgeprägten Rängen der mehr als vierzigtausend Bände umfassenden Gräflich-Waldsteinschen Bibliothek, ganz für sich allein über seinen Schreibsekretär gebeugt an einem trostlosen Novembernachmittag. Die Puderperücke hatte er beiseite gelegt, und sein eigenes, schütteres Haar schwebte, als Zeichen gewissermaßen der Auflösung seiner Körperlichkeit, wie ein kleines weißes Wölkchen über seinem Haupt. Die linke Schulter ein wenig hochgezogen, schrieb er ununterbrochen fort. Man hörte nichts als das Kratzen der Feder, das nur aussetzte, wenn der Schreiber ein paar Sekunden lang aufschaute und die wäßrigen, für die Ferne schon halb blinden Augen nach der Helligkeit richtete, von der nur noch wenig übrig war draußen über dem Duxer Park. Jenseits des umfriedeten Geländes lag in tiefer Verfinsterung das ganze von Teplice bis nach Most und Komutov hinabreichende Gebiet. Droben im Norden, von einem Ende des Horizonts zum anderen, war das Grenzgebirge als eine schwarze Wand und davor, an seinem Saum entlang, das aufgeschürfte, zerschundene Land, Steilhänge und Terrassen, die weit hinabreichten unter die einstige Oberfläche der Erde. Wo vordem fester Boden gewesen war, wo Wege sich hinzogen, wo Menschen gelebt hatten, Füchse über die Felder liefen und vielerlei Vögel geflogen sind von Busch zu Busch, da war nun nichts mehr als leerer Raum und auf seinem Grund Steine und Schotter und totes Wasser, unberührt selbst von der Bewegung der Luft. Wie Schiffe trieben in der Düsternis die Schemen der Kraftwerke, in denen die Braunkohle glühte, kalkfarbene Quader, Kühltürme mit gezackten Kronen, hochaufragende Schlote, über denen weiß gegen den in krankhaften Farben gestriemten westlichen Himmel die reglosen Rauchfahnen standen. Nur an der nachtfahlen Seite des Firmaments zeigten sich ein paar Sterne, rußig blakende Lichter, die eines um das andere ausgingen und Schorfspuren zurückließen in den Bahnen, durch die sie immer gezogen sind. Südwärts, in einem weiten Halbrund, erhoben sich die Kegel der erloschenen böhmischen Vulkane, von denen ich mir in diesem bösen Traum wünschte, daß sie ausbrechen und alles ringsum überziehen möchten mit schwarzem Staub. — Erst gegen halb drei Uhr bin ich anderen Tags, nachdem ich mich einigermaßen gesammelt hatte, von der Kampa-Insel in die Šporkova hinaufgegangen zu meinem vorläufig letzten Besuch, fuhr Austerlitz fort. Ich hatte Věra bereits gesagt, daß ich nun zunächst die Bahnfahrt von Prag nach London, quer durch das mir unbekannte Deutschland, wiederholen müßte, danach aber bald zurückkehren und auf längere Zeit vielleicht in ihrer Nähe eine Wohnung nehmen würde. Es war einer jener strahlend glasklaren Frühlingstage. Věra klagte über einen dumpfen Schmerz hinter den Augen, der sie seit dem frühen Morgen schon plagte, und bat mich, die Vorhänge an der Sonnenseite vor die Fenster zu ziehen. Im Dämmer zurückgelehnt in ihren rotsamtenen Sessel, die müden Lider gesenkt, hörte sie mir zu, als ich erzählte, was ich gesehen hatte in Terezín. Ich fragte Věra auch nach dem tschechischen Namen des Eichhörnchens, und sie antwortete nach einer kleinen Weile, während der sich langsam ein Lächeln ausbreitete auf ihrem schönen Gesicht, daß es veverka heiße. Und dann erzählte mir Věra, sagte Austerlitz, wie wir im Herbst oft von der oberen Umgrenzungsmauer des Schönborngartens den Eichhörnchen zugesehen hätten beim Vergraben ihrer

Schätze. Immer, wenn wir danach wieder nach Hause kamen, mußte ich dir, trotzdem du es von der ersten bis zur letzten Zeile auswendig kanntest, vorlesen aus deinem Lieblingsbuch, das vom Wechsel der Jahreszeiten handelte, sagte Věra und fügte hinzu, daß ich besonders an den Winterbildern, an den Hasen, Rehböcken und Rebhühnern, die reglos vor Staunen in der frisch verschneiten Landschaft standen, mich nie hätte sattsehen können, und immer, wenn wir zu der Seite kamen, sagte Věra, sagte Austerlitz, auf der davon die Rede war, daß der Schnee durch das Gezweig der Bäume herabrieselt und bald den ganzen Waldboden bedeckt, hätte ich zu ihr aufgeblickt und gefragt: Aber wenn alles weiß sein wird, wie wissen dann die Eichhörnchen, wo sie ihren Vorrat verborgen haben? Ale když všechno zakryje sníh, jak veverky najdou to místo, kde si schovaly zásoby? Genau so, sagte Věra, habe die von mir immer wieder wiederholte, stets von neuem mich beunruhigende Frage gelautet. Ja, wie wissen die Eichhörnchen das, und was wissen wir überhaupt, und wie erinnern wir uns, und was entdecken wir nicht am Ende? Es war sechs Jahre nach unserem Abschied vor dem Tor des Messegeländes in Holešovice, so berichtete Věra weiter, daß sie erfuhr, daß Agáta im September 1944 mit eineinhalbtausend anderen in Terezín Internierten nach Osten geschickt worden war. Sie selber, sagte Věra, habe danach lange

Zeit beinahe gar nichts mehr denken können, weder an Agáta, noch an das, was mit ihr geschehen sein mußte, noch an das eigene, in eine sinnlose Zukunft hinein sich fortsetzende Leben. Wochen hindurch sei sie oft nicht richtig zu sich gekommen, habe eine Art Zerren außerhalb ihres Körpers gespürt, nach abgerissenen Fäden gesucht und nicht glauben können, daß alles tatsächlich so gewesen war. All ihre späteren, endlos sich hinziehenden Nachforschungen über meinen Verbleib in England und den des Vaters in Frankreich seien erfolglos geblieben. Wie man es auch anstellte, immer war es, als verliefen sämtliche Spuren im Sand, denn es habe ja damals, als ein Heer von Zensoren den Postverkehr durcheinanderbrachte, oft Monate gedauert, bis man aus dem Ausland eine Antwort bekam. Vielleicht, hat Věra gesagt, sagte Austerlitz, wäre es anders gewesen, wenn sie sich selber an die richtigen Instanzen hätte wenden können, aber dazu habe es ihr sowohl an den Möglichkeiten gefehlt als auch an den Mitteln. Und so seien unversehens die Jahre vergangen, in der Rückschau wie ein einziger bleierner Tag. Zwar habe sie ihren Schuldienst geleistet und sich um die zur Selbsterhaltung notwendigen Dinge gekümmert, aber gefühlt und geatmet habe sie seit jener Zeit nicht. Nur in den Büchern aus dem letzten und vorletzten Jahrhundert habe sie bisweilen geglaubt, eine Ahnung davon zu finden, was es heißen mochte, am Leben zu sein. Nach solchen Bemerkungen Věras trat oft ein längeres Stillschweigen ein, als wüßten wir beide nicht weiter, sagte Austerlitz, und die Stunden in der verdunkelten Wohnung in der Šporkova verstrichen, kaum daß man es merkte. Gegen Abend, als ich mich verabschiedete von Věra und dabei ihre gewichtlosen Hände in den meinen hielt, da kam ihr auf einmal wieder in den Sinn, wie Agáta am Tag meiner Abreise vom Wilson-Bahnhof, als der Zug ihnen aus den Augen entschwunden war, sich ihr zugewandt und gesagt hatte: Noch im vergangenen Sommer sind wir von hier aus nach Marienbad gefahren. Und jetzt, wohin fahren wir jetzt? Diese von mir zunächst gar nicht recht aufgefaßte Reminiszenz begann mich bald dermaßen zu beschäftigen, daß ich Věra am selben Abend, trotzdem ich sonst so gut wie niemals telephoniere, von dem Insel-Hotel aus anrief. Ja, sagte sie mit einer vor Müdigkeit schon ganz leisen Stimme, wir seien seinerzeit, im Sommer 1938, alle miteinander in Marienbad gewesen, Agáta, Maximilian, sie selber und ich. Es waren drei wunderbare, beinahe selige Wochen. Die schwergewichtigen und die allzu mageren Kurgäste, die sich mit ihren Trinkbechern sonderbar langsam durch die Anlagen bewegten, strahlten, wie Agáta einmal beiläufig gesagt habe, etwas ungemein Friedfertiges aus. Wir wohnten in der

Doppelpension Osborne-Balmoral gleich hinter dem Palace Hotel. Am Morgen sind wir meist in die Bäder und nachmittags endlos in der Umgegend spazierengegangen. Ich hatte von diesem Sommeraufenthalt, bei dem ich gerade vier Jahre alt war, keinerlei Erinnerung in mir, sagte Austerlitz, und vielleicht ist es deshalb gewesen, daß ich später, Ende August 1972, gerade dort, in Marienbad, mit nichts als blinder Angst vor der besseren Wendung gestanden bin, die sich damals anbahnen wollte in meinem Leben. Ich war von Marie de Verneuil, mit der ich seit meiner Pariser Zeit korrespondierte, eingeladen worden, sie zu begleiten auf einer Reise nach Böhmen, wo sie für ihre baugeschichtlichen Studien zur Entwicklung der europäischen Kurbäder verschiedene Nachforschungen und, wie ich heut glaube sagen zu dürfen, sagte Austerlitz, den Versuch anstellen wollte, mich aus meiner Vereinzelung zu befreien. Sie hatte alles auf das beste in die Wege geleitet. Ihr Vetter, Frédéric Félix, der Attaché war an der Prager französischen Botschaft, hatte uns eine enorme Tatra-Limousine an den Flughafen geschickt, mit der wir dann direkt nach Marienbad chauffiert worden sind. Zwei oder drei Stunden saßen wir in dem tief gepolsterten Fond des Wagens, während es westwärts dahinging durch das leere Land auf einer über weite Strecken schnurgeraden Chaussee, einmal in Wellentäler hinunter, dann wieder auf ausgedehnte Hochebenen hinauf, über die man in die äußerste Ferne sehen konnte, bis dorthin, sagte Marie, wo Böhmen angrenzt an das Baltische Meer. Manchmal fuhren wir an niedrigen, von blauen Waldungen überwachsenen Höhenzügen entlang, die wie ein Sägeblatt scharf sich abzeichneten vor dem gleichmäßig grauen Himmel. Es gab so gut wie keinen Verkehr. Nur selten kam uns irgendein kleiner Personenwagen entgegen oder überholten wir einen der die langen Steigungen hinaufkriechenden, dichte Qualmwolken hinter sich herziehenden Laster. Immer aber in gleichmäßigem Abstand folgten uns, seit wir das Gelände des Prager Flughafens verlassen hatten, zwei uniformierte Motorradfahrer. Sie trugen lederne Sturzhelme und schwarze Schutzbrillen zu ihrer Montur, und die Läufe ihrer Karabiner ragten ihnen schräg über die rechte Schulter. Mir waren die beiden unerbetenen Begleiter sehr unheimlich, sagte Austerlitz, vor allem wenn wir über einen der Wellenkämme hinweg bergab fuhren und sie für eine gewisse Zeit aus der rückwärtigen Sicht verschwanden, um gleich darauf, um so drohender gegen das Licht umrissen, wieder zu erscheinen. Marie, die nicht so leicht einzuschüchtern war, lachte nur und sagte, es handle sich bei den beiden Schattenreitern offenbar um die in der ČSSR eigens für Besucher aus Frankreich aufgebotene Ehrenkavalkade. Als wir uns Marienbad näherten über eine zwischen waldigen Hügeln immer weiter abwärts führende Straße war es finster geworden, und ich entsinne mich, so sagte Austerlitz, gestreift worden zu sein von einer leichten Beunruhigung, wie wir unter den dicht bis an die Häuser heranstehenden Tannen herauskamen und lautlos hineinglitten in den nur von ein paar Laternen spärlich beleuchteten Ort. Der Wagen hielt vor dem Palace Hotel. Marie redete noch einiges mit dem Chauffeur, während er unsere Sachen auslud, und dann betraten wir auch schon das durch eine Reihe hoher Wandspiegel gewissermaßen verdoppelte Foyer, das so verlassen und still war, daß man meinen konnte, es sei längst nach Mitternacht. Es brauchte eine geraume Zeit, bis der Empfangsportier, der in einer engen Loge an einem Stehpult stand, von seiner Lektüre aufblickte, um sich den späten Gästen zuzuwenden mit einem kaum hörbar gemurmelten Dobrý večer. Dieser ungemein magere Mann, an dem einem als erstes auffiel, wie sich, trotzdem er nicht mehr als vierzig sein konnte, seine Stirne gegen die Nasenwurzel fächerförmig in Falten legte, erledigte mit der größten Langsamkeit, beinahe so als bewegte er sich in einer dichteren Atmosphäre, ohne ein weiteres Wort die notwendigen Formalitäten, verlangte unsere Visa zu sehen, blätterte in den Pässen und in seinem Register herum, machte mit einer kraxligen Schrift einen längeren Eintrag in ein kariertes Schulheft, ließ uns einen Fragebogen ausfüllen, kramte in einer Schublade nach dem Schlüssel und brachte schließlich durch das Läuten einer Klingel einen krummen Dienstmann herbei, der einen mausgrauen, ihm bis zu den Knien reichenden Nylonkittel trug und, nicht anders als der Empfangschef des Hauses, geschlagen war von einer seine Glieder lähmenden krankhaften Müdigkeit. Als er vor uns her mit unseren zwei leichten Gepäckstücken in die dritte Etage hinaufstieg – der Paternoster, auf den Marie mich gleich beim Betreten der Halle aufmerksam gemacht hatte, war offenbar die längste Zeit schon außer Betrieb –, kam er zuletzt, wie ein Alpinist, der sich über einen schwierigen Grat dem Gipfel nähert, kaum noch voran und mußte mehrmals ausruhen, wobei wir gleichfalls warteten, ein paar Stufen unter ihm. Wir begegneten auf dem Weg nach oben keiner lebenden Seele bis auf einen zweiten Hausdiener, der, in die gleiche graue Bluse gekleidet wie sein Kollege und wie vielleicht, so dachte ich mir, sagte Austerlitz, alle Angestellten der unter staatlicher Führung stehenden Badehotels, mit vornübergesunkenem Kopf schlafend auf einem Stuhl auf dem obersten Treppenabsatz saß, neben sich, auf dem Fußboden, ein Blechtablett mit zerbrochenem Glas. Das Zimmer, das für uns aufgesperrt wurde, hatte die Nummer 38 – ein großer, geradezu salonartiger Raum. Die Wände waren mit einer burgunderfarbenen, an manchen Stellen stark verschossenen Brokattapete überzogen. Auch die Portieren und das Bett, das in einem Alkoven stand und auf dem die weißen Kopfpolster sonderbar steil in die Höhe ragten, stammten aus einer vergangenen Zeit. Marie fing gleich an, sich einzurichten, sperrte sämtliche Kästen auf, ging in das Badezimmer, drehte probeweise an den Wasserhähnen und der riesigen altertümlichen Brause und schaute sich überall genauestens um. Es sei seltsam, meinte sie schließlich, sie habe den Eindruck, daß der Schreibsekretär, obgleich alles sonst durchaus seine Ordnung habe, seit Jahren nicht abgestaubt worden sei. Was für eine Erklärung, fragte sie mich, sagte Austerlitz, hat wohl dieses bemerkenswerte Phänomen? Ist der Schreibtisch vielleicht der Platz der Gespenster? Was ich ihr darauf erwiderte, weiß ich nicht mehr, sagte Austerlitz, erinnere mich jedoch, daß wir spät am Abend miteinander noch ein paar Stunden an dem offenen Fenster gesessen sind und daß Marie mir vielerlei erzählte aus der Geschichte des Bades, von der Ausholzung des Talkessels um die Quellen herum zu Beginn des 19. Jahrhunderts, von den ersten, unregelmäßig an den Hängen gebauten klassizistischen Wohn- und Gasthäusern und von dem Aufschwung, den bald alles genommen habe. Baumeister, Maurer, Tüncher, Schlosser und Stukkateure kamen aus Prag, Wien und von überall her, viele bis aus dem Veneto herauf. Einer der Hofgärtner des Fürsten Lobkowitz begann mit der Verwandlung des Waldgrundes in einen englischen Landschaftspark, pflanzte heimische und seltene Bäume, legte buschreiche Rasenplätze, Alleen, Laubengänge und Aussichtspavillons an. Immer mehr und immer stolzere Hotels wuchsen aus dem Boden, und Kursäle, Badehäuser, Lesekabinette, ein Konzertsaal und ein Theater, in dem bald die verschiedensten Kunstkoryphäen auftraten. 1873 wurde die große gußeiserne Kolonnade errichtet, und Marienbad gehörte nun zu den gesellschaftsfähigsten unter den europäischen Bädern. Von den Mineralbrunnen und den sogenannten Auschowitzer Quellen behauptete Marie – und hier, sagte Austerlitz, steigerte sie sich mit dem ihr eigenen Sinn für alles ins Komische überzogene in eine regelrechte medizinisch-diagnostische Wortkoloratur hinein –, daß sie sich besonders empfohlen hätten bei der in der Bürgerklasse damals weit verbreiteten Fettleibigkeit, bei Unreinigkeiten des Magens, Trägheit des Darmkanals und anderen Stockungen des Unterleibs, bei Unregelmäßigkeiten der Menstruation, Verhärtungen der Leber, Störungen der Gallenabsonderung, gichtischen Leiden, Milzhypochondrie, Krankheiten der Nieren, Blase und der Urinwerkzeuge, Drüsengeschwüren und Verformungen skrofulöser Art, aber auch bei Schwächen des Nerven- und Muskelsystems, Abspannung, Zittern der Glieder, Lähmungen, Schleim- und Blutflüssen, langwierigen Hautausschlägen und beinahe jeder anderen nur denkbaren krankhaften Affektion. Ich habe in meiner Vorstellung ein Bild, sagte Marie, von sehr dicken Männern, die sich, der ärztlichen Ratschläge ungeachtet, den Freuden der damals auch in Kurorten reichlich gedeckten Tafeln hingeben, um das Aufkommen der ständig in ihnen sich rührenden Sorge um die Sicherheit ihrer gesellschaftlichen Stellung durch ihre zunehmende Leibesfülle zu unterdrücken, und sehe auch andere Badegäste, von denen die meisten Damen sind, die, bleich und etwas vergilbt schon, tief in sich gekehrt über die gewundenen Pfade von einem Brunnentempel zum nächsten wandeln oder von den Aussichtspunkten, von der Amalienhöhe aus oder vom Schloß Miramont, in elegischer Stimmung das Schauspiel der über das enge Tal hinwegziehenden Wolken verfolgen. Aus dem seltenen Glücksgefühl, das sich in mir regte, während ich meiner Erzählerin zuhörte, sagte Austerlitz, kam mir paradoxerweise der Gedanke, daß auch ich, nicht anders als die vor hundert Jahren in Marienbad sich aufhaltenden Gäste, von einer schleichenden Krankheit befallen war, ein Gedanke, der sich verband mit der Hoffnung, ich stünde nun am Beginn meiner Genesung. Tatsächlich bin ich nie zuvor in meinem Leben besser eingeschlafen als in dieser ersten mit Marie gemeinsam verbrachten Nacht. Ich hörte gleichmäßig ihren Atem gehen. In dem Wetterleuchten, das ab und zu über den Himmel fuhr, erschien neben mir für kürzeste Augenblicke ihr schönes Gesicht, und dann rauschte draußen gleichmäßig der Regen herunter, die weißen Vorhänge wehten ins Zimmer herein, und ich spürte im Einschlafen als ein leichtes Nachlassen des Drucks hinter meiner Stirne den Glauben oder die Hoffnung, endlich erlöst zu sein. In Wirklichkeit aber ist es dann ganz anders gekommen. Vor dem Morgengrauen noch erwachte ich mit einem derart abgründigen Gefühl der Verstörung, daß ich mich, ohne Marie auch nur ansehen zu können, wie ein Seekranker aufrichten und an den Bettrand setzen mußte. Es hatte mir geträumt von einem der Hausdiener, der uns zum Frühstück ein giftgrünes Getränk heraufbrachte auf einem Blechtablett und eine französische Zeitung, in welcher in einem Artikel auf der ersten Seite die Notwendigkeit einer Reform der Bäderverwaltung erörtert wurde und mehrfach die Rede war von dem traurigen Los der Hotelangestellten, qui portent, so, sagte Austerlitz, hieß es in der Traumzeitung, ces longues blouses grises comme en portent les quincailleurs. Der Rest des Blattes bestand fast ausschließlich aus Todesanzeigen in Briefmarkenformat, deren winzige Buchstaben ich nur mit viel Mühe entziffern konnte. Es waren Anzeigen nicht nur in französischer, sondern auch in deutscher, polnischer und holländischer Sprache. Ich erinnere mich heute noch, sagte Austerlitz, an Frederieke van Wincklmann, von der geschrieben stand, sie sei kalm en rustig van ons heengegaan, an das seltsame Wort rouwkamer und an den Vermerk: De bloemen worden na de crematieplechtigheid neergelegd aan de voet van Indisch Monument te Den Haag. Ich war ans Fenster getreten, sah entlang der noch regennassen Hauptstraße und im Halbrund gegen die Anhöhen hinauf die großen Hotelpaläste Pacifik, Atlantic, Metropole, Polonia und Bohemia mit ihren Balkonrängen, Ecktürmen und Dachaufbauten aus dem Frühnebel auftauchen wie Ozeandampfer auf einem dunklen Meer. Irgendwann in der Vergangenheit, dachte ich, habe ich einen Fehler gemacht und bin jetzt in einem falschen Leben. Später auf einem Spaziergang durch den menschenleeren Ort und zur Brunnenkolonnade hinauf war es mir immer, als ginge jemand anderer neben mir her oder als hätte mich etwas gestreift. Jeder neue Prospekt, der sich eröffnete, wenn wir um eine Ecke bogen, jede Fassade, jeder Treppenaufgang schien mir zugleich bekannt und vollkommen fremd. Ich empfand den schlechten Zustand der einst herrschaftlichen Gebäude, die zerbrochenen Dachrinnen, die vom Regenwasser schwarzen Wände, den aufgebrochenen Verputz, das grobe Mauerwerk, das darunter zum

Vorschein kam, die teilweise mit Brettern und Wellblech vernagelten Fenster als einen genauen Ausdruck meiner seelischen Verfassung, die ich weder mir selber noch Marie zu erklären vermochte, nicht auf diesem, unserem ersten Spaziergang durch den verlassenen Park und auch nicht am späteren Nachmittag, als wir in der dämmrigen Kavárna zur Stadt Moskau unter einem wenigstens vier Quadratmeter großen rosaroten Seerosenbild saßen. Wir hatten, erinnere ich mich, sagte Austerlitz, ein Eis bestellt, beziehungsweise, wie es sich zeigte, ein eisähnliches Konfekt, eine gipserne, nach Kartoffelstärke schmeckende Masse, deren hervorstechendste Eigenschaft es war, daß sie sogar nach Ablauf von mehr als einer Stunde nicht zerging. Außer uns waren in der Stadt Moskau nur zwei alte Herren, die Schach spielten an einem der hinteren Tische. Auch der Ober, der, die Hände auf dem Rücken, gedankenverloren durch die verrauchten Netzvorhänge hinausblickte auf den von sibirischem Riesenkerbel überwachsenen Schuttplatz auf der anderen Seite der Gasse, stand schon in fortgeschrittenem Alter. Sein weißes Haar und der Schnurrbart waren sorgfältig gestutzt, und man konnte ihn sich, trotzdem auch er einen dieser mausgrauen Kittel trug, leicht vorstellen in einem tiefschwarzen, tadellos sitzenden Frack, mit einer samtenen Masche über der steifen, in überirdischer Reinheit leuchtenden Hemdbrust und blitzenden Lackschuhen, in denen die Lampenlichter einer großen Hotelhalle sich spiegelten. Als er Marie einmal auf einem Tellerchen eine flache Vierzigerschachtel kubanischer Zigaretten brachte, die verziert war mit einem schönen Palmenmotiv, und ihr dann in formvollendeter Art das Feuer reichte, konnte ich sehen, daß sie ihn sehr bewunderte. Der kubanische Rauch hing in blauen Schlieren zwischen uns in der Luft, und es verstrich eine gewisse Zeit, bis Marie mich fragte, was in mir vorgehe, weshalb ich so geistesabwesend, so in mich gekehrt sei; wie ich aus meinem gestrigen Glück, das sie doch gespürt habe, auf einmal so hätte niedersinken können. Und meine Antwort war nur, ich wisse es nicht. Ich glaube, sagte Austerlitz, ich habe versucht zu erklären, daß mir irgend etwas Unbekanntes hier in Marienbad das Herz umdrehe, etwas ganz Naheliegendes, wie ein einfacher Name oder eine Bezeichnung, auf die man sich nicht besinnen kann, um nichts und niemanden auf der Welt. Es ist mir heute unmöglich, im einzelnen zurückzurufen, wie wir die paar Tage in Marienbad verbracht haben, sagte Austerlitz. Ich bin oft stundenlang in den Sprudelbädern und in den Ruhekabinen gelegen, was mir einerseits wohlgetan, andererseits aber vielleicht meinen seit so vielen Jahren aufrechterhaltenen Widerstand gegen das Aufkommen der Erinnerung geschwächt hat. Einmal waren wir in einem Konzert im Gogol-Theater. Ein russischer Pianist namens Bloch hat dort vor einem halben Dutzend Zuhörer die Papillons und die Kinderszenen gespielt. Auf dem Rückweg ins Hotel erzählte Marie, ein wenig zur Warnung, schien es mir, sagte Austerlitz, von der inneren Verdunkelung und dem Wahnsinnigwerden Schumanns, und wie er zuletzt, mitten im Gedränge des Düsseldorfer Karnevals, mit einem Satz über das Brückengeländer in den eiskalten Rhein gesprungen sei, so daß zwei Fischer ihn herausziehen mußten. Er hat dann noch eine Anzahl von Jahren gelebt, sagte Marie, in einer privaten Anstalt für Geistesgestörte in Bonn oder Bad Godesberg, wo Clara ihn mit dem jungen Brahms zusammen in gewissen Abständen besuchte und, weil man mit dem ganz weltabgewandten, in falschen Tönen vor sich hin summenden Menschen nichts mehr reden konnte, meist nur durch einen Schieber in der Tür ein bißchen zu ihm in das Zimmer hineinschaute. Indem ich Marie zuhörte und versuchte, den armen Schumann mir vorzustellen in seiner Bad Godesberger Kammer, hatte ich ständig ein anderes Bild vor Augen, das eines Taubenhauses, an dem wir auf einer Exkursion nach Königswart vorbeigekommen waren. Wie das Landgut, zu dem es gehörte, befand sich auch das Taubenhaus, das noch aus der Metternichzeit stammen mochte, in einem fortgeschrittenen Zustand des Zerfalls. Der Erdboden im Inneren des gemauerten Kogels war bedeckt mit dem unter seinem eigenen Gewicht zusammengepreßten und doch bereits bis zu einer Höhe von mehr als zwei Fuß angewachsenen Taubendreck, einer in sich verbackenen Masse, auf der zuoberst die Kadaver einiger der todkrank aus ihren Nischen gestürzten Vogeltiere lagen, während ihre noch lebendigen Genossen, in einer Art von Altersdemenz, in der Düsternis unter dem Dach, wo man sie kaum sehen konnte, leise klagend durcheinandergurrten und ein paar Flaumfedern, in einem kleinen Wirbel um sich selber sich drehend, langsam herabsanken durch die Luft. Jedes dieser Marienbader Bilder, das von dem irren Schumann geradeso wie das der an die Stätte des Grauens gebundenen Tauben, machte es mir, durch die ihnen einbeschriebene Qual, unmöglich, auch nur die niedrigste Stufe der Selbsterkenntnis zu erlangen. Am letzten Tag unseres Aufenthalts, fuhr Austerlitz schließlich fort, sind wir gegen Abend, zum Abschied gewissermaßen, durch den Park zu den sogenannten Auschowitzer Quellen hinuntergegangen. Es gibt dort ein zierlich gebautes, rundum verglastes Brunnenhaus, das inwendig weiß ausgemalt ist. In diesem Brunnenhaus, das durchleuchtet war von den Strahlen der untergehenden Sonne und in dem eine vollkommene Stille herrschte, bis auf das gleichmäßige Plätschern des Wassers, fragte mich Marie, indem sie herantrat zu mir, ob ich wüßte, daß morgen mein Geburtstag sei. Morgen, sagte sie, gleich beim Erwachen, werde ich dir alles Liebe wünschen, und das wird dann so sein, als wünschte ich einer Maschine, deren Mechanismus man nicht kennt, einen guten Gang. Kannst du mir nicht sagen, sagte sie, sagte Austerlitz, was der Grund deiner Unnahbarkeit ist? Warum, sagte sie, bist du, seit wir hierher gekommen sind, wie ein zugefrorener Teich? Warum sehe ich, wie deine Lippen sich öffnen, wie du etwas sagen, vielleicht sogar ausrufen willst, und dann höre ich nichts? Warum hast du bei unserer Ankunft deine Sachen nicht ausgepackt und lebst, sozusagen, immer nur aus dem Rucksack? Wir standen ein paar Schritte auseinander, wie zwei

Schauspieler auf dem Theater. Die Farbe der Augen Maries veränderte sich mit dem weniger werdenden Licht. Und ich versuchte wieder, ihr und mir selber zu erklären, was für unfaßbare Gefühle es waren, die mich bedrängt hatten in den letzten Tagen; daß ich wie ein Wahnsinniger dauernd dachte, überall um mich her seien Geheimnisse und Zeichen; daß es mir sogar schien, als wüßten die stummen Fassaden der Häuser etwas Ungutes über mich, und daß ich stets geglaubt hatte, allein sein zu müssen, und dies jetzt, trotz meiner Sehnsucht nach ihr, mehr als jemals zuvor. Es ist nicht wahr, sagte Marie, daß wir die Abwesenheit und die Einsamkeit brauchen. Es ist nicht wahr. Nur du bist es, der sich ängstigt, ich weiß nicht, vor was. Immer hast du dich ja ein wenig entfernt gehalten, ich habe es wohl gesehen, aber nun ist es, als stündest du vor einer Schwelle, über die du nicht zu treten wagst. Ich vermochte mir damals nicht einzugestehen, wie recht Marie hatte in allem, aber heute, sagte Austerlitz, weiß ich, warum ich mich abwenden mußte, wenn mir jemand zu nahe kam, und daß ich in diesem Michabwenden mich gerettet wähnte und zugleich mir vorkam wie ein zum Fürchten häßlicher, unberührbarer Mensch. Die Dämmerung senkte sich hernieder, als wir zurückgingen durch den Park. Zu beiden Seiten des weißen Sandwegs, der in geschwungener Bahn voranführte, standen die dunklen

Bäume und Büsche, und Marie, die ich bald darauf aus eigener Schuld vollends verlor, redete halblaut etwas vor sich hin, von dem ich jetzt nurmehr die Worte weiß von den armen Liebenden qui se promenaient dans les allées désertes du parc. Wir waren beinahe wieder im Ort zurück, sagte Austerlitz, da kam, an einer Stelle, wo der weiße Nebel schon aus den Wiesen stieg, ein kleiner Trupp von zehn bis zwölf Leutchen, die aus irgendeinem böhmischen Kombinat oder vielleicht aus einem sozialistischen Bruderland zur Erholung hierher geschickt worden waren, wie aus dem Nichts hervor und kreuzte vor uns den Weg. Es waren auffallend untersetzte, leicht vornübergebeugte Gestalten. Sie bewegten sich im Gänsemarsch hintereinander her, und jede von ihnen hielt einen dieser abgeschürften Plastikbecher in der Hand, aus denen man zu jener Zeit in Mariánské Lázně das Quellwasser trank. Auch entsinne ich mich, fügte Austerlitz noch hinzu, daß sie ausnahmslos Regenhüllen aus dünnem, blaugrauem Perlon trugen, wie sie gegen Ende der fünfziger Jahre im Westen in Mode gewesen sind. Bis heute höre ich manchmal das trockene Rascheln, mit dem sie, so unversehens, wie sie auf der einen Seite des Weges aufgetaucht waren, auf der drüberen Seite wieder verschwanden. – Die ganze Nacht hindurch nach meinem letzten Besuch in der Šporkova, fuhr Austerlitz fort, beschäftigte mich die Marienbader Erinnerung. Sobald es draußen heller zu werden begann, habe ich meine Sachen zusammengepackt, habe das Hotel auf der Kampa-Insel verlassen und bin über die von Frühnebeln umwehte Karlsbrücke, quer durch die Gassen der Altstadt und über den noch unbelebten Wenzelsplatz gegangen, bis hinauf zu dem Hauptbahnhof an der Wilsonova, der, wie es sich zeigte, in keiner Weise der Vorstellung entsprach, die ich mir nach der Erzählung Věras von ihm gemacht hatte. Das einst weit über Prag hinaus berühmte Jugendstilbauwerk war, offenbar in den sechziger Jahren, umgeben worden mit häßlichen Glasfassaden und Vorwerken aus Beton, und es brauchte einige Zeit, eh ich über eine ins Untergeschoß hinabführende Taxirampe einen Zugang gefunden hatte zu der festungsartigen Anlage. Die niedrige Halle im Souterrain, in der ich nun stand, war übervölkert von Heerscharen von Reisenden, die hier in Gruppen und Familienverbänden zwischen ihren Gepäckstücken genächtigt hatten und größtenteils immer noch schliefen. Der in seiner Gesamtheit gar nicht zu überblickende Lagerplatz war in ein rotlilafarbenes, wahrhaft infernalisches Licht getaucht, das ausging von einer etwas erhöhten, gut zehn mal zwanzig Meter messenden Plattform, auf welcher in mehreren Batterien gewiß an die hundert, in debilem Leerlauf vor sich hin dudelnde Spielautomaten standen. Ich stieg zwischen den am Boden liegenden, reglosen Leibern hindurch, ging treppauf und treppab, ohne mich in dem eigentlich nur aus den verschiedensten Verkaufsbuden bestehenden Bahnhofslabyrinth zurechtfinden zu können. Einmal fragte ich einen Uniformierten, der mir entgegenkam: Hlavní nádraží?, Wilsonovo nádraží?, und wurde von ihm vorsichtig am Ärmel, wie ein verlorenes Kind, in eine etwas abseitige Ecke geleitet vor eine Gedächtnistafel, auf der es hieß, daß dieser Bahnhof 1919 zum Andenken an den freiheitsliebenden amerikanischen Präsidenten Wilson eingeweiht worden sei. Als ich die Tafel entziffert und dem Beamten, der bei mir stehengeblieben war, dankend zugenickt hatte, führte er mich um ein paar weitere Ecken herum und über einige Stufen auf eine Art Mezzanin, von dem aus man emporblicken konnte in den mächtigen Kuppeldom des vormaligen Wilsonbahnhofs, oder vielmehr nur in die eine Hälfte dieser Kuppel, denn die andere Hälfte war sozusagen weggeschnitten durch die in sie hineinragende neue Konstruktion. Entlang dem Halbrund des Kuppelsaums verlief eine Galerie, auf der Kaffeehaustischchen aufgestellt waren. Dort bin ich, nachdem ich mir eine Fahrkarte nach Hoek van Holland gekauft hatte, bis zur Abfahrt meines Zuges noch eine halbe Stunde gesessen und habe versucht zurückzudenken durch die Jahrzehnte, mich zu erinnern, wie es war, als ich mir auf dem Arm Agátas – so, sagte Austerlitz, hatte es mir Věra erzählt – beinahe den Hals ausrenkte, weil ich die Augen nicht abwenden wollte von der über uns ungeheuer weit sich hinaufwölbenden Kuppel. Aber weder Agáta, noch Věra, noch ich selber kamen aus der Vergangenheit hervor. Manchmal schien es, als ob sich die Schleier teilen wollten; glaubte ich, für den Bruchteil vielleicht einer Sekunde, die Schulter Agátas zu spüren oder die Titelzeichnung des Chaplin-Heftchens zu sehen, das Věra mir gekauft hatte für die Reise, doch sowie ich eines dieser Fragmente festhalten oder, wenn man so sagen kann, schärfer einstellen wollte, verschwand es in der über mir sich drehenden Leere. Desto mehr erstaunte, ja, sagte Austerlitz, erschreckte es mich, daß mir wenig später, als ich unmittelbar vor der Abfahrt des Zuges um sieben Uhr dreizehn aus dem Gangfenster meines Waggons blickte, in vollkommener, auch nicht den geringsten Zweifel zulassender Evidenz aufging, daß ich das aus Dreiecken, Kreisbögen, waag- und senkrechten Linien und Diagonalen sich zusammenfügende Muster der Glas- und Stahlüberdachung der Bahnsteige schon einmal im gleichen Halblicht gesehen hatte, und wie der Zug nachher unendlich langsam aus dem Bahnhof hinausrollte, durch einen Korridor zwi-

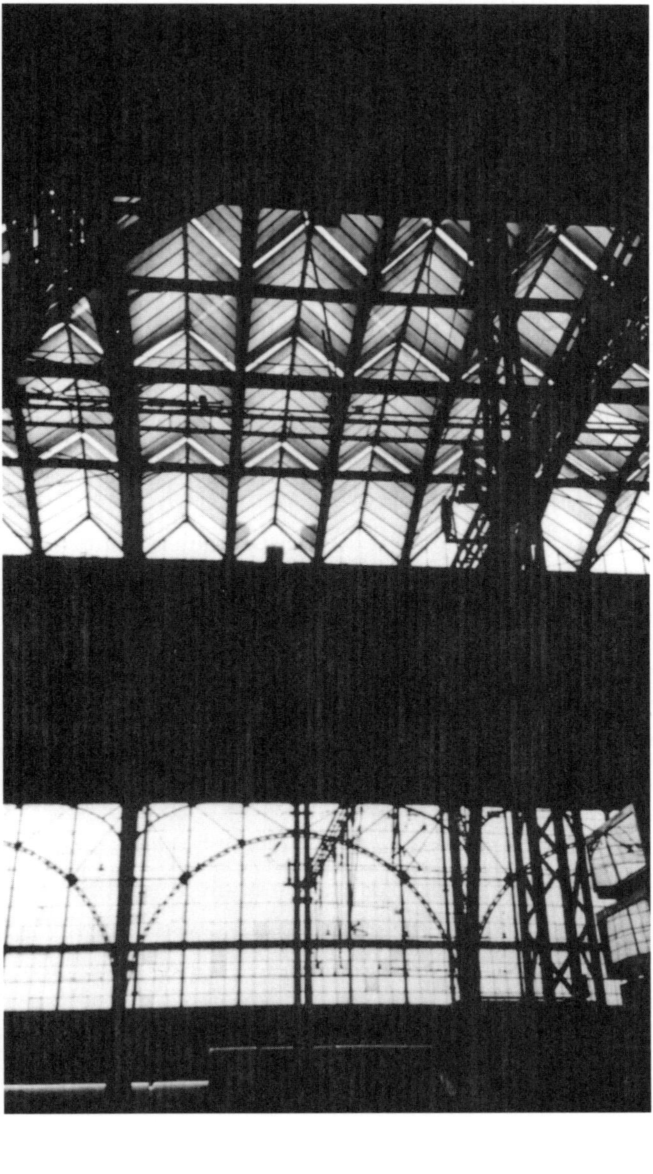

schen den Rückseiten mehrstöckiger Wohnhäuser in den schwarzen, die Neustadt unterquerenden Tunnel hinein und dann mit gleichmäßigem Klopfen über die Moldau, da war es mir wirklich, sagte Austerlitz, als sei die Zeit stillgestanden seit dem Tag meiner ersten Abreise aus Prag. Es war ein dunkler, bedrückender Morgen. Auf dem weißgedeckten Tischchen des Speisewaggons der tschechischen Staatsbahnen, an dem ich Platz genommen hatte, um besser hinaussehen zu können, brannte eine kleine, mit rosa Rüsche umhüllte Laterne von der Art, wie sie früher in den Fenstern der belgischen Bordells gestanden sind. Der Koch, die Mütze schief auf dem Kopf, lehnte rauchend im Eingang zu seiner Kombüse und unterhielt sich mit dem Kellner, einem kraushaarigen, schmächtigen Männchen in einer Pepitaweste mit gelber Fliege. Draußen, unter dem tief herabhängenden Himmel, zogen Äcker und Felder vorbei, Karpfenteiche, Waldstücke, eine Flußbiegung, ein Erlengehölz, Anhöhen und Senken, und bei Beroun, wenn ich mich recht entsinne, ein Kalkwerk, das sich ausdehnte über ein Areal von einer Quadratmeile und mehr: Schlote und turmhohe Silos, die in der niedrigen Wolkendecke verschwanden, riesige Quaderblöcke aus brüchig gewordenem Beton, mit rostigem Wellblech verdeckte, auf- und abwärts führende Förderbänder, Mühlen zum Zermahlen des Kalksteins, kegelförmige Schotterberge, Baracken und Güterwaggons, alles unterschiedslos bedeckt von blaßgrauem Sinter und Staub. Dann wieder das weite, offene Land und nirgends, solang ich hinausschaute, auf den Straßen ein Fahrzeug, nirgends auch nur ein einziger Mensch, bis auf die Bahnhofsvorstände, die, sei es aus Langeweile, sei es aus Gewohnheit oder aufgrund einer Vorschrift, die sie einhalten mußten, selbst an den kleinsten Stationen wie Holoubkov, Chrást oder Rokykany mit ihrer roten Kappe auf dem Kopf und, wie ich zu erkennen meinte, mit blonden Schnurrbärten die meisten, auf den Perron herausgetreten waren, um auch an diesem fahlen Aprilmorgen das Vorbeidonnern des Expreßzugs aus Prag nicht zu versäumen. Von Pilsen, wo wir eine Zeitlang Aufenthalt hatten, erinnere ich nur, sagte Austerlitz, daß ich dort auf den Bahnsteig hinausgegangen bin und das Kapitell einer gußeisernen Tragsäule photographiert habe, weil sie einen Reflex des Wiedererkennens ausgelöst hatte in mir. Was mich beunruhigte bei ihrem Anblick war jedoch nicht die Frage, ob sich die von einem leberfarbenen Schorf überzogenen komplizierten Formen des Kapitells tatsächlich meinem Gedächtnis eingeprägt hatten, als ich seinerzeit, im Sommer 1939, mit dem Kindertransport durch Pilsen gekommen war, sondern die an sich unsinnige Vorstellung, daß diese durch die Verschuppung ihrer

Oberfläche gewissermaßen ans Lebendige heranreichende gußeiserne Säule sich erinnerte an mich und, wenn man so sagen kann, sagte Austerlitz, Zeugnis ablegte von dem, was ich selbst nicht mehr wußte. Jenseits von Pilsen ging es auf das zwischen Böhmen und Bayern sich dahinziehende Gebirge zu. Bald traten dunkle Waldungen nah an die Trasse der Bahn heran und verlangsamte sich das Tempo der Fahrt. Nebelschwaden oder niedrig treibende Wolken hingen zwischen den triefenden Tannen, bis die Strecke nach etwa einer Stunde wieder bergab führte, das Tal nach und nach weiter wurde und wir hinauskamen in eine heitere Gegend. Ich weiß nicht, was ich mir von Deutschland erwartet hatte, aber wohin ich auch blickte, sagte Austerlitz, überall sah ich saubere Ortschaften und Dörfer, aufgeräumte Fabrik- und Bauhöfe, liebevoll gehegte Gärten, unter den Vordächern ordentlich aufgeschichtetes Brennholz, gleichmäßig geteerte Fuhrwege quer durch die Wiesengründe, Straßen, auf denen bunte Autos mit großer Geschwindigkeit dahinschnurrten, wohlgenutzte Waldparzellen, regulierte Bachläufe und neue Bahnhofsgebäude, vor die offenbar kein Vorstand mehr hinaustreten mußte. Der Himmel hatte sich stellenweise aufgetan, freundliche Sonnenflecken erhellten hier und da das Gelände, und der Zug, der auf der tschechischen Seite oft nur schwer voranzukommen schien, eilte nun plötzlich dahin mit einer ans Unwahrscheinliche grenzenden Leichtigkeit. Gegen Mittag erreichten wir Nürnberg, und wie ich diesen Namen in der mir unvertrauten deutschen Schreibweise an einem Stellwerk sah, kam mir wieder in den Sinn, was Věra erzählt hatte von dem Bericht meines Vaters über den Parteitag der Nationalsozialisten im Jahr 1936, von der brausenden Begeisterung des damals hier zusammengeführten Volks. Vielleicht ist es deshalb gewesen, sagte Austerlitz, daß ich, obgleich ich eigentlich nur die nächsten Anschlüsse hatte herausfinden wollen, ohne jede vorherige Überlegung aus dem Nürnberger Bahnhof hinaus- und in die mir unbekannte Stadt hineingegangen bin. Noch niemals zuvor hatte ich deutschen Boden betreten, hatte es stets vermieden, auch nur das geringste über die deutsche Topographie, die deutsche Geschichte oder die heutigen deutschen Lebensverhältnisse in Erfahrung zu bringen, und also war Deutschland, sagte Austerlitz, für mich wohl das unbekannteste aller Länder, fremder sogar als Afghanistan oder Paraguay. Sowie ich herausgekommen war aus der Vorplatzunterführung, wurde ich aufgenommen von einer unübersehbaren Menschenmenge, die, nicht anders als Wasser im Flußbett, über die gesamte Breite der Straße dahinströmte, aber nicht nur in einer Richtung, sondern in beide Richtungen, gewissermaßen aufwärts und abwärts zugleich. Ich glaube, daß es an einem Samstag gewesen ist, wenn die Leute zum Einkaufen in die Stadt fahren und diese Fußgängerparadiese überschwemmen, die es anscheinend in Deutschland, wie ich mir seither habe sagen lassen, sagte Austerlitz, in mehr oder weniger derselben Form in sämtlichen Städten gibt. Als erstes stach mir auf meiner Exkursion die große Zahl grauer, brauner und grüner Jägermäntel und Hüte in die Augen und überhaupt, wie gut und zweckmäßig alles gekleidet, wie bemerkenswert solide das Schuhwerk der Nürnberger Fußgänger war. Länger in die Gesichter derjenigen zu schauen, die mir entgegenkamen, scheute ich mich. Seltsam berührte mich auch, wie wenige Stimmen ich um mich her hörte, wie lautlos sich diese Menschen durch die Stadt bewegten, und es beunruhigte mich, daß ich, wenn ich emporblickte an den Fassaden zu beiden Seiten der Straße, selbst an den ihrem Stil nach älteren, bis in das 16. oder 15. Jahrhundert zurückgehenden Gebäuden nirgends, weder an den Eckkanten, noch an den Giebeln, Fensterstöcken oder Gesimsen eine krumme Linie erkennen konnte oder sonst eine Spur der vergangenen Zeit. Ich erinnere mich, sagte Austerlitz, daß das Pflaster unter meinen Füßen leicht abschüssig gewesen ist, daß ich einmal über einen Brückenrand zwei schneeweiße Schwäne gesehen habe auf einem schwarzen Wasser und dann, hoch über den Hausdächern, die Burg, irgendwie verkleinert, im Briefmarkenformat sozusagen. In eine Gaststätte hineinzugehen oder auch nur an einem der zahlreichen Stände und Buden etwas zu kaufen, brachte ich nicht über mich. Als ich nach einer Stunde etwa den Weg zum Bahnhof zurückmachen wollte, hatte ich in zunehmendem Maß das Gefühl, ankämpfen zu müssen gegen eine immer stärker werdende Strömung, sei es, weil es nun bergan ging, sei es, daß sich wirklich mehr Menschen in die eine Richtung bewegten als in die andre. Jedenfalls, sagte Austerlitz, ist es mir von Minute zu Minute banger geworden, so daß ich mich zuletzt, gar nicht mehr weit vom Bahnhof, am Verlagshaus der *Nürnberger Nachrichten* unter einen Fensterbogen aus rötlichem Sandstein stellen und warten mußte, bis sich die Scharen der Einkäufer etwas verlaufen hatten. Wie lange ich mit benommenen Sinnen gestanden bin am Rande des ohne Unterbrechung an mir vorüberziehenden Volks der Deutschen, kann ich mit Gewißheit heute nicht mehr sagen, sagte Austerlitz, ich denke aber, daß es bereits vier oder fünf Uhr gewesen ist, als eine ältere Frau, die eine Art Tirolerhut mit einer Hahnenfeder trug und die mich wohl wegen meines alten Rucksacks für einen Obdachlosen gehalten hat, bei mir stehenblieb, mit gichtigen Fingern aus ihrer Börse ein Markstück herausholte und vorsichtig als ein Almosen mir überreichte. Ich habe diese im Jahr 1956 mit dem Kopf des Kanzlers Adenauer geprägte Münze noch in der Hand gehalten, wie ich schließlich, am späten Nachmittag, Richtung Köln weitergefahren bin, sagte Austerlitz. Fast die ganze Zeit stand ich am Gang und schaute zum Fenster hinaus. Zwischen Würzburg und Frankfurt, glaube ich, ging die Strecke durch eine baumreiche Gegend, kahle Eichen- und Buchenstände, auch Nadelholz, Meile um Meile. Von weither erinnerte ich mich, indem ich so hinausblickte, daß es mir im Haus des Predigers in Bala und auch später noch oft geträumt hatte von einem grenzen- und namenlosen, gänzlich von finsteren Waldungen überwachsenen Land, das ich durchqueren mußte, ohne zu wissen wohin, und das, was ich nun dort draußen vorbeiziehen sah, das, so dämmerte es mir, sagte Austerlitz, war das Original der so viele Jahre hindurch mich heimsuchenden Bilder. Auch an eine zweite Zwangsvorstellung, die ich lange gehabt hatte, erinnerte ich mich jetzt wieder: die von einem Zwillingsbruder, der mit mir auf die nicht endenwollende Reise gegangen war, der, ohne sich zu rühren, in der Fensterecke des Zugabteils gesessen und hinausgestarrt hatte in das Dunkel. Ich wußte nichts von ihm, nicht einmal, wie er hieß, und hatte niemals auch nur ein Wort mit ihm gewechselt, quälte mich aber, wenn ich an ihn dachte, andauernd mit dem Gedanken, daß er gegen Ende der Reise an Auszehrung gestorben war und im Gepäcknetz lag zusammen mit unseren anderen Sachen. Ja und dann, fuhr Austerlitz fort, irgendwo hinter Frankfurt, als ich zum zweitenmal in meinem Leben einbog ins Rheintal, ging mir beim Anblick des Mäuseturms in dem sogenannten Binger Loch mit absoluter Gewißheit auf, weshalb mir der Turm im Stausee von

Vyrnwy immer so unheimlich gewesen war. Ich konnte nun meine Augen nicht mehr abwenden von dem in der Dämmerung schwer dahinfließenden Strom, von den Lastkähnen, die, anscheinend bewegungslos, bis zur Bordkante im Wasser lagen, von den Bäumen und Gebüschen am anderen Ufer, dem feinen Gestrichel der Rebgärten, den deutlicheren Querlinien der Stützmauern, den schiefergrauen Felsen und den Schluchten, die seitwärts hineinführten in ein, wie ich mir dachte, vorgeschichtliches und unerschlossenes Reich. Während ich noch im Bann war dieser für mich, sagte Austerlitz, tatsächlich mythologischen Landschaft, brach die untergehende Sonne durch die Wolken, erfüllte das ganze Tal mit ihrem Glanz und überstrahlte die jenseitigen Höhen, auf denen, an der Stelle, die wir gerade passierten, drei riesige Schlote in den Himmel hinaufragten, so als sei das östliche Ufergebirge in seiner Gesamtheit ausgehöhlt und nur die äußere Tarnung einer unterirdisch über viele Quadratmeilen sich erstreckenden Produktionsstätte. Man weiß ja, sagte Austerlitz, wenn man durch das Rheintal fährt, kaum, in welcher Epoche man sich befindet. Sogar von den Burgen, die hoch über dem Strom stehen und die so sonderbare, irgendwie unechte Namen tragen wie Reichenstein, Ehrenfels oder Stahleck, kann man, wenn man sie von der Bahn aus sieht, nicht sagen, ob sie aus dem Mittelalter stammen oder erst gebaut wurden von Industriebaronen im letzten Jahrhundert. Einige, wie beispielsweise die Burg Katz und die Burg Maus, scheinen zurückzugehen in die Legende, und selbst die Ruinen wirken auf den ersten Blick wie eine romantische Theaterkulisse. Jedenfalls wußte ich auf meiner Fahrt das Rheintal hinab nicht mehr, in welcher Zeit meines Lebens ich jetzt war. Durch den Abendglanz hindurch sah ich das glühende Morgenrot, das sich damals über dem anderen Ufer ausgebreitet und bald den ganzen Himmel durchglüht hatte, und auch wenn ich heute an meine Rheinreisen denke, von denen die zweite kaum weniger schrecklich als die erste gewesen ist, dann geht mir alles in meinem Kopf durcheinander, das, was ich erlebt und das, was ich gelesen habe, die Erinnerungen, die auftauchen und wieder versinken, die fortlaufenden Bilder und die schmerzhaften blinden Stellen, an denen gar nichts mehr ist. Ich sehe diese deutsche Landschaft, sagte Austerlitz, so wie sie von früheren Reisenden beschrieben wurde, den großen, unregulierten, stellenweise über die Ufer getretenen Strom, die Lachse, die sich im Wasser tummeln, die über den feinen Flußsand krabbelnden Krebse; ich sehe die dusteren Tuschzeichnungen, die Victor Hugo von den Rheinburgen gemacht hat, John Mallord Turner, wie er unweit der Mordstadt Bacharach auf einem Klappstühlchen sitzend mit schneller Hand aquarelliert, die tiefen Wasser von Vyrnwy sehe ich und die in ihnen untergegangenen Bewohner von Llanwyddyn, und ich sehe, sagte Austerlitz, das große Heer der Mäuse, von dem es heißt, daß sein graues Gewimmel eine Landplage gewesen sei, wie es sich in die Fluten stürzt und, die kleinen Gurgeln nur knapp über den Wogen, verzweiflungsvoll rudert, um auf die rettende Insel zu gelangen.

Unmerklich hatte der Tag sich geneigt, während Austerlitz erzählte, und das Licht begann bereits abzunehmen, als wir zusammen das Haus in der Alderney Street verließen, um auf der Mile End Road ein Stück stadtauswärts zu wandern bis zu dem großen Gräberfeld von Tower Hamlets, das, ebenso wie der dunkle, von einer hohen Ziegelmauer umgebene Gebäudekomplex des St. Clement's Spital, an welchen es angrenzte, nach einer von Austerlitz beiläufig gemachten Bemerkung zu den Schauplätzen dieser Phase seiner Geschichte gehörte. In der langsam über London sich senkenden Dämmerung gingen wir über die Wege zwischen den in der Viktorianischen Zeit zum Andenken an die teuren Toten aufgerichteten

Monumenten und Mausoleen, Marmorkreuzen, Stelen und Obelisken, dickbauchigen Urnengefäßen und vielfach flügellosen oder sonst schwer beschädigten und gerade im Augenblick des Abhebens von der Erde, wie es mir schien, versteinerten Engelsfiguren.

Die Mehrzahl dieser Denkmäler war vom Wurzelwerk der überall aufschießenden Ahorne längst aus dem Lot gebracht oder vollends schon umgestürzt. Die von blaßgrünen, grauweißen, ocker- und orangefarbenen Flechten überzogenen Sarkophage waren zerbrochen, die Gräber selbst teilweise aus dem Boden gehoben, teilweise in ihn versunken, so daß man glauben konnte, ein Erdbeben habe das Quartier der Toten erschüttert, oder diese seien, aufgerufen zum Letzten Gericht, ihren Behausungen entstiegen und hätten dabei in ihrer Panik die ihnen von uns aufgezwungene schöne Ordnung durcheinandergebracht. Er habe hier in den ersten Wochen nach seiner Rückkehr aus Böhmen, so setzte Austerlitz nun im Gehen seine Erzählung fort, die Namen und die Geburts- und Todesdaten der Verstorbenen auswendig gelernt, habe Kieselsteine und Efeublätter nach Hause getragen, auch eine Steinrose einmal und eine abgeschlagene Engelshand, doch so sehr mich die Spaziergänge in Tower Hamlets untertags auch beruhigten, sagte Austerlitz, so sehr bin ich am Abend heimgesucht worden von den grauenvollsten, manchmal Stunden um Stunden anhaltenden und immer weiter sich steigernden Angstzuständen. Es nutzte mir offenbar wenig, daß ich die Quellen meiner Verstörung entdeckt hatte, mich selber, über all die vergangenen Jahre hinweg, mit größter Deutlichkeit sehen konnte als das von seinem vertrauten Leben von einem Tag auf den anderen abgesonderte Kind: die Vernunft kam nicht an gegen das seit jeher von mir unterdrückte und jetzt gewaltsam aus mir hervorbrechende Gefühl des Verstoßen- und Ausgelöschtseins. Inmitten der einfachsten Verrichtungen, beim Schnüren der Schuhbänder, beim Abwaschen des Teegeschirrs oder beim Warten auf das Sieden des Wassers im Kessel, überfiel mich diese schreckliche Angst. In kürzester Frist trocknete die Zunge und der Gaumen mir aus, so als läge ich seit Tagen schon in der Wüste, mußte ich schneller und schneller um Atem ringen, begann mein Herz zu flattern und zu klopfen bis unter den Hals, brach mir der kalte Schweiß aus am ganzen Leib, sogar auf dem Rücken meiner zitternden Hand, und war alles, was ich anblickte, verschleiert von einer schwarzen Schraffur. Ich glaubte aufschreien zu müssen und brachte doch keinen Ton über die Lippen, wollte auf die Gasse hinaus und kam nicht von der Stelle, sah mich tatsächlich einmal, nach einer langen, qualvollen Kontraktion, von innen zerspringen und Teile meines Körpers über eine finstere und ferne Gegend verstreut. Ich kann heute nicht mehr sagen, sagte Austerlitz, wie viele solcher Anfälle ich zu jener Zeit hatte, aber eines Tages, nachdem ich auf dem Weg zu dem Kiosk am Ende der Alderney Street zusammengebrochen war und mir den Kopf an der Bordsteinkante aufgeschlagen hatte, wurde ich, am Ende einer Reihe von verschiedenen Krankenhaus- und Untersuchungsstationen, in das St. Clement's Spital eingeliefert und fand mich dort in einem der Männersäle wieder, als ich aus einer, wie man mir später erklärte, nahezu drei Wochen andauernden Geistesabwesenheit, die zwar nicht die Körperfunktionen, aber sämtliche Denkvorgänge und Gefühlsregungen lahmgelegt hatte, endlich zu mir kam. In der seltsam abgehobenen Verfassung, in die ich durch die mir verabreichten Medikamente geraten war, spazierte ich dort drinnen, sagte Austerlitz und wies mit der linken Hand gegen die hoch hinter der Mauer aufragende Ziegelfassade des Anstaltsge-

bäudes, trost- und wunschlos zugleich die ganze Winterszeit in den Gängen herum, blickte stundenlang durch eines der trüben Fenster in den Friedhof, in welchem wir jetzt stehen, hinab und spürte in meinem Kopf nichts als die vier ausgebrannten Wände meines Gehirns. Später, als eine gewisse Besserung eingetreten war, beobachtete ich durch ein Fernrohr, das einer der Krankenwärter mir geliehen hatte, im Morgengrauen die Füchse, die in dem Friedhof ihre Wildbahn hatten, die ruckartig hin und her springenden, dann wieder reglos verharrenden Eichhörnchen, die Gesichter der einsamen Menschen, die sich gelegentlich zeigten, und die langsame Schwingenbewegung einer regelmäßig bei einbrechender Dunkelheit in weiten Schleifen über die Grabsteine fliegenden Eule. Bisweilen redete ich mit dem einen oder anderen Insassen des Spitals, so beispielsweise mit einem Dachdecker, der behauptete, er könne sich mit vollkommener Klarheit an den Moment erinnern, da, mitten in der Arbeit, an einer bestimmten Stelle hinter seiner Stirne etwas Überspanntes zerrissen sei und er aus dem krächzenden Transistorgerät, das vor ihm in einer der Dachsparren steckte, zum erstenmal die Stimmen der Unglücksboten gehört habe, die ihn seither unablässig verfolgen. Auch an das Wahnsinnigwerden des Predigers Elias, sagte Austerlitz, dachte ich nicht selten dort drinnen und an das steinerne Haus in Denbigh, in dem er zugrundegegangen ist. Nur an mich selber, an meine eigene Geschichte und jetzige Verfassung war es mir unmöglich zu denken. Erst zu Beginn des Monats April, ein Jahr nach meiner Rückkehr aus Prag, bin ich entlassen worden. Die Ärztin, die das letzte Anstaltsgespräch mit mir führte, riet mir, eine leichte körperliche Beschäftigung zu suchen, etwa in einem Gartenbaubetrieb, und also bin ich, während der nächsten zwei Jahre jeden Morgen früh, wenn die Büroangestellten in die City hineinströmen, in umgekehrter Richtung hinausgefahren nach Romford an meinen neuen Arbeitsplatz, eine von der Kommune unterhaltene Ziergärtnerei am Rand eines weitläufigen Parks, in welcher neben den gelernten Gärtnern auch eine gewisse Anzahl behinderter oder der seelischen Beruhigung bedürftiger Gehilfen tätig war. Ich wüßte nicht zu sagen, sagte Austerlitz, weshalb ich dort draußen in Romford im Verlauf der Monate einigermaßen genesen bin, ob es die von ihrem Seelenleiden gezeichneten, teils aber auch frohsinnigen Leute waren, in

deren Gesellschaft ich mich befand, das ständig gleiche feuchtwarme Klima in den Treibhäusern, der sanfte, die gesamte Atmosphäre erfüllende Moosbodengeruch, die Geradlinigkeit der dem Auge sich darbietenden Muster oder das Stetige der Arbeit selber,

das vorsichtige Pikieren und Umtopfen der Setzlinge, das Ausbringen der größer gewordenen Pflanzen, die Versorgung der Frühbeete und das Gießen mit der feinen Rosette, das mir von allen Geschäften vielleicht das liebste gewesen ist. In den Abendstunden und an den Wochenenden, sagte Austerlitz, habe ich damals, in meiner Romforder Hilfsgärtnerzeit, angefangen, das nahezu achthundert enggedruckte Seiten umfassende Werk zu studieren, das H. G. Adler, der mir unbekannt war bis dahin, über die Einrichtung, Entwicklung und innere Organisation des Ghettos von Theresienstadt zwischen 1945 und 1947 unter

Map

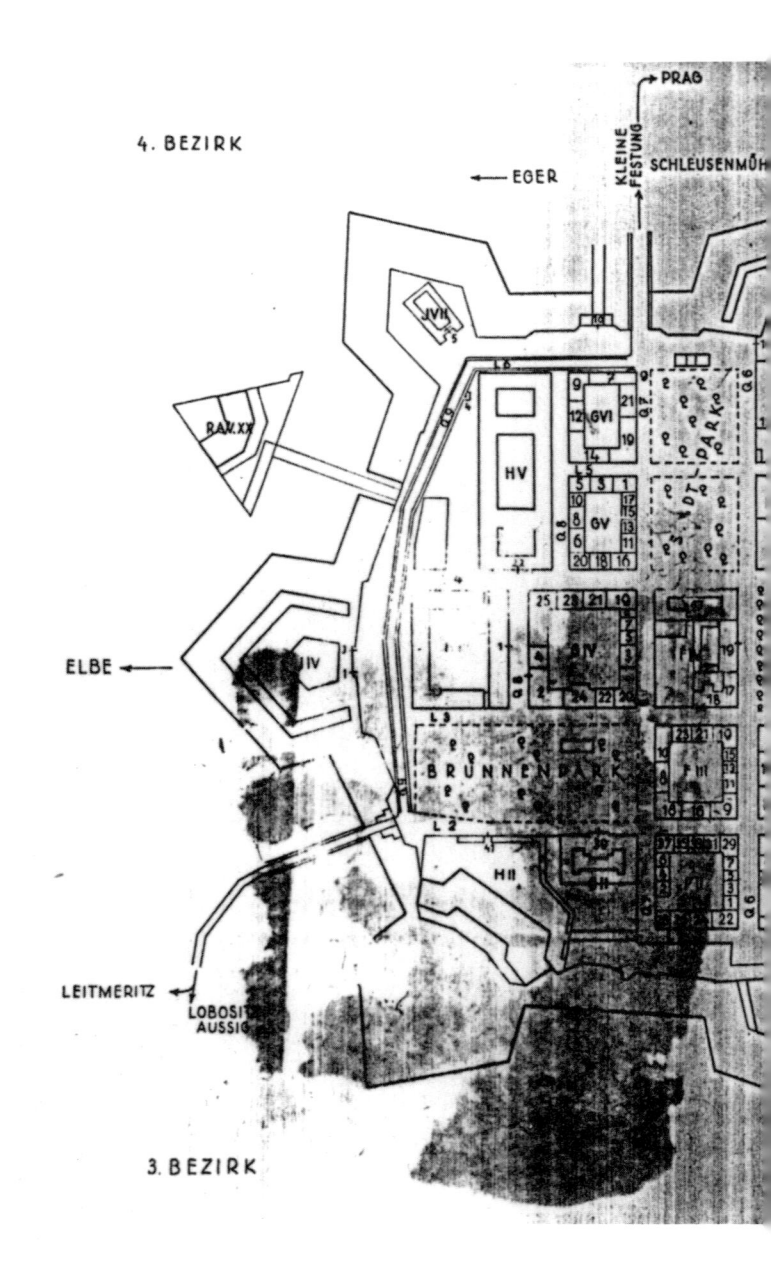

4. BEZIRK

- → PRAG
- ← EGER
- KLEINE FESTUNG
- SCHLEUSENMÜH[LE]
- JVK
- RAV.XX
- GVI
- HV
- GV
- DT. PARK
- ELBE ←
- JIV
- BIV
- FI
- BRUNNENPARK
- HIII
- HII
- LEITMERITZ ←
- LOBOSIT[Z]
- AUSSIG

3. BEZIRK

7006 1228

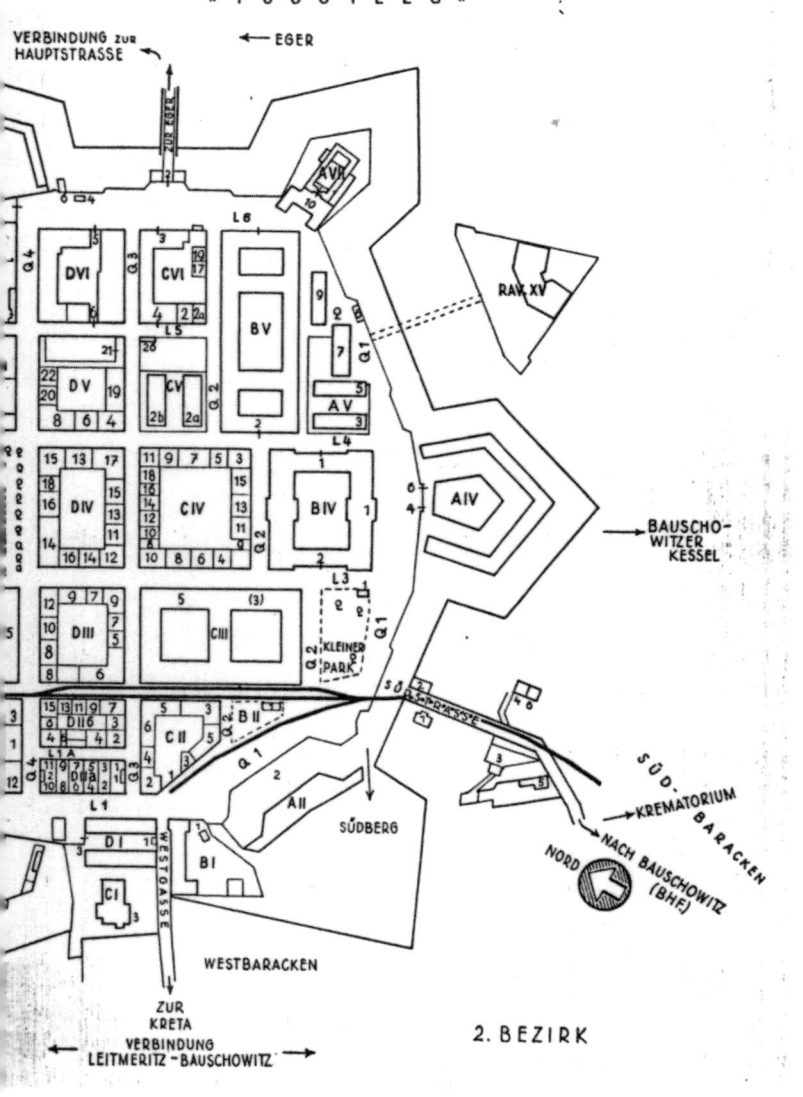

VERBINDUNG ZUR HAUPTSTRASSE ← EGER

AVK

RAV XV

DVI CVI
BV
DV CV AV
DIV CIV BIV AIV → BAUSCHOWITZER KESSEL

DIII CIII
KLEINER PARK

DII CII BII
AII
SÜDBERG

SÜD-BARACKEN
KREMATORIUM
NACH BAUSCHOWITZ (BHF.)
NORD

DI BI
CI
WESTGASSE
WESTBARACKEN

ZUR KRETA
VERBINDUNG LEITMERITZ–BAUSCHOWITZ →

2. BEZIRK

den schwierigsten Bedingungen teils in Prag, teils in London verfaßt und bis zu seiner Veröffentlichung in einem deutschen Verlag im Jahr 1955 mehrfach noch überarbeitet hat. Die Lektüre, die mir Zeile für Zeile Einblicke eröffnete in das, was ich mir bei meinem Besuch in der Festungsstadt aus meiner so gut wie vollkommenen Unwissenheit heraus nicht hatte vorstellen können, ging aufgrund meiner mangelhaften Deutschkenntnisse unendlich langsam vonstatten, ja, sagte Austerlitz, ich könnte wohl sagen, sie war für mich beinahe so schwierig wie das Entziffern einer ägyptischen oder babylonischen Keil- oder Zeichenschrift. Silbenweise mußte ich die in meinem Lexikon nicht aufgeführten, vielfach zusammengesetzten Komposita enträtseln, die von der in Theresienstadt alles beherrschenden Fach- und Verwaltungssprache der Deutschen offenbar fortlaufend hervorgebracht wurden. Und wenn ich die Bedeutung von Bezeichnungen und Begriffen wie Barackenbestandteillager, Zusatzkostenberechnungsschein, Bagatellreparaturwerkstätte, Menagetransportkolonnen, Küchenbeschwerdeorgane, Reinlichkeitsreihenuntersuchung oder Entwesungsübersiedlung – Austerlitz artikulierte diese deutschen Schachtelwörter zu meiner Verwunderung ohne jedes Zögern und ohne die geringste Spur eines Akzents – endlich erschlossen hatte, so mußte ich, fuhr er fort, mit ebensolcher Anstrengung versuchen, den von mir rekonstruierten präsumtiven Sinn einzuordnen in die jeweiligen Sätze und in den weiteren Zusammenhang, der mir immer wieder zu entgleiten drohte, zum einen, weil ich nicht selten für eine einzige Seite bis nach Mitternacht brauchte und in solcher Zerdehntheit sich vieles verlor, zum anderen, weil das Ghettosystem in seiner gewissermaßen futuristischen Verformung des gesellschaftlichen Lebens für mich den Charakter des Irrealen behielt, trotzdem es Adler ja beschreibt bis in das letzte Detail und in seiner ganzen Tatsächlichkeit. Deshalb scheint es mir heute unverzeihlich, daß ich die Erforschung meiner Vorvergangenheit so viele Jahre hindurch zwar nicht vorsätzlich, aber doch selber verhindert habe und daß es darüber nun zu spät geworden ist, Adler, der bis zu seinem Tod im Sommer 1988 in London gelebt hat, aufzusuchen und mit ihm zu reden über diesen extraterritorialen Ort, an dem zeitweise, wie ich wohl schon einmal sagte, sagte Austerlitz, an die sechzigtausend Personen auf einer Fläche von kaum mehr als einem Quadratkilometer zusammengezwungen waren, Industrielle und Fabrikanten, Rechtsanwälte und Ärzte, Rabbiner und Universitätsprofessoren, Sängerinnen und Komponisten, Bankdirektoren, Kaufleute, Stenotypistinnen, Hausfrauen, Landwirte, Arbeiter und Millionäre, Leute aus Prag und aus dem übrigen Protektorat, aus der Slowakei, aus Dänemark

Soziologie

Verzeichnis der als Sonderweisungen bezeichneten Arbeiten.

1. Dienststelle
2. Kameradschaftsheim
3. SS-Garage
4. Kleine Festung
5. Deutsche Dienstpost
6. Reserve-Lazarett
7. Berliner Dienststelle
8. Gendarmerie
9. Reichssippenforschung
10. Landwirtschaft
11. Torfabladen
12. Schleusenmühle
13. Eisenbahnbau Ing. Figlovský
14. Eisenbahnbau eig. Rechnung
15. Feuerlöschteiche E I, H IV
16. Straßenbau Leitmeritz
17. Straßenbau f. Rechnung Ing. Figlovský (T 321)
18. Uhrenreparaturenwerkstätte
19. Zentralamt f. d. Regelung der Judenfrage in Prag
20. Bau des Wasserwerks (T 423)
    a) Ing. Figlovský   b) Artesia, Prag
    c) Ing. C. Pštross, Prag   d) sonstige Posten
21. Silagenbau Ing. Figlovský
    (Hilfsdienst   )
22. Kanalisationsarbeiten (T 45)
23. Kanalisationsarbeiten für Rechnung Ing. Figlovský
24. Bau der Silagegrube Ing. Figlovský
25. Steinbruch Kamaik
26. Krematoriumbau
27. Hilfsarbeiten und Schießstätte Kamaik-Leitmeritz
28. Kreta-Bauten und deren Erhaltungskosten
29. Chemische Kontrollarbeiten
30. Gruppe Dr. Weidmann [s. 19. Kap.]
31. Bucherfassungsgruppe [s. 19. Kap.]
32. Schutzbrillenerzeugung
33. Uniformkonfektion
34. Rindsledergaloschen
35. Zentralbad (arische Abt.)
36. Glimmerspalten
37. Kaninchenhaarscheren
38. Tintenpulversäckchenfüllen
39. Elektrizitätswerk
40. Kartonagenwerkstätte
41. Lehrspiele
42. Marketenderwarenerzeugung (früher Galanterie)
43. Instandhaltung von Uniformen
44. Jutesäcke-Reparatur
45. Bijouterie
46. Straßenerhaltung und Straßenreinigung
47. Arbeitsgruppe Jungfern-Breschan
48. Projektierte Hydrozentrale
49. NSFK-Flugplatz
50. Schlachthof
51. Schieß-Stand
52. Holzkohleerzeugung

und aus Holland, aus Wien und München, Köln und Berlin, aus der Pfalz, aus dem Mainfränkischen und aus Westfalen, von denen ein jeder mit zirka zwei Quadratmetern Wohnplatz auskommen mußte und die alle, wofern sie irgendwie dazu imstande waren, beziehungsweise bis sie, wie es hieß, einwaggoniert und Richtung Osten weitergeschickt wurden, ohne die geringste Entlohnung zur Arbeit verpflichtet gewesen sind in einer der von der Abteilung für Außenwirtschaft zur Profitschöpfung eingerichteten Manufakturen, in der Bandagistenwerkstatt, in der Taschnerei, in der Galanteriewarenproduktion, in der Holzsohlen- und Rindsledergaloschenerzeugung, auf dem Köhlereihof, bei der Herstellung von Unterhaltungsspielen wie Mühle, Mensch ärgere dich nicht und Fang den Hut, beim Glimmerspalten, in der Kaninchenhaarschererei, bei der Tintenstaubabfüllung, der Seidenraupenzucht der SS oder in den zahlreichen Binnenwirtschaftsbetrieben, in der Kleiderkammer, den Bezirksflickstuben, der Verschleißstelle, im Lumpenlager, bei der Bucherfassungsgruppe, der Küchenbrigade, der Kartoffelschälerei, der Knochenverwertung oder im Matratzenreferat, im Kranken- und Siechendienst, bei der Entwesung oder der Nagerbekämpfung, im Ubikationsamt, in der Zentralevidenz, in der Selbstverwaltung, die ihren Sitz in der »das Schloß« genannten Kaserne BV hatte, oder im

Güterverkehr, der innerhalb der Mauern aufrechterhalten wurde mit einem Sammelsurium der verschiedensten Karren und von etwa vier Dutzend altertümlichen Leichenwagen, die man aus den aufgelassenen Landgemeinden des Protektorats nach Theresienstadt geschafft hatte, wo sie sich, zwei Mann vor die Deichsel gespannt und vier bis acht schiebend und in die Speichen greifend, durch die überfüllten Gassen bewegten, sonderbar schwankende Gefährte, von denen bald der schwarz-silbrige Anstrich abblätterte und in grober Weise die ramponierten Aufbauten abgesägt wurden, die hohen Kutschböcke und die von gedrechselten Säulen getragenen Kronendächer, bis die mit Kalkfarbe numerierten und beschrifteten Unterteile den einstigen Zweck kaum mehr verrieten, einen Zweck, sagte Austerlitz, dem sie freilich auch jetzt häufig noch dienten, denn ein beträchtlicher Teil von dem, was in Theresienstadt tagtäglich befördert werden mußte, waren die Toten, von denen viele immer angefallen sind, weil aufgrund der hohen Bevölkerungsdichte und der mangelhaften Ernährung Infektionskrankheiten wie Scharlach, Enteritis, Diphtherie, Gelbsucht und Tuberkulose nicht einzudämmen waren und weil das Durchschnittsalter der aus dem Reichsgebiet in das Ghetto Transportierten über siebzig Jahre gewesen ist und diese Personen, denen man vor ihrer Verschickung etwas von einem angenehmen

böhmischen Luftkurort namens Theresienbad mit schönen Gärten, Spazierwegen, Pensionen und Villen vorgegaukelt und die man in vielen Fällen zur Unterzeichnung von sogenannten Heimeinkaufsverträgen zu Nennwerten bis zu achtzigtausend Reichsmark überredet oder gezwungen hatte, infolge solcher, ihnen aufgedrungener Illusionen völlig verkehrt ausgerüstet, in ihren besten Kleidern und mit allerhand im Lager ganz unbrauchbaren Dingen und Memorabilien im Gepäck in Theresienstadt oft an Leib und Seele bereits verwüstet angekommen sind, ihrer Sinne nicht mehr mächtig, delirierend, ohne Erinnerung nicht selten an den eigenen Namen, und, in ihrem geschwächten Zustand, die sogenannte Einschleusung entweder gar nicht oder nur um wenige Tage überlebten beziehungsweise wegen der extremen psychopathischen Veränderung ihres Wesens, einer Art von wirklichkeitsfernem, mit einem Verlust des Sprech- und Handlungsvermögens verbundenen Infantilismus, sogleich in die in der Kasematte der Kavalierskaserne untergebrachte psychiatrische Abteilung gesteckt wurden, wo sie dann, unter den dortigen grauenvollen Verhältnissen, in der Regel nach Ablauf von ein, zwei Wochen zugrunde gingen, so daß also, obgleich es in Theresienstadt nicht mangelte an Ärzten und Spezialisten, die sich, so gut sie es vermochten, ihrer Mithäftlinge annahmen, und trotz der Dampfdesinfektionskessel auf der Malzdarre des einstigen Bräuhauses und der von der Kommandantur im Großkampf gegen die Verlausung eingerichteten Cyanwasserstoffgaskammer und anderer Hygienemaßnahmen, die Ziffer der Toten – was andererseits ja auch, sagte Austerlitz, durchaus im Sinne der Oberherren des Ghettos lag – allein in den zehn Monaten zwischen August 1942 und Mai 1943 auf weit über zwanzigtausend stieg und, infolgedessen, die Schreinerei in der ehemaligen Reitschule nicht mehr genug Brettersärge verfertigen konnte, in der Zentralleichenkammer in der Kasematte am Ausfallstor der Straße nach Bohusevice zeitweilig über fünfhundert Verstorbene mehrschichtig übereinanderlagen und die vier, Tag und Nacht in Betrieb gehaltenen und in einem Zyklus von je vierzig Minuten arbeitenden Naphthaverbrennungsöfen des Krematoriums belastet wurden bis an die äußerste Grenze ihrer Kapazität, sagte Austerlitz, und über dieses, so fuhr er fort, allumfassende, letztlich nur auf die Auslöschung des Lebens ausgerichtete Theresienstädter Internierungs- und Zwangsarbeitssystem, dessen von Adler rekonstruierter Gliederungsplan sämtliche Funktionen und Kompetenzen mit einem wahnwitzigen verwaltungstechnischen Eifer regelte, vom Einsatz ganzer Brigaden beim Bau der Stichbahn von Bohusevice in die Festung bis hin zu dem einzelnen Türmer, der das Uhrwerk in der gesperrten katholischen Kirche in Gang zu halten hatte, über dieses System mußte ständig Aufsicht geführt und statistisch Rechenschaft abgelegt werden, insbesondere was die Gesamtzahl der Ghettobewohner betraf, ein ungemein aufwendiges, weit über die zivilen Erfordernisse hinausgehendes Geschäft, wenn man bedenkt, daß andauernd neue Transporte eintrafen und regelmäßig Ausmusterungen stattfanden zum Zweck der Weiterverschickung mit dem Aktenvermerk R. n. e. – Rückkehr nicht erwünscht, weshalb auch die Verantwortlichen der SS, für die zahlenmäßige Korrektheit zu den obersten Grundsätzen gehört, mehrfach Volkszählungen durchführen ließen, einmal sogar, sagte Austerlitz, am 10. November 1943, im Bohusevicer Kessel draußen vor den Mauern auf freiem Feld, auf das die gesamte Einwohnerschaft des Ghettos – Kinder, Greise und halbwegs gehfähige Kranke nicht ausgenommen –, nachdem sie im Morgengrauen bereits auf den Quartierhöfen angetreten war, hinausmarschieren mußte, und wo man sodann, von bewaffneten Gendarmen bewacht, in Blockformation hinter numerierten Holztafeln aufgestellt und, ohne daß man auch nur für Minuten aus dem Glied treten konnte, den ganzen, von naßkalten Nebelschwaden verhangenen Tag hindurch gezwungen war, auf die SS-Leute zu warten, die endlich um drei Uhr auf ihren Krafträdern eintrafen, die Zählprozedur einleiteten und in der Folge zweimal noch wiederholten, ehe sie, als es Zeit wurde fürs Abendbrot, sich davon zu überzeugen vermochten, daß das errechnete Endergebnis, zusammen mit der Zahl der wenigen innerhalb der Mauern verbliebenen, tatsächlich dem von ihnen angenommenen Stand von vierzigtausendeinhundertfünfundvierzig entsprach, wonach sie eilends wieder davonfuhren und darüber völlig vergaßen, den Befehl zur Rückkehr zu geben, so daß also die vieltausendköpfige Menschenmenge an jenem grauen 10. November in dem Bohusevicer Kessel bis auf die Haut durchnässt in zunehmender Erregung weit in die Dunkelheit hinein stand, gebeugt und schwankend wie Röhricht unter den Regenböen, die nun hinwegfegten über das Land, bis sie schließlich, von einer Welle der Panik getrieben, zurückfluteten in die Stadt, aus der die allermeisten seit ihrer Überstellung nur dieses einzige Mal herausgekommen waren und in welcher jetzt bald, sagte Austerlitz, nach dem Beginn des neuen Jahres, im Hinblick auf die im Frühsommer 1944 anstehende, von den maßgeblichen Instanzen des Reichs als günstige Gelegenheit zur Dissimulation des Deportationswesens angesehene Visite einer Rotkreuzkommission die sogenannte Verschönerungsaktion in Angriff genommen wurde, im Zuge derer die Ghettobewohner unter der Regie der SS ein enormes Assanierungsprogramm zu bewältigen hatten: Rasenflächen, Spazierpfade und ein Urnenhain samt Kolumbarium wurden angelegt, Ruhebänke aufgestellt und Wegweiser, die in deutscher Manier mit lustigem Schnitzwerk und Blumenschmuck verziert waren, über tausend Rosenstöcke wurden gesetzt, eine Kriechlingskrippe und ein Kleinkinderhort mit Zierfriesen, Sandkästen, Planschbecken und Karussellen ausgestattet und das ehemalige Kino OREL, das bislang als Elendsquartier für die ältesten Ghettobewohner gedient hatte und wo noch der riesige Kronleuchter von der Decke herab in den finsteren Raum hing, innerhalb weniger Wochen in einen Konzert- und Theatersaal umgebaut, während anderwärts, mit Sachen aus den Warenmagazinen der SS, Ladengeschäfte eröffnet wurden für Lebensmittel und Haushaltungsgegenstände, Herren- und Damenbekleidung, Schuhwerk, Leibwäsche, Reisebedarf und Koffer; auch ein Erholungsheim gab es nun, ein Bethaus, eine

Leihbibliothek, eine Turnhalle, eine Post- und Paketstelle, eine Bank, deren Direktionsbüro mit einer Art Feldherrnschreibtisch und einer Klubsesselgarnitur ausstaffiert war, sowie ein Kaffeehaus, vor welchem man mit Sonnenschirmen und Klappstühlen eine die Passanten zum Verweilen einladende Kuratmosphäre schuf, und so war der Verbesserungs- und Verschönerungsmaßnahmen kein Ende, wurde gesägt, gehämmert, gestrichen und gepinselt, bis der Zeitpunkt der Visite herangerückt und Theresienstadt, nachdem man abermals, inmitten dieses ganzen Trubels, siebeneinhalbtausend der weniger ansehnlichen Personen zur Auslichtung sozusagen nach Osten geschickt hatte, verwandelt war in ein potemkinsches, möglicherweise sogar manche seiner Insassen betörendes oder doch mit gewissen Hoffnungen erfüllendes Eldorado, wo die aus zwei Dänen und einem Schweizer bestehende Kommission, als sie nach einem von der Kommandantur genau ausgearbeiteten Zeit- und Ortsplan durch die Gassen dirigiert wurde und über die sauberen, am Morgen früh mit Seifenlauge geschrubbten Gehsteige ging, mit eigenen Augen sehen konnte, was für freundliche und zufriedene Menschen, von den Schrecknissen des Krieges verschont, hier bei den Fenstern herausschauten, wie adrett sie alle gekleidet waren, wie gut die wenigen Kranken versorgt wurden, wie man ein ordentliches Essen im

Tellerservice und die Brotzuteilung mit weißen Zwillichhandschuhen ausgab, wie an jeder Ecke Anschläge zu Sportveranstaltungen, Kabaretts, Theateraufführungen und Konzerten einluden und wie die Bewohner der Stadt am Feierabend zu Tausenden auf die Schanzen und Basteien der Festung hinausschwärmten und dort an der frischen Luft sich ergingen, beinahe so wie Weltreisende auf einem Ozeandampfer, ein alles in allem beruhigendes Schauspiel, das die Deutschen nach Beendigung der Visite, sei es zu Propagandazwecken, sei es zur Legitimierung ihres ganzen Vorgehens vor sich selber, in einem Film festhalten ließen, der, wie Adler berichtet, sagte Austerlitz, noch im März 1945, als ein großer Teil der in ihm Mitwirkenden schon nicht mehr am Leben war, mit einer jüdischen Volksmusik unterlegt wurde, und von dem sich nach Kriegsende in der britisch besetzten Zone eine Kopie gefunden haben soll, die er, Adler selber, sagte Austerlitz, allerdings nie zu Gesicht bekam und die jetzt offenbar vollends verschollen ist. Monatelang, so sagte Austerlitz, habe ich über das Imperial War Museum und an anderen Stellen vergeblich nach Hinweisen über den Verbleib dieses Films gesucht, denn obgleich ich ja vor meiner Abreise aus Prag noch nach Theresienstadt hinaufgefahren war und trotz des von Adler mit solcher Sorgfalt niedergelegten und von mir bis in die letzten Anmerkungen studierten Berichts über die dortigen Verhältnisse, ist es mir unmöglich gewesen, mich in das Ghetto zurückzuversetzen und mir vorzustellen, daß Agáta, meine Mutter, damals gewesen sein soll an diesem Ort. Immerzu dachte ich, wenn nur der Film wieder auftauchte, so würde ich vielleicht sehen oder erahnen können, wie es in Wirklichkeit war, und einmal ums andere malte ich mir aus, daß ich Agáta, eine im Vergleich zu mir junge Frau, ohne jeden Zweifel erkannte, etwa unter den Gästen vor dem falschen Kaffeehaus, als Verkäuferin in einem Galanteriewarengeschäft, wo sie gerade ein schönes Paar Handschuhe behutsam aus einem der Schubfächer nahm, oder als Olympia in dem Bühnenspiel *Hoffmanns Erzählungen*, das, wie Adler berichtet, während der Verschönerungsaktion in Theresienstadt zur Aufführung gebracht worden ist. Auch bildete ich mir ein, sagte Austerlitz, sie auf der Gasse zu sehen in einem Sommerkleid und einem leichten Gabardinemantel: allein in einer Gruppe von flanierenden Ghettobewohnern hielt sie genau auf mich zu und kam Schritt für Schritt näher, bis sie zuletzt, wie ich zu spüren meinte, aus dem Film herausgetreten und in mich übergegangen war. Solche Phantasien sind der Grund dafür gewesen, daß ich in einen Zustand der größten Aufregung geriet, als es dem Imperial War Museum über das Berliner Bundesarchiv schließlich gelungen war, eine Kassettenkopie des von mir gesuchten Theresienstädter Films zu beschaffen. Ich weiß noch genau, sagte Austerlitz, wie ich in einer der Videokabinen des Museums die Kassette in die schwarze Öffnung des Recorders hineingeschoben habe mit zitternden Händen und wie ich dann, ohne daß ich etwas davon hätte aufnehmen können, verschiedene Arbeitsvorgänge ablaufen sah in einer Schmiede an Amboß und Esse, in der Töpfer- und Bildhauerwerkstatt, in der Taschnerei und in der Schuhfabrikation – ein fortwährendes, unsinniges Hämmern und Dengeln, Schweißen, Zuschneiden, Verleimen und Vernähen – wie für Sekunden diese fremden Gesichter vor mir auftauchten in ununterbrochener Folge, wie die Arbeiter und Arbeiterinnen am Ende des Tages aus den Baracken kamen und quer über ein leeres Feld gingen unter einem Himmel voller unbeweglicher weißer Wolken, wie Fußball gespielt wird im Innenhof einer Kaserne vor einer zahlreichen, in den Arkaden zu ebener Erde und im ersten und zweiten Geschoß dicht sich drängenden Zuschauerschaft, wie die Männer im Zentralbad unter den Brausen stehen, wie Bücher von soignierten Herren entlehnt werden in der Bibliothek, wie ein richtiges Orchesterkonzert gegeben wird, wie draußen, in den vor den Mauern der Festung angelegten, vom Sommerlicht überstrahlten Gemüsegärten einige Dutzend Leute dabei sind, die Beete zu rechen, die Bohnen- und Tomatenstauden zu gießen und die Krautblätter abzusuchen nach den Raupen des Kohlweißlings, wie nachher der Feierabend anhebt, die Menschen anscheinend zufrieden vor ihren Häusern auf Bänken sitzen, wie die Kinder noch ein bißchen herumspringen dürfen, der eine ein Buch liest, die andere mit einer Nachbarin redet und manche einfach nur in den Fenstern liegen mit verschränkten Armen, so wie das früher bei Einbruch der Dämmerung üblich gewesen ist. Aber nichts von all diesen Bildern ging mir zunächst in den Kopf, sondern sie flimmerten mir bloß vor den Augen in einer Art von kontinuierlicher Irritation, die sich noch verstärkte, als es sich zu meinem Schrecken erwies, daß es sich bei der Berliner Kassette, die beschriftet war mit dem Originaltitel »Der Führer schenkt den Juden eine Stadt«, nur um ein zusammengeklittertes Werk von zirka vierzehn Minuten Länge handelte, das kaum über den Anfang hinausreichte und in welchem ich, anders als ich gehofft hatte, nirgends die Agáta sehen konnte, so oft ich den Streifen auch anschaute und so sehr ich mich mühte, sie unter den flüchtigen Gesichtern ausfindig zu machen. Die Unmöglichkeit, genauer in die gewissermaßen im Aufscheinen schon vergehenden Bilder hineinblicken zu können, sagte Austerlitz, brachte mich endlich auf den Gedanken, eine Zeitlupenkopie des Theresienstädter Fragments anfertigen zu lassen, die es ausdehnte auf eine ganze Stunde, und tatsächlich sind in diesem um ein Vierfaches verlängerten Dokument, das ich seither immer wieder von neuem mir angesehen habe, Dinge und Personen sichtbar geworden, die mir bis dahin verborgen geblieben waren. Es hatte nun den Anschein, als arbeiteten die Männer und Frauen in den Werkstattbetrieben im Schlaf, so viel Zeit brauchte es, bis sie beim Nähen die Nadel mit dem Faden in die Höhe gezogen hatten, so schwer senkten sich ihre Lider, so langsam bewegten sich ihre Lippen und blickten sie zu der Kamera auf. Ihr Gehen glich nun einem Schweben, als berührten die Füße den Boden nicht mehr. Die Körperformen waren unscharf geworden und hatten sich, besonders bei den draußen im hellen Tageslicht gedrehten Szenen, an ihren Rändern aufgelöst, ähnlich wie die Umrisse der menschlichen Hand in den von Louis Draget in Paris um die Jahrhundertwende gemachten Fluidalaufnahmen und Elektrographien. Die zahlreichen schadhaften Stellen des Streifens, die ich zuvor kaum bemerkt hatte, zerflossen jetzt mitten in einem Bild, löschten es aus und ließen hellweiße, von schwarzen Flecken durchsprenkelte Muster entstehen, die mich erinnerten an Luftaufnahmen aus dem hohen Norden beziehungsweise an

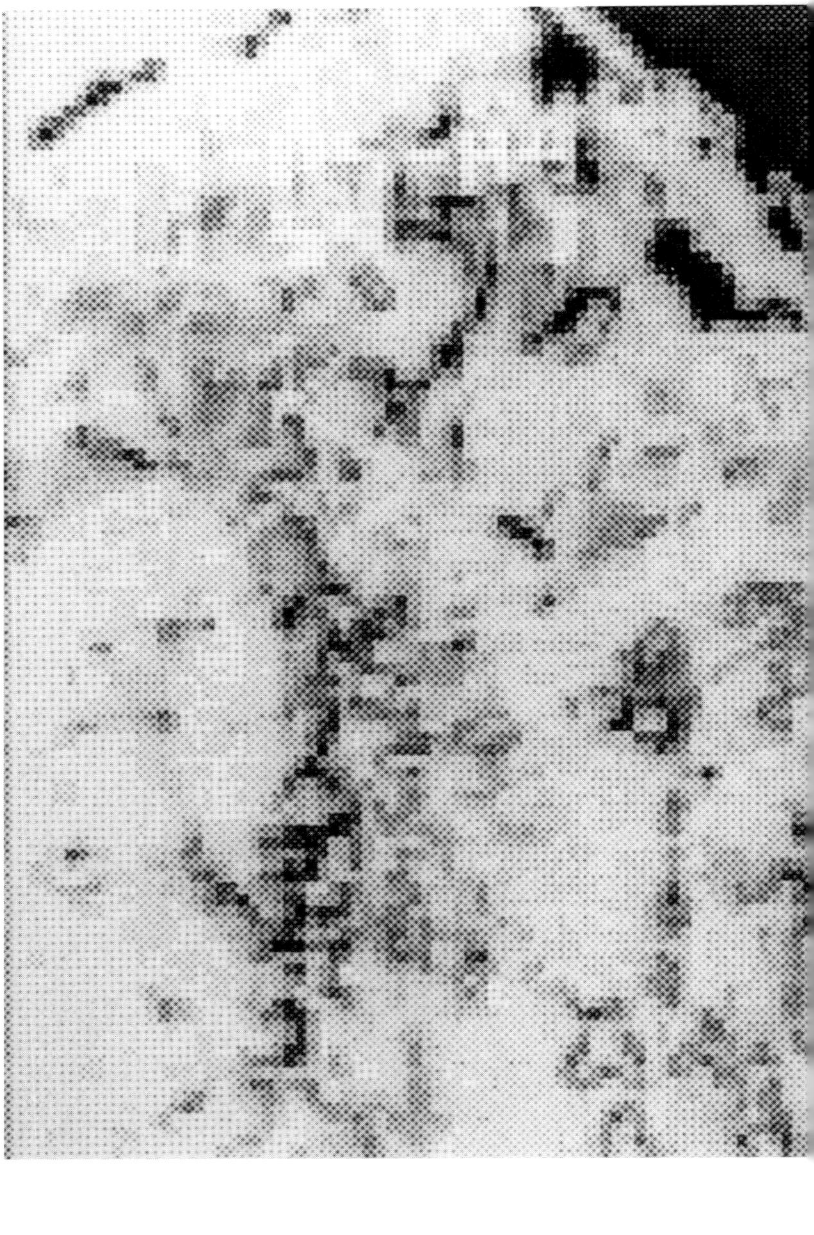

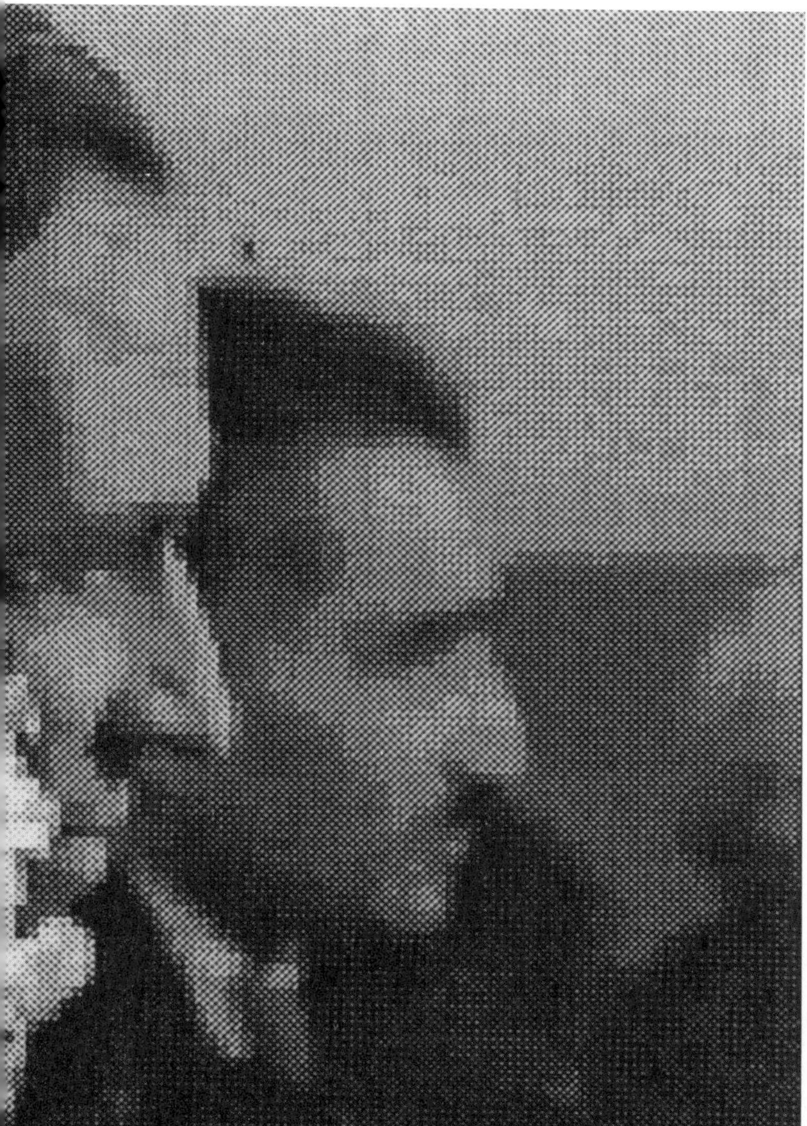

das, was man in einem Wassertropfen sieht unter dem Mikroskop. Am unheimlichsten aber, sagte Austerlitz, war in der verlangsamten Fassung die Verwandlung der Geräusche. In einer knappen Sequenz ganz zu Beginn, in der die Bearbeitung des glühenden Eisens und das Beschlagen eines Zugochsens in einer Hufschmiede gezeigt wird, ist aus der auf der Tonspur der Berliner Kopie zu hörenden lustigen Polka irgendeines österreichischen Operettenkomponisten ein mit geradezu grotesker Trägheit sich dahinschleppender Trauermarsch geworden, und auch die übrigen dem Film beigegebenen Musikstücke, von denen ich einzig den Cancan aus *La Vie Parisienne* und das Scherzo aus Mendelssohns *Sommernachtstraum* zu identifizieren vermochte, bewegen sich in einer sozusagen subterranen Welt, in schreckensvollen Tiefen, so sagte Austerlitz, in die keine menschliche Stimme jemals hinabgestiegen ist. Nichts von dem gesprochenen Kommentar ist mehr verständlich. Wo in der Berliner Kopie in einem forschen, gewaltsam aus dem Kehlkopf hervorgepreßten Ton die Rede war von Einsatzgruppen und Hundertschaften, die entsprechend der Bedarfslage die verschiedensten Arbeiten durchführten und gegebenenfalls umgeschult würden, so daß jeder Arbeitswillige die Möglichkeit habe, sich reibungslos in den Arbeitsprozeß einzugliedern, an dieser Stelle, sagte

Austerlitz, vernahm man jetzt nur mehr ein bedrohliches Grollen, wie ich es zuvor ein einziges Mal bloß gehört habe, an einem ungemein heißen Maifeiertag vor vielen Jahren im *Jardin des Plantes* in Paris, als ich nach einer Anwandlung des Unwohlseins eine Zeitlang auf einer Bank bei einer Vogelvolière gesessen bin, nicht weit von dem Raubtierhaus, in welchem die von meinem Platz aus unsichtbaren und, so dachte ich mir damals, sagte Austerlitz, in der Gefangenschaft um ihren gesunden Verstand gebrachten Löwen und Tiger ihr dumpfes Klagegebrüll erhoben, Stunde um Stunde, ohne Unterlaß. Ja und dann, so erzählte Austerlitz weiter, ist da gegen das Ende zu noch die vergleichsweise lange Bildfolge von der Erstaufführung eines in Theresienstadt komponierten Musikstücks, wenn ich nicht irre, handelt es sich um die *Studie für Streichorchester* von Pavel Haas. Wir blicken zuerst von rückwärts in den Saal hinein, dessen Fenster weit offen stehen und in dem in großer Zahl die Zuhörer sitzen, aber nicht in Reihen, wie sonst bei einem Konzert üblich, sondern wie in einer Gastwirtschaft immer zu vieren um einen Tisch, auf wahrscheinlich eigens in der Ghettoschreinerei hergestellten quasi alpenländischen Stühlen, aus deren Rücklehnen ein Herz ausgesägt ist. Im Verlauf der Aufführung sucht die Kamera in Nahaufnahmen einzelne Personen heraus, unter anderen auch einen alten Herrn, dessen kurz geschorenes graues Haupt die rechte Hälfte des Bildes ausfüllt, während in der linken Hälfte, etwas zurückgesetzt und mehr gegen den oberen Rand, das Gesicht einer jüngeren Frau

erscheint, fast ununterschieden von dem schwarzen Schatten, der es umgibt, weshalb ich es auch zunächst gar nicht bemerkte. Sie trägt, sagte Austerlitz, eine in drei feinen Bogenlinien von ihrem dunklen, hochgeschlossenen Kleid kaum sich abhebende Kette um den Hals und eine weiße Blumenblüte seitlich in ihrem Haar. Gerade so wie ich nach meinen schwachen Erinnerungen und den wenigen übrigen Anhaltspunkten, die ich heute habe, die Schauspielerin Agáta mir vorstellte, gerade so, denke ich, sieht sie aus, und ich schaue wieder und wieder in dieses mir gleichermaßen fremde und vertraute Gesicht, sagte Austerlitz, lasse das Band zurücklaufen, Mal für Mal, und sehe den Zeitanzeiger in der oberen linken Ecke des Bildschirms, die Zahlen, die einen Teil ihrer Stirn verdecken, die Minuten und die Sekunden, von 10:53 bis 10:57, und die Hundertstelsekunden, die sich davondrehen, so geschwind, daß man sie nicht entziffern und festhalten kann. – Zu Beginn dieses Jahres, so setzte Austerlitz, der wie oft mitten im Erzählen in eine tiefe Geistesabwesenheit versunken war, seinen Lebensbericht schließlich fort, zu Beginn dieses Jahres, sagte er, nicht lange nach unserer letzten Begegnung, bin ich zum zweitenmal nach Prag gefahren, habe die Gespräche mit Věra wieder aufgenommen, eine Art Rentenfonds für sie eingerichtet bei einer Bank und mich auch sonst um die Verbesserung ihrer Verhältnisse bemüht, so gut ich es vermochte. Wenn es draußen nicht zu kalt war, haben wir uns von einem Taxichauffeur, den ich Věra zu gelegentlichen Diensten verpflichtete, an einige der Plätze bringen lassen, die sie erwähnt und selber seit ewiger Zeit, wie sie sich ausdrückte, nicht mehr gesehen hatte. Von dem Aussichtsturm auf dem Petřín haben wir wieder hinuntergeschaut auf die Stadt und die langsam an den Ufern der Moldau entlang und über die Brücken kriechenden Automobile und Eisenbahnzüge. Im Baumgarten sind wir in der blassen Wintersonne ein bißchen spazierengegangen, in dem Planetarium auf dem Ausstellungsgelände von Holešovice saßen wir wohl an die zwei Stunden und haben die Namen der Himmelsbilder, die wir noch erkannten, aufgesagt, abwechslungsweise in französischer und in tschechischer Sprache, und einmal fuhren wir bis nach Liboc hinaus in den Wildpark, in dem, mitten in dem schönen Gelände, ein von dem Tiroler Erzherzog Ferdinand erbautes, sternförmiges Lustschloß steht, von dem Věra mir gesagt hatte, daß es eines der liebsten Ausflugsziele Agátas und Maximilians gewesen sei. Mehrere Tage nacheinander habe ich auch in dem Prager Theaterarchiv in der Celetná die Bestände für die Jahre 1938 und 1939 durchsucht und bin dort, zwischen Briefen, Personalakten, Programmheften und vergilbten Zeitungsausschnitten, auf die unbeschriftete Photographie einer Schauspielerin gestoßen, die mit meiner verdunkelten Erinnerung an die Mutter übereinzustimmen schien, und in der Věra, die das von mir aus dem Theresienstädter Film herauskopierte Gesicht der Zuhörerin zuvor des längeren betrachtet und dann kopfschüttelnd beiseite gelegt hatte, sogleich und zweifelsfrei, wie sie sagte, Agáta erkannte, so wie sie damals gewesen war. – Über all dem hatten Auster-

litz und ich den Weg von dem Gräberfeld hinter dem St. Clement's Spital bis zur Liverpool Street zurückgelegt. Als wir uns vor dem Bahnhof verabschiedeten, überreichte mir Austerlitz in einem Couvert, das er bei sich getragen hatte, die Photographie aus dem Prager Theaterarchiv, zum Andenken, wie er sagte, denn er stehe nun, so sagte er, im Begriff, nach Paris zu gehen, um nach dem Verbleib des Vaters zu forschen und um sich zurückzuversetzen in die Zeit, in der er selbst dort gelebt hatte, einesteils befreit von seinem falschen englischen Leben, andererseits niedergedrückt von dem dumpfen Gefühl, weder in diese ihm anfänglich fremde Stadt noch sonst irgendwohin zu gehören.

*

Es war im September desselben Jahres, daß ich von Austerlitz einen Postkartengruß mit seiner neuen Anschrift (6, rue des cinq Diamants, im dreizehnten Arrondissement) erhielt, was, wie ich wußte, einer Einladung gleichkam, ihn möglichst bald aufzusuchen. Als ich anlangte an der Gare du Nord, herrschten, nach einer bereits mehr als zwei Monate dauernden, weite Landesteile völlig ausdörrenden Trockenheit, immer noch hochsommerliche Temperaturen, die bis in den Oktober hinein nicht nachließen. Schon am frühen Morgen stieg das Thermometer über fünfundzwanzig Grad, und gegen Mittag ächzte die Stadt förmlich unter der Last der riesigen Glocke aus Benzin- und Bleidünsten, die über der gesamten Ile de France hing. Die blaugraue, einem den Atem nehmende Luft war unbeweglich. Der Straßenverkehr schob sich zollweise über die Boulevards, die hohen Steinfassaden zitterten wie Spiegelbilder in dem gleißenden Licht, die Blätter der Bäume in den Tuilerien und im Luxemburggarten waren verbrannt, die Menschen in den Métrozügen und in den endlosen unterirdischen Gängen, durch die ein warmer Wüstenwind strich, zu Tode erschöpft. Ich traf mich mit Austerlitz verabredungsgemäß am Tag der Ankunft in der Bistrobar Le Havane am Boulevard Auguste Blanqui, unweit der Métro-Station La Glacière. Als ich das selbst mitten am Tag ziemlich dustere Lokal betrat, liefen über einen hoch an der Wand angebrachten, wenigstens zwei Quadratmeter großen Fernsehschirm gerade Bilder der Rauchwolken, die seit vielen Wochen in Indonesien die Dörfer und Städte erstickten und eine grauweiße Asche auf die Häupter derer streuten, die sich, aus was für Gründen immer, außer Haus wagten mit einer Schutzmaske vor dem Gesicht. Eine Weile betrachteten wir beide die Bilder dieser Katastrophe am anderen Ende der Welt, ehe Austerlitz, ohne jede Einleitung, wie es stets seine Art gewesen ist, mit dem Erzählen begann. In meiner ersten Pariser Zeit, ausgangs der fünfziger Jahre, so sagte er, indem er sich mir zuwandte, hatte ich ein Zimmer bei einer älteren, beinahe durchsichtigen Dame namens Amélie Cerf im Haus Nr. 6 der rue Emile Zola, nur wenige Schritte vom Pont Mirabeau, dessen unförmige Betonmasse ich noch heute manchmal in meinen Angstträumen sehe. Eigentlich war es meine Absicht gewesen, dort, in der rue Emile Zola, wieder eine Wohnung zu nehmen, aber dann entschloß ich mich doch, hier im dreizehnten Bezirk etwas zu mieten, wo mein Vater, Maximilian Aychenwald, der in der rue Barrault seine letzte Adresse hatte, eine Zeitlang zumindest herumgegangen sein muß, bevor er anscheinend spurlos und unwiderruflich verschwand. Jedenfalls sind meine Erkundigungen in dem heute größtenteils leerstehenden Haus in der rue Barrault erfolglos geblieben, und erfolglos waren auch meine Anfragen bei den Einwohnermeldeämtern, sowohl wegen der sprichwörtlichen und in dem heurigen heißen Sommer noch mehr als gewöhnlich ausgeprägten Widerwärtigkeit der Pariser Beamten, als auch weil es mir selber von Mal zu Mal schwerer fiel, an den verschiedenen Stellen mein, wie ich mir sagen mußte, aussichtsloses Anliegen vorzubringen. Ich bin darum bald nur ohne Plan und Ziel durch die von dem Boulevard Auguste Blanqui abführenden Gassen gewandert, auf der einen Seite bis zur Place d'Italie hinauf und auf der anderen bis zur Glacière wieder hinunter, immer in der gegen jede Vernunft gerichteten Hoffnung, der Vater könne mir unversehens entgegenkommen oder aus dieser oder jener Haustür treten. Stunden um Stunden bin ich auch hier an meinem Platz gesessen und habe versucht, den Vater mir vorzustellen in seinem pflaumenfarbenen, inzwischen vielleicht schon ein wenig abgewetzten Zweireiher, wie er, über eines

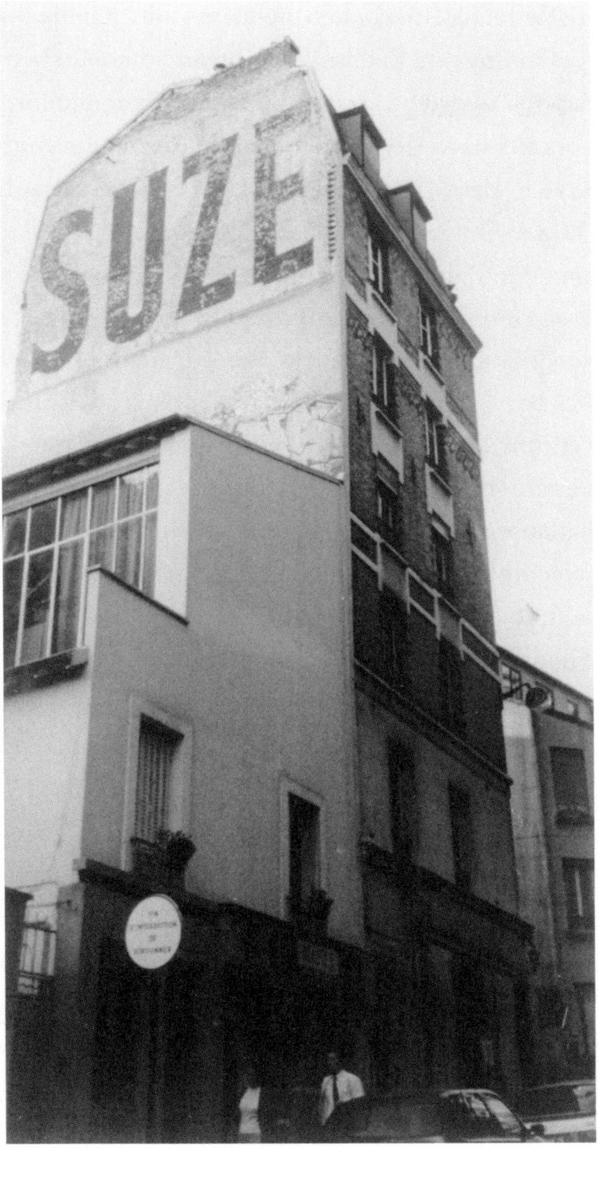
SUZE

der Kaffeehaustischchen gebeugt, die nachher nie angekommenen Briefe schreibt an seine Lieben in Prag. Ich überlegte mir stets wieder von neuem, ob er bereits nach der ersten Pariser Razzia, im August 1941, in den halbfertigen Siedlungsbauten draußen in Drancy interniert worden ist oder erst im Juli des folgenden Jahres, als ein Heer von französischen Gendarmen dreizehntausend jüdische Mitbürger aus ihren Wohnungen holte in der sogenannten *grande rafle*, bei der über hundert der Verfolgten vor Verzweiflung aus dem Fenster gesprungen sind oder auf eine andere Weise sich ums Leben gebracht haben. Ich glaubte manchmal, die fensterlosen Polizeiwagen durch die vor Schrecken erstarrte Stadt rasen zu sehen und die zusammengefangene, im Vélodrome d'Hiver unter freiem Himmel lagernde Menschenmenge und die Transportzüge, mit denen man sie bald darauf von Drancy und Bobigny aus verschickte; sah Bilder von ihrer Reise durch das Großdeutsche Reich, sah den Vater, immer in seinem schönen Anzug und dem schwarzen Velourshut auf dem Kopf, aufrecht und ruhig, unter all diesen angstvollen Leuten. Dann wiederum dachte ich, daß Maximilian Paris gewiß rechtzeitig verlassen haben wird, daß er südwärts gefahren, zu Fuß über die Pyrenäen gegangen und irgendwo auf der Flucht verschollen ist. Oder es war mir, wie ich schon sagte,

sagte Austerlitz, als sei der Vater nach wie vor in Paris und warte gewissermaßen nur auf eine gute Gelegenheit, um sich zeigen zu können. Dergleichen Empfindungen regen sich in mir unfehlbar an Orten, die eher zur Vergangenheit als in die Gegenwart gehören. Wenn ich beispielsweise irgendwo auf meinen Wegen durch die Stadt in einen jener stillen Höfe hineinblicke, in denen sich über Jahrzehnte nichts verändert hat, spüre ich beinahe körperlich, wie sich die Strömung der Zeit im Gravitationsfeld der vergessenen Dinge verlangsamt. Alle Momente unseres Lebens scheinen mir dann in einem einzigen Raum beisammen, ganz als existierten die zukünftigen Ereignisse bereits und harrten nur darauf, daß wir uns endlich in ihnen einfinden, so wie wir uns, einer einmal angenommenen Einladung folgend, zu einer bestimmten Stunde einfinden in einem bestimmten Haus. Und wäre es nicht denkbar, fuhr Austerlitz fort, daß wir auch in der Vergangenheit, in dem, was schon gewesen und größtenteils ausgelöscht ist, Verabredungen haben und dort Orte und Personen aufsuchen müssen, die, quasi jenseits der Zeit, in einem Zusammenhang stehen mit uns? So etwa bin ich letzthin, an einem sonderbar dumpfen Morgen, auf dem von den Barmherzigen Brüdern im 17. Jahrhundert auf einem Feld des Hôtel de Dieu angelegten, heute von hohen Bürotürmen umstellten Cimetière de Montparnasse

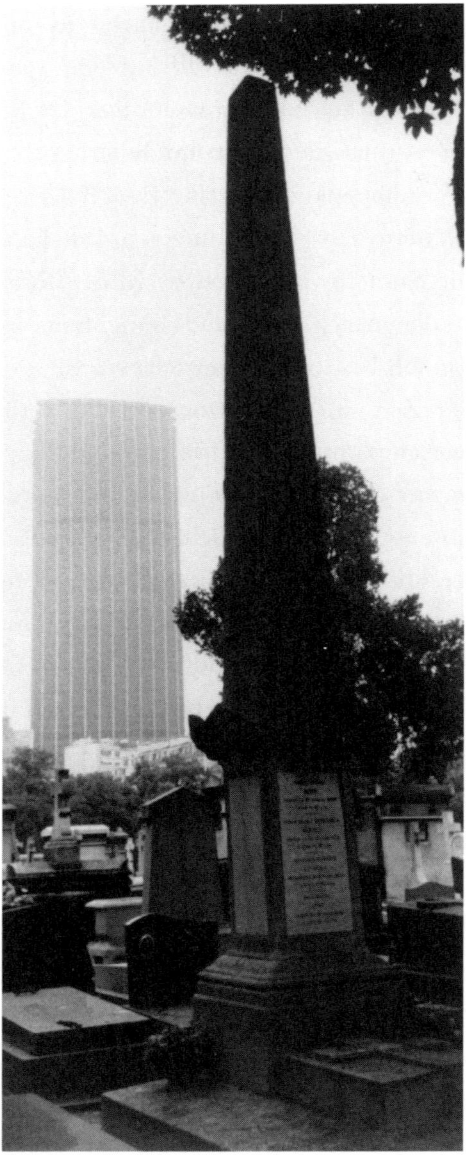

zwischen den in einer etwas separaten Abteilung errichteten Grabmälern der Wölfflin, Wormser, Meyerbeer, Ginsberg, Franck und vieler anderer jüdischer Familien herumgegangen, wobei es mir war, als hätte ich, der ich doch von meiner Herkunft so lange nichts wußte, immer schon unter ihnen geweilt oder als begleiteten sie mich noch. Ich habe all ihre schönen deutschen Namen gelesen und sie bei mir behalten – in Erinnerung an meine Zimmervermieterin in der rue Emile Zola auch den eines gewissen Hippolyte Cerf, der, 1807 aus Neuf-Brisach gebürtig, vordem wohl Hippolyt Hirsch geheißen hat und, der Inschrift zufolge, lange Jahre nach seiner Verehelichung mit einer Antoinette Fulda aus Frankfurt, am 8. März 1890, dem Datum des 16. Adar 5650, in Paris verstorben ist. Unter den Kindern dieser aus Deutschland in die französische Hauptstadt übersiedelten Vorfahren waren Adolphe und Alfonse sowie Jeanne und Pauline, die die Herren Lanzberg und Ochs als Schwiegersöhne ins Haus brachten, und so noch eine Generation weiter bis zu Hugo und Lucie Sussfeld, née Ochs, für die im Inneren des engen Mausoleums, halb von einem vertrockneten Asparagusstock verdeckt, ein Gedenktäfelchen stand, auf dem es hieß, daß diese beiden Eheleute 1944 bei der Deportation umgekommen sind. Seit jener jetzt schon ein halbes Jahrhundert zurückliegenden Zeit war kaum mehr als ein Dutzend Jahre vergangen gewesen, als ich im November 1958 mit meinen paar Sachen bei Amélie Cerf in der rue Emile Zola eingezogen bin, dachte ich mir, sagte Austerlitz, indem ich durch die schütteren Asparaguszweiglein hindurch die Buchstabenfolge der Worte *morts en déportation* entzifferte. Was, fragte ich mich, sind zwölf oder dreizehn solche Jahre? Sind sie nicht nur ein einziger, unabänderlich qualvoller Punkt? War Amélie Cerf, die, wie ich mich entsinne, als eine körperhafte Person kaum noch vorhanden gewesen ist, vielleicht die letzte Überlebende ihres Stammes? Hat darum niemand mehr für sie einen Gedenkspruch anbringen können in dem Familienmausoleum? Ist sie überhaupt in diese Grabschaft zu liegen gekommen, oder hat sie sich, wie Hugo und Lucie, aufgelöst in graue Luft? Was mich selber betrifft, so setzte Austerlitz, nachdem er länger eingehalten hatte, seinen Bericht fort, ich habe damals in meiner ersten Pariser Zeit wie später auch in meinem Leben mich bemüht, den Blick nicht von den Gegenständen meines Studiums zu heben. Unter der Woche ging ich tagtäglich in die Nationalbibliothek in der rue Richelieu, wo ich meist bis in den Abend hinein in stummer Solidarität mit den zahlreichen anderen Geistesarbeitern an meinem Platz gesessen bin und mich verloren habe in den kleingedruckten Fußnoten der Werke, die ich mir vornahm, in den Büchern, die ich in diesen Noten erwähnt fand, sowie in deren Anmerkungen und so immer weiter zurück, aus der wissenschaftlichen Beschreibung der Wirklichkeit bis in die absonderlichsten Einzelheiten, in einer Art von ständiger Regression, die sich in der bald vollkommen unübersichtlichen Form meiner immer mehr sich verzweigenden und auseinanderlaufenden Aufzeichnungen niederschlug. Neben mir saß meist ein älterer Herr mit sorgsam gestutztem Haar und Ärmelschonern, der seit Jahrzehnten an einem Lexikon zur Kirchengeschichte arbeitete, in welchem er bis an den Buchstaben K gelangt war und das er also nie würde zu Ende bringen können. Mit einer winzigen, geradezu gestochenen Schrift füllte er, ohne je zu zögern oder etwas durchzustreichen, eine seiner kleinen Karteikarten nach der anderen und legte sie dann nach einer genauen Ordnung vor sich aus. Irgendwann später, sagte Austerlitz, habe ich einmal in einem kurzen Schwarzweißfilm über das Innenleben der Bibliothèque Nationale gesehen, wie die Rohrpostnachrichten aus den Lesesälen in die Magazine sausten, entlang der Nervenbahnen sozusagen, und wie die in ihrer Gesamtheit mit dem Bibliotheksapparat verbundenen Forscher ein höchst kompliziertes, ständig sich fortentwickelndes Wesen bilden, das als Futter Myriaden von Wörtern braucht, um seinerseits Myriaden von Wörtern hervorbringen zu können. Ich glaube, daß dieser von mir nur ein einziges

Mal gesehene, in meiner Vorstellung aber immer phantastischer und ungeheuerlicher gewordene Film den Titel *Toute la mémoire du monde* trug und daß er gemacht war von Alain Resnais. Nicht selten beschäftigte mich damals die Frage, ob ich mich in dem von einem leisen Summen, Rascheln und Räuspern erfüllten Bibliothekssaal auf der Insel der Seligen oder, im Gegenteil, in einer Strafkolonie befand, eine Frage, die mir auch im Kopf herumging an jenem mir besonders in Erinnerung gebliebenen Tag, an dem ich von meinem zeitweiligen Arbeitsplatz in der Manuskripten- und Dokumentensammlung im ersten Stock eine Stunde vielleicht hinüberblickte auf die hohen Fensterreihen des jenseitigen Traktes, in denen die dunklen Schieferplatten des Daches sich spiegelten, die schmalen ziegelroten Kamine, der strahlende eisblaue Himmel und die blecherne schneeweiße Wetterfahne mit der aus ihr ausgeschnittenen, blau wie der Himmel selbst aufwärts segelnden Schwalbe. Die Spiegelbilder in den alten Glasscheiben waren etwas gewellt oder gekräuselt, und ich weiß noch, sagte Austerlitz, daß mir bei ihrem Anblick aus irgendeinem mir unbegreiflichen Grund die Tränen gekommen sind. An jenem Tag ist es übrigens auch gewesen, setzte Austerlitz hinzu, daß Marie de Verneuil, die wie ich in der Dokumentensammlung arbeitete und meine seltsame Traueranwandlung bemerkt haben mußte, mir einen Kassiber zuschob, mit dem sie mich einlud auf einen Kaffee. In dem Zustand, in welchem ich mich befand, gab ich mir keine Rechenschaft über die Ungewöhnlichkeit ihrer Handlungsweise, deutete vielmehr nur mit wortlosem Kopfnicken mein Einverständnis an und ging, folgsam fast, könnte man sagen, sagte Austerlitz, mit ihr durch das Stiegenhaus und über den inneren Hof aus der Bibliothek hinaus, durch einige der an diesem frischen, irgendwie festlichen Morgen von einer angenehmen Luft durchwehten Gassen bis hinüber zum Palais Royal, wo wir dann lange unter den Arkaden gesessen sind, unmittelbar neben einer Schaufenstervitrine, in der, wie ich mich entsinne, sagte Austerlitz, Hunderte und Aberhunderte von Zinnsoldaten in den bunten Monturen der Napoleonischen Armee in Marsch- und Schlachtformationen aufgestellt waren. Marie erzählte mir bei dieser ersten Begegnung ebenso wie späterhin kaum etwas von sich selber und ihrem Leben, möglicherweise weil sie aus einer sehr vornehmen Familie, ich hingegen, wie sie wohl ahnte, sozusagen aus dem Nirgendwo stammte. Das Gespräch in dem Arkadencafé, in dessen Verlauf Marie abwechslungsweise Pfefferminztee und Vanilleeis bestellte, drehte sich, nachdem wir unser gemeinsames Interesse entdeckt hatten, hauptsächlich um baugeschichtliche Dinge, so unter anderem, wie mir noch vollkommen gegenwärtig ist, sagte Austerlitz, um eine Papiermühle in der Charente, die Marie unlängst mit einem ihrer Vettern besucht hatte und die, so sagte sie, sagte Austerlitz, zu den geheimnisvollsten Orten gehörte, an denen sie je gewesen sei. Das enorme, aus Eichenbalken gefügte, manchmal unter seiner eigenen Last aufseufzende Gebäude steht halb verborgen unter Bäumen und Büschen an der Biegung eines tiefgrünen Flusses, sagte Marie. Zwei Brüder, die einen jeden ihrer Handgriffe vollendet beherrschen und von denen der eine ein schielendes Auge und der andere eine hohe Schulter hat, besorgen im Inneren die Verwandlung der aus Papier und Stoffetzen aufgequollenen Masse in saubere, unbeschriebene Bögen, die dann getrocknet werden auf den Stellagen einer großen Tenne im oberen Stock. Man ist dort, sagte Marie, umgeben von einem stillen Dämmer, sieht durch die Spalten der Jalousien draußen das Licht des Tages, hört das Wasser leise über das Wehr rauschen und das Mühlrad schwerfällig sich drehen und wünscht sich nur noch den ewigen Frieden. Alles, was Marie mir fortan bedeutete, sagte Austerlitz, war in dieser Papiermühlengeschichte, mit der sie mir, ohne von sich selber zu reden, ihr Seelenleben offenbarte, bereits beschlossen gewesen. In den nachfolgenden Wochen und Monaten, so erzählte Austerlitz weiter, sind wir oft zusammen im Luxemburggarten, in den Tuilerien und im Jardin des Plantes spazierengegangen, die Esplanade zwischen den gestutzten Platanen hinauf und herunter, die Westfront des Naturhisto-

rischen Museums einmal zur Rechten und einmal zur
Linken, in das Palmenhaus hinein und wieder aus
dem Palmenhaus hinaus, über die verschlungenen
Wege des Alpengartens oder auch durch das trostlose
Zoogelände, in dem einst die aus den afrikanischen
Kolonien herbeigebrachten Riesentiere, die Elefanten, Giraffen, Nashörner, Dromedare und Krokodile
zur Schau gestellt waren, während jetzt, sagte Austerlitz, die Mehrzahl der mit erbärmlichen Naturresten,
Baumstümpfen, künstlichen Felsen und Wassertümpeln ausstaffierten Gehege leer und verlassen sind.
Nicht selten haben wir auf unseren Spaziergängen
eines der Kinder, die von den Erwachsenen nach wie
vor in den Zoo geführt werden, ausrufen hören: Mais
il est où? Pourquoi il se cache? Pourquoi il ne bouge
pa? Est-ce qu'il est mort? Ich selber entsinne mich
nur mehr, in einer graslosen, staubigen Einfriedung
eine Damwildfamilie in schöner Eintracht und zugleich verängstigt unter einer Heuraufe beieinander

gesehen zu haben und daß Marie mich eigens bat, eine Aufnahme von dieser Gruppe zu machen. Sie sagte damals, was mir unvergeßlich geblieben ist, sagte Austerlitz, daß die eingesperrten Tiere und wir, ihr menschliches Publikum, einander anblickten à travers une brèche d'incomprehension. Jedes zweite oder dritte Wochenende, fuhr Austerlitz fort, indem er seiner Erzählung eine andere Wendung gab, verbrachte Marie bei ihren Eltern und Anverwandten, die teils in der waldreichen Gegend um Compiègne, teils weiter droben in der Picardie mehrere Landgüter besaßen, und zu diesen Zeiten, wenn sie, was mich stets in eine bange Stimmung versetzte, nicht in Paris war, machte ich mich regelmäßig auf, die Randbezirke der Stadt zu erkunden, fuhr mit der Métro nach Montreuil, Malakoff, Charenton, Bobigny, Bagnolet, Le Pré St. Germain, St. Denis, St. Mandé und zu anderen Orten hinaus, streifte durch die sonntäglich entvölkerten Straßen und nahm Hunderte der von mir sogenannten Banlieu-Ansichten auf, die in ihrer Leere, wie ich erst später begriff, genau meiner verwaisten Verfassung entsprachen. Auf einer dieser Vorstadtexpeditionen, an einem ungewöhnlich drückenden Septembersonntag, an dem sich graue Gewitterwolken von Südwesten her über den Himmel heraufwälzten, entdeckte ich draußen in Maisons-Alfort, auf dem weitläufigen Areal der vor zweihundert Jahren gegründeten Ecole Vétérinaire, das Veterinärmedizinische Museum, von dessen Existenz ich nichts gewußt hatte bis dahin. Am Eingangsportal saß ein alter Marokkaner, der eine Art Burnus trug und einen Fez auf dem Kopf. Das Billett, das er mir für zwanzig Francs verkaufte, habe ich immer in meiner Brieftasche behalten, sagte Austerlitz, und reichte es mir, nachdem er es hervorgeholt hatte, über das Bistrotischchen, an dem wir saßen, als hätte es da-

L754115	Reçu...	ECOLE VÉTÉRINAIRE D'... REGIE D...			ECOLE VÉTÉRINAIRE D'... REG...	
DATE	NOM de la partie versante	DÉSIGNATION DES PRODUITS	VERSEMENT en numéraire	CHÈQUES bancaires		CHÈQUE postaux

mit eine besondere Bewandtnis. Im Inneren des Museums, so berichtete Austerlitz weiter, in dem wohlproportionierten Stiegenhaus und in den drei Ausstellungsräumen im ersten Stock, traf ich keine lebendige Seele, und um so ungeheurer waren mir darum, in der durch das Knarren des Parketts unter meinen Füßen nur noch verstärkten Stille, die in den beinahe bis an den Plafond reichenden Glasschränken versammelten, so gut wie ausschließlich vom Ende des 18. beziehungsweise aus dem beginnenden 19. Jahrhundert datierenden Präparate: Gipsabdrücke der verschiedensten Wiederkäuer- und Nagergebisse, Nierensteine, so groß und sphärisch perfekt wie Kegelkugeln, die man in Zirkuskamelen gefunden hatte;

ein nur wenige Stunden altes Ferkel, im Querschnitt, dessen Organe vermittels eines chemischen Prozesses der Diaphanisierung transparent gemacht worden waren und das nun wie ein Tiefseefisch, der nie das Licht des Tages erblicken würde, in der Flüssigkeit schwebte, die es umgab; der blaßblaue Fötus eines Pferdes, unter dessen dünner Haut das zur besseren Kontrastierung in das Netzwerk der Adern gespritzte Quecksilber durch Aussickerung eisblumenähnliche Muster gebildet hatte; Schädel und Skelette der verschiedensten Kreaturen, ganze Eingeweidesysteme in Formaldehyd, pathologisch verformte Organe, Schrumpfherzen und aufgedunsene Lebern, Bronchienbäume, von denen manche drei Fuß hoch waren und die in ihrer versteinerten, rostfarbenen Verzweigtheit Korallengewächsen glichen, sowie, in der teratologischen Abteilung, Monstrositäten jeder nur denkbaren und undenkbaren Art, janus- und doppelköpfige Kälber, Zyklopen mit überdimensioniertem Stirnbein, ein in Maisons-Alfort am Tag der Verbannung des Kaisers auf die Insel St. Helena geborenes menschliches Wesen, dessen zusammengewachsene Beine ihm das Ansehen einer Meerjungfrau gaben, ein zehnbeiniges Schaf und Schreckensgeschöpfe, die aus kaum mehr als einem Fellfetzchen, einem verbogenen Flügel und einer halben Klaue bestanden. Weitaus am entsetzlichsten jedoch, so sagte Austerlitz, ist die in einer Vitrine rück-

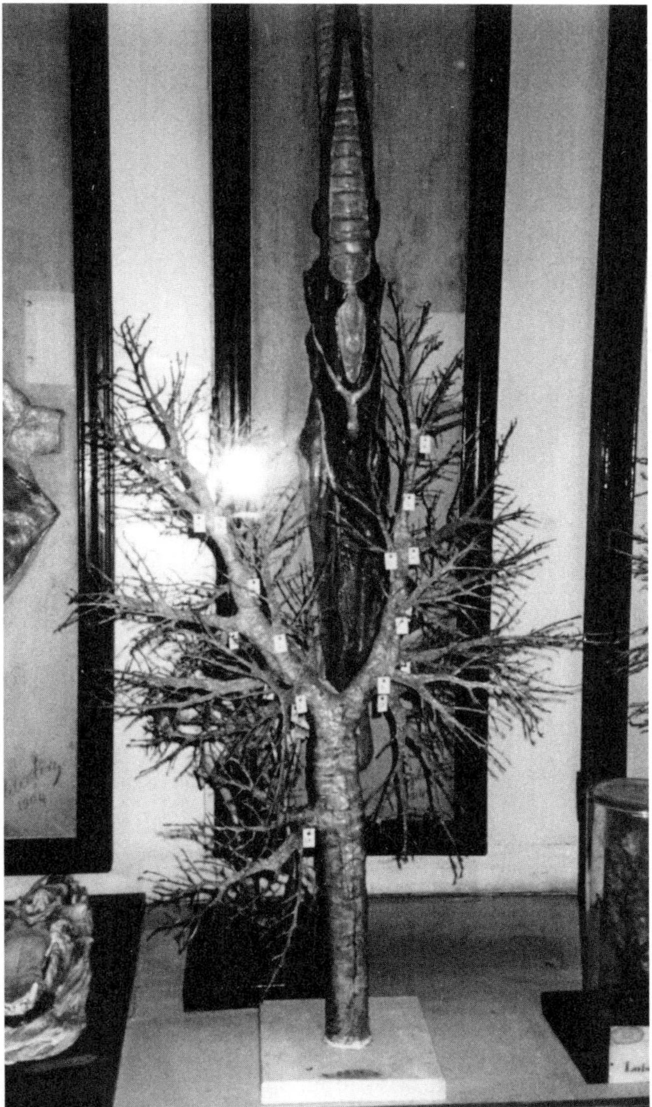

wärts in dem letzten Kabinett des Museums zu sehende lebensgroße Figur eines Reiters, dem der in der Zeit nach der Revolution auf dem Höhepunkt seines Ruhms stehende Anatom und Präparator Honoré Fragonard auf das kunstvollste die Haut abgezogen hat, so daß, in den Farben gestockten Blutes, jeder einzelne Strang der gespannten Muskeln des Kavaliers sowohl als des mit panischem Blick vorwärts stürmenden Pferdes vollkommen deutlich zutage tritt mitsamt dem blauen Geäder und den ockergelben Sehnen und Bändern. Fragonard, der der berühmten Familie der provenzalischen Parfumiers entstammte, hat angeblich in der Zeit seines Wirkens, sagte Austerlitz, über dreitausend Kadaver und Körperteile präpariert, und also muß er, der Agnostiker, der an die Unsterblichkeit der Seele nicht glaubte, Tag und Nacht über den Tod gebeugt gewesen sein, umfangen von dem süßen Geruch der Verwesung und bewegt offenbar von dem Wunsch, dem hinfälligen Leib durch ein Verfahren der Vitrifikation und somit durch die Umwandlung seiner in kürzester Frist korrumpierbaren Substanz in ein gläsernes Wunder wenigstens einen Anteil am ewigen Leben zu sichern. In den Wochen, die auf meinen Besuch in dem Veterinärwissenschaftlichen Museum folgten, so setzte Austerlitz, den Blick nach draußen auf den Boulevard gerichtet, seine Geschichte fort, war es mir unmöglich, mich an irgend etwas von dem, was ich soeben erzählt habe, zu erinnern, denn es war auf dem Rückweg von Maisons-Alfort, daß ich in der Métro den ersten der später mehrfach sich wiederholenden, mit einer zeitweiligen Auslöschung sämtlicher Gedächtnisspuren verbundenen Ohnmachtsanfälle erlitt, die in den Lehrbüchern der Psychiatrie, soviel mir bekannt ist, sagte Austerlitz, aufgeführt sind unter dem Stichwort hysterische Epilepsie. Erst als ich die an jenem Septembersonntag in Maisons-Alfort aufgenommenen Photographien entwickelte, gelang es mir, anhand dieser Bilder und geleitet von den geduldigen Fragen, die Marie mir stellte, meine verschütteten Erlebnisse zu rekonstruieren. Ich entsann mich wieder, daß die Nachmittagshitze weiß in den Höfen der veterinärmedizinischen Schule stand, als ich das Museum verließ, daß ich beim Gehen die Mauer entlang glaubte, in ein steiles, unwegsames Gelände gekommen zu sein, daß ich das Bedürfnis hatte, mich niederzusetzen, aber dann doch weitergegangen bin gegen die blinkenden Strahlen der Sonne, bis ich die Métrostation erreichte, wo ich, in der brütenden Düsternis des Tunnels, endlos, wie es mir schien, warten mußte auf den nächsten Zug. Der Waggon, in dem ich in Richtung Bastille fuhr, sagte Austerlitz, war nur spärlich besetzt. Ich erinnerte mich später an einen Zigeuner, der Ziehharmonika spielte, und eine sehr dunkle Frau aus Hinterindien mit einem zum Erschrecken schmalen Gesicht und tief in die Höhlen gesunkenen Augen. Von den wenigen anderen Fahrgästen wußte ich bloß noch, daß sie alle seitwärts hinausschauten in die Finsternis, in der nichts zu sehen war als das fahle Spiegelbild des Waggons, in dem sie saßen. Nach und nach entsann ich mich auch, wie es mir während der Fahrt auf einmal unwohl geworden war, wie ein Phantomschmerz sich ausbreitete in meiner Brust und wie ich dachte, ich werde jetzt sterben müssen an diesem schwachen Herzen, das ich geerbt habe, ich weiß nicht, von wem. Wieder zu mir gekommen bin ich erst in der Salpêtrière, in die man mich eingeliefert hatte und wo ich nun, irgendwo in dem riesigen, über die Jahrhunderte sozusagen aus sich selber herausgewachsenen und zwischen dem Jardin des Plantes und der Gare d'Austerlitz ein eigenes Universum bildenden Gebäudekomplex, in welchem die Grenzen zwischen Heil- und Strafanstalt von jeher unsicher gewesen sind, in einem der oft mit vierzig Patienten und mehr belegten Männersäle lag. In der halben Bewußtlosigkeit, in der ich mich dort noch Tage befand, sah ich mich herumirren in einem Labyrinth aus meilenlangen Gängen, Gewölben, Galerien und Grotten, in denen die Namen verschiedener Métrostationen – Campo Formio, Crimée, Elysée, Iéna, Invalides, Oberkampf, Simplon, Solferino, Stalingrad – sowie gewisse Verfärbungen und Flecken in der Luft mir darauf hinzudeuten schienen, daß hier der Verbannungsort derjenigen war, die auf den Feldern der Ehre gefallen oder sonst gewaltsam uns Leben gekommen sind. Ich sah Heerzüge dieser Unerlösten in der Ferne über Brücken zum jenseitigen Ufer sich drängen oder in den Tunnelgängen mir entgegenkommen, den Blick starr, kalt und ausgelöscht. Bisweilen zeigten sie sich auch abseits, in einer der Katakomben, wo sie in zerschlissenen und verstaubten Federkleidern stumm gegeneinander zugekehrt auf dem Steinboden hockten und mit ihren Händen scharrende Bewegungen vollführten. Und einmal, so erinnerte ich mich nach Eintritt der Besserung, sagte Austerlitz, sah ich mich in einem dieser bewußtlosen Zustände selber, wie ich, erfüllt von dem schmerzhaften Gefühl, daß sich in mir etwas herauslösen wollte aus der Vergessenheit, vor einem an die Tunnelmauer geklebten, mit flotten Pinselstrichen gemalten Reklameplakat stand, auf welchem eine glückliche Familie abgebildet war im Winterurlaub in Chamonix. Im Hintergrund ragten schneeweiß die Gipfel der Berge auf und darüber war ein wunderbar blauer Himmel, dessen oberster Rand nicht ganz einen vergilbten Anschlag der Pariser Stadtverwaltung aus dem Juli des Jahres 1943 verdeckte. Wer weiß, sagte Austerlitz, was seinerzeit in der Salpêtrière, als ich mich weder an mich, noch an meine Vorgeschichte, noch sonst irgend etwas erinnern konnte und, wie man mir später berichtete, in diversen Sprachen zusammenhanglose Dinge redete, aus mir geworden wäre, hätte nicht einer der Krankenpfleger, ein Mensch mit brandrotem Haar und flackernden Augen namens Quentin Quignard, in meinem Notizbuch unter den kaum leserlichen Initialen M. de V. die Adresse 7, place des Vosges entdeckt, die Marie nach unserer ersten Unterhaltung in dem Arkadencafé des Palais Royal in eine Lücke zwischen meine Aufzeichnungen geschrieben hatte. Stunden und Tage saß sie, nachdem sie herbeigeholt worden war, an meinem Bett und sprach ohne jede Aufregung mit mir, der ich zuerst nicht einmal wußte, wer sie war, trotzdem ich mich, sagte Austerlitz, zugleich nach ihr sehnte, insbesondere wenn ich in der schwer auf mir lastenden Müdigkeit versank und in der letzten Bewußtseinsregung versuchte, meine Hand unter der Decke hervorzuziehen, um ihr zum Abschied sowohl als in der Hoffnung auf Wiederkehr ein Zeichen zu geben. Bei einem ihrer regelmäßigen Besuche an meinem Krankenbett in der Salpêtrière brachte mir Marie aus der Bibliothek ihres Großvaters ein 1755 in Dijon herausgegebenes Arzneibüchlein pour toutes sortes de maladies, internes et externes, inveterées et difficiles a guerir, wie es auf dem Titelblatt hieß, ein wahrhaft vollendetes Beispiel der Buchdruckerkunst, in dem der Buchdrucker selber, ein gewisser Jean Ressayre, in einer der Rezeptsammlung vorausgeschickten Adresse die frommen und wohltätigen Damen der oberen Stände daran erinnert, daß sie von der höchsten, über unseren Geschicken waltenden Instanz zu Werkzeugen des göttlichen Erbarmens auserkoren seien, und daß, wenn ihre Herzen den Verlassenen und Beladenen in ihrem Elend sich zukehrten, sie dadurch auf sich sowie die übrigen Mitglieder ihrer Familie vom Himmel alles Glück und allen Wohlstand und Segen herabziehen würden. Eine jede Zeile dieses schönen Vorworts, sagte Austerlitz, habe ich mehrmals gelesen und desgleichen die Rezepturen für die Herstellung von aromatischen Ölen, Pulvern, Essenzen und Infusionen zur Beruhigung der kranken Nerven, zur Reinigung des Blutes von den Säften der schwarzen Galle und Austreibung der Melancholie, in denen von Ingredienzien wie blassen und dunklen Rosenblättern, Märzveilchen, Pfirsichblüten, Safran, Melisse und Augentrost die Rede war, und wirklich habe ich über der Lektüre dieses Büchleins, von dem ich heute noch ganze Passagen auswendig weiß, mein verlorenes Selbstgefühl und meine Erinnerungsfähigkeit wiedererlangt, sagte Austerlitz, und bin der lähmenden Körperschwäche, die mich nach dem Besuch des Veterinärmedizinischen Museums befallen hatte, allmählich Herr geworden, so daß ich bald am Arm Maries durch die von einem diffusen staubgrauen Licht erfüllten Korridore der Salpêtrière wandern konnte. Nach meiner Entlassung aus dieser Krankenfestung, die sich über ein Terrain von dreißig Hektar erstreckt und mit ihren in viertausend Betten untergebrachten Patienten zu jedem Zeitpunkt fast das gesamte Register der möglichen Leiden der Menschheit repräsentiert, haben wir unsere Spaziergänge durch die Stadt wiederaufgenommen, fuhr Austerlitz fort. Zu den Bildern, die mir davon im Gedächtnis geblieben sind, gehört das eines kleinen Mädchens mit einem widerspenstigen Haarschopf und eiswassergrünen Augen, das beim Seilspringen auf einem der gestampften Kalkkiesplätze im Luxembourg über den Saum seines viel zu langen Regenmantels gestolpert war und das rechte Knie sich aufschürfte, eine Szene, die Marie als ein Déjà- vu empfand, weil ihr, wie sie behauptete, vor mehr als zwanzig Jahren an genau dem selben Ort das gleiche, ihr damals als schandbar erscheinende und die erste Todesahnung in ihr auslösende Unglück geschehen war. Nicht lange danach, an einem nebligen Samstagnachmittag, sind wir durch die halb aufgelassene Gegend gegangen, die sich zwischen den Geleisen der Gare d'Austerlitz und dem Quai d'Austerlitz am linken Seine-Ufer dahinzieht und in der es damals nichts gab als Umschlagplätze, Lagerhäuser, Güterdepots, Zollabfertigungshallen und den einen oder anderen

Garagenbetrieb. In einem der leeren Höfe, unweit des Bahnhofsgeländes, hatte der Wanderzirkus Bastiani sein kleines, vielfach geflicktes und von orangeroten Glühbirnen umkränztes Zelt aufgeschlagen. Wir betraten es, ohne daß wir uns darüber verständigt hätten, gerade als die Vorstellung sich ihrem Ende näherte. Ein paar Dutzend Frauen und Kinder saßen auf niedrigen Stühlchen um die Manege herum, das heißt, eine Manege ist es eigentlich gar nicht gewesen, sagte Austerlitz, sondern nur ein von der ersten Zuschauerreihe eingefaßtes, mit ein paar Schaufeln Sägmehl bestreutes Rondell, so eng, daß darin kaum ein Pferdchen hätte im Kreis traben können. Die letzte Nummer, zu der wir eben noch zurechtkamen, wurde von einem Zauberkünstler in einem nachtblauen Umhang bestritten, der aus seinem Zylinderhut einen wunderbar buntgefiederten Bantamhahn hervorholte, nicht viel größer als eine Elster oder ein Rabe. Offenbar völlig zahm, lief dieses farbenprächtige Federtier durch eine Art Miniaturparcours aus allerhand Treppchen, Leitern und Hindernissen, über die es hinwegsetzen mußte, gab durch entsprechendes Klopfen mit dem Schnabel das richtige Resultat von Rechenexempeln wie zwei mal drei oder vier weniger eins, die der Zauberer ihm mit verschieden beschrifteten Pappdeckelkarten zeigte, legte sich auf ein geflüstertes Wort zum Schlaf an die Erde nieder, seitwärts seltsamerweise und mit abgespreiztem Flügel, und verschwand schließlich wieder im Inneren des Zylinders. Nach dem Abtreten des Zauberers erlosch langsam das Licht, und sowie unsere Augen sich an das Dunkel gewöhnt hatten, sahen wir an dem Zelthimmel über uns zahlreiche mit Leuchtfarbe an die Leinwand gemalte Sterne, was tatsächlich den Eindruck hervorrief, als befinde man sich draußen auf freiem Feld. Und während wir noch mit einer gewissen Ergriffenheit, wie ich mich entsinne, sagte Austerlitz, hinaufschauten an dieses künstliche, an seinem unteren Rand beinahe mit den Händen zu greifende Firmament, kam nacheinander die gesamte Schaustellertruppe herein, der Zauberkünstler und seine sehr schöne Frau und ihre drei schwarzgelockten, nicht weniger schönen Kinder, das letzte von ihnen mit einer Laterne und in Begleitung einer schneeweißen Gans. Ein jeder dieser Zirkusleute hatte ein Instrument dabei. Wenn mir recht ist, sagte Austerlitz, so war es eine Querpfeife, eine etwas verbeulte Tuba, eine Trommel, ein Bandoneon und eine Geige, und allesamt waren sie orientalisch gekleidet, in lange pelzgesäumte Mäntel und die Männer mit einem hellgrünen Turban auf dem Kopf. Auf einen Wink hin, den sie einander gaben, hoben sie an zu spielen in einer verhaltenen und doch zugleich durchdringenden Weise, die mich, trotzdem oder vielleicht weil ich mein Leben lang so gut wie unberührt geblieben bin von jeder Musik, von dem ersten Takt an zutiefst bewegte. Was die fünf Gaukler an jenem Samstagnachmittag in dem Zirkuszelt hinter der Gare d'Austerlitz spielten für ihr winziges, weiß Gott woher gekommenes Publikum, das wüßte ich nicht zu sagen, sagte Austerlitz, doch schien es mir, sagte er, als wehte es aus einer großen Ferne herüber, aus dem Osten dachte ich mir, aus dem Kaukasus oder aus der Türkei. Ich weiß auch nicht, an was mich die Klänge erinnerten, welche die Musikanten, von denen gewiß keiner die Notenschrift kannte, miteinander hervorbrachten. Manchmal ist es mir gewesen, als hörte ich ein längst vergessenes walisisches Kirchenlied aus ihrem Spielen heraus, dann wieder, ganz leise und doch zum Schwindligwerden, die Drehung eines Walzers, ein Ländlermotiv oder das Schleppende eines Trauermarschs, wo die im letzten Geleit Gehenden bei jedem Schritt den Fuß, eh sie ihn aufsetzen, ein wenig einhalten in der Luft. Was in mir selber vorging, als ich dieser von den Zirkusleuten mit ihren etwas verstimmten Instrumenten sozusagen aus dem Nichts hervorgezauberten, ganz und gar fremdländischen Nachtmusik lauschte, das verstehe ich immer noch nicht, sagte Austerlitz, ebensowenig wie ich seinerzeit hätte sagen können, ob mir die Brust zusammengedrängt wurde vor Schmerzen oder sich zum erstenmal in meinem Leben ausweitete vor Glück. Weshalb gewisse Klangfarben, Verschattungen in der Tonart und Synkopen einen dermaßen ergreifen, das wird ein von Grund auf unmusikalischer Mensch, wie ich es bin, sagte Austerlitz, niemals verstehen, aber heute, in der Rückschau, kommt mir vor, als sei das Geheimnis, von dem ich damals angerührt wurde, aufgehoben gewesen in dem Bild der schneeweißen Gans, die reglos und unverwandt, solange sie spielten, zwischen den musizierenden Schaustellern stand. Mit etwas vorgerecktem Hals und gesenkten Lidern horchte sie in den von dem gemalten Himmelszelt überspannten Raum hinein, bis die letzten Töne verschwebt waren, als kennte sie ihr eigenes

Los und auch das derjenigen, in deren Gesellschaft sie sich befand. — Wie mir vielleicht bekannt sei, so nahm Austerlitz bei unserer nächsten Begegnung in der Brasserie Le Havane seine Geschichte wieder auf, ist in der über die Jahre immer mehr heruntergekommenen Zone am linken Seineufer, wo er seinerzeit mit Marie de Verneuil in dieser ihm unvergeßlich gebliebenen Zirkusvorstellung gewesen sei, inzwischen die den Namen des französischen Präsidenten tragende neue Nationalbibliothek errichtet worden. Die alte Bibliothek in der rue Richelieu hat man bereits zugesperrt, wie ich mich unlängst selbst überzeugte, sagte Austerlitz; der Kuppelsaal mit den grünen Porzellanlampenschirmen, die ein so gutes, beruhigendes Licht gaben, ist verlassen, die Bücher sind von den im Kreisrund sich fortsetzenden Regalen geräumt und ihre Leser, die einst auf Tuchfühlung mit ihren Platznachbarn und in stummem Einvernehmen mit denen, die ihnen vorausgegangen waren, an ihren mit kleinen Emailleschildchen numerierten Pulten gesessen sind, scheinen sich aufgelöst zu haben in die kühle Luft. Ich glaube nicht, sagte Austerlitz, daß von der alten Leserschaft viele hinausfahren zu der neuen Bibliothek am Quai François Mauriac. Wenn man nicht mit einem jener führerlosen, von einer Gespensterstimme dirigierten Métrozüge an der in einem desolaten Niemandsland gelegenen Bibliotheksstation ankommen will, ist man gezwungen, an der Place Valhubert in einen Autobus umzusteigen oder aber das letzte, meist sehr windige Stück am Flußufer entlang zu Fuß zu gehen bis zu dem in seinem Monumentalismus offenbar von dem Selbstverewigungswillen des Staatspräsidenten inspirierten und, wie ich, sagte Austerlitz, gleich bei meinem ersten Besuch erkannt habe, in seiner ganzen äußeren Dimensionierung und inneren Konstitution menschenabweisenden und den Bedürfnissen jedes wahren Lesers von vornherein kompromißlos entgegengesetzten Gebäude. Wer die neue Nationalbibliothek von der Place Valhubert aus erreicht, der findet sich am Fuß einer den gesamten Komplex in einer Länge von dreihundert beziehungsweise hundertfünfzig Metern rechtwinklig an den beiden Straßenseiten umgebenden, aus unzähligen gerillten Hartholzbrettern gefügten Freitreppe, die dem Sockel eines Zikkurat gleicht. Hat man die wenigstens vier Dutzend ebenso eng bemessenen wie steilen Stufen erklommen, was selbst für jüngere Besucher nicht ganz gefahrlos ist, sagte Austerlitz, dann steht man auf einer den Blick förmlich überwältigenden, aus denselben gerillten Brettern wie die Treppe zusammengesetzten Esplanade, die sich zwischen den vier an den Eckpunkten zweiundzwanzig Stockwerke aufragenden Bibliothekstürmen über eine Fläche von schätzungsweise neun Fußballfeldern erstreckt. Insbesondere an Tagen, an denen der Wind, was nicht selten vorkommt, sagte Austerlitz, den Regen über diesen gänzlich ungeschützten Plan treibt, meint man, durch irgendein Versehen auf das Deck der Berengaria oder eines anderen Ozeanriesen geraten zu sein und wäre wohl nicht im geringsten erstaunt, wenn auf einmal, unterm Aufdröhnen eines Nebelhorns, die Horizonte der Stadt Paris gegen den Pegel der Türme im Gleichmaß mit dem die Wellenberge durchquerenden Dampfer sich höben und senkten oder eine der winzigen Figuren, die sich unklugerweise an Deck gewagt haben, von einer Sturmböe über die Reling gefegt und weit über die atlantische Wasserwüste hinausgetragen würde. Die

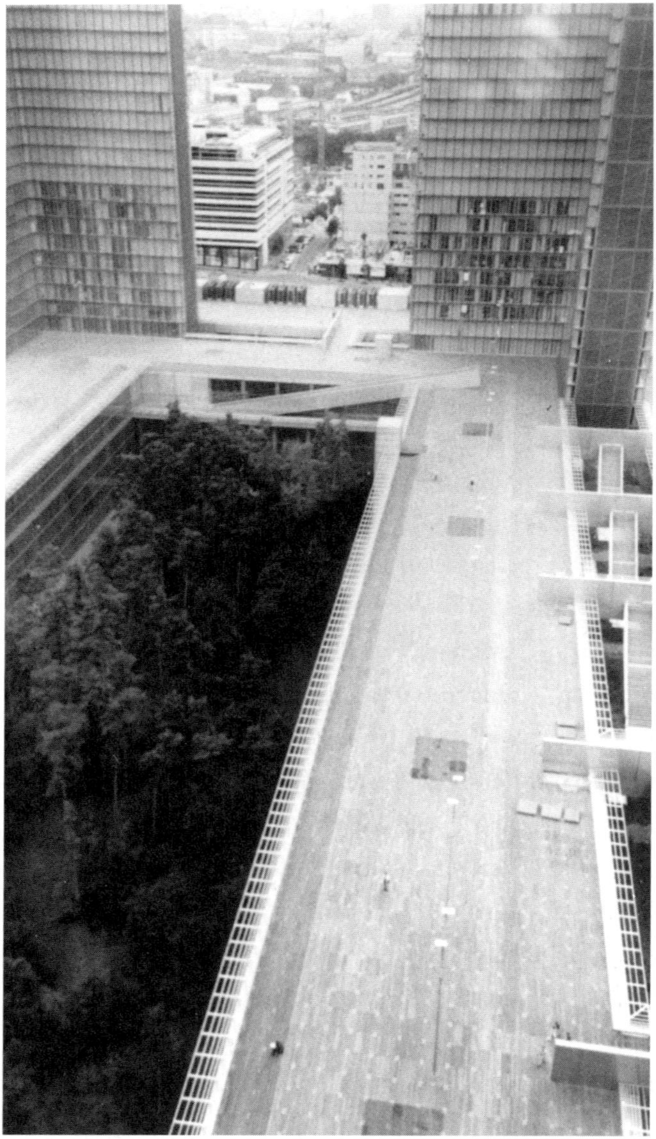

vier gläsernen Türme selbst, denen man, so sagte Austerlitz, in einer an Zukunftsromane erinnernden Geste die Bezeichnungen *La tour des lois, La tour des temps, La tour des nombres* und *La tour des lettres* gegeben hat, machen auf den, der an ihren Fassaden hinaufblickt und den größtenteils noch leeren Raum hinter den geschlossenen Lichtblenden erahnt, tatsächlich einen babylonischen Eindruck. Als ich das erstemal auf dem Promenadendeck der neuen Nationalbibliothek stand, sagte Austerlitz, brauchte ich einige Zeit, bis ich die Stelle entdeckte, von der aus die Besucher über ein Förderband ins Untergeschoß, das in Wahrheit das Parterre ist, hinabgebracht werden. Dieser Abwärtstransport – nachdem man gerade erst mit viel Mühe hinaufgestiegen ist auf das Plateau – erschien mir sogleich als etwas Aberwitziges, das man offenbar – eine andere Erklärung fällt mir nicht ein, sagte Austerlitz – eigens zur Verunsicherung und Erniedrigung der Leser sich ausgedacht hat, zumal die Fahrt nach unten vor einem provisorisch wirkenden, am Tag meines ersten Besuchs mit einer Vorhängekette verschlossenen Schiebetüre endete, an der man sich von halbuniformierten Sicherheitsleuten durchsuchen lassen mußte. Der Boden der großen Vorhalle, die man dann betritt, ist ausgelegt mit einem rostroten Teppich, auf dem weit voneinander entfernt ein paar niedrige Sitzgelegenheiten aufgestellt sind, Polsterbänke ohne Rückenlehnen und klappstuhlartige Sesselchen, auf denen die Bibliotheksbesucher nur so hocken können, daß die Knie ungefähr genauso hoch sind wie der Kopf, weshalb mein erster Gedanke bei ihrem Anblick auch der war, sagte Austerlitz, daß diese vereinzelt oder in kleinen Gruppen am Boden kauernden Gestalten sich hier in der letzten Abendglut niedergelassen haben auf ihrem Weg durch die Sahara oder über die Halbinsel Sinai. Es versteht sich von selbst, fuhr Austerlitz fort, daß man aus der roten Sinaivorhalle nicht ohne weiteres hineingehen kann in die innere Bastion der Bibliothek; vielmehr muß man zunächst an einer von einem halben Dutzend Damen besetzten Informationsstelle sein Anliegen vorbringen, worauf man, wenn dieses Anliegen auch nur um ein geringes den einfachsten Fall übersteigt, ähnlich wie in einem Steueramt eine Nummer ziehen und oft eine halbe Stunde und länger noch warten muß, bis man von einer weiteren Bibliotheksangestellten in eine separate Kabine gebeten wird, wo man dann, als handle es sich um ein höchst zweifelhaftes und jedenfalls nur unter Ausschluß der Öffentlichkeit abzuwickelndes Geschäft, seine Wünsche äußern und die entsprechenden Instruktionen empfangen darf. Solcher Kontrollmaßnahmen ungeachtet gelang es mir schließlich, sagte Austerlitz, in dem neu eröffneten allgemeinen Lesesaal *Haut de*

Jardin einen Platz einzunehmen, auf dem ich in der folgenden Zeit stunden- und tagelang gesessen bin und, geistesabwesend, wie es jetzt meine Art ist, hinausgeschaut habe in den inneren Hof, in dieses seltsame, aus der Fläche des Promenadendecks sozusagen ausgeschnittene und zwei, drei Stockwerke in die Tiefe versenkte Naturreservat, in das man an die hundert ausgewachsene Schirmpinien hineingesetzt hat, die aus der Forêt de Bord, ich weiß nicht, auf welche Weise, sagte Austerlitz, hierher an den Ort ihres Exils gebracht worden sind. Blickt man von dem Deck aus auf die ausladenden graugrünen Kronen der vielleicht noch an ihre normannische Heimat denkenden Bäume, so ist es, als schaue man über ein unebenes Stück Heideland, während man vom Lesesaal aus nur die rotscheckigen Stämme sieht, die, trotzdem sie mit schräg aufsteigenden Stahlseilen vertäut sind, an stürmischen Tagen leicht hin- und herschwanken, ein wenig wie Wasserpflanzen in einem Aquarium. Bisweilen ist es mir in den Tagträumen, denen ich mich in dem Lesesaal überließ, so gewesen, sagte Austerlitz, als sähe ich, auf den schräg vom Erdboden zu dem Nadeldach aufsteigenden Seilen, Zirkusartisten, die sich mit ihren an den Enden zitternden Balancierstangen Fuß vor Fuß in die Höhe tasteten oder als huschten einmal da und einmal dort, immer an der Grenze der Unsichtbarkeit, jene beiden Eichkatzen herum, von denen eine apokryphe Geschichte, die mir zu Ohren gekommen ist, behauptet, daß man sie hier ausgesetzt hat in der Hoffnung, sie würden sich vermehren und zur Zerstreuung der gelegentlich von ihren Büchern aufblickenden Leser eine zahlreiche Kolonie ihrer Artgenossen begründen in diesem künstlichen Pinienhain. Mehrfach ist es auch vorgekommen, sagte Austerlitz, daß Vögel, die sich in den Bibliothekswald verirrten, in die in den Glasscheiben des Lesesaals sich spiegelnden Bäume hineingeflogen und, nach einem dumpfen Schlag, leblos zu Boden gestürzt sind. Ich habe an meinem Platz in dem Lesesaal viel über das Verhältnis nachgedacht, sagte Austerlitz, in welchem solche, von niemandem vorhergesehene Unfälle, der Todessturz eines einzigen aus seiner natürlichen Bahn geratenen Wesens ebenso wie die in dem elektronischen Informationsapparat immer wieder auftretenden Lähmungserscheinungen, zu dem cartesischen Gesamtplan der Nationalbibliothek stehen, und bin zu dem Schluß gekommen, daß in jedem von uns entworfenen und entwickelten Projekt die Größendimensionierung und der Grad der Komplexität der ihm einbeschriebenen Informations- und Steuersysteme die ausschlaggebenden Faktoren sind und daß demzufolge die allumfassende, absolute Perfektion des Konzepts in der Praxis durchaus zusammenfallen kann, ja letztlich zusammenfallen muß mit einer chronischen Dysfunktion und mit konstitutioneller Labilität. Zumindest für mich, sagte Austerlitz, der ich mich doch einen Großteil meines Lebens dem Studium von Büchern gewidmet habe und in der Bodleian, im British Museum und in der rue Richelieu so gut wie zu Hause gewesen bin, hat sich diese neue Riesenbibliothek, die nach einem jetzt ständig verwendeten, häßlichen Begriff das Schatzhaus unseres gesamten Schrifterbes sein soll, als unbrauchbar erwiesen bei der Fahndung nach den Spuren meines in Paris verschollenen Vaters. Tag für Tag konfrontiert mit dem anscheinend nur aus Hindernissen bestehenden, meine Nerven mehr und mehr angreifenden Apparat, habe ich meine Nachforschungen eine Zeitlang zurückgestellt und statt dessen eines Morgens, an dem mir aus irgendeinem Grund die fünfundfünfzig karmesinroten Bände in dem Bücherschrank in der Šporkova in den Sinn gekommen waren, mit der Lektüre der mir bis dahin unbekannten Romane Balzacs begonnen, und zwar mit der Geschichte des von Věra erwähnten Colonels Chabert, eines Mannes, dessen ruhmreiche Laufbahn im Dienst des Kaisers abbricht auf dem Schlachtfeld von Eylau, als er von einem Säbelhieb getroffen bewußtlos aus dem Sattel zu Boden sinkt. Jahre später, nach einer langen Irrfahrt durch Deutschland, kehrt der sozusagen von den Toten auferstandene Obrist nach Paris zurück, um sein Anrecht auf seine Güter, auf seine inzwischen wiederverheiratete Gemahlin, die Comtesse Ferraud, und auf seinen eigenen Namen anzumelden. Gleich einem Gespenst steht er vor uns, sagte Austerlitz, in dem Bureau des Advokaten Derville, ein alter Soldat, vollkommen ausgetrocknet und abgemagert, wie es an dieser Stelle heißt. Die Augen scheinen überzogen von einem halb blinden, perlmuttartigen Glanz und flackern unstet wie Kerzenlichter. Sein messerscharf geschnittenes Gesicht ist bleich, um den Hals gebunden trägt er eine schäbige Krawatte aus schwarzer Seide. Je suis le Colonel Chabert, celui qui est mort à Eylau, mit diesen Worten stellt er sich vor und erzählt dann von dem Massengrab (einer fosse des morts, wie Balzac schreibt, sagte Austerlitz), in das man ihn am Tag nach der Schlacht zusammen mit den anderen Gefallenen geworfen hat und wo er schließlich wieder zu sich kommt, wie er berichtet, in einer äußersten Schmerzensempfindung. J'entendis, ou crus entendre, so zitierte Austerlitz aus dem Gedächtnis, indem er durch die Fenster der Brasserie hinausblickte auf den Boulevard Auguste Blanqui, des gémissements poussés par le monde des cadavres au milieu duquel je gisais. Et quoique la mémoire de ces moments soit bien ténébreuse, quoique mes souvenirs soient bien confus, malgré les impressions de souffrances encore plus profondes que je devais éprouver et qui ont brouillé mes idées, il y a des nuits où je crois encore entendre ces soupirs étouffés. Nur wenige Tage nach dieser Lektüre, die mich, so fuhr Austerlitz fort, gerade in ihren kolportagehaften Zügen bestärkte in dem in mir von jeher sich rührenden Verdacht, daß die Grenze zwischen dem Tod und dem Leben durchlässiger ist, als wir gemeinhin glauben, bin ich in dem Lesesaal beim Aufschlagen einer amerikanischen Architekturzeitschrift – um sechs Uhr abends genau ist es gewesen – auf eine großformatige graue Photographie gestoßen, die den bis an die Decke hinauf mit offenen Fächern versehenen Raum zeigte, in welchem heute die Akten der Gefangenen aufbewahrt werden in der sogenannten kleinen Festung von Terezín. Ich erinnerte mich, sagte Austerlitz, daß ich es seinerzeit bei meinem ersten Besuch in dem böhmischen Ghetto nicht über mich gebracht hatte, in das außerhalb der sternförmigen Stadt auf dem Glacis gelegene Vorwerk hineinzugehen, und vielleicht drängte sich mir nun deshalb beim Anblick der Registraturkammer die zwanghafte Vorstellung auf, daß dort, in der kleinen Festung von Terezín, in deren naßkalten Kasematten so viele zugrunde gegangen sind, mein wahrer Arbeitsplatz gewesen wäre und daß ich ihn nicht eingenommen habe aus eigener Schuld.

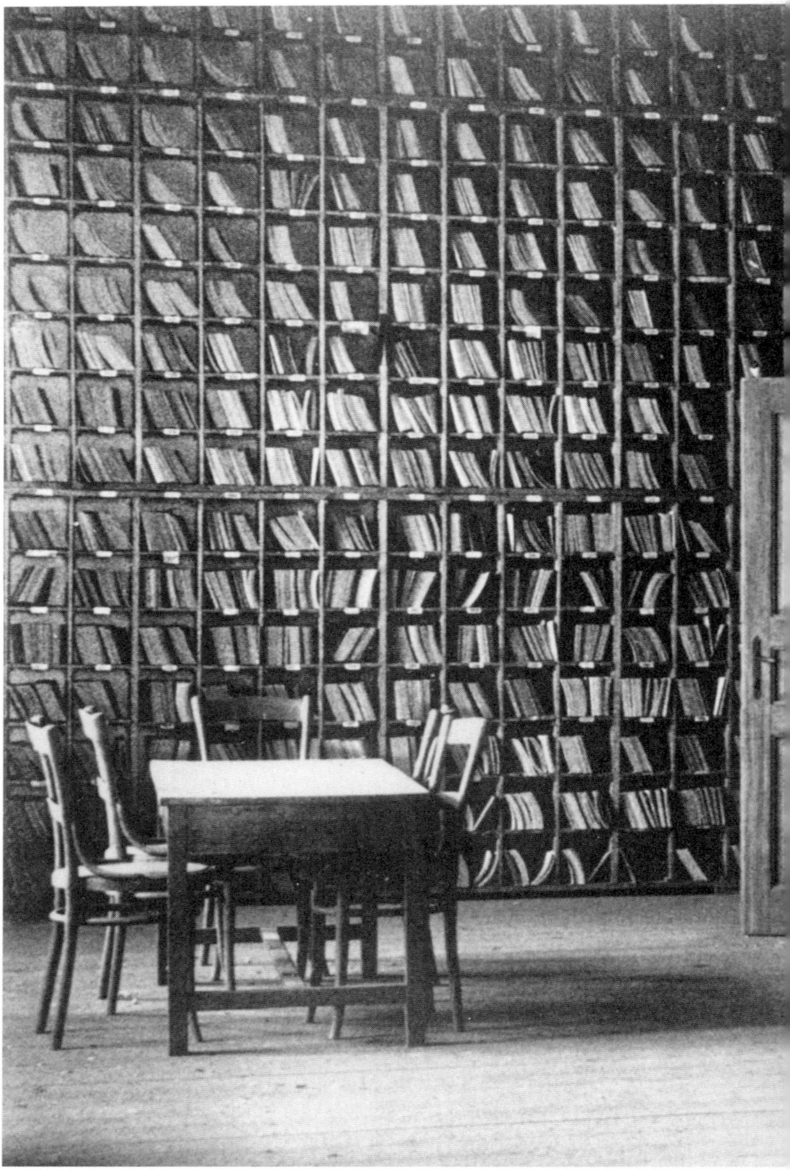

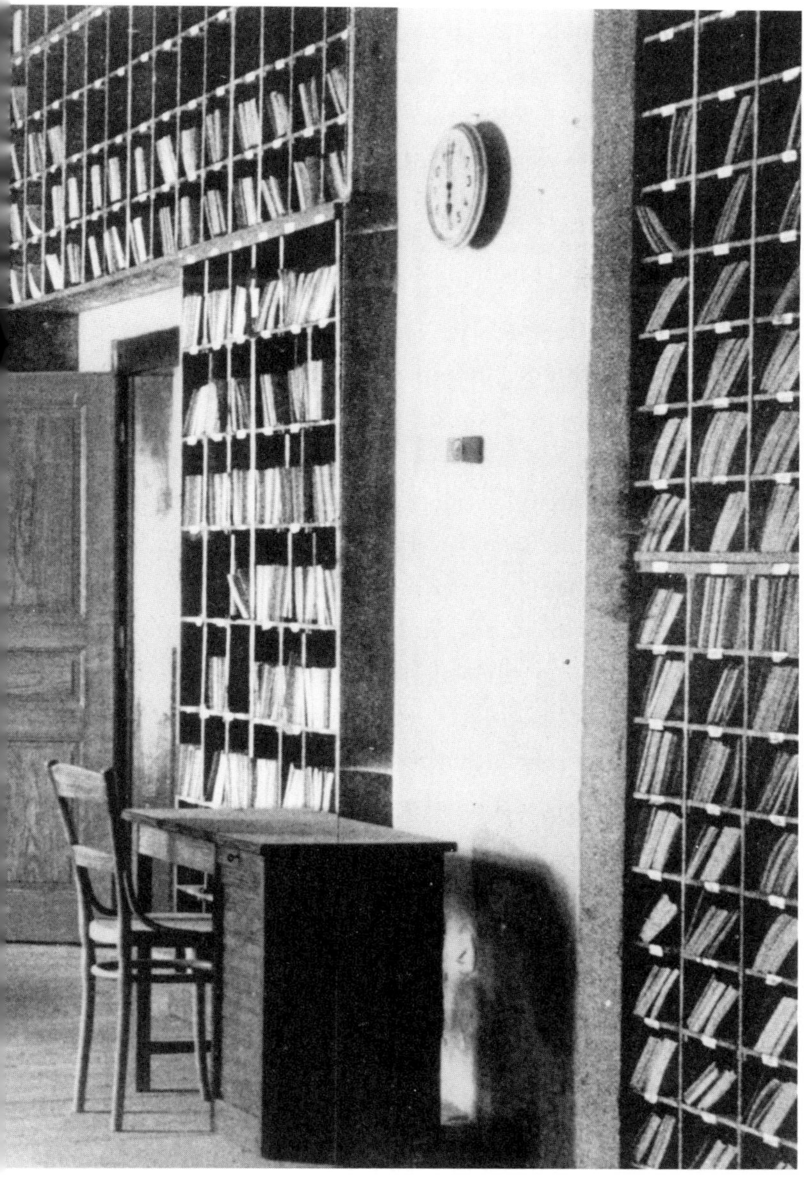

Während ich mich mit solchen Gedanken plagte und deutlich spürte, so Austerlitz weiter, wie sie die Anzeichen der mich immer wieder heimsuchenden Verstörung hervorriefen auf meinem Gesicht, wurde ich von einem Bibliotheksangestellten namens Henri Lemoine angesprochen, der mich noch erkannt hatte aus meiner ersten Pariser Zeit, in der ich tagtäglich in der rue Richelieu gewesen war. Jacques Austerlitz, fragte Lemoine, indem er bei meinem Pult stehenblieb und sich etwas herabbeugte zu mir, und so begann zwischen uns, sagte Austerlitz, in dem zu dieser Stunde allmählich leerer werdenden Lesesaal *Haut de Jardin* ein längeres Flüstergespräch über die im Gleichmaß mit der Proliferation des Informationswesens fortschreitende Auflösung unserer Erinnerungsfähigkeit und über den bereits sich vollziehenden Zusammenbruch, l'effondrement, wie Lemoine sich ausdrückte, de la Bibliothèque Nationale. Das neue Bibliotheksgebäude, das durch seine ganze Anlage ebenso wie durch seine ans Absurde grenzende innere Regulierung den Leser als einen potentiellen Feind auszuschließen suche, sei, so, sagte Austerlitz, sagte Lemoine, quasi die offizielle Manifestation des immer dringender sich anmeldenden Bedürfnisses, mit all dem ein Ende zu machen, was noch ein Leben habe an der Vergangenheit. An einem bestimmten Punkt unseres Gesprächs, sagte Austerlitz, hat mich

Lemoine, auf eine beiläufig von mir geäußerte Bitte hin, in das 18. Stockwerk des Südostturms hinaufgeführt, wo man von dem sogenannten Belvedere aus die gesamte im Laufe der Jahrtausende aus dem jetzt völlig ausgehöhlten Untergrund herausgewachsene Stadtagglomeration überblickt, ein fahles Kalksteingebilde, eine Art von Exkreszenz, die mit ihren konzentrisch sich ausbreitenden Verkrustungen weit über die Boulevards Davout, Soult, Poniatowski, Masséna und Kellermann hinausreicht bis an die im Dunst jenseits der Vorstädte verschwimmende äußerste Peripherie. Ein paar Meilen südostwärts war in dem gleichmäßigen Grau ein blaßgrüner Fleck, aus dem eine Art Kegelstumpf hervorragte, von dem Lemoine meinte, es sei der Affenberg im Bois de Vicennes. Mehr in der Nähe sahen wir die verschlungenen Verkehrswege, auf denen Eisenbahnzüge und Automobile hin- und herkrochen wie schwarze Käfer und Raupen. Es sei seltsam, sagte Lemoine, er habe hier heroben immer den Eindruck, daß sich dort drunten lautlos und langsam das Leben zerreibe, daß der Körper der Stadt befallen sei von einer obskuren, unterirdisch fortwuchernden Krankheit, und ich erinnerte mich, sagte Austerlitz, als Lemoine diese Bemerkung machte, an die Wintermonate des Jahres 1959, während derer ich in der rue Richelieu das für meine eigene Forschungsarbeit richtungweisende sechsbändige Werk *Paris, ses organes, ses fonctions et sa vie dans la seconde moitié du XIXeme siècle* studierte, das Maxime du Camp, der zuvor die, wie er schrieb, aus dem Staub der Toten entstandenen Wüsten des Orients durchreist hatte, um 1890, nach einer ihn auf dem Pont Neuf überwältigenden Vision in Angriff nahm und erst sieben Jahre später vollendete. Von der anderen Seite der Belvedere-Etage, sagte Austerlitz, sah man über das diagonale Band der Seine, über das Marais-Viertel und die Bastille nach Norden hinauf. Eine tintenfarbene Wetterwand neigte sich über die nun in den Schatten versinkende Stadt, von deren Türmen, Palästen und Monumenten bald nichts mehr auszumachen war als der weiße Schemen der Kuppel von Sacré Cœur. Wir standen einen Fuß nur hinter der bis an den Boden reichenden Verglasung. Sowie man den Blick in die Tiefe senkte, auf das helle Promenadendeck und die dunkler aus ihm hervorragenden Kronen der Bäume, erfaßte einen der Sog des Abgrunds, und war man gezwungen, zurückzutreten um einen Schritt. Manchmal, sagte Lemoine, sagte Austerlitz, sei es ihm, als spüre er hier heroben die Strömung der Zeit um seine Schläfen und seine Stirn, doch wahrscheinlich, setzte er hinzu, ist das nur ein Reflex des Bewußtseins, das sich im Laufe der Jahre in meinem Kopf ausgebildet hat von den verschiedenen Schichten, die dort drunten auf dem

Grund der Stadt übereinandergewachsen sind. Auf dem Ödland zwischen dem Rangiergelände der Gare d'Austerlitz und dem Pont Tolbiac, auf dem heute diese Bibliothek sich erhebt, war beispielsweise bis zum Kriegsende ein großes Lager, in dem die Deutschen das gesamte von ihnen aus den Wohnungen der Pariser Juden geholte Beutegut zusammenbrachten. An die vierzigtausend Wohnungen, glaube ich, sagte Lemoine, sind es gewesen, die man damals ausgeräumt hat in einer monatelangen Aktion, für die der Fuhrpark der Vereinigung der Pariser Möbelspediteure requiriert und ein Heer von nicht weniger als fünfzehnhundert Packarbeitern zum Einsatz gebracht wurde. Alle, die in irgendeiner Form an diesem bis ins letzte durchorganisierten Enteignungs- und Weiterverwertungsprogramm beteiligt waren, sagte Lemoine, die federführenden und teilweise miteinander rivalisierenden Stäbe der Besatzungsmacht, die Finanz- und Steuerbehörden, die Einwohner- und Katasterämter, die Banken und Versicherungsagenturen, die Polizei, die Transportfirmen, die Hauseigentümer und Hausbesorger, hätten zweifellos gewußt, daß von den in Drancy Internierten wohl kaum einer jemals zurückkommen würde. Der Großteil der seinerzeit kurzerhand appropriierten Wertgegenstände, Guthaben, Aktien und Immobilien befindet sich ja, sagte Lemoine, bis heute in den

Händen der Stadt und des Staates. Und dort drunten auf dem Lagerplatz Austerlitz-Tolbiac stapelte sich in den Jahren ab 1942 alles, was unsere Zivilisation, sei es zur Verschönerung des Lebens, sei es zum bloßen Hausgebrauch, hervorgebracht hat, von Louis-XVI-Kommoden, Meißener Porzellan, Perserteppichen und ganzen Bibliotheken bis zum letzten Salz- und Pfefferstreuer. Es soll sogar, wie mir einer, der in dem Lager tätig gewesen ist, unlängst berichtet hat, sagte Lemoine, eigene Kartonschachteln gegeben haben für das aus den konfiszierten Geigenkästen sauberkeitshalber herausgenommene Kolophonium. Mehr als fünfhundert Kunsthistoriker, Antiquitätenhändler, Restaurateure, Tischler, Uhrmacher, Kürschner und Couturièren, die man aus Drancy herbeigeholt hatte und die bewacht wurden von einem Kontingent Soldaten aus Hinterindien, waren Tag für Tag vierzehn Stunden damit beschäftigt, die einlaufenden Güter instandzusetzen und nach ihrem Wert und ihrer Art zu sortieren – das Silberbesteck zum Silberbesteck, das Kochgeschirr zum Kochgeschirr, die Spielsachen zu den Spielsachen und so fort. Über siebenhundert Eisenbahnzüge sind von hier abgegangen in die zerstörten Städte des Reichs. Nicht selten, sagte Lemoine, werden auch in den Lagerhallen, die von den Häftlingen Les Galéries d'Austerlitz genannt wurden, aus Deutschland herbeigereiste Parteibonzen und in Paris stationierte höhere Chargen der SS und der Wehrmacht herumgegangen sein mit ihren Gemahlinnen oder anderen Damen, um sich eine Saloneinrichtung auszusuchen für die Villa im Grunewald, ein Sèvres-Service, einen Pelzmantel oder einen Pleyel. Die wertvollsten Sachen hat man, naturgemäß, nicht en gros in die ausgebombten Städte geschickt; wo sie hingekommen sind, das will heute niemand mehr wissen, wie ja überhaupt die ganze Geschichte im wahrsten Wortsinn begraben ist unter den Fundamenten der Grande Bibliothèque unseres pharaonischen Präsidenten, sagte Lemoine. Drunten auf den menschenleeren Promenaden verging der letzte Rest Helligkeit. Die Wipfel des Pinienwäldchens, die aus der Höhe einem grünen Moosgrund geglichen hatten, waren nur mehr ein gleichmäßig schwarzes Geviert. Eine Zeitlang, sagte Austerlitz, standen wir noch stillschweigend auf dem Belvedere beisammen und schauten hinaus auf die jetzt in ihrem Lichterglanz funkelnde Stadt.

*

Als ich mich kurz vor meiner Abreise aus Paris mit Austerlitz noch einmal zum Morgenkaffee am Boulevard Auguste Blanqui traf, sagte er mir, daß er tags zuvor von einem Mitarbeiter des Dokumentationszentrums in der rue Geoffroy-l'Asnier eine Nachricht erhalten habe, derzufolge Maximilian Aychenwald Ende 1942 in dem Lager Gurs interniert gewesen sei, und daß er, Austerlitz, diesen weit drunten im Süden, in den Vorbergen der Pyrenäen gelegenen Ort nun aufsuchen müsse. Sonderbarerweise, so sagte Austerlitz, habe er wenige Stunden nach unserer letzten Begegnung, als er, von der Bibliothèque Nationale herkommend, in der Gare d'Austerlitz umgestiegen

sei, die Vorahnung gehabt, daß er dem Vater sich annähere. Wie ich vielleicht wisse, sei am vergangenen Mittwoch ein Teil des Eisenbahnverkehrs wegen eines Streiks lahmgelegt worden, und in der aufgrund dessen in der Gare d'Austerlitz herrschenden ungewöhnlichen Stille sei ihm der Gedanke gekommen, der Vater habe von hier aus, von diesem seiner Wohnung in der rue Barrault zunächst gelegenen Bahnhof, Paris verlassen bald nach dem Einmarsch der Deutschen. Ich bildete mir ein, sagte Austerlitz, ihn

zu sehen, wie er sich bei der Abfahrt aus dem Abteilfenster lehnt, und sah auch die weißen Dampfwolken aufsteigen aus der schwerfällig sich in Bewegung setzenden Lokomotive. Halb benommen bin ich danach in dem Bahnhof herumgewandert, durch die labyrinthischen Unterführungen, über Fußgängerbrücken, treppauf und treppab. Dieser Bahnhof, sagte Austerlitz, ist für mich von jeher der rätselhafteste aller Pariser Bahnhöfe gewesen. Ich habe mich während meiner Studienzeit viele Stunden lang in ihm aufgehalten und sogar eine Art Denkschrift über seine Anlage und Geschichte verfaßt. Es hat mich damals besonders fasziniert, wie die von der Bastille herkommenden Métrozüge, nachdem sie die Seine überquert haben, über das eiserne Viadukt seitwärts in den oberen Stock des Bahnhofs hineinrollen, gewissermaßen verschluckt werden von der Fassade. Zu gleicher Zeit fühlte ich mich beunruhigt von der hinter dieser Fassade gelegenen, nur von einem spärlichen Licht erhellten und fast vollkommen leeren Halle, in der sich eine aus Balken und Brettern roh zusammengezimmerte Bühne mit galgenähnlichen Gerüsten und allerhand verrosteten Eisenhaken erhob, von der mir später gesagt wurde, daß sie zur Aufbewahrung von Fahrrädern diente. Als ich diese Bühne an einem Sonntagnachmittag mitten in der Ferienzeit zum erstenmal betreten hatte, war aber dort kein einziges Fahrrad zu sehen gewesen, und möglicherweise hat sich mir deshalb, oder wegen der ausgerupften Taubenfedern, die überall auf den Bodenbrettern herumlagen, der Eindruck aufgedrängt, ich befinde mich am Ort eines ungesühnten Verbrechens. Im übrigen, sagte Austerlitz, existiert die sinistre Holzkonstruktion nach wie vor. Selbst die Federn der grauen Tauben sind noch nicht verweht. Und dann sind da diese dunklen Flecken, ausgelaufenes Schmieröl vielleicht oder Karbolineum oder etwas ganz anderes, man weiß es nicht. Unangenehm berührte mich auch, als ich an jenem Sonntagnachmittag auf dem Gerüst gestanden bin und durch das Zwielicht hinaufblickte gegen das kunstvolle Gitterwerk der Nordfassade, daß an ihrem oberen Rand, wie ich erst nach einer Weile bemerkte, zwei winzige, wahrscheinlich mit Reparaturen beschäftigte Figuren sich an Seilen

bewegten gleich schwarzen Spinnen in ihrem Netz. — Ich weiß nicht, sagte Austerlitz, was das alles bedeutet, und werde also weitersuchen nach meinem Vater und auch nach Marie de Verneuil. Es ging auf zwölf Uhr, als wir uns verabschiedeten vor der Métrostation Glacière. Früher, sagte Austerlitz zuletzt, sind hier heraußen große Sümpfe gewesen, auf denen die Leute Schlittschuh liefen im Winter, genau wie vor dem Bishop's Gate in London, und überreichte mir die Schlüssel seines Hauses in der Alderney Street. Ich könne dort, wann immer ich wolle, sagte er, mein Quartier aufschlagen und die schwarzweißen Bilder studieren, die als einziges übrigbleiben würden von seinem Leben. Auch solle ich nicht verabsäumen, so sagte er noch, an dem Tor zu läuten, das eingelassen sei in die an sein Haus anschließende Ziegelmauer, denn hinter dieser Mauer befinde sich, was er von keinem seiner Fenster habe einsehen können, ein von Lindenbäumen und Fliederbüschen bewachsener Platz, auf dem man seit dem 18. Jahrhundert Mitglieder der aschkenasischen Gemeinde beigesetzt habe, unter anderem den Rabbi David Tevele Schiff und den Rabbi Samuel Falk, den Baal Schem von London. Er habe, sagte Austerlitz, den Friedhof, aus dem immer, wie er jetzt vermute, die Motten zu ihm ins Haus geflogen seien, erst wenige Tage vor seiner Abreise aus London entdeckt, als das in die Mauer eingelassene Tor zum erstenmal in all den Jahren, die er gelebt habe in der Alderney Street, offengestanden sei. Drinnen spazierte eine vielleicht siebzigjährige, auffallend kleinwüchsige Frau, die Wärterin des Friedhofs, wie es sich herausstellte, in Hausschuhen über die zwischen den Gräbern hindurchführenden

Wege. Zu ihrer Seite, beinahe so groß wie sie selber, ging ein grau gewordener belgischer Schäferhund, der auf den Namen Billie hörte und sehr furchtsam war. In dem hellen Frühlingslicht, das die frisch ausgeschlagenen Lindenblätter durchstrahlte, hätte man meinen können, sagte Austerlitz zu mir, man sei eingetreten in eine Märchenerzählung, die, genau wie das Leben selber, älter geworden ist mit der verflossenen Zeit. Die Geschichte von dem Begräbnisplatz in der Alderney Street, mit der Austerlitz von mir Abschied genommen hatte, wollte mir nicht mehr aus dem Sinn, und es kann sein, daß ich deshalb auf der Rückreise in Antwerpen ausgestiegen bin, um mir noch einmal das Nocturama anzusehen und hinauszufahren nach Breendonk. Ich verbrachte eine unruhige Nacht in einem Hotel am Astridsplein, in einem brauntapezierten, häßlichen Zimmer, das nach rückwärts hinausging auf Brandmauern, Abluftkamine und flache, mit Stacheldraht voneinander getrennte

Dächer. Ich glaube, es war gerade irgendein Volksfest in der Stadt. Jedenfalls heulten bis in den frühen Morgen hinein die Martinshörner und Polizeisirenen. Beim Erwachen aus einem unguten Traum sah ich in Abständen von zehn bis zwölf Minuten die winzigen Silberpfeile der Flugzeuge den strahlendblauen Luftraum über den noch im Halbdunkel stehenden Häusern durchqueren. Als ich das Flamingo Hotel – so hat es, wenn ich mich recht entsinne, geheißen – gegen acht Uhr verließ, lag drunten neben der Rezeption, hinter der niemand sich zeigte, eine aschfahle, etwa vierzigjährige Frau mit seitwärts verdrehten Augen auf einer hohen Bahre. Draußen auf dem Trottoir unterhielten sich zwei Sanitäter. Ich ging über den Astridsplein zum Bahnhof hinüber, kaufte mir einen Kaffee in einem Pappbecher und fuhr mit dem nächsten Vorortzug nach Mechelen, von wo aus ich die zehn Kilometer bis nach Willebroek zu Fuß zurücklegte, durch die Außenbezirke und die größtenteils schon zersiedelten Vorfelder der Stadt. Von dem, was ich auf diesem Weg gesehen habe, ist mir kaum noch etwas im Gedächtnis. Ich sehe nur noch ein auffallend schmales, tatsächlich nicht mehr als ein Zimmer breites Haus aus leberfarbenen Ziegeln, das in einem ebenso schmalen, von einer Thujenhecke umgebenen Grundstück stand und einen sehr belgischen Eindruck auf mich machte. Gleich neben diesem Haus verlief ein Kanal, auf dem gerade, als ich dort vorüberkam, ein langer Lastkahn, beladen mit Krautköpfen so groß und so rund wie Kanonenkugeln, anscheinend führerlos dahinglitt, ohne eine Spur zu hinterlassen auf der schwarzen Fläche des Wassers. Wie vor dreißig Jahren war es ungewöhnlich heiß geworden, bis ich in Willebroek ankam. Die Festung lag unverändert auf der blaugrünen Insel, aber die Zahl der Besucher hatte offenbar zugenommen. Auf dem Parkplatz warteten mehrere Autobusse, während sich drinnen vor dem Kassenschalter und am Kiosk der Pförtnerloge eine Schar buntgekleideter Schulkinder drängten. Einige waren schon vorausgelaufen über die Brücke zu dem finsteren Tor, durch das ich mich diesmal, auch nach längerem Zögern, nicht hineintraute. Eine gewisse Zeit verbrachte ich in einem hölzernen Barackenbau, in dem die SS-Leute eine Druckerwerkstatt eingerichtet hatten zur Herstellung von diversen Formblättern und Glückwunschkarten. Das Dach und die Wände knisterten in der Hitze, und der Gedanke streifte mich, das Haar auf meinem Kopf könnte Feuer fangen wie das des heiligen Julian auf dem Weg durch die Wüste. Später saß ich noch an dem Graben, der die Festung umgibt. Über das Gelände der Strafkolonie hinweg sah ich in der Ferne, jenseits des Zauns und der Wachtürme, die immer weiter ins Umland vorrückenden Hochhäuser von Mechelen. Auf dem dunklen Wasser ruderte eine graue Gans, einmal ein Stück in die eine Richtung, dann in die andre wieder zurück. Nach einer Weile stieg sie ans Ufer und setzte sich nicht weitab von mir ins Gras. Ich holte aus meinem Rucksack das Buch heraus, das mir Austerlitz bei unserem ersten Treffen in Paris gegeben hatte. Es war von dem Londoner Literaturwissenschaftler Dan Jacobson (einem mir all die Jahre hindurch unbekannt gebliebenen Kollegen, hatte Austerlitz gesagt) und handelte von der Suche des Autors nach seinem Großvater, dem Rabbi Yisrael Yehoshua Melamed, Heschel genannt. Die gesamte von Heschel auf den Enkel gekommene Hinterlassenschaft besteht aus einem Taschenkalender, einem russischen Ausweispapier, einem abgewetzten Brillenfutteral, in welchem, nebst den Brillengläsern, ein verblaßtes, halb schon zerfallenes Fetzchen Seide liegt, und aus einer Studiophotographie, die Heschel zeigt in einem schwarzen Tuchrock und mit einem schwarzsamtenen Zylinderhut auf dem Kopf. Sein eines Auge, so wenigstens scheint es auf dem Einband des Buchs, ist verschattet; im anderen kann man, als ein weißes Fleckchen, das Lebenslicht noch erkennen, das erlosch, als Heschel, bald nach dem Ersten Weltkrieg, im Alter von dreiundfünfzig Jahren an einem Herzschlag verstarb. Wegen dieses zu frühen Todes ist es gewesen, daß Menuchah, die Frau des Rabbiners, sich im Jahr 1920 entschloß, mit ihren neun Kindern von Litauen nach Südafrika auszuwandern und daß, in weiterer Folge, Jacobson selber den größten Teil seiner Kindheit verbrachte in der neben den Diamantengruben von Kimberley gelegenen gleichnamigen Stadt. Die meisten der Gruben, so las ich an meinem Platz gegenüber der Festung von Breendonk, hatte man zu jener Zeit bereits stillgelegt, auch die beiden größten, die Kimberley Mine und die De Beers Mine, und da sie nicht eingezäunt waren, konnte, wer es wagte, bis an den vordersten Rand dieser riesigen Gruben herantreten und hinabblicken in eine Tiefe von mehreren tausend Fuß. Wahrhaft schreckenerregend sei es gewesen, schreibt Jacobson, einen Schritt von dem festen Erdboden eine solche Leere sich auftun zu sehen, zu begreifen, daß es da keinen Übergang gab, sondern nur diesen Rand, auf der einen Seite das selbstverständliche Leben, auf der anderen sein unausdenkbares Gegenteil. Der Abgrund, in den kein Lichtstrahl hinabreicht, ist Jacobsons Bild für die untergegangene Vorzeit seiner Familie und seines Volks, die sich, wie er weiß, von dort drunten nicht mehr heraufholen läßt. Kaum irgendwo findet Jacobson auf seiner litauischen Reise eine Spur seiner Vorfahren, überall nur die Zeichen der Vernichtung, vor welcher das kranke Herz Heschels die ihm Angehörigen bewahrte, als es aufhörte zu schlagen. Von der Stadt Kaunas, wo das Studio war, in dem Heschel seinerzeit photographiert wurde, berichtet Jacobson, daß die Russen um sie im ausgehenden 19. Jahrhundert einen Gürtel von zwölf Festungen anlegten, die sich dann 1914, ungeachtet der erhöhten Positionen, auf denen man sie erbaut hatte, ungeachtet der großen Zahl ihrer Kanonen, der Dicke ihrer Mauern und des Winkelwerks ihrer Gänge, als ganz und gar nutzlos erwiesen. Einige der Forts, schreibt Jacobson, seien später zerfallen, andere hätten den Litauern und darauf wieder den Russen zu Gefängnissen gedient. 1941 kamen sie in deutsche Hand, auch das berüchtigte Fort IX, in dem zeitweise Kommandostellen der Wehrmacht sich einrichteten und wo in den folgenden drei Jahren mehr als dreißigtausend Menschen ums Leben gebracht wurden. Ihre Überreste, so Jacobson, liegen hundert Meter außerhalb der Mauern unter einem Haferfeld. Bis in den Mai 1944 hinein, als der Krieg längst verloren war, kamen Transporte aus dem Westen nach Kaunas. Die letzten Nachrichten der in die Verliese der Festung Gesperrten bezeugen es. Nous sommes neuf cents Français, schreibt Jacobson, habe einer von ihnen in die kalte Kalkwand des Bunkers geritzt. Andere hinterließen uns bloß ein Datum und eine Ortsangabe mit ihren Namen: Lob, Marcel, de St. Nazaire; Wechsler, Abram, de Limoges; Max Stern, Paris, 18.5.44. Ich las am Wassergraben der Festung von Breendonk das fünfzehnte Kapitel von *Heshel's Kingdom* zu Ende, und machte mich dann auf den Rückweg nach Mechelen, wo ich anlangte, als es Abend wurde.

Lizenzausgabe für die Büchergilde Gutenberg
Frankfurt am Main, Wien und Zürich
mit freundlicher Genehmigung
des Carl Hanser Verlags, München Wien
© 2001 W. G. Sebald
Alle Rechte der deutschen Ausgabe:
© 2001 Carl Hanser Verlag München Wien
Satz: Satz für Satz. Barbara Reischmann, Leutkirch
Druck und Bindung: Friedrich Pustet, Regensburg
Printed in Germany
ISBN 3-7632-5201-0

www.buechergilde.de